PROTEGGERE BREE

ARMI & AMORI: ALLEANZA
LIBRO 7

SUSAN STOKER

Soccorrere Zoey
Soccorrere Avery
Soccorrere Kalee
Soccorrere Jane

Mercenari di Montagna
Difendere Allye
Difendere Chloe
Difendere Morgan
Difendere Harlow
Difendere Everly
Difendere Zara
Difendere Raven

Delta Force Heroes
Salvare Rayne
Salvare Emily
Salvare Harley
Il Matrimonio di Emily
Salvare Kassie
Salvare Bryn
Salvare Casey
Salvare Sadie
Salvare Wendy
Salvare Mary
Salvare Macie
Salvare Annie

Armi e Amori
Proteggere Caroline
Proteggere Alabama
Proteggere Fiona
Il Matrimonio di Caroline

Proteggere Summer
Proteggere Cheyenne
Proteggere Jessyka
Proteggere Julie
Proteggere Melody
Proteggere il Futuro
Proteggere Kiera
Proteggere i figli di Alabama
Proteggere Dakota
Proteggere Tex

Ace Security
Il riscatto di Grace
Il riscatto di Alexis
Il riscatto di Bailey
Il riscatto di Felicity
Il riscatto di Sarah

Una raccolta di storie brevi
Un momento nel tempo

CAPITOLO UNO

Jude "Smiley" Stark fissò la donna che dormiva sul suo divano. Non riusciva a credere di averla trovata... o meglio, che lei lo avesse trovato. E, per la seconda volta, aveva avuto un ruolo fondamentale nel salvare la vita delle persone care ai suoi compagni di squadra.

Senza Bree Haynes, Ellory e Yana sarebbero potute finire in un container per essere vendute con lo scopo di prelevare i loro organi. Le due ragazzine le dovevano la vita per aver allontanato quell'essere malvagio mentre loro si nascondevano da lui. Smiley detestava che fosse stata picchiata per le sue azioni eroiche. Riusciva ancora a vedere i lividi in via di guarigione sul suo viso... ed era sicuro che ne avesse altri su tutto il corpo.

Poi c'era stato il giorno prima, quando si era intrufolata sul sedile posteriore dell'auto dell'uomo che aveva rapito Kelli, da dove gli aveva mandato dei messaggi con le indicazioni per localizzarli, permettendo così a lui e Flash di arrivare giusto in tempo per impedire a quello stronzo di uccidere la donna del suo compagno di squadra.

Bree era sconsiderata, impulsiva, non pensava prima di agire. E lui non aveva mai provato tanta ammirazione per nessuno in tutta la sua vita.

Ne era rimasto affascinato dal momento in cui l'aveva incontrata a Las Vegas, dopo che Josie era stata venduta dalla madre psicopatica dell'ex fidanzato defunto.

C'era qualcosa in lei che lo aveva catturato e non lo mollava.

E ora era lì.

Nel suo soggiorno.

A dormire sul suo divano.

In realtà le aveva chiesto di andare nel suo letto, ma alla fine si era dimostrata più testarda di lui.

Smiley l'aveva cercata da quella fatidica notte a Las Vegas, quando l'avevano trovata legata, e terrorizzata, nel sedile posteriore di un'auto. L'aveva liberata, e poi lei era scomparsa nel caos degli eventi. E sebbene fosse stato irritato e frustrato per non averla trovata dopo mesi di ricerche, era anche impressionato perché era riuscita a passare inosservata. Infatti, avrebbe potuto azzardarsi a dire che se non fosse andata a Riverton e non si fosse intromessa nelle vite dei suoi amici, forse non l'avrebbe mai trovata.

Cosa che lo aveva portato a chiedersi perché...

Perché andare a Riverton? Perché rintracciarlo? Perché aiutare i suoi amici? Perché non scappare dall'altra parte del Paese?

E perché l'uomo che l'aveva "comprata" – Smiley *detestava* che in tempi come quelli, gli umani continuassero a comprare e a vendere altri esseri umani – era così determinato a mettere le mani su di lei? Aveva un sacco di domande, e l'unica persona che avrebbe potuto dargli delle risposte era Bree.

Una parte di lui avrebbe voluto scuoterla, farla sedere per

continuare a parlare, ma non era il momento. Era esausta; l'aveva notato prima, mentre le faceva le domande, nel suo viso e dal linguaggio del corpo, anche se lei aveva cercato di nasconderlo.

Anche lui era stanco, ma temeva che se fosse andato a letto, la mattina successiva, una volta svegliato, avrebbe scoperto che Bree se n'era andata. Se fosse successo sarebbe andato fuori di testa. Quindi aveva intenzione di rimanere lì in soggiorno a guardarla dormire.

«Perché ti chiamano Smiley?»

Trasalì, colto di sorpresa. Era sveglia, e lui non se n'era nemmeno accorto. Il suo respiro non era cambiato. Non si era mossa.

Si ripromise di ricordarsi che quella donna era più astuta di quanto lui le avesse dato credito, il che era stupido, considerando tutte le cose che aveva fatto di recente, e si appoggiò allo schienale della poltrona scrollando le spalle. «Per il mio carattere socievole?»

Bree aprì gli occhi, e persino nella penombra dell'appartamento Smiley vide i suoi occhi nocciola fissarsi su di lui con una precisione che gli fece capire che probabilmente era sveglia da molto più tempo di quanto avesse pensato. «Senza offesa... ma no» disse con un piccolo sorriso.

Smiley la fissò. Aveva mai visto quella donna sorridere prima? No. Non aveva mai avuto motivo di farlo le poche volte che avevano interagito.

E all'improvviso si rese conto di volerla vedere felice e sorridente più di qualsiasi altra cosa. Più di quanto volesse informazioni. Più di quanto volesse catturare i criminali.

Più di quanto volesse essere un Navy SEAL.

Quello fu... sconcertante.

«Era sarcastico» sbottò, in modo più brusco di quanto

avesse inteso. «Uno dei miei sergenti istruttori ha commentato che non ero esattamente Mister Smiley, e la cosa mi è rimasta. Da quanto tempo?»

Lei aggrottò la fronte e fece per mettersi seduta.

«No, resta lì. Non alzarti» le ordinò. Non sopportava che avesse fatto una piccola smorfia quando aveva cercato di muoversi. Con suo sollievo, si rilassò sui cuscini e si rannicchiò nella coperta che le aveva dato prima.

«Da quanto tempo, cosa?» gli chiese.

«Da quanto tempo venivi a trovare Kelli qui a casa mia?»

Bree scrollò le spalle. «Non molto. Da circa una settimana.»

«Perché ora?»

«Sai, sei un adulto, potresti esprimerti con qualche parola in più. Mi eviterebbe di dover chiedere chiarimenti ogni volta che mi domandi qualcosa» gli disse con un altro piccolo sorriso.

Persino quel lieve guizzo delle labbra lo pervase di un senso di soddisfazione.

«Perché contattarmi *ora*, dopo tutto questo tempo? E perché non sei venuta direttamente da me quando hai scoperto che non stavo più qui, che Kelli e Flash si erano trasferiti a casa mia a causa della loro situazione? Cos'è cambiato?»

«Ok, allora... forse queste sono state *troppe* parole» scherzò.

Ma Smiley non era divertito. Si sentiva nervoso e agitato. Aveva bisogno di capire quella donna, e in quel momento non ci era minimamente vicino. «Bree» disse, con un tono che comunicava che voleva delle risposte.

Lei sospirò. «Non lo so.»

Smiley sbuffò.

«Sono sincera. Ammetto di essere venuta a Riverton perché tu eri qui. Ricordo che quella terribile notte a Las Vegas mi hai detto che il tuo nome era Jude Stark e che eri un Navy SEAL di stanza a Riverton. Quando la situazione a casa si è fatta... intensa, il primo posto in cui ho pensato di andare è stato qui. Dove c'eri *tu*. Solo che una volta arrivata non avevo un piano e non sapevo come trovarti. E ho capito quanto fosse stato ridicolo venire. Tu non mi conoscevi e io non conoscevo te. Ci eravamo incontrati una volta, per tipo cinque secondi, quindi mi sono sentita stupida. Ma questo non mi ha impedito di gironzolare intorno ai cancelli della base navale nella speranza di intravederti... e ti ho visto.»

«Quindi mi hai seguito.»

Bree scrollò le spalle. «Sì.»

Smiley era contento che non fosse evasiva, che non stesse provando a mentire su quello che aveva fatto.

«A essere sincera mi ha mantenuta sana di mente. Vivere in macchina era noioso, non avevo molti soldi, quindi non potevo andare a mangiare da qualche parte o alloggiare in un hotel. *Ho* dei soldi, in realtà, ma ho paura di usarli perché ho la netta sensazione che l'uomo che pensa di possedermi possa rintracciarmi in quel modo. Così ti ho osservato. Ho scoperto chi erano i tuoi amici. Li ho anche seguiti. Si può imparare molto su una persona osservandola a sua insaputa.»

Smiley avrebbe dovuto turbarsi o incazzarsi per essere stato spiato, ma per qualche ragione non poteva. «Cos'hai imparato su di me e sui miei amici?»

«Che siete leali. E gentili. Che date il massimo sul lavoro e anche quando si tratta di divertirvi.»

Non aveva torto.

«Allora perché sei venuta a casa mia? Kelli ha detto che sei venuta su fino alla porta e hai bussato.»

Bree sbuffò. «Non è stato il mio momento migliore. Nonostante tutto il tempo che ho passato a osservarti, non mi sono nemmeno accorta che non eri più qui. Che stupida. E all'inizio ho pensato fosse la tua ragazza, quindi ero mortificata.»

«Perché?»

Bree lo fissò con occhi stanchi. Poi fece un respiro profondo e sbottò: «Perché in tutti questi mesi non ti avevo mai visto con una donna. Avevo questa piccola fantasia in testa che avrei bussato alla tua porta e tu saresti stato entusiasta di vedermi, avresti risolto tutti i miei problemi e scoperto che ti piaccio, e saremmo vissuti felici e contenti» concluse, alzando gli occhi al cielo.

Aveva parlato un po' sulla difensiva e con un tono parecchio sarcastico, ma le sue parole gli provocarono un brivido lungo tutto il corpo.

Si sporse in avanti, appoggiando gli avambracci sulle ginocchia, e mantenne il contatto visivo con lei mentre diceva: «*C'è* qualcosa tra noi» disse semplicemente. «Altrimenti non avrei passato gli ultimi mesi della mia vita a fare tutto il possibile per trovarti.»

Lo fissò per un lungo momento, l'aria tra di loro era carica di tensione. Smiley non aveva mai provato niente del genere prima, gli sembrò che i peli sulle braccia e sulle gambe si fossero rizzati tutti. Stava succedendo qualcosa lì. Qualcosa che non capiva. Ma aveva imparato durante la sua carriera da SEAL che a volte bisognava semplicemente seguire la corrente, anche se quello che si stava facendo non aveva alcun senso... anche se andava contro tutto ciò che gli era stato insegnato.

«Stavo per andarmene, ma Kelli è stata... persuasiva. E mi ha attirata dentro con la promessa di una doccia e di una cena» disse Bree con un tono un po' più calmo. «Una volta davo per scontato il fatto di potermi fare una doccia e di mangiare quando avevo fame. Non ci pensavo nemmeno, erano cose che facevo e basta. Ma quando arrivi a un punto in cui non puoi semplicemente andare in bagno e aprire l'acqua, o andare in dispensa e prendere uno spuntino, ti rendi conto di quanto siano importanti queste cose.»

«Già. Non è la stessa cosa, proprio per niente, ma dopo una missione di due settimane in cui abbiamo strisciato nella giungla o camminato per chilometri sulla sabbia, o persino nuotato per ore nell'oceano... non c'è niente di meglio della prima doccia o del primo pasto.»

Bree annuì. «Esatto. Quindi sono entrata quando Kelli mi ha invitata. Poi mi sono ritrovata a tornare. Sapevo che non avrei dovuto farlo, che avrei dovuto semplicemente andarmene. Magari a est. Da qualche parte, in *qualsiasi* altro posto, ma Kelli è stata così gentile. Ed essere qui, circondata dalle tue cose... mi ha fatta sentire di nuovo normale.»

«Risolverò questa situazione» le disse Smiley.

Bree sbuffò.

«Lo farò» insistette.

«Mi sono scervellata per decidere cosa fare, per capire come mai la mia vita sia arrivata a questo punto, senza fortuna. Non so come tu possa trovare la persona che mi sta cercando.»

«Ho delle conoscenze» si limitò a dire, la sua mente vorticava di pensieri sulle cose che doveva fare, sulle persone che doveva contattare. «Hai dei parenti?»

«Una sorella a Washington. Ma non voglio coinvolgerla. E non siamo molto legate.»

«Genitori?»

«Be', non sono uscita da un uovo, se è questo che vuoi sapere» gli rispose con un lieve sorriso.

Eccolo di nuovo. Smiley era già dipendente dai sorrisi di quella donna, perché aveva la sensazione che, come lui, non sorridesse spesso. Ogni suo sorriso era un dono. Una ricompensa. E li desiderava quanto la scarica di adrenalina che provava durante una missione.

«Sei legata a loro?» le chiese, tornando alla conversazione.

«Lo ero. Ma mia madre ha avuto un cancro al colon qualche anno fa ed è morta. Mio padre è stato investito da un guidatore ubriaco solo un paio di mesi dopo.»

«Merda, Bree. Mi dispiace.»

Lei scrollò le spalle. «Già, non è stato un bel periodo della mia vita.»

Smiley pensò che fosse un eufemismo. «Mio padre picchiava a sangue mia madre mentre io ero nascosto sotto il letto in camera mia» sbottò. «Avrei dovuto fare di più per impedirlo. Per *fermarlo*.» Non sapeva perché glielo stesse dicendo, tranne per il fatto che lei aveva condiviso dei ricordi dolorosi e aveva sentito il bisogno di ricambiare.

«Quanti anni avevi?» gli chiese.

«Sei. Sette. Dieci. È andata avanti così per un bel po' di anni.»

«Smiley, eri un bambino, cos'avresti potuto fare?»

Ma lui scosse la testa. Non avrebbe *mai* dimenticato le mattine successive, quando trovava sua madre in cucina a preparargli la colazione, coperta di lividi, a volte ancora sanguinante... che gli sorrideva, fingendo che andasse tutto bene, mentre suo padre era svenuto sul divano a russare forte, ancora ubriaco dalla sera prima.

Si costrinse a scacciare quei ricordi dalla mente. «Mi assicurerò che tua sorella sia protetta e che nessuno la usi per arrivare a te. Ho bisogno di tutte le informazioni che puoi darmi: il nome del tuo ex – lo stronzo che ti ha venduta – che lavoro faceva, dove *tu* lavoravi, gli amici... tutto.»

Bree sospirò e chiuse gli occhi. Vedere la sua fronte aggrottata gli fece rimescolare lo stomaco.

«A volte non riesco a credere che questa sia la mia vita. Avevo un lavoro che non amavo ma in cui almeno ero brava. Un fidanzato. Persone con cui uscivo e che consideravo amiche. E ora sono senza casa, in fuga da un uomo che vuole usarmi e abusare di me nei modi peggiori, e mi chiedo dove ho sbagliato.»

«Il più delle volte non sei *tu* che sbagli, è solo la vita che va così. Ha il potere di rovinarti la giornata quando meno te lo aspetti.»

Bree aprì gli occhi, e Smiley sentì il peso del suo sguardo mentre gli chiedeva: «Ci credi davvero?»

«Sì.»

«Hai bisogno di più divertimento nella vita, Smiley.»

Lui sbuffò. «Divertimento? Uccidere i terroristi è divertente. Far saltare in aria navi piene di persone che non desiderano altro che ammazzare civili innocenti è divertente. Vedere persone malvagie ricevere ciò che si meritano è divertente.»

«Ehm, non è questo il tipo di divertimento di cui parlavo. Intendevo... serate al bowling, picnic al parco, sdraiarsi sulla sabbia in spiaggia a prendere il sole.»

«L'ultima non è divertente, è una tortura. Odio la sabbia.»

«Ovvio» disse lei, ridendo.

Cazzo. Era spacciato. Ogni volta che faceva sorridere quella donna, si sentiva pervadere dall'orgoglio e dalla contentezza. Avrebbe potuto passare il resto della vita a dire cose stupide e a rendersi ridicolo se ciò avesse significato vedere l'espressione che aveva in quel momento.

E se avere un lavoro, un tetto sopra la testa e delle amiche con cui uscire era tutto ciò che serviva per renderla felice, poteva facilmente offrirle tutte quelle cose. Non era sicuro riguardo al fidanzato, lui era troppo... duro. Troppo cinico. Ma se era un'altra cosa che lei desiderava davvero, si sarebbe fatto in quattro per essere il tipo d'uomo su cui poteva contare.

Smiley non si spaventò nemmeno del fatto che stesse pensando a una relazione duratura con quella donna. Era stata il centro del suo mondo per mesi, si era preoccupato per lei ogni minuto del giorno e della notte. E ora era lì. Al sicuro. Sul suo divano. Non c'era da stupirsi che non avrebbe avuto problemi a darle tutto ciò che le serviva per essere felice.

«Che ne dici di dormire ancora?» suggerì con fare un po' burbero.

«E tu?»

«E io cosa?» le chiese.

«Dormirai? Non puoi stare seduto su quella poltrona tutta la notte a guardarmi. Ti prometto che non me ne andrò.»

Col cazzo che non poteva. Aveva dormito su quella poltrona un'infinità di volte. E poteva scommetterci che non se ne sarebbe andata; lui non glielo avrebbe permesso. Aveva bisogno di aiuto. Un aiuto che solo lui e le sue conoscenze potevano darle.

Bree Haynes stava per scoprire che andare a Riverton era stata la decisione migliore che avesse mai potuto prendere. Voleva delle amiche? Aveva già legato con Kelli; non ci sarebbe voluto molto perché si integrasse nel gruppo ed entrasse in confidenza anche con le altre, soprattutto con Addison, che avrebbe voluto incontrare la donna che aveva salvato sua figlia e la figliastra. E anche Caroline Steel e la sua banda l'avrebbero sicuramente presa sotto la loro ala.

Bree non aveva idea di quanto la sua vita stesse per cambiare.

«Smiley? Mi hai sentito? Prometto di non sgattaiolare via nel cuore della notte.»

«Pensi davvero di poterlo fare? Dopotutto, *sono* un SEAL.»

«È una sfida?» gli chiese, sollevando il mento.

«No!» quasi gridò, improvvisamente preoccupato che lei

decidesse di dimostrare che poteva sgattaiolare via senza che lui se ne accorgesse.

«Rilassati» gli disse ridendo, «sono troppo stanca per fare qualcosa che non sia dormire... *stanotte*.»

«Cazzo» imprecò lui; rendendosi conto del vaso di Pandora che aveva inavvertitamente aperto.

Bree fece una risatina.

Un'irresistibile *risatina*, e Smiley capì di essere spacciato.

Aveva passato i primi trent'anni della sua vita a essere infastidito dalle risatine. E ora si ritrovava con il cazzo duro a causa di *quella* donna che faceva esattamente quella cosa.

Si sistemò sulla poltrona e prese una coperta dallo schienale per mettersela sulle gambe. L'ultima cosa che voleva era che lei notasse la sua erezione. Era inappropriato, e con tutto ciò che le stava succedendo nella vita, probabilmente l'avrebbe spaventata a morte.

«Dormi, Bree» le ordinò bruscamente.

«Smiley?»

«Non stai dormendo.»

Lei sorrise di nuovo. E ogni sorriso che faceva si insinuava sempre più in profondità nel suo cuore.

Poi tornò seria. «Apprezzo qualsiasi aiuto tu riuscirai a darmi, ma se le cose non dovessero risolversi, se mi trovasse... non ti è permesso sentirti in colpa.»

Il senso di colpa faceva parte della sua vita. Portava con sé quel peso per non aver fatto nulla per aiutare sua madre, e non era destino che sparisse ora.

Per quanto avrebbe voluto dire a Bree che la persona che le stava dando la caccia non l'avrebbe trovata, non poteva farlo. Sapeva meglio di chiunque altro che nella vita le cose spiacevoli capitavano. Accidenti, lo sapeva anche lei, ed era per quello che ne stava parlando in quel momento. Ma una promessa poteva fargliela.

«Se dovesse trovarti, verrò a cercarti. Non mi fermerò finché non ti avrò ritrovata... e non gli avrò ficcato una pallottola in fronte.» Era una cosa violenta e deprimente da dire, ma non se ne pentì.

«Promesso?» sussurrò Bree.

«Promesso.»

CAPITOLO DUE

Bree guardò di sottecchi l'uomo che dormiva sulla poltrona di fronte a lei. Le aveva lasciato una luce accesa in cucina, così se si fosse svegliata nel cuore della notte non avrebbe dovuto chiedersi dove si trovava.

Come se fosse stato possibile.

Bree sapeva *esattamente* dove si trovava: nell'appartamento di Jude Stark, sul suo divano. E non si era mai sentita più al sicuro, almeno negli ultimi mesi.

La sua vita era stata completamente stravolta, e ancora non sapeva come fosse successo. Un giorno era al lavoro, aveva appena rotto con il suo ragazzo, e quello successivo era stata rapita, legata e informata che il suo ex l'aveva venduta e che ora apparteneva a un'organizzazione che aveva tutte le intenzioni di *venderla* come oggetto sessuale.

Era incredibile. Eppure era successo. A *lei*.

Era stata molto fortunata che l'uomo che l'aveva rapita si fosse fermato a prendere un'altra donna quella sera, prima di portarla dal suo contatto. Ma lo era stata ancora di più perché *quella* donna, Josie England, aveva un fidanzato Navy SEAL deciso a non lasciarla sparire nel nulla, come purtroppo succedeva a tante persone anno dopo anno.

L'aveva scampata per un soffio, e il fatto che quello di Smiley fosse stato il primo viso che aveva visto quando lui aveva aperto la portiera dell'auto del rapitore e l'aveva trovata... aveva avuto un profondo effetto su di lei.

Sì, alcune persone avrebbero potuto dire che sentiva un legame con lui solo perché quella notte l'aveva salvata, e forse all'inizio era stato così, ma seguendo lui e i suoi amici in giro per Riverton, si era fatta un'idea abbastanza chiara del suo carattere.

Lo stava osservando da un bel po' di tempo ormai. Non guidava come uno stronzo, apriva le porte alla gente – uomini *e* donne – e lasciava mance generose, a giudicare dai sorrisi sui volti di chi lo serviva. E sebbene fosse vero che il più delle volte aveva un'espressione scocciata, era sempre stato gentile e accomodante con lei.

Circa una settimana prima, quando Kelli aveva aperto la porta, era *davvero* quasi scappata, e aveva sinceramente pensato che si fosse trovato una ragazza e di non essersene accorta. Ma non avrebbe dovuto sorprenderla che avesse ceduto il suo appartamento ai suoi amici perché erano in pericolo.

Bree aveva la sensazione che se gli avesse fatto notare tutti i suoi pregi, lui l'avrebbe semplicemente guardata con il suo solito cipiglio e le avrebbe detto che si sbagliava, che era uno stronzo.

Be', se pensava di essere uno stronzo, pazienza. Lei non era d'accordo. E il fatto che fosse sdraiata sul suo divano, al caldo, pulita e con la pancia piena, aveva rafforzato quella convinzione.

Le sue parole prima di addormentarsi le risuonarono nella mente.

Se dovesse trovarti, verrò a cercarti. Non mi fermerò finché non ti avrò ritrovata... e non gli avrò ficcato una pallottola in fronte.

Una delle sue paure più grandi era quella di scomparire nel nulla e che nessuno se ne accorgesse. O peggio, che a nessuno importasse. Non sapeva perché Smiley avesse sviluppato quell'ossessione di ritrovarla dopo quella notte a Las Vegas, ma non ne era turbata.

Bree sorrise, fissando il soffitto. La promessa che le aveva fatto era una cosa... da Smiley. Lui era molto rude nei modi, diceva un sacco di cose che la maggior parte delle persone avrebbe considerato inappropriate, ma sapere che non avrebbe esitato a fare del male all'uomo che le dava la caccia era una *bella* sensazione. Confortante. E al diavolo quello che potevano pensare gli altri.

La verità era che lei era allo stremo. Mostrava una facciata forte, ma dentro stava morendo. Non aveva idea di come fosse finita in quella situazione. Era stata una brava fidanzata... affettuosa, comprensiva. Poi, all'improvviso, Carl le aveva chiesto di partecipare a un rapporto a tre e lei aveva detto di no. Un no *categorico*. Lui si era incazzato e aveva iniziato a tormentarla quasi ogni giorno, dandole della puritana, sostenendo che avrebbe migliorato la loro vita sessuale. Dicendole che se lo amava *davvero*, avrebbe voluto che fosse felice, e che realizzare la sua fantasia di andare a letto con due donne contemporaneamente avrebbe avuto esattamente quell'effetto.

Così Bree lo aveva lasciato. Perché si era resa conto di *non* amarlo. Non avrebbe mai potuto amare un uomo che desiderava avere rapporti intimi con un'altra mentre era con lei, come se non gli fosse bastata.

Ed era stato allora che la sua vita aveva subito un drastico cambiamento.

Carl non aveva preso bene il suo rifiuto e aveva giurato che se ne sarebbe pentita. Ed era stato così, se n'era davvero pentita, ma non per i motivi che avrebbe pensato lui.

Si era pentita di non averlo scaricato molto prima.

L'aveva *venduta*. Come se lei fosse stata una nullità. Una proprietà. Spazzatura.

E ora era in fuga a causa sua, e niente di ciò che aveva fatto aveva portato a scrollarle di dosso l'uomo che le dava la caccia. Bree pensò che probabilmente era incazzato per aver perso non solo lei, ma anche Josie. Ma se era così... perché non stava cercando l'altra donna? Perché solo *lei*?

Non era nessuno. Era sulla trentina, alta un metro e sessantacinque, quindi una statura media per una donna. I capelli castano rossiccio e gli occhi nocciola non erano niente di speciale, né lo era il suo corpo. Era totalmente normale. Lavorava sodo, amava i cuccioli di cani e i gattini e faceva di tutto per essere gentile con gli altri.

Eppure, eccola lì.

Voltò la testa e guardò di nuovo Smiley. Stava dormendo con la bocca leggermente aperta e respirava profondamente. I capelli erano appiattiti da un lato, dov'era stato appoggiato, la sua barba non era né troppo lunga né troppo corta, e le sopracciglia erano aggrottate anche nel sonno, e lo facevano sembrare arrabbiato.

Avrebbe dovuto avere paura di quell'uomo. Dopotutto, non lo conosceva. Ma non era così, anzi, si sentiva al sicuro. Il che era assurdo, perché non era realmente al sicuro da *nessuna parte*. Non finché il bastardo che voleva aggiungerla al suo giro di donne non si fosse arreso o non fosse morto. Quindi, forse, era solo perché stare con Smiley le dava un'*illusione* di sicurezza. L'aveva percepita la prima volta che l'aveva incontrato, e anche ora.

Era il motivo per cui si trovava lì. A Riverton. Sul suo divano.

Ricordò le sue parole di poco prima.

C'è qualcosa tra noi.

Non aveva torto. C'era sicuramente qualcosa tra loro. Era sconcertante e un po' spaventoso, considerando che non lo conosceva. Non proprio. Ma sapeva di non poter lasciare Riverton prima di aver capito esattamente cosa li avesse attirati l'uno verso l'altra.

Era da stupidi, e lei era una debole; stava per portare il pericolo alla sua porta, eppure non riusciva a trovare il coraggio di andarsene.

Sospirando, si girò su un fianco.

Quel lieve rumore fece aprire gli occhi a Smiley. «Tutto bene?» le chiese assonnato.

«Sì» sussurrò.

«Sei scomoda? Potresti andare nel mio letto.»

Fu travolta da un desiderio improvviso che la mise a disagio. Pensare di stare nel letto di quell'uomo le fece immaginare di condividerlo con lui, mentre erano nudi a fare sesso selvaggio. Non sarebbe stato un amante facile, sarebbe stato esigente e prepotente. E lei ne avrebbe amato ogni secondo.

«Sto bene qui» disse con voce roca.

Lui emise una spece di grugnito che interpretò come un'accettazione.

«Perché non dormi?» le chiese.

«È solo... abitudine» spiegò sommessamente. «Quando dormivo in macchina, ero costantemente in allerta. Ogni luce che vedevo e ogni rumore che sentivo mi faceva pensare che potesse essere *lui* che era venuto a prendermi, che stava per irrompere nella mia auto. Mi è difficile credere di essere al sicuro. Lui è là fuori. In attesa. A osservare.»

Smiley si raddrizzò e Bree si rese conto che non avrebbe dovuto dire nulla, che avrebbe dovuto inventare una scusa banale e lasciarlo tornare a dormire. Mancavano ancora un paio d'ore al momento in cui di solito usciva per andare alla base, ma Smiley era completamente sveglio ora, e lei detestava avere interrotto il suo sonno. Non dormiva abbastanza già di suo.

«*Spero* che si faccia vedere» disse con un tono basso e minaccioso.

Avrebbe dovuto spaventarla, invece, l'aveva eccitata ancora di più. Quell'uomo era... *intenso*. E a quanto pareva lei aveva un debole per i "bad boy". Per gli uomini pericolosi.

No, non era vero. Di solito non le piacevano gli stronzi o gli uomini che la rendevano nervosa. Smiley era entrambe le cose, eppure, sapeva nel profondo che non le avrebbe fatto del male.

«Chiunque contribuisca all'aggressione e allo sfruttamento delle donne – accidenti, degli esseri umani in generale – è il più infimo degli infimi. La feccia dell'umanità. Siamo tutti su questa terra a cercare di vivere la nostra vita, e nessuno ha il diritto di sfruttare o di abusare di qualcun altro per il proprio tornaconto personale; che si tratti di denaro o di soddisfare la propria lussuria. E ai miei occhi lo stupro è il peggior reato che un uomo o una donna possano commettere. Voglio che il bastardo che ti sta cercando ti trovi. Così posso staccargli la testa e cagargli in gola.»

Bree non poté trattenersi e ridacchiò.

«Pensi che sia divertente?» chiese Smiley accigliato.

«No. Sì. Non lo so! Voglio dire, ho sentito quella citazione in alcuni film, ma non l'ho mai sentita dire da nessuno nella vita reale.»

«Dico sul serio» insistette.

Lei si ricompose. «Lo so. Grazie.»

«Merda. Non posso credere che stiamo facendo questa conversazione» borbottò tra sé e sé.

Bree faticò a trattenere un'altra risatina.

«E sta *ridendo*» disse Smiley, alzando gli occhi al cielo.

Ma capì che non era arrabbiato. Anzi, se lo aveva interpretato bene sembrava che fosse... contento? Non sapeva di cosa, ma dopo aver passato così tanto tempo con Carl e non essere mai riuscita a compiacerlo, rendere felice Smiley, anche nel cuore della notte quando avrebbero dovuto dormire, le diede una bellissima sensazione.

«Puoi dirmi qual è il piano? Intendo per cercare di sistemare questo casino in cui mi sono cacciata?» gli chiese titubante. Aveva bisogno di saperlo. Era il tipo di persona che non amava le sorprese.

«Domani mattina chiamerò un ex SEAL di nome Tex Keegan. È un genio del computer. Gli farò prendere in mano questa faccenda, così scoprirà a chi ti ha venduto quel coglione del tuo ex. Gli chiederò un localizzatore o due, così se dovesse succedere il peggio e *verrai* rapita, Tex potrà dirci dove sei e potremo venire a prenderti. Inoltre, bisogna far pulire a fondo la tua auto, anche se non la guiderai per un po'.

Ti presenterò ad Addison e a MacGyver il prima possibile, per organizzare un incontro con Ellory e Yana. Sono sicuro che anche tutte le altre donne vorranno conoscerti. E voglio chiamare Fiona e Cookie. Forse Julie e Hurt. Entrambe le donne sono state rapite dai trafficanti di esseri umani e portate in Messico diversi anni fa, credo che parlare con loro potrebbe esserti utile. E Josie, Blink, Remi e Kevlar si sposeranno tra un paio di settimane e daranno una grande festa all'Aces Bar and Grill. Ci andremo. Potrai incontrare e conoscere tutti.»

«Tra di loro?»

«Come, scusa?» le chiese.

«Si sposeranno tutti e quattro insieme?» scherzò. Si sentiva sopraffatta dai piani di Smiley, non turbata dall'idea di incontrare ufficialmente i suoi amici, ma comunque sopraffatta.

Questa volta fu lui a sorridere, e quando lo fece il mondo di Bree fu sconvolto.

Smiley cupo e arrabbiato era attraente. Ma sorridente era letale.

«No, non tutti insieme. Hanno deciso di fare una doppia cerimonia. Blink e Remi sono molto legati da quando hanno condiviso una brutta esperienza, e dato che entrambe le coppie avrebbero invitato praticamente le stesse persone al ricevimento, hanno pensato di poter celebrare i matrimoni contemporaneamente. E so da fonti attendibili che Kelli e Flash andranno in comune per convolare a nozze, quindi probabilmente si trasformerà in un *triplo* ricevimento.»

«Perché?» gli chiese.

«Perché cosa?»

«Non li conosco. Non proprio. Voglio dire, aver seguito te e i tuoi amici non mi dà il diritto di partecipare al giorno più importante della loro vita.»

Smiley gettò indietro la coperta che aveva sulle gambe e si alzò. Andò al divano su cui era sdraiata e si sedette accanto al suo fianco. Lo fissò mentre lui si sosteneva con una mano vicino alla sua spalla e si chinava. Avrebbe dovuto preoccuparla che le fosse così vicino, ma dopo aver visto quel sorriso, dovette trattenersi con tutta sé stessa per non saltargli addosso e darsi da fare con lui.

«Devi sapere una cosa.»

Bree aspettò, ma quando lui non continuò, trovò il coraggio di chiedere: «Cosa?»

«Ora sei sotto la mia protezione. E dove vado io, vai anche

tu. Al supermercato, alla base a lavorare, all'Aces... ovunque. Finché non prenderemo questo stronzo che ti dà la caccia, non ti lascerò da sola. Non correrò il rischio che metta le mani su di te. E dato che non voglio perdermi il ricevimento dei miei amici, verrai anche tu. Ma anche se non fossi in pericolo, verresti comunque, perché Addison insisterebbe per invitarti. Così come Kelli, Remi, Josie, Wren e Maggie. E quando incontrerai la banda di Caroline, lo faranno anche loro.

Sei entrata in un mondo completamente nuovo, Bree. Un mondo in cui gli amici si coprono le spalle a vicenda. Dove non ci si volta dall'altra parte quando le cose vanno male. Finché non prenderemo questo stronzo, non sarai sola. Mai.»

Le sue parole calmarono una parte di lei che non sapeva nemmeno avesse avuto bisogno di essere calmata. «Nemmeno per fare pipì?» scherzò con un sorriso.

«Cazzo... quel sorriso. Mi uccide» borbottò Smiley. Poi si spostò, scostandole una ciocca di capelli dalla fronte. «Anche per fare pipì» confermò. «Non si può mai sapere se qualcuno si intrufolerà dalla finestra. Le persone disperate fanno cose disperate, e non sono disposto a rischiare che qualcuno ti tocchi anche solo con un dito.»

Ora aveva voglia di piangere. Come aveva fatto a suscitare una lealtà così... profonda in quell'uomo?

«Ok?» le chiese.

Lei annuì, era senza parole.

«Bene. Possiamo dormire ora?»

Bree aveva un milione di domande. Su Tex, sui localizzatori, sul perché fosse così sicuro che tutti i suoi amici avrebbero voluto conoscerla. Invece era talmente sopraffatta che si limitò ad annuire di nuovo.

Smiley la fissò per un lungo momento, così tanto da farle pensare che si sarebbe chinato di più e l'avrebbe baciata. Ma purtroppo lui si raddrizzò, annuì e poi tornò a sedersi sulla poltrona.

Maledizione. L'attrazione palpabile che c'era tra loro era fuori dal comune. Bree non desiderava altro che scoprire se quello che avevano fosse una cosa passeggera, causata dalla tensione per la sua situazione... o se potesse essere qualcosa di più.

Ma nel bel mezzo dell'inferno che era la sua vita, non era esattamente il momento migliore per iniziare una relazione, se si trattava davvero di quello. Non pensava fosse così. Smiley si sentiva responsabile per lei, era evidente, ma avrebbe potuto provare qualcosa di più? Una volta che tutto ciò fosse finito − e pregava che finisse il prima possibile − l'avrebbe ancora voluta accanto? Avrebbe potuto rimandarla a Las Vegas e alla sua vecchia vita senza pensarci due volte, soddisfatto di aver chiuso una volta per tutte le questioni in sospeso che aveva dalla notte in cui l'aveva incontrata.

Sospirò e si rannicchiò di nuovo sotto la calda coperta di pile che le aveva dato. «Posso dire ancora una cosa?» gli chiese, dopo che Smiley si era rimesso comodo sulla poltrona.

Lui fece un sospirò come se fosse irritato, ma Bree riuscì a intravedere le sue labbra curvarsi in un piccolo sorriso. «Cosa?»

«Grazie...»

«No.»

Aggrottò la fronte, confusa. «No *cosa*? Usa le parole, Smiley.»

«Non puoi ringraziarmi. Non ti sto aiutando per avere la tua gratitudine.»

«Allora perché lo fai?»

«Non lo sai?»

«Chiaramente no» rispose un po' irritata.

«Allora te lo dirò dopo.»

«Dopo cosa?»

«Dopo che tutto questo sarà finito. Dopo che avremo preso quello stronzo e tu sarai al sicuro.»

«Sei insopportabile» sbottò Bree.

Smiley ridacchiò. «Lo so.»

«E arrogante» aggiunse.

«Non è l'arroganza che mi fa essere certo che chiunque ti stia dando la caccia pagherà per aver terrorizzato te e molte altre persone. O che chi c'è dietro a tutto questo – non gli scagnozzi che ti stanno alle calcagna, ma l'uomo al vertice – si pentirà della strada che ha scelto di intraprendere. È la profonda consapevolezza che eravamo destinati a incontrarci, a essere proprio qui in questo momento della nostra vita, e che avremo un futuro insieme. Dato che non possiamo farlo con questa minaccia che incombe su di noi, prima risolveremo la questione e poi andremo avanti.»

Bree fu percorsa dai brividi. Non aveva mai incontrato nessuno come Smiley. Era un tipo che non ci girava intorno. Si prendeva ciò che voleva. E sembrava che volesse lei: Bree Haynes, una sconosciuta qualunque.

La verità era che anche lei lo desiderava. Più di qualsiasi altra cosa avesse mai desiderato nella sua vita.

Avrebbe fatto tutto il necessario per sopravvivere a quella situazione, qualunque cosa fosse. Si sarebbe messa addosso cento localizzatori, gli avrebbe permesso di stare sulla porta del bagno mentre lei faceva i suoi bisogni, avrebbe conosciuto tutti i suoi amici. Avrebbe fatto qualsiasi cosa le avesse chiesto. Perché la verità era che era terrorizzata, e voleva porre fine e superare quel brutto periodo, anche solo per vivere una notte tra le braccia di Smiley.

«Dormi, Bree. Domani sarà una giornata impegnativa.»

Invece di preoccuparsi di cosa significasse esattamente, chiuse diligentemente gli occhi. Era convinta che sarebbe rimasta sveglia a pensare e a preoccuparsi, invece si addormentò quasi all'istante, e fece dei sogni in cui immagini terrificanti di lei che veniva gettata nel bagagliaio di un'auto si alternavano a quelle in cui si trovava sulla sabbia, in riva all'oceano, a fissare Smiley negli occhi mentre pronunciavano le loro promesse di matrimonio.

CAPITOLO TRE

BREE AVEVA il viso indolenzito da quanto sorrideva. Cosa strana, perché sembrava fossero anni che non si sentiva così spensierata. Certo, la sua vita era sempre un disastro, poteva praticamente *percepire* la sensazione di essere ancora braccata, ma in quel preciso istante si sentiva libera.

Smiley non scherzava quando aveva affermato che non l'avrebbe persa di vista. Immaginava che fosse *soprattutto* perché era preoccupato riguardo a chi le stava dando la caccia... ma anche un po' perché non si fidava completamente del fatto che lei non scappasse di nuovo.

Non l'avrebbe fatto. Innanzitutto, glielo aveva promesso, ma, soprattutto, sarebbe stata una completa idiota a non accettare l'aiuto che le stava offrendo. Ne aveva bisogno e non aveva intenzione di fare qualcosa di stupido... come pensare di potersi nascondere per il resto della vita.

E, per il momento, si stava divertendo più di quanto non fosse capitato negli ultimi anni.

Smiley l'aveva svegliata alle prime luci dell'alba, l'aveva trascinata fino al suo Ford Ranger e portata alla base navale, dove si era incontrato con il resto della squadra per l'allenamento mattutino.

Era stato un po' imbarazzante conoscere ufficialmente il team, soprattutto perché li aveva seguiti per un bel po'. Sapeva dove abitavano e che auto guidavano, sia loro sia le fidanzate e le mogli. Li aveva seguiti all'Aces Bar and Grill e in quelli che presumeva fossero alcuni dei loro ristoranti preferiti a Riverton. Accidenti, sapeva persino dove andavano a scuola i figli di Addison e MacGyver.

Erano stati tutti gentili, e si aspettava che sarebbe arrivato il momento in cui avrebbero voluto farle delle domande. Erano uomini estremamente protettivi e immaginava che volessero assicurarsi che non fosse un pericolo per il loro compagno di squadra. Cosa buffa, dato che di certo lei non rappresentava una minaccia per nessuno.

Be'... forse MacGyver e Flash sarebbero stati gli unici che non avrebbero fatto domande, visto che dopo essersi assicurati che fosse d'accordo, le avevano dato ognuno un lungo e caloroso abbraccio, che l'aveva fatta sentire benissimo. Ma lei non aveva aiutato i loro cari per essere ringraziata; aveva agito quasi senza pensarci, seguendo solo l'istinto. Era sollevata che le sue azioni avessero contribuito a salvare altre persone. Tuttavia, la realtà era che si era trovata nel posto giusto al momento giusto solo perché stava seguendo Smiley e i suoi amici.

Sapendo che più tardi avrebbe dovuto dare delle spiegazioni, era stata sollevata quando Kevlar aveva annunciato che era ora di iniziare l'allenamento. Smiley l'aveva sorpresa conducendola a un quad parcheggiato accanto a una delle torrette dei bagnini. Le aveva consegnato le chiavi e detto di stare al passo.

Non le aveva chiesto se ne avesse mai guidato uno o se sapesse come funzionava – era un no per entrambe le cose, anche se era riuscita a capire come fare abbastanza in fretta – le aveva solo lanciato un'occhiata che non era riuscita a interpretare, e si era voltato verso i suoi amici.

Quindi si era ritrovata a guidare lungo la spiaggia al sorgere del sole, osservando quei sette uomini con una forma fisica invidiabile, saltare e persino strisciare sulla sabbia e sulla riva. Prendevano il loro allenamento molto seriamente, e non era un sacrificio vedere i loro muscoli flettersi e tendersi mentre facevano tutti quegli esercizi per restare in forma ed essere pronti a salvare il mondo.

Non aveva idea di come Smiley avesse ottenuto il permesso di usare il quad che chiaramente serviva ai bagnini quando erano in servizio, ma ne era grata. Era stato davvero liberatorio correre sulla sabbia a quell'ora del mattino, senza doversi preoccupare di investire qualche bagnante o di schivare i bambini che non prestavano attenzione a ciò che li circondava.

In quel momento era seduta immobile sul quad, a godersi un'alba spettacolare e a guardare il team eseguire una sorta di sadica combinazione che includeva push up, rotolamento sulla sabbia verso destra, jumping jack e un altro rotolamento, quando Smiley interruppe bruscamente ciò che stava facendo e corse verso di lei.

Bree si raddrizzò, aggrottò la fronte e si guardò intorno. C'era qualcosa che non andava? Perché si era fermato?

Arrivò vicino al quad, mentre i suoi compagni di squadra continuavano l'allenamento, e le chiese: «Tutto bene?»

«Ehm... sì. Perché?» domandò confusa.

«Volevo solo controllare. Probabilmente non era questa la mattinata che avevi in mente; essere trascinata in spiaggia e annoiarti a morte guardando il nostro allenamento.»

Bree non riuscì a trattenere una risatina. «Oh, sì. È dura, ma credo di potercela fare» ribatté con sarcasmo.

Lui inclinò la testa e aggrottò la fronte, chiaramente cercando di capire cosa avesse inteso dire.

«Smiley, è tutto a posto. Fidati. Guardare te e i tuoi amici rotolarvi nella sabbia e contrarre i muscoli non è un sacrificio. Proprio per niente.»

Poté quasi vedere i suddetti muscoli rilassarsi a quelle parole.

«A parte il desiderio di bere una tazza di caffè, questo è il modo perfetto per iniziare la giornata. L'alba, la spiaggia, il bel tempo e vedere uomini che ammiro e rispetto mettere a dura prova il loro corpo, solo per mantenersi nella migliore forma possibile così da essere pronti in qualsiasi momento a partire e salvare la gente... no. Non fa schifo.»

«Vedrò come fare domani per la questione del caffè. Però stamattina ci fermeremo tornando a casa mia per prendertene uno.»

«Non è...»

«Se vuoi un caffè, è quello che avrai» la interruppe. Non stava sorridendo, continuava a fissarla con lo sguardo intenso di sempre. «Volevo solo assicurarmi che stessi bene. So che non è poi così eccitante.»

«Smiley, ho vissuto in macchina, e l'unica cosa che potevo fare era osservare la gente, che raramente assomigliava a voi. *Quello* era una noia mortale. Questo è perfetto.»

«Ok.»

«Ok» ripeté.

«Devo dire che... farei qualsiasi cosa per vedere quel sorriso spensierato sul tuo viso ogni giorno. Volevo solo capire cosa lo aveva causato, così da poter replicare la cosa in futuro.»

Bree era sbalordita. Non sapeva come replicare.

«Merda. E ora non c'è più» borbottò lui.

«Smiley! Torna qui!» urlò Kevlar. Si trovava con gli altri

ragazzi vicino alla riva. «Faremo qualche scatto prima di tornare indietro.»

«Oh, che gioia» sospirò.

Le labbra di Bree ebbero un guizzo.

Lo sguardo di Smiley andò alla sua bocca. Le fece un cenno con il mento, poi si voltò per tornare al suo allenamento. Dopo pochi passi si voltò e la avvertì: «Siamo tutti in allerta, ma tieni gli occhi aperti, per ogni evenienza.»

Quello la riportò alla realtà. Aveva ragione. Eccola lì, a fingere di essere in vacanza o qualcosa del genere, quando, a dire il vero, c'era un motivo per cui il suo culo era su quel quad e Smiley non voleva perderla di vista.

Guardandosi intorno, non vide altro che qualche irriducibile corridore mattutino lungo la spiaggia e la splendida costa. Le sue parole le avevano ricordato che la sua vita avrebbe potuto cambiare in una frazione di secondo. Lo sapeva meglio di chiunque altro.

———

L'allenamento quella mattina era stato una merda. Smiley non era riuscito a concentrarsi su nient'altro che sulla donna che guidava il quad accanto a loro mentre correvano. Ogni volta che guardava Bree, lei sorrideva come se si stesse divertendo un mondo.

Avrebbe avuto tutto il diritto di essere a pezzi. Qualcuno le stava dando la caccia, voleva rinchiuderla e costringerla a una vita che nessun uomo, donna o bambino avrebbe dovuto mai vivere. Eppure, riusciva a trovare piacere nelle più piccole cose.

E quando tornando all'appartamento si era fermato per prenderle un caffè macchiato alla vaniglia, lei si era comportata come se le avesse comprato un diamante o qualcosa del genere. Ma, ancora una volta, quel sorriso era bastato a garantirle che da lì in avanti avrebbe avuto il suo caffè molto zuccherato ogni mattina.

Prima, in spiaggia, aveva commesso un passo falso a lasciarsi sfuggire quel commento sul fatto di vedere il suo sorriso ogni giorno, per non parlare dell'affermazione della sera precedente riguardo all'avere un futuro insieme... le stava mettendo troppa pressione e troppo presto. Merda, Bree lo conosceva solo da un cazzo di giorno, ma a lui sembrava di conoscerla da sempre. Aveva passato così tanto tempo a cercarla e a scoprire il più possibile sulla sua vita, che stare con lei di persona gli era sembrata la naturale evoluzione.

Per fortuna non gli aveva fatto domande, né gli aveva detto che si stava comportando in modo ridicolo. O che era ossessionato. Era tutto vero, ovviamente... ma era sollevato che lei non glielo avesse fatto notare. Più tempo trascorreva con lei, più gli era difficile tenere le mani a posto, non gettarla sul tavolo della cucina, sul divano, contro il muro più vicino, e *implorarla* di dargli una possibilità. Di permettergli di amarla come desiderava fare da mesi.

Fece un respiro profondo e cercò di ignorare i piccoli sospiri soddisfatti che lei emetteva mentre beveva il suo caffè, di non ricordare i suoi sorrisi irresistibili o di averla sentita fare la doccia quella mattina, sapendo che era lì nuda.

Aveva pensato che una volta trovata quella donna la sua ossessione sarebbe svanita. Invece, era solo aumentata dieci volte tanto.

«Perché ci incontriamo con il tuo comandante?» gli chiese Bree, mentre percorrevano un lungo corridoio verso la stanza che la squadra usava solitamente per conferenze e riunioni.

«Perché sa tutto di te e della tua situazione. L'ho tenuto informato negli ultimi mesi.» le rispose. «Ha la possibilità di togliermi dalle rotazioni delle missioni, e ho bisogno che lui accetti di farlo. Il modo migliore che ho per convincerlo è fargli sentire la tua storia in prima persona.»

Bree si fermò di colpo e si voltò verso di lui. «Aspetta, perché *non* vuoi andare in missione?»

Smiley non riusciva a capire se stesse scherzando o meno. «Me lo stai chiedendo sul serio?»

«Sì.»

«Te l'ho già detto, finché questo stronzo non verrà catturato, non ti perderò di vista. E se vado in missione non posso garantire la tua sicurezza.»

«Non sono un tuo problema, Smiley. Voglio dire, sì, mi piacerebbe avere il tuo aiuto, ma alla fine ciò che mi succede *non* è una tua responsabilità. Non ci conosciamo nemmeno!»

«Una volta hai preparato una torta di compleanno a tre strati per la figlia di cinque anni della tua vicina perché non poteva permettersene una.»

Lei aggrottò la fronte. «Eh?»

«Hai sempre fatto gli straordinari quando i tuoi colleghi avevano bisogno di ferie. Arrivavi sempre presto e rimanevi fino a tardi» continuò Smiley. «Ogni due settimane andavi a far visita agli anziani della casa di riposo poco distante dal tuo appartamento.»

«Smiley...»

«Ti conosco» le disse. «Ho passato gli ultimi mesi a imparare tutto quello che c'era da sapere su di te. Ho parlato con i tuoi vicini, con i tuoi colleghi... con chiunque fosse possibile per cercare di capire dove fossi andata. Dove ti fossi nascosta. E nessuno ha mai parlato male di te.»

«Allora non hai parlato con quel vecchio brontolone che viveva nell'appartamento sotto al mio. Si lamentava sempre che camminavo troppo pesantemente. Diceva che pestavo apposta i piedi per rovinargli la vita» mormorò.

«Gli *ho* parlato» ribatté Smiley. «Era scioccato dal fatto che tu fossi scomparsa. Sì, mi ha detto che si lamentava perché camminavi facendo troppo rumore, ma ha ammesso che lo faceva solo perché gli preparavi dei biscotti per scusarti. E dato che sua moglie è morta qualche anno fa, e lui non sa proprio cucinare, gli mancano i dolci fatti in casa.»

«Oh, mio Dio» sussurrò Bree.

«Ti *conosco*» ripeté. «E per quanto riguarda il fatto che tu non sia una mia responsabilità, forse hai ragione, ma ciò non significa che non voglia che tu lo sia. L'uomo che ti sta dando la caccia avrebbe preso anche Josie. Chiunque faccia del male a uno dei nostri non può farla franca. E l'*ultima* cosa che ho intenzione di fare è permettergli di portare via qualcun altro che è importante per me... tu. Quindi metterò in campo tutte le risorse a mia disposizione per assicurarmi che tu sia al sicuro e per far fuori quello stronzo. Ma per farlo devo essere qui, non in un paese straniero a eliminare un terrorista.»

Bree sbatté le palpebre... e Smiley si allarmò nel vedere le lacrime nei suoi occhi.

«Oh merda, non piangere. Non riesco a sopportarlo.»

Lei fece una risatina mista a uno sbuffo. «Elimini dei terroristi regolarmente senza farti problemi, ma non riesci a gestire qualche lacrima?»

«Già.»

«Se mai avrai una figlia, ti terrà in pugno come niente.»

«Non voglio bambini» sbottò, poi avrebbe voluto darsi uno schiaffo; non era il momento né il luogo per una conversazione su degli ipotetici futuri figli.

«Non li vuoi?»

«No.»

Lo fissò così a lungo da farlo sentire a disagio.

«Lo dici per via di tutte le ricerche che hai fatto su di me?»

Lui aggrottò la fronte. «Non capisco cosa intendi.»

«Neanch'io voglio dei figli. La maggior parte delle persone

pensa che cambierò idea una volta che mi innamorerò o che il mio orologio biologico inizierà a ticchettare o qualcosa del genere. Ma... non credo che lo farò. Non ho mai sentito il bisogno di averne. Mi piacciono i bambini e adoro giocare con i figli degli *altri*, ma non ne voglio di miei.»

Fu in quel momento che Smiley capì che quella donna era destinata a lui. La desiderava già. Era incuriosito da lei. Voleva disperatamente proteggerla da quello stronzo che la stava cercando. Ma sentire quelle parole, sentirla dire esattamente quello che provava lui riguardo ai bambini... gli fece capire che era spacciato.

«Non lo sapevo» le disse.

«Smiley? Resterai in corridoio tutta la mattina o hai intenzione di venire qui?»

Alzò lo sguardo e vide la testa del suo comandante spuntare dalla porta della sala riunioni. Aveva un'aria irritata, cosa che non era positiva.

«Arrivo, signore!» gridò.

«Smiley?» lo chiamò Bree.

«Sì?»

«Grazie.»

«No. Cos'ho detto riguardo ai ringraziamenti? Dai. Chiudiamola qui» disse in modo brusco, sentendosi turbato per le sensazioni che stava provando. Avrebbe voluto afferrare Bree e scappare via con lei. Nasconderla in una baita in una remota regione montuosa, così che nessuno avrebbe potuto torcerle un capello. Ma voleva anche far sì che si integrasse con i suoi amici e assicurarsi che non prendesse nemmeno in considerazione l'idea di tornare a Las Vegas una volta catturato lo stronzo che la cercava.

Le sue dita le sfiorarono la schiena mentre la esortava a proseguire lungo il corridoio. Aprì la porta della sala conferenze e le fece cenno di precederlo.

Quando entrarono nella stanza non fu sorpreso di vedere che non c'era solo il comandante, ma anche tutta la sua squadra. Non sapeva che sarebbero stati lì, ma dato che quella mattina aveva parlato loro della riunione, non era poi così strano il fatto che avessero voluto esser lì per coprirgli le spalle.

Ma Bree ovviamente non si era aspettata di trovarsi faccia a faccia con così tante persone, e si fermò di colpo appena varcata la soglia.

«Oh» mormorò.

«Ho altre tre riunioni stamattina» disse bruscamente il comandante. «Avrei dovuto restare sul campo, sarebbe stato meglio che stare seduto tutto il giorno a parlare con degli idioti. Non voi, ragazzi» aggiunse rapidamente, per chiarire.

Smiley accompagnò Bree a una sedia e le si accomodò accanto, e per i successivi venti minuti lei raccontò la sua storia: del fatto che aveva rotto con il suo ragazzo e che poi era stata rapita nel parcheggio del suo condominio, finendo nell'auto dove Smiley e Blink l'avevano trovata. Che si era spaventata ed era scappata dalla scena durante la cattura del suo rapitore e il salvataggio di Josie... e che da allora era in fuga.

Spiegò anche di non aver più potuto fare operazioni bancarie perché sospettava di essere seguita; aveva notato che gli uomini che la pedinavano cambiavano spesso, e per quello aveva ipotizzato che ci fosse una sorta di organizzazione che la cercava, decisa a ottenere ciò per cui aveva pagato.

Disse inoltre che Carl, il suo ex fidanzato, era stato trovato morto a Las Vegas poco dopo che lei era fuggita dalla città, cosa che aveva scoperto solo dopo che Kelli aveva fatto una ricerca su di lui su Google.

Tutto sommato, non aveva molte informazioni concrete che potessero aiutare a capire chi la stava cercando. Il *motivo* lo sapevano: qualcuno aveva pagato un sacco di soldi per averla, e quella persona non era contenta di essere stata fregata, ed era ovviamente determinata a recuperare la sua merce... cioè lei.

Per quanto riguardava il fatto di essere seguita aveva avuto molte sensazioni e fatto congetture, ma non aveva delle prove tangibili. Alcune persone l'avrebbero liquidata come paranoica, l'avrebbero derisa e considerata ridicola, ma dato che Smiley e la sua squadra spesso mettevano in gioco la loro vita basandosi proprio su quel tipo di "sensazioni", non le avrebbero mai detto che era tutto nella sua testa.

«Allora, Smiley, vuoi essere esentato dalle missioni?»

«Sì, signore.»

«Per quanto tempo?»

«Finché non avremo risolto la questione» gli rispose senza esitazione.

«È quello che pensavo. Parlerai con Tex stamattina?»

«Sì, signore. Subito dopo questo incontro.»

Annuì. «Se Tex se ne occuperà, non ci metterà molto a risolvere questa situazione. Presumo che anche voi vogliate una pausa dalla rotazione» disse il comandante, guardando gli altri uomini.

Un coro di "Sì, signore" risuonò nella stanza.

«Vi ho fatto lavorare parecchio, eh?» chiese con un sorrisetto. «E ho sentito dire che tre di voi si sposeranno presto. Immagino che vogliate un periodo di congedo per la luna di miele, giusto?»

Le labbra di Smiley si contrassero mentre tutti concordavano con il loro comandante.

«Bene. Due mesi. Posso togliervi dalla rotazione per due mesi... ma non posso garantire di poter prolungare il periodo. Sarà sufficiente, Smiley?»

«Sì, signore.»

«Se avete bisogno di me per qualsiasi cosa, sapete dove trovarmi. Ma essere fuori dalla rotazione non significa avere tutto il tempo libero. Dovete comunque presentarvi per l'allenamento ogni mattina e partecipare ad altre riunioni.»

Tutti gemettero ma annuirono.

«Ottimo. Signorina Haynes, sono contento che stia bene. Ha trovato degli uomini eccezionali come supporto. Si faccia un favore e non tenga nascosta nessuna informazione sulla sua situazione, a prescindere da quanto possa metterla a disagio.»

«Non lo farò» disse Bree sommessamente.

Detto quello, il comandante fece un cenno agli uomini seduti al tavolo e poi si alzò. «Salutatemi Tex» aggiunse uscendo, per poi chiudere la porta.

Ci fu un attimo di silenzio nella stanza, poi MacGyver lo spezzò. «Non l'avevo ancora detto ufficialmente, ma questo mi sembra il momento giusto. Bree, grazie per quello che hai fatto per Ellory e Yana.»

Lei gli rivolse un piccolo sorriso. «Non ho fatto molto» replicò.

«Stronzate» disse Safe con tono deciso. «Da quello che sappiamo, sei stata picchiata di brutto quando hai aiutato le ragazze a scappare.»

«Non potrò mai ripagarti» continuò MacGyver. «Ma qualsiasi cosa ti serva, in qualsiasi momento, io ci sono.»

«Lo stesso vale per me» aggiunse Flash. «Salire in macchina con Kelli e il suo rapitore è stato sconsiderato, pericoloso e stupido, e una delle cose più coraggiose che abbia mai visto fare. Se non fossi stata lì... se non avessi dato a Smiley gli aggiornamenti su dove stava portando Kelli...» la sua voce si spezzò.

«Ragazzi, dovete sapere che mi trovavo in entrambi i posti solo perché stavo pedinando voi e le vostre fidanzate» ammise Bree. «Il comandante ha detto di non tralasciare nulla. Be'...

ecco qua. Ho iniziato a seguirvi perché volevo sapere che tipo di persone frequentava Smiley, per cercare di capire se potevo fidarmi di lui. Poi ho *continuato* a farlo perché mi annoiavo. Ho visto tutte le vostre auto partire a razzo dalla casa di MacGyver e mi sono unita alla comitiva, ecco perché ero in quel porto al momento giusto. Mi sono intrufolata attraverso un buco sotto a una recinzione e mi sono imbattuta nelle due ragazzine. Non avevo programmato di fare ciò che ho fatto. Ed ero nel parcheggio del condominio di Smiley perché andavo a trovare Kelly di nascosto.»

«Non mi interessa del come, ma solo che sia successo» disse Flash con fermezza.

«Anch'io» concordò MacGyver.

«Ogni volta che vorrai pedinare Josie, fallo» aggiunse Blink.

Le labbra di Bree ebbero un guizzo.

«Ma che ne dici se invece di seguirci di nascosto, ti unissi a noi?» chiese Kevlar. «Io e Blink ci sposiamo tra un paio di settimane e ci piacerebbe averti lì. Se Smiley non te l'ha già detto, dopo faremo una festa all'Aces Bar and Grill. Immagino tu sappia dov'è.»

Lei annuì.

«Bene. Ci saranno le nostre famiglie, il fratello gemello di Blink e la sua squadra di Night Stalker, Wolf Steel e il suo team... tutti, insomma» disse Kevlar.

«Mi... mi piacerebbe. Grazie. Se sarò ancora qui» aggiunse.

«Sarai ancora qui» disse Preacher con sicurezza. «Una volta che le donne avranno messo le mani su di te, non potrai più scappare.»

Tutti risero tranne Smiley, che aggrottò la fronte. Non sapeva come Bree avrebbe preso le parole del suo amico, e fu sollevato quando la vide cercare di trattenere un sorriso.

«Maggie è incinta, vero?»

Preacher sembrò sorpreso per un attimo, poi sorrise. «Mi ero dimenticato che sei una stalker. Sì, è incinta. E anche Addison.»

«Dei bambini. Chi l'avrebbe mai detto» disse Kevlar scuotendo la testa. «Ora che abbiamo finito con i ringraziamenti, chiamiamo Tex. Probabilmente sta scalpitando per parlare con Bree.»

Blink si sporse in avanti e tirò il telefono verso di sé e, qualche secondo più tardi, sentirono gli squilli dall'altoparlante.

«Era ora, cazzo» rispose un uomo.

«Tex. Sono contento di sentirti.»

«Certo. Smiley, ti ho mandato un pacco, contiene dei localizzatori. Dovresti riceverlo oggi. Bree, dovrai averli addosso... sempre. Non voglio correre rischi con te. Sono scomparse troppe donne, ed è un casino trovare qualcuno senza un localizzatore.»

«Ehm... ok» replicò lei, guardando Smiley con la fronte aggrottata.

«Tex, vorrei presentarti ufficialmente Bree Haynes» disse Kevlar. «Bree, Tex vive sulla East Coast con la moglie, le figlie e un cane. È un ex SEAL diventato un genio del computer. È un tremendo ficcanaso e non ho idea di cosa faremmo senza di lui.»

«Ciao» lo salutò Bree.

Tex continuò come se lei non avesse parlato.

«Ci sto lavorando» disse. «Ho rintracciato una grossa somma di denaro apparsa sul conto del tuo ex prima che venissi rapita. Ho seguito le tracce attraverso una serie di altri conti per trovarne la fonte. L'organizzazione che ti vuole non scherza affatto. È pericolosa. E purtroppo è collegata a uno stronzo che è stato fatto fuori qualche anno fa. Del Rio era al massimo del suo potere in Perù prima che i Mercenari di Montagna e la Silverstone lo uccidessero.»

Smiley guardò Bree per vedere come stava prendendo il discorso schietto di Tex; stava fissando il telefono senza mostrare alcuna espressione. Senza pensarci, le prese la mano e se la appoggiò sulla coscia. Lei lo guardò brevemente, gliela strinse, poi tornò a concentrarsi sul telefono.

«Collegata come?» chiese Safe.

«Da quello che sono riuscito a scoprire, l'uomo al comando è uno di quelli che procuravano le donne a del Rio.»

«Cazzo.»

«Mi stai prendendo per il culo?»

«Dannazione.»

Smiley era d'accordo con le affermazioni dei suoi compagni di squadra. Sapevano tutti di del Rio e di quanto fosse stata spietata la sua operazione. Non conoscevano personalmente nessuno dei Mercenari di Montagna, ma avevano sentito dire che la moglie del capo era stata rapita a Las Vegas e tenuta prigioniera per dieci anni. Era stata solo l'instancabile determinazione di Rex di voler scoprire cosa le fosse successo, che alla fine aveva portato a eliminare del Rio.

«Sì, c'è di peggio... aspetta. Chi c'è lì? Solo la tua squadra, Kevlar?»

«E Bree. Perché?» rispose lui.

«Perché quello che sto per dire aprirà un vaso di Pandora che non sono sicuro debba essere aperto.»

Smiley trattenne il respiro. Se Tex pensava che l'informazione non fosse positiva, doveva essere molto, molto brutta.

«Mateo Castillo. Qualcuno di voi ne ha sentito parlare?» chiese loro.

Tutti risposero in modo negativo.

«È il capo di questa particolare organizzazione. Quello che ha pagato per avere Bree. Il motivo per cui ho chiesto se eravate gli unici a essere lì è perché... ho ragione di credere che molti anni fa fosse un pesce piccolo in un giro di trafficanti messicano, lo stesso da cui Fiona e Julie furono salvate.»

Il respiro di Smiley si bloccò in gola. *Porca puttana*. Poteva essere vero?

«Cookie andrà fuori di testa» borbottò Flash.

«Per non parlare di Hurt» aggiunse Preacher.

«Non capisco» Bree sussurrò a Smiley.

Ma non ebbe il tempo di spiegarle quanto fosse grave la situazione, quanto quell'informazione fosse davvero, *davvero* terribile.

«Ok. Bree? Mi stai ascoltando?» chiese Tex.

«Sì» rispose lei diligentemente.

«Fai quello che ti dice Smiley. L'organizzazione che ti sta dando la caccia è tra le peggiori in assoluto. Devi fare di tutto perché non ti trovino. Sto facendo il possibile dietro le quinte per eliminarli, per colpirli dove fa più male: i loro conti bancari. Ma questo non fermerà ciò che è già in atto. Sii intelligente. Stai all'erta. È impressionante che tu sia riuscita a stare un passo avanti a loro per tutto questo tempo, ma probabilmente ciò li ha resi più determinati che mai a trovarti e a portarti nella loro rete. Credimi, è meglio che non succeda.»

Bree annuì, e anche se Tex non poteva vederla, continuò.

«Se dovesse succedere il peggio, *niente panico*. Fai tutto il necessario per sopravvivere. Mi hai capito? Me ne sto occupando. Come faranno tutti gli uomini seduti a quel tavolo con te.»

A Smiley si rimescolò lo stomaco. Non voleva pensare che Bree cadesse nelle mani di quel Castillo.

«Ok» ribatté lei.

«Che nessuno riveli questa cosa a Cookie, a Hurt o a chiunque altro nella squadra di Wolf. Parlerò con loro personalmente quando avrò maggiori informazioni. Non *voglio* che Fiona o Julie debbano affrontare questa situazione finché non avrò la conferma che Castillo era coinvolto nel gruppo che le aveva rapite *e* non avremo buone notizie da dare. Vale a dire, che sappiamo dove si trova questo stronzo e che qualsiasi minaccia esistente è stata eliminata.»

«Pensi che Fiona o Julie siano in pericolo?» chiese Preacher.

«Onestamente, no. Sono passati un sacco di anni. Se Castillo avesse voluto mettere le mani su di loro, avrebbe avuto tutto il tempo e i soldi per farlo. Inoltre, non rientrano nella fascia d'età delle donne che può vendere facilmente. Ma solo sapere che è là in giro manderebbe fuori di testa tutta la squadra di Wolf, e preferirei concentrarmi su ciò che devo fare per proteggere Bree piuttosto che preoccuparmi di tenere a freno Cookie, Hurt e il resto del team.»

Smiley non era molto d'accordo. Se fosse stato Cookie o Hurt, avrebbe voluto sapere che si era ripresentata una minaccia dal passato, ma aveva bisogno di Tex e della sua esperienza, e l'ultima cosa che voleva era farlo incazzare.

Gli avrebbe dato un po' di tempo, ma non troppo. I SEAL rimanevano uniti. Punto. E anche se gli uomini della squadra di Wolf erano in pensione, erano ancora Navy SEAL quanto lo erano stati in passato.

«Li *informerò*» disse Tex, come se avesse potuto sentire attraverso il telefono le vibrazioni di disapprovazione che emanavano i sette uomini seduti intorno al tavolo. «Wolf e la sua squadra sono tra i miei più cari amici, ma non voglio allarmarli se non è proprio necessario. Ho solo bisogno di un po' di tempo per raccogliere altre informazioni. Per trovare questo stronzo. Per assicurarmi che non sia una minaccia. Se pensassi davvero che Julie e Fiona sono in pericolo, sarei il primo a chiamarli.»

Ciò lo fece sentire un po' meglio. Anche se poco.

«Allora, Bree. Sei stata brava, ma non abbassare la guardia. Ci sto lavorando, e anche altre persone. Collaboro con una donna in New Mexico e un'altra in Texas che stanno facendo il possibile per seguire la traccia del denaro che parte da Castillo fino a quelli che ti stanno cercando. Li troveremo.»

«Grazie.»

«Non ringraziarmi. Odio i ringraziamenti. Sii intelligente. La mia pressione è già abbastanza alta, non fare nulla che la faccia salire ancora di più. Chiudo.»

La stanza piombò nel silenzio quando lui riattaccò.

«Cazzo. È una pessima notizia» disse Kevlar dopo un attimo.

Smiley pensò che fosse l'eufemismo del secolo.

«Come ti senti?» chiese MacGyver a Bree.

Lei scrollò le spalle. «Sono viva e al sicuro. Sto bene.»

«Quanta altra merda emotiva puoi sopportare?»

Smiley guardò accigliato l'amico, non capendo dove volesse andare a parare.

«Be'... considerando quella che ho affrontato di recente, tanto vale buttarcene ancora un po'.»

MacGyver sorrise. «Questa volta spero che sia una merda emotiva *bella*. Addison non vede l'ora di conoscerti. E anche Ellory. Ho pensato che magari tu e Smiley potreste venire a cena da noi stasera.»

Bree guardò Smiley, come per cercare di capire cosa ne pensasse, e lui, vedendo brillare nei suoi occhi la voglia e l'entusiasmo di farlo, pensò che non avrebbe potuto negarle nulla di ciò che desiderava, come non avrebbe potuto dare un calcio a un cucciolo indifeso.

Smiley si voltò verso MacGyver. «Alle sei va bene?»

«Perfetto. Lo dico ad Addy.»

«Porto Bree al supermercato a prendere alcune cose che le

servono e a fare scorta di cibo. Voglio anche essere a casa quando arriverà il pacco di Tex, così da farle mettere i localizzatori. MacGyver, ci vediamo stasera. Tutti gli altri, domani come al solito?» Smiley era improvvisamente ansioso di riportare Bree a casa. Dietro una porta chiusa. Certo, probabilmente erano più al sicuro lì alla base, ma era impossibile sapere chi avesse Castillo al suo servizio. Bastava pensare a cos'era successo alla moglie di Preacher. Lo stalker di Maggie era stato sotto il loro naso per tutto il tempo. Proprio lì, alla base.

Tutti annuirono e si dissero d'accordo.

Smiley e Bree si avviarono verso la porta prima che a qualcuno venisse in mente qualcos'altro di cui parlare.

La sua mente andava a mille. Se quello che aveva detto Tex era corretto, e non aveva dubbi che lo fosse, Mateo Castillo era una minaccia ancora più grave di quanto avesse inizialmente pensato. E Bree era decisamente in pericolo. Chiunque fosse sopravvissuto così a lungo nel giro della tratta delle donne, come aveva fatto lui, era ovviamente astuto e intelligente. Aveva imparato a passare inosservato. Probabilmente aveva un sacco di conoscenze.

Bree non sarebbe stata al sicuro finché Tex non lo avesse trovato e fatto eliminare una volta per tutte.

E quel momento non sarebbe mai arrivato abbastanza presto per la sua tranquillità.

———

Mateo Castillo era fermo nel parcheggio di fronte all'ingresso principale della base navale. Era arrivato *così vicino* a catturare Bree Haynes. Ma il Navy SEAL con cui viveva non la perdeva mai di vista. Non sarebbe stato così facile come aveva pensato mettere le mani su di lei. I Navy SEAL gli avevano sconvolto la vita anni prima in Messico e continuavano a rendergli le cose molto più difficili del necessario.

L'unica ragione per cui si trovava a Riverton era perché gli uomini che aveva mandato a recuperare la donna di sua proprietà avevano combinato un sacco di casini. Si erano lasciati sfuggire Bree Haynes più di una volta, così aveva capito che era arrivato il momento di intervenire personalmente.

E facendo ricerche sulla stronza e sulla zona della California in cui era fuggita – e soprattutto sugli uomini che avevano interrotto la sua compravendita – aveva scoperto che le due donne responsabili di avergli rovinato la vita tanti anni prima vivevano lì anche loro.

Fiona Storme e Julie Lytle appartenevano all'organizzazione per cui aveva lavorato in Messico. Poi le due erano state salvate dai Navy SEAL, e ora erano anche sposate con due di loro.

Quando si era reso conto che Bree Haynes era collegata a quelle due stronze, tramite l'uomo da cui era corsa in cerca di aiuto, non era riuscito a scrollarsi di dosso l'idea che si era formata nella sua mente: avrebbe preso anche *loro*.

Tutte e tre le donne sarebbero state rimesse al loro posto; distese sulla schiena, a fargli guadagnare soldi.

Ah, non le avrebbe tenute, aveva già degli acquirenti. Persone a cui non importava quanto fossero vecchie le stronze. Una sarebbe andata in Corea del Nord, una in Russia... ma Bree Haynes sarebbe rimasta in Ecuador, dove lui viveva attualmente. Si sarebbe unita al gruppo che aveva creato, che rispecchiava molto quello gestito da del Rio. Aveva già il controllo sulla maggior parte delle forze di polizia, e in Ecuador era facile corrompere i funzionari governativi.

Non aveva bisogno della quarta donna. Josie England. La

tizia che l'aveva venduta non aveva chiesto quasi nulla; era una perdita insignificante.

Ma l'ex di Bree aveva negoziato una cifra considerevole. E le altre due... erano una questione personale. Doveva solo avere pazienza. Prima o poi i SEAL avrebbero abbassato la guardia. O, più probabilmente, le donne avrebbero fatto qualcosa di stupido. Lo facevano *sempre*.

In quel momento, il fatto che l'attenzione di tutti fosse concentrata su Bree Haynes poteva giocare a suo favore per rapire Fiona e Julie, ma se l'avesse fatto, i SEAL avrebbero nascosto la terza donna. No, doveva aspettare. Vedere se si presentava l'occasione di catturarle tutte contemporaneamente. Sarebbe stato l'ideale; apparire all'improvviso e rapirle senza che nessuno se ne accorgesse.

Nelle ultime settimane i suoi uomini avevano scoperto che tutti i SEAL e le loro famiglie si ritrovavano in un bar chiamato Aces. Immaginava che fosse solo questione di tempo prima che tutte le donne si riunissero lì. Più si fossero incontrate, più occasioni avrebbe avuto di prenderle.

E anche se non aveva mire su nessun'altra... se fosse *riuscito* a portarne via un altro paio, tanto meglio.

Mateo individuò il pick-up di proprietà dell'uomo a cui Bree Haynes si era legata, e socchiuse gli occhi mentre il veicolo usciva dalla base. Il suo momento stava arrivando, doveva solo osservare e attendere. Sarebbe stata sua quando meno se lo sarebbe aspettato.

CAPITOLO QUATTRO

Smiley si voltò a guardare Bree. Avevano appena parcheggiato fuori dalla piccola casa di MacGyver. «Sei sicura di volerlo fare? Possiamo rimandare.»

«Ne sono sicura» rispose. «Sono un po' nervosa, ma sarà bello vedere le ragazzine felici e non spaventate a morte.»

A essere sincera, non vedeva l'ora di incontrare ufficialmente Ellory e Yana. Quando le aveva viste in quel porto, erano terrorizzate. Da quello che aveva capito osservando da lontano, se la stavano cavando bene dopo quella terribile esperienza, ma voleva saperlo con certezza e parlare con loro di persona.

E non poteva fare a meno di desiderare di incontrare anche Addison.

Chi stava prendendo in giro? Voleva conoscere *tutte* le donne. Le aveva osservate di nascosto per così tanto tempo che le sembrava di conoscerle.

Ma la verità era che *non* le conosceva affatto. Era una stalker inquietante che le aveva guardate dalla sua auto, che le aveva spiate. Se lo avessero saputo, probabilmente non avrebbero voluto avere niente a che fare con lei.

Era sul punto di cambiare idea, di dire a Smiley che voleva andarsene, ma ormai era troppo tardi, perché lui era sceso dall'auto e stava andando dalla sua parte.

Fece un respiro profondo e cercò di farsi coraggio. Sarebbe andato tutto bene. Avrebbe incontrato i bambini e Addison, avrebbe mangiato un pasto decisamente migliore rispetto a quelli di quando viveva in macchina, poi sarebbe tornata all'appartamento di Smiley. Non aveva nulla di cui aver paura, e non aveva bisogno di essere la migliore amica di Addison o dei suoi figli. Le persone non sempre entravano in sintonia. Non sarebbe stato un grosso problema se non fosse piaciuta a tutte le donne.

Merda.

Tranne che lo sarebbe stato.

Almeno per lei.

Non ebbe più tempo di preoccuparsene perché Smiley stava aprendo la sua portiera. Cercò di uscire dall'auto con la cintura di sicurezza ancora allacciata, come una perfetta imbranata; non era il massimo come inizio di serata.

Smiley ridacchiò e Bree si sentì le guance in fiamme. Quando si ricompose scese dalla macchina. Ma lui non indietreggiò. Anzi, la imprigionò contro l'auto, invadendo il suo spazio personale, poi le sistemò una ciocca di capelli dietro l'orecchio. Non poté fare altro che fissarlo.

«Respira, Bree. Andrà tutto bene.»

Annuì.

«Non ti avrei portata qui se non lo pensassi veramente» continuò. «Non ti esporrei mai a una situazione in cui ci fosse anche solo la minima possibilità che tu possa venire ferita... fisicamente o emotivamente.»

«Smiley...» protestò Bree, sentendosi di nuovo sopraffatta.

«Questa cosa è una novità per me» le disse.

«Quale?» gli chiese, dato che non aggiunse altro.

«Stare con una donna a cui non riesco a smettere di pensare e di cui mi preoccupo costantemente, dopo aver passato mesi a chiedermi a tutte le ore cosa lei stesse pensando e facendo. È... sconcertante.»

Bree non poté fare a meno di sbuffare. «Già.»

Lui inclinò la testa. «Provi le stesse cose?»

Annuì.

«Mi fa passare per stronzo sentirmi sollevato di non essere l'unico?»

Gli sorrise. «No.»

«Cazzo. Non hai idea di cosa mi faccia quel sorriso. Dai, dobbiamo entrare in casa. Non mi piace stare fuori così.»

E a quell'affermazione ritornò alla realtà della sua situazione. Non era una normale donna a un appuntamento, era il bersaglio di un uomo spaventoso che voleva trovarla e costringerla a fare sesso con altri uomini per soldi. Era una cosa *orribile*.

«Dannazione, non volevo spaventarti» disse Smiley, conducendola verso la porta di MacGyver e Addison.

«Non l'hai fatto» cercò di rassicurarlo.

«Stronzate. Non mentirmi. Non dirmi quello che pensi io voglia sentire. Sii sincera con me. Sempre. Perché io non so essere diverso da così.»

Bree guardò l'uomo al suo fianco mentre si avvicinavano alla porta. Aveva dei modi bruschi, era un po' paranoico, a giudicare dal modo in cui osservava l'ambiente circostante, era fin troppo sincero e non sembrava curarsi minimamente del suo aspetto.... ma, d'altronde, era bello a prescindere da cosa indossasse e anche se non ricordava di pettinarsi... come in quel caso. I capelli erano sparati da tutte le parti, come immaginava fossero dopo che aveva dormito.

Ma non poteva negare che più tempo trascorrevano insieme più si sentiva attratta da lui.

«Mi hai sentito, Bree?» le chiese.

«Sì. Non mi hai spaventata, ma sono un po' nervosa in generale. Per stasera, per quel Mateo, per tutto.»

Smiley annuì. «Sarei preoccupato se non lo fossi. Ma ci stiamo lavorando. Tutti noi. Il mio team, Tex, il comandante, *tutti*.»

Bree aprì la bocca per ringraziarlo ancora una volta, ma la porta davanti a loro si spalancò di colpo e apparve una ragazza. Ellory. L'avrebbe riconosciuta ovunque.

Con suo grande stupore, le si gettò addosso.

Bree indietreggiò con un piede per non cadere e abbracciò la ragazzina, che la strinse come se la sua vita fosse dipesa da quello. Per fortuna Smiley le aveva messo una mano sulla schiena, impedendole davvero di cadere a terra con Ellory tra le braccia.

«Ellory!»

Bree guardò verso la porta e vide una donna alta dai capelli rossi che scuoteva la testa, ma sorrideva alla figlia con affetto. «Scusa, era così emozionata all'idea di conoscerti. Sono Addison. Entrate, prego.»

La ragazza la lasciò andare e fece un passo indietro. «Sì, scusami. Ero troppo impaziente di ringraziarti.»

«El, fai marcia indietro, falli entrare» la rimproverò dolcemente la madre.

«Sì, scusa! Entrate, entrate. Abbiamo cucinato senza sosta da quando siamo tornate da scuola. Non potrò mangiare molto di quello che abbiamo preparato, ma tutto ha un profumo delizioso. E anche Yana ci ha aiutate.»

Bree sorrise all'entusiasmo della ragazzina. Aveva saputo da Smiley che aveva il morbo di Crohn, quindi non rimase sorpresa dal fatto che non avrebbe mangiato come tutti gli altri.

Entrò in casa e notò Smiley fare un cenno con il mento a MacGyver, e ciò la fece sorridere. Era proprio una cosa da uomini. Ma prima che potesse commentare, Ellory le prese la mano. «Dai, Yana non vede l'ora di conoscerti! E anche Artem e Borysko.»

«*Ellory*. Ti stai comportando da maleducata» le disse Addison, accigliandosi.

«Oh, va tutto bene. Anch'io non vedo l'ora di conoscere tutti» ribatté Bree.

«Ma io non ho ancora avuto la possibilità di farlo ufficialmente» borbottò la donna.

Le dava una strana sensazione essere al centro dell'attenzione, essere quella per cui la gente litigava per poterla conoscere per prima.

«Sono Bree» sbottò, porgendole la mano.

L'altra donna la ignorò e le si avvicinò, poi la abbracciò con la stessa forza con cui l'aveva fatto sua figlia pochi istanti prima.

Bree percepì, più che udire, il suo respiro spezzarsi.

«Grazie. Non hai idea di cos'hai fatto» le disse sommessamente.

«Non è stato niente che qualcun altro non avrebbe fatto» protestò.

Lei si tirò indietro e fece scorrere lo sguardo lungo il suo corpo. «Stai bene? Ricky ha detto che ti hanno fatto del male. Che quell'uomo ti ha picchiata.»

«Sto bene» la rassicurò. La sincera preoccupazione che percepì nelle parole di Addison le diede conforto. Fu come essere avvolta da una coperta calda dopo essere rimasta isolata per così tanto tempo, dopo essere stata ai margini della vita.

Gli occhi di Addison si riempirono di lacrime e poi tirò su con il naso rumorosamente. MacGyver le mise un braccio intorno alla vita e la strinse a sé, e lei non oppose resistenza.

«Ultimamente piange per qualsiasi cosa» spiegò. «Ormoni della gravidanza.»

Bree sorrise. «Congratulazioni.»

«Grazie. E non piango perché sono incinta» si lamentò. «Ok, non *solo* per quello. È che... sei stata ferita per proteggere le mie figlie. Mi è permesso piangere per questo.»

«Mamma, sto *bene*. Yana sta bene. Posso per favore portarla in cucina per fargliela conoscere? Inoltre, probabilmente devo comunque controllare cosa sta facendo, assicurarmi che non stia per incendiare la casa.»

«È tutto a posto» disse MacGyver. «È in soggiorno a guardare la TV con i suoi fratelli.»

«Se lo dici tu» replicò Ellory, alzando gli occhi al cielo.

Bree non poté fare a meno di scoppiare a ridere. Quell'incontro non era per niente come se l'era immaginato.

Ellory le sorrise e le riprese la mano. «Dai. Vediamo se riusciamo a staccarli dalla TV.»

Bree guardò Smiley e lo trovò a osservarla con un'espressione che non riuscì a interpretare, ma il piacere nei suoi occhi era evidente.

Si lasciò trascinare in un'altra stanza, dove c'erano due bambini e Yana seduti sul divano a fissare la TV come ipnotizzati. Le brontolò la pancia a causa del delizioso aroma di spezie italiane proveniente dalla cucina; qualunque cosa avessero cucinato Addison ed Ellory aveva un profumo divino.

«Yana, lei è Bree. È la donna che ci ha aiutate quando l'uomo cattivo ci ha rapite. Ricordi?»

La bambina la guardò e spalancò gli occhi. Emise un gridolino e praticamente volò giù dal divano e verso di lei.

Sorpresa ancora una volta da quell'esuberante accoglienza,

Bree si inginocchiò e strinse a sé la bambina, che tremò mentre l'abbracciava. «Credo che se lo ricordi» disse a Ellory sottovoce.

L'adolescente annuì con un gran sorriso. «Sì. Abbiamo parlato molto di quello che è successo con la nostra psicologa. E anche se tutta la vicenda è stata spaventosa, la parte migliore è stata quando sei apparsa e ci hai aiutate a scappare.»

«Grazie per aver salvato nostra sorella. Io sono Artem.»

«E io sono Borysko. Sì, grazie.»

I due ragazzini si erano alzati e avevano messo una mano sulla spalla della sorellina per cercare di confortarla.

Bree si sentiva sopraffatta. Certo, si era trovata nel posto giusto al momento giusto, ma solo perché era una stalker e stava spiando Smiley e i suoi amici, e quindi si era chiesta cosa stesse succedendo e perché tutti stessero correndo verso il porto. Inoltre, in realtà, non aveva salvato nessuno, aveva solo allontanato quel bastardo del rapitore per dare alle ragazze il tempo di raggiungere i SEAL, che le stavano cercando disperatamente.

Yana alzò la testa e la guardò. «Vuoi vedere le mie bambole?»

Rimase confusa per il brusco cambio di argomento, ma annuì.

«Ancora quelle bambole» disse Borysko disgustato.

Artem si limitò a scrollare le spalle e a tornare a guardare la TV.

«Dieci minuti» disse Ellory alla sorella. «Poi sarà ora di mangiare.»

Yana annuì e Bree si ritrovò a seguire la bambina verso la sua camera. Capì che la condivideva con Ellory perché metà della stanza era piena di libri e giocattoli adatti a una bambina dell'età di Yana, e l'altra metà era più adatta a un'adolescente.

Dieci minuti più tardi, qualcosa la portò a guardare verso la porta.

Smiley era appoggiato allo stipite con un accenno di sorriso sul volto e la osservava. Era circondata da quelle che sembravano almeno cento Barbie, e Yana aveva chiacchierato senza sosta da quando si era seduta a terra e aveva iniziato a presentarle ognuna di loro. Parlava in un misto di ucraino e inglese, ed era totalmente adorabile.

Anche se Bree riusciva a capire solo la metà di quello che diceva, annuiva e sorrideva continuamente. La bambina era aperta e affettuosa, e pensò che fosse grazie a MacGyver e Addison, che erano dei genitori fantastici e la facevano sentire al sicuro, cosa che in quel momento della sua giovane vita era sicuramente molto importante. Smiley le aveva raccontato di com'erano finiti a vivere con loro i tre bambini ucraini, e lei non poteva che essere sbalordita di quanto si fossero adattati bene dopo la loro terribile esperienza.

Bree toccò il braccio di Yana e disse: «Credo che la cena sia pronta.»

Smiley annuì, facendole capire che la sua supposizione era corretta.

«Sghetti!» esclamò la bambina, balzando in piedi e correndo verso la porta. Smiley si scansò all'ultimo secondo per evitare una collisione, mentre la piccola spariva nel corridoio.

Bree fu più lenta ad alzarsi; non era vecchia, ma nemmeno agile come Yana. Quando fu in piedi se lo trovò davanti.

«Volevo controllare come stavi.»

«Sto bene.»

La studiò a lungo poi annuì, le mise una mano sulla schiena e la spinse verso la porta. «Non so tu, ma gli ultimi dieci minuti sono stati una tortura a causa del profumo del cibo.»

Bree sorrise. «Anche per te?»

«Eh, già.»

Entrarono in soggiorno e lei andò subito in cucina. «Posso aiutarti?» chiese ad Addison.

«No. Tu e Smiley potete sedervi. I bambini hanno il compito di apparecchiare la tavola e portare il cibo.»

Bree guardò verso il grande tavolo appena fuori dalla cucina, e sorrise quando vide i bigliettini segnaposto con i nomi preparati dai bambini. A quanto pareva, era seduta tra Ellory e Yana, cosa che le fece piacere. Smiley era proprio di fronte a lei. Perfetto. Avrebbe potuto fissarlo quanto voleva senza dare troppo nell'occhio.

Solo che, man mano che il pasto procedeva, ogni volta che alzava lo sguardo quello di Smiley era già su di *lei*. Era snervante e allo stesso tempo eccitante essere al centro della sua attenzione.

La conversazione attorno al tavolo fu allegra, e quando ebbero finito di mangiare gli spaghetti con le polpette, pane all'aglio e broccoli in crosta di formaggio, Bree non solo era sazia, ma le sembrava di conoscere quella famiglia da sempre.

Dopo cena aiutò Artem e Borysko con i piatti, poi si sistemarono tutti in soggiorno a chiacchierare finché non arrivò l'ora di andare a letto per i più piccoli. Bree si ritrovò nella camera di Yana a leggere un libro... o tre, e quando tornò in soggiorno vide Ellory seduta al tavolo della cucina con le cuffie, a digitare sul portatile, e gli adulti che chiacchieravano tranquillamente sui divani.

Bree si sedette accanto a Smiley, adorando il fatto che il cuscino, abbassandosi, la spinse più vicina a lui, così le loro cosce ora si toccavano.

«Allora... benvenuti nel nostro caos» disse Addison con una risatina.

«Non è poi così male» replicò subito Bree.

«Be', diventerà ancora più caotico con la prossima aggiunta» affermò, mettendosi una mano sulla pancia.

La conversazione si spostò sulla gravidanza di Addison, sui miglioramenti dell'inglese dei bambini, poi sull'attuale trattamento di Ellory per il morbo di Crohn e infine sulle altre donne della loro famiglia SEAL. A un certo punto Ellory si alzò e baciò sua madre, abbracciò MacGyver, diede la buonanotte a Smiley e Bree, poi scomparve in fondo al corridoio, e gli adulti continuarono a parlare.

Non ci fu mai una pausa nella conversazione, e Bree scoprì che MacGyver era davvero divertente e molto innamorato di sua moglie e della sua famiglia. Poteva non essere il padre biologico dei quattro bambini che vivevano sotto il suo tetto, ma li adorava come se lo fosse.

Non aveva idea di quanto si fosse fatto tardi finché Addison non disse qualcosa sull'allenamento del mattino successivo. Guardò l'orologio e fu sorpresa di vedere che era quasi mezzanotte. I due uomini – e anche lei, visto che andava ovunque andasse Smiley – dovevano alzarsi entro quattro ore e mezza.

Una volta che furono tutti in piedi, Addison le diede un abbraccio sincero e le disse: «Grazie per essere venuta.»

Bree adorava essere inclusa, era una sensazione inebriante. «Grazie per avermi invitata.»

«L'ho già detto, ma... grazie. Davvero. Non hai idea di quanto ciò che hai fatto significhi per me e la mia famiglia. Se hai bisogno di qualcosa, chiedi e lo avrai.»

Le rivolse un piccolo sorriso. «Sono tutti ragazzi fantastici. State facendo un lavoro straordinario.»

«È tutto merito di Addison» disse MacGyver.

Sua moglie alzò gli occhi al cielo, somigliando così tanto a Ellory che Bree non poté fare a meno di ridere.

«Scusa. È evidente che mia figlia mi stia contagiando.»

«Ci vediamo domani» disse Smiley al suo amico.

«Vi accompagno fuori» disse lui con tono deciso.

E a quello, per Bree la serata tranquilla cambiò all'improvviso. Le parole di MacGyver le ricordarono che non era una donna a un appuntamento con il suo nuovo fidanzato. Perché Smiley *non* era il suo fidanzato, era... cosa? Il suo protettore, la sua guardia del corpo. Ma i sentimenti che nutriva per lui erano più profondi di quelli che aveva provato per qualsiasi altro uomo prima. E ciò la confondeva.

Uscì camminando tra Smiley – che le teneva una mano sulla schiena, cosa a cui si stava già fin troppo abituando – e MacGyver. Entrambi gli uomini giravano la testa a destra e a sinistra come se si aspettassero che l'uomo nero saltasse fuori da dietro uno dei cespugli nel cortile. Smiley la fece accomodare nel pick-up e chiuse la portiera, scambiò qualche parola con l'amico, poi la raggiunse all'interno del veicolo.

«Tutto bene?» gli chiese, non appena accese il motore.

«Sì.»

«Me lo diresti se non fosse così?» incalzò, con un leggero sarcasmo.

Lui si voltò a guardarla con un sopracciglio inarcato per la sorpresa.

Bree sospirò. «Scusa. Sono stata scortese.»

«No, non lo sei stata. Ti è permesso provare ciò che provi.»

«Io... è stata una serata così bella che per un attimo ho dimenticato chi sono.»

Smiley aggrottò la fronte. «Chi sei...?»

«Sì. Una stalker senza fissa dimora che si è introdotta con la forza nella tua vita e in quella dei tuoi amici. Sto mettendo in pericolo *tutti*. Persino Fiona e Julie, donne che non ho mai incontrato, ma che potrebbero finire nel mirino di questo tizio a causa mia. Dovrei andarmene, Smiley» concluse, con un tono basso e ansioso.

Lui la fissò per un attimo... poi fece retromarcia senza dire una parola e si diresse verso il suo appartamento. Bree si morse il labbro e guardò fuori dal finestrino. Non aveva obiettato, e ciò la diceva lunga. Forse la sua affermazione diretta era riuscita a fargli mettere le cose nella giusta prospettiva.

Lei rappresentava un enorme problema per tutti. Smiley non voleva perderla di vista, cosa che doveva essere una vera seccatura. Accidenti, aveva dovuto chiedere al suo comandante di non mandarlo in missione solo per poterla tenere d'occhio. Quell'uomo non poteva nemmeno fare il suo *lavoro* a causa sua.

Quando arrivarono a casa, Bree era a pezzi.

Lui spense il motore, scese dall'auto, poi le fece cenno di spostarsi lungo il sedile per uscire dalla sua parte.

Bree non gli chiese nemmeno il motivo, ancora persa nella sua infelicità. Fece semplicemente come le aveva detto. Non appena fu abbastanza vicina, Smiley le prese la mano e la aiutò a scendere. La condusse velocemente alla porta d'ingresso del condominio e in ascensore, il tutto senza dire una parola.

Si sentì pervadere dalla disperazione. Era arrivato il momento; stava ovviamente aspettando di entrare in casa per dirle che aveva ragione, che lei era una responsabilità troppo grande. Che doveva andarsene.

Provò una sensazione di perdita, che le fece più male di qualsiasi separazione avesse mai sperimentato, e lo guardò aprire la porta e spalancargliela. Lei entrò...

Poi ansimò quando Smiley la prese per le spalle e la spinse contro la porta che aveva chiuso a chiave.

«Ascoltami, Bree. Mi stai ascoltando?»

Lo fissò, notando che aveva uno sguardo cupo, e annuì.

Non sapeva dove mettere le mani, così premette i palmi contro il pannello dietro di sé.

«Non vai da *nessuna* parte. Non sei una senzatetto, vivi *qui*. Non ti sei intromessa nella mia vita... maledizione, donna, ti ho cercata per mesi. Ti *volevo* nella mia vita, eppure sei stata talmente in gamba che mi è stato impossibile trovarti. Se Fiona e Julie sono nel mirino di qualcuno non è per colpa tua, è perché un bastardo si sta comportando da bastardo. Capito?»

Lo fissò. Senza parole.

Smiley fece un respiro profondo. «Non voglio che tu te ne vada. Ti ho appena trovata. E ora che sto imparando a conoscerti, che ti ho vista con i miei amici e con i bambini stasera, mi rendo conto di essermi perso un sacco di cose. Illumini una stanza quando entri, e in qualche modo riesci a farti amici tutti quanti. Yana ha avuto a malapena il tempo di conoscerti, che ha voluto condividere con te i suoi beni più preziosi: le sue bambole.

Hai bisogno di me, Bree. Hai bisogno della mia competenza. E io ho bisogno che i miei amici mi aiutino a trovare quello stronzo di Castillo e a farlo fuori una volta per tutte. Ma, soprattutto, sono *io* che ho bisogno di te. Non so dirti quanto tempo è passato dall'ultima volta che sono andato a casa di uno dei miei compagni di squadra, e mi... mi è mancato. MacGyver è un brav'uomo, e vederlo con la sua famiglia è stato bello, illuminante, e qualcosa che avrei dovuto fare da tempo. Ho bisogno che tu mi ricordi che c'è di più nella vita che lavorare. Che ci sono persone là fuori che sono buone e gentili. Che non pensano solo a sé stesse.»

Bree aveva spostato le mani dalla porta alla maglietta di Smiley, e gli strinse la vita.

«Resterai con me? Mi lascerai trovare questo tizio e assicurarmi che capisca che sei off-limits?»

Non poteva dire di no, così annuì.

«Bene. E basta parlare di te come se fossi qualcosa di diverso da un'amica straordinaria, una persona coraggiosa che è disposta a intervenire e ad aiutare perfetti sconosciuti e la donna da cui sto diventando dipendente e che mi affascina da morire.»

«Ehm...»

«E niente obiezioni. Ho ragione. Chiedi a chiunque dei miei amici. Ho sempre ragione.»

«Arrogante» borbottò Bree, ma non riuscì a trattenere un sorriso.

«Giuro che ucciderei dei draghi e mi renderei ridicolo solo per vedere quel sorriso sulle tue labbra» mormorò. Senza darle il tempo di rispondere, si scostò e la spinse delicatamente verso il corridoio. «Vai a prepararti per andare a letto. Devo alzarmi troppo presto, e dato che lo faccio io devi farlo anche tu.»

«Mi piace guardare i vostri allenamenti» ammise Bree. «Finché non devo correre accanto a voi e posso guidare il Quad, sono a posto.»

«Mi fa piacere, perché finché non troveremo Castillo, il tuo culo rimarrà su quel quad proprio al mio fianco. Dobbiamo uscire prima che apra la caffetteria, ma ti preparerò una tazza di caffè da portare via prima che ce ne andiamo.» Quando lei rimase a fissarlo, aggiunse: «Be'? Cosa ci fai lì impalata? Vai a cambiarti, donna!»

Reprimendo un altro sorriso, Bree si diresse verso la camera da letto, dove erano state riposte le poche cose che possedeva. Erano lavate e piegate, e vederle sistemate ordinatamente nella sua valigia sul pavimento della stanza di Smiley, le provocò una piccola fitta al cuore. L'uomo con cui viveva era più di un SEAL letale. Era premuroso e faceva di tutto per renderle la vita il più semplice possibile. Avrebbe potuto abituarsi ad averlo intorno... solo che probabilmente quella era una sistemazione temporanea. Una volta trovato quel Mateo, lei avrebbe dovuto voltare pagina.

Smiley le aveva detto che voleva di più, che era "dipendente" da lei, ma una volta risolta la situazione, e pregava che ciò accadesse presto, lui avrebbe potuto cambiare idea. Avrebbe potuto essersi stancato di lei. Sperava di no, ma non voleva illudersi per poi ritrovarsi devastata se lui avesse deciso che, dopotutto, non era la donna che voleva.

Quel pensiero le fece male, quindi lo represse. Doveva preoccuparsi del presente, non del futuro, perché era inutile. Non aveva idea di cosa le avrebbe portato l'indomani, quindi doveva vivere il momento. E per ora, avrebbe fatto il possibile per godersi la compagnia di Smiley.

CAPITOLO CINQUE

I GIORNI SUCCESSIVI PASSARONO VELOCEMENTE. Smiley portava Bree con sé all'allenamento ogni mattina, poi tornavano all'appartamento, si facevano la doccia e si cambiavano, facevano colazione e andavano alla base.

Doveva sempre fare un sacco di riunioni, ma Bree sembrava contenta di rimanere in uno degli uffici inutilizzati lì accanto.

I localizzatori inviati da Tex erano arrivati, come promesso, lo stesso giorno in cui c'era stata la telefonata, e Smiley era rimasto soddisfatto dell'assortimento. Bree, invece, non era stata altrettanto entusiasta, ma aveva ammesso fosse perché non riusciva a fare a meno di pensare al *motivo* per cui doveva indossare degli orecchini con i localizzatori incastonati. O la collana. O il fermaglio per capelli. Tex le aveva persino mandato una cintura che ne aveva uno nella fibbia. Nel biglietto incluso nella scatola le aveva scritto di cambiare ogni giorno tipo di localizzatore, nel caso qualcuno la stesse osservando.

Quello l'aveva spaventata. Non che fosse ingenua e si rifiutasse di credere di essere braccata, in fin dei conti aveva trascorso parecchio tempo in fuga proprio per quel motivo. Si trattava più che altro del modo brutale in cui l'aveva detto, che in aggiunta ai localizzatori aveva contribuito a rendere ancora più reale la sua situazione. Lo aveva ammesso anche con lui, ma per fortuna aveva accettato senza lamentarsi di indossarli.

Quel giorno Bree avrebbe dovuto incontrare Julie Hurt e Fiona Knox. Si sarebbero trovate al My Sister's Closet, il negozio di abbigliamento usato di Julie. Bree si era rifiutata di comprare altri vestiti, dicendo che ne aveva molti in un deposito a Las Vegas e che non voleva spendere più soldi di Smiley di quanto non avesse già fatto.

Ma lui era determinato a farle ampliare il suo guardaroba. Non che gli importasse davvero cosa indossava, ma vederla sempre dare il giro a quei quattro indumenti gli spezzava il cuore... perché gli ricordava che quei pochi capi erano tutto ciò che possedeva.

Be', tutto ciò a cui aveva accesso in quel momento.

Uscì a grandi passi dalla sala riunioni in cui era rimasto chiuso per qualche ora con il suo team e andò dritto nell'ufficio dove aveva lasciato Bree. Dopo aver aperto la porta andò nel panico non trovandola subito. Poi ogni muscolo del suo corpo si rilassò quando la vide sdraiata sul piccolo divano, rannicchiata e profondamente addormentata, con le mani sotto la testa come cuscino improvvisato.

Erano rimasti alzati fino a tardi a parlare, a giocare a carte e a guardare la TV, come se nessuno dei due avesse voluto porre fine al tempo che trascorrevano insieme. E ovviamente si erano alzati presto per l'allenamento. Non c'era da stupirsi che stesse facendo un pisolino. Avrebbe voluto lasciarla dormire, ma dato che dovevano andare al My Sister's Closet per incontrare le altre donne, dovevano andarsene.

Aveva fatto un solo passo verso di lei quando gli vibrò il telefono. Si fermò per guardarlo e aggrottò la fronte vedendo un messaggio di Cookie.

Cookie: *Cambio di programma. Ci vediamo a casa di Caroline invece che al negozio.*
Smiley: *Perché?*
Cookie: *Il mio compito non è chiedere perché, ma semplicemente presentarmi quando e dove mi viene detto.*

Smiley non era contento di quel cambiamento. Era abituato ad adattarsi alle situazioni durante le missioni, ma non vedeva l'ora di trovare degli abiti nuovi per Bree. Iniziò a rispondere, ma fu interrotto proprio da lei.

«Perché hai quel cipiglio? Cosa c'è che non va?»

Aveva un'aria preoccupata. Non era stato un bel modo di svegliarsi.

Smiley fece sparire ogni emozione dal viso e si infilò il cellulare in tasca. Calmare Bree era più importante che discutere con Cookie. «Non c'è niente che non va. Stavo per svegliarti.»

«Non mentirmi» disse, alzandosi a sedere.

«Non sto mentendo. Te lo giuro, non c'è niente che non va. Cookie mi stava solo dicendo che invece di trovarci al negozio di Julie, dobbiamo andare a casa di Caroline.»

«Perché?»

«Non lo so. Ma non è un grosso problema. Probabilmente Caroline è solo ansiosa di incontrarti. Diventa un po' irritabile quando deve aspettare troppo a lungo per conoscere i nuovi membri del nostro gruppo.»

«Sembravi turbato» insistette.

«Perché volevo comprarti dei vestiti nuovi, e volevo chiedere a Julie di procurarsi delle cose che pensava ti sarebbero piaciute e di spedirtele all'appartamento. Ho pensato che se fossero arrivate a casa, non avresti potuto dire di no.»

Con suo sollievo, le spalle di Bree si rilassarono e l'espressione preoccupata che aveva un attimo prima svanì.

«Non ti mentirò mai. Non so quanto avrai bisogno di sentirtelo dire, ma continuerò a ricordartelo tutte le volte che sarà necessario. E se dovessi scoprire qualcosa su Castillo, te lo dirò. È nel tuo interesse essere il più informata possibile.»

«Grazie.»

«Preferisci tornare a casa mia per continuare il tuo pisolino? Possiamo incontrare Julie, Fiona e Caroline un altro giorno.»

«Non devi comprarmi dei vestiti» disse, invece di rispondere alla sua domanda.

Smiley sospirò. «Lo so. Ma detesto il fatto che tu abbia solo quattro cambi. Dovresti avere un armadio pieno di indumenti.»

«Li ho» gli ricordò. «Ma al momento sono dentro a delle scatole in un deposito a Las Vegas. Hai detto tu stesso che non sarebbe stato intelligente mandare qualcuno a prenderli, nel caso il posto fosse sorvegliato.»

Sì, l'*aveva* detto. Smiley si sentì divorare dalla frustrazione. Voleva dare il mondo a quella donna. Voleva vedere i suoi vestiti straripare dall'armadio. Voleva farle spazio in quei cassetti.

Aveva bisogno che facesse parte della sua vita con qualcosa di più che occupare quel piccolo angolo della sua camera da letto dove al momento si trovava la sua valigia.

Bree si alzò, gli si avvicinò e gli mise una mano sul braccio. «È davvero così importante per te che io abbia più vestiti?»

«Sì» rispose semplicemente.

«Va bene.»

«Va bene?» le chiese.

«Sì. Parlerò con Julie per vedere se può tirarmi fuori qualcosa... ma senza esagerare.»

Un lieve sorriso gli curvò le labbra. «Ottimo.»

«Penso che dovresti farlo più spesso.»

«Cosa?»

«Sorridere.»

«Allora siamo pari. Perché vederti ridere o fare sorrisetti, quando è ovvio che ultimamente non ne hai avuto motivo, mi fa sentire alto tre metri.»

«Vuoi dire che non sei già alto tre metri?» scherzò.

Che donna. Lo stava uccidendo. «Non hai risposto alla mia domanda» le ricordò. «Andiamo da Caroline o a casa mia?»

«Da Caroline. Voglio conoscere Julie e Fiona. Da tutto ciò che ho sentito su di loro sembrano fantastiche. Sono sopravvissute a quello che Mateo ha in serbo per me. Penso che sia importante ascoltare le loro storie raccontate da loro stesse.»

«Quello non è il tuo futuro» ringhiò Smiley.

«Lo so. Solo... penso che vederle, sapere che sono sopravvissute a quell'inferno, mi darà la sicurezza che *se* dovesse succedere qualcosa, potrò farcela anch'io.»

Smiley avrebbe voluto protestare di nuovo, dirle che non le sarebbe successo niente, che avrebbe preferito morire piuttosto che vederla nelle grinfie di un bastardo come Castillo, ma sapeva bene quanto lei che non poteva garantirlo. Non poteva leggere il futuro. Tutto ciò che poteva fare era assicurarsi che lei fosse il più preparata possibile al peggio e usare tutto il suo addestramento e le sue conoscenze per far sì che non dovesse mai sperimentare nulla di lontanamente simile a quello che avevano vissuto le altre due donne.

La guardò negli occhi e disse: «Non ho dubbi che se la situazione dovesse precipitare saprai cavartela alla grande.»

Gli sorrise, e il suo cuore perse di nuovo un battito. «Grazie. Significa molto detto da te. Dal Navy SEAL cazzuto.»

Smiley scosse la testa e le indicò la porta. «Pronta ad andare?»

«Pronta» rispose, con un tono un po' più sereno rispetto a quando si era svegliata e lo aveva visto guardare accigliato il telefono.

Venti minuti più tardi, arrivarono davanti alla casa di Caroline, solo che dovettero parcheggiare tre abitazioni più in là, a causa della fila di auto che c'era lungo la strada. Smiley avrebbe dovuto sapere che il motivo del cambio di sede era che *tutte* le donne della squadra di Cookie volevano partecipare all'incontro con Bree.

«Ehm... ci sono un sacco di macchine qui» disse lei, dopo essere scesa dal pick-up.

Smiley sospirò. Socializzare non era il suo forte, era abituato alla sua vita solitaria, ma in meno di una settimana da quando aveva trovato Bree – o meglio, da quando *lei* lo aveva trovato – aveva trascorso più tempo con i suoi compagni SEAL, le loro donne e le loro famiglie di quanto non avesse fatto negli ultimi mesi.

«*Non* è stata una mia idea» la informò. «Pensavo che ci sarebbero stati Fiona, Cookie, Julie, Hurt, Caroline e Wolf. Ma a quanto pare la voce si è sparsa e tutti vogliono conoscerti.»

«Tutti?»

La guardò, e fu sollevato di vedere che non aveva un'aria spaventata, ma semplicemente curiosa.

«Sì. Dalle auto che ci sono sembra che troveremo l'intera squadra di Wolf. E chissà se qualcuno di loro ha portato i figli. Sarà un manicomio anche *senza* i bambini. Comunque possiamo andarcene.» Trattenne il respiro, sperando che accettasse l'offerta.

Con sua sorpresa, Bree gli si parò davanti e inclinò la testa all'indietro per mantenere il contatto visivo. Gli mise una mano in mezzo al petto e disse: «Se *tu* sentirai il bisogno di andartene, ce ne andremo.»

Smiley aggrottò la fronte. «Non si tratta di me.»

«Riguarda entrambi. E ti stai dimenticando che... sono una *stalker*. So già che non sei molto a tuo agio nelle situazioni sociali, che sei sempre il primo ad andartene dai ritrovi con gli amici. Te ne stai in disparte e non inizi mai le conversazioni. Sei più il tipo che sta lì a osservare. Non è stato molto carino da parte dei tuoi amici farci questa sorpresa. Possiamo rinunciare, vedrò Julie e Fiona un altro giorno.»

Smiley chiuse gli occhi, temendo che se avesse fissato il suo sguardo profondo per un altro istante, se avesse visto la compassione e la preoccupazione che provava per lui, l'avrebbe afferrata, caricata sul pick-up e riportata all'appartamento per tenerla tutta per sé per sempre. Ma non era un uomo egoista, o almeno cercava di non esserlo. E Bree aveva bisogno di conoscere le altre donne. Constatare con i suoi occhi che la vita andava avanti, che le cose si sistemavano, che le avversità potevano essere superate.

«Smiley?» chiese con un tono calmo e preoccupato.

Lui aprì gli occhi, e non poté fare a meno di infilarle una mano tra i capelli e avvolgere l'altro braccio intorno alla sua vita. Bree gli cadde addosso con un piccolo sbuffo, appoggiando anche l'altra mano sul suo petto. Ma non lo allontanò. Continuò semplicemente a guardarlo con quel suo modo empatico e gentile. Con lei si sentiva come se il resto del mondo non esistesse.

«Sono un po'... *seccato* che Cookie non mi abbia avvertito che sarebbero stati tutti qui. Ma hanno buone intenzioni, e sono miei amici. Ammiro questi uomini, sono delle leggende nei nostri ambienti. Le cose che hanno vissuto, che hanno vissuto le loro donne, sarebbero sufficienti a spezzare persone meno forti. Io posso gestirli, ma voglio solo assicurarmi che nessuno metta a *te* troppa pressione. È tutto nuovo per te, hai condotto una vita molto solitaria per mesi, se la situazione dovesse diventare opprimente, dimmelo e ce ne andremo.»

«Vale anche il contrario?»

«In che senso?»

«Se ti sentirai *tu* sopraffatto, mi farai sapere che vuoi andartene?» gli chiese.

Fu in quel momento che Smiley capì che avrebbe fatto tutto il necessario per assicurarsi che quella donna non volesse mai lasciarlo... mai.

Aveva sempre saputo di desiderarla, di non volere che lasciasse Riverton, né ora né quando i suoi problemi fossero stati risolti, ma in un angolo della mente aveva pensato che se lei avesse insistito per farlo, avrebbe dovuto lasciarla andare.

Ora sapeva che avrebbe lottato per farla rimanere. Avrebbe stravolto tutto il suo mondo per lei. Si sarebbe lasciato alle spalle il suo carattere scontroso, si sarebbe trasformato in una persona socievole... accidenti, avrebbe cambiato tutto di sé se ciò avesse convinto Bree a stare con lui per sempre.

Aveva bisogno di lei. Punto.

«Smiley? Dico sul serio. Ammetto che voglio conoscere i tuoi amici, soprattutto perché ne ho sentito parlare tantissimo, ma solo se non ti crea disagio.»

«Sono a posto. E sì, se avrò voglia di andarmene te lo farò sapere.»

«Bene. Dovremmo usare una parola d'ordine? Oh! Che ne dici di un segnale? Tirarci l'orecchio? No, è troppo ovvio. Forse potrei, non so, soffiarmi il naso o qualcosa del genere?»

Smiley ridacchiò. «Che ne dici se ce lo diciamo a basta.»

Lei arricciò il naso. «Sarebbe da maleducati.»

«Credimi, Bree, gli uomini e le donne che stai per incontrare non lo troveranno maleducato. Anzi, lo apprezzeranno se dirai apertamente ciò che provi.»

Sembrava dubbiosa, ma annuì. «Ok. D'accordo. Allora penso che dovremmo entrare e smetterla di starcene qui fuori come due psicopatici.»

Le sue parole lo riportarono alla realtà. Era un idiota. Gli uomini di Castillo erano là in giro, probabilmente a osservare, in attesa, forse c'era Castillo stesso, e lui aveva fatto rimanere Bree in vista come se non avessero alcuna preoccupazione al mondo.

Con sua sorpresa, lei si alzò in punta di piedi e gli diede un bacio sulla guancia. «Se dovessi dimenticarmi di dirtelo più tardi, grazie per tutto. Per avermi portata a conoscere Fiona e Julie e tutti i tuoi amici. Far parte di qualcosa, invece di osservarla dall'esterno, è un privilegio.»

«Qualsiasi cosa vorrai o di cui avrai bisogno, farò del mio meglio per dartela» giurò.

Lei gli rivolse un sorriso, poi si voltò verso la casa.

Fu costretto a toglierle la mano dai capelli, ma mantenne l'altro braccio intorno alla vita, mentre si dirigevano verso la porta, che Caroline aprì prima che arrivassero, guardandoli raggiante.

«Era ora!» disse felice. «Pensavo che sareste rimasti sul prato per sempre. Ho anche pensato che sareste scappati. Per la cronaca, non è stata una mia idea. Fiona mi ha parlato del vostro incontro e ho suggerito che forse sarebbe stato più comodo per te parlare qui a casa invece che nel negozio di Julie. Una cosa tira l'altra e tutti hanno voluto partecipare, ed eccoci qui! Se vuoi scappare, non ti biasimo, ma ti prometto che siamo tutti innocui. Oh, sono Caroline» disse, porgendole la mano.

Bree gliela strinse e le rivolse un sorriso sincero. «Sono felice di conoscerti. Ho sentito parlare molto di te.»

«Ne sono certa. Non tutte cose positive, immagino.» Sorrise mentre lo diceva, poi fece un passo indietro e indicò l'interno con il braccio. «Entra. Prego. Ci sono un sacco di antipasti e stuzzichini. Vuoi qualcosa da bere?»

«Sono a posto, grazie» rispose. Smiley camminò dietro di loro mentre andavano in soggiorno. Non appena entrarono nello spazio affollato, Bree si ritrovò circondata. Tutti erano ansiosi di conoscere la donna di cui si parlava da mesi nel giro di gossip dei SEAL.

Smiley si fece da parte e lasciò che Caroline facesse le presentazioni, ma non la perse di vista. Da quello che aveva capito, era cambiata radicalmente rispetto alla donna timida e impacciata che Wolf aveva incontrato tanti anni prima, quando erano sullo stesso aereo ed era scoppiato il caos. Era sopravvissuta a esperienze piuttosto orribili, ma nel corso degli anni era diventata la versione più forte di sé stessa... lei era un punto di riferimento per tutte le altre, la leader non ufficiale delle mogli.

«Mi dispiace per questa cosa» disse Cookie, avvicinandosi a Smiley per poi appoggiarsi contro il muro a osservare le donne che accoglievano Bree nel loro gruppo.

«Davvero?» non poté fare a meno di chiedergli.

Cookie sorrise. «Non proprio. Sai che prima o poi doveva succedere. Meglio togliersi il pensiero in un colpo solo. Inoltre, presto saremo tutti al ricevimento di nozze di Kevlar e Blink all'Aces, è più semplice che conosca tutti ora piuttosto che quel giorno.»

Non aveva torto. Ma Smiley era ancora agitato per il fatto che non lo avesse avvertito che ci sarebbero stati tutti a quel piccolo ritrovo.

«Dai, amico. Rilassati. È una cosa positiva. Guardale, sono già in sintonia con lei!» disse, indicando le donne con la testa.

Era vero. Bree era seduta sul divano tra Fiona e Jessyka, e le altre avevano spostato le sedie che Caroline aveva strategicamente posizionato in giro per la stanza in modo che tutti potessero sedersi. Ridevano e chiacchieravano con entusiasmo. Non era sorpreso che Bree si fosse già integrata così bene.

«Ehi» disse Wolf avvicinandosi, seguito dal resto della sua squadra. Gli uomini in quella stanza erano davvero leggendari. Smiley non aveva mentito quando le aveva detto che li ammirava. Le missioni a cui avevano preso parte, le cose a cui erano sopravvissuti contro ogni previsione, avrebbero fatto sembrare banali gli attuali film hollywoodiani. Eppure, erano tutte persone alla mano e non davano troppa importanza a ciò che avevano fatto. E ora che erano in pensione, le loro famiglie erano il centro di tutto. Smiley era sempre stato un po' invidioso di ciò che avevano.

Ma ora, forse era sul punto di avere la stessa cosa.

Con Bree.

Sperava.

Molte persone l'avrebbero considerata un'idea ridicola, dato che conosceva quella donna da due secondi. Come poteva già pensare a una relazione duratura? Ma ci pensava eccome. Sapeva nel profondo che lei era quella *giusta*. La sua unica possibilità di avere ciò che avevano trovato i suoi amici. Ciò che avevano trovato gli uomini che c'erano nel soggiorno di Caroline.

E aveva una tremenda paura di mandare tutto all'aria.

«Come se la sta cavando?» gli chiese Benny.

«Abbiamo sentito dire che finora, chiunque la stia cercando, è riuscito a nascondere le sue tracce a Tex» disse Abe.

«Se hai bisogno di qualcosa, siamo qui» aggiunse Mozart.

All'improvviso, Smiley sentì il peso opprimente delle informazioni che stava nascondendo a quegli uomini. Il fatto che Mateo Castillo potesse essere coinvolto in quello che era successo a Fiona e Julie tanti anni prima. Sarebbe stato un loro diritto saperlo... ma aveva accettato di dare a Tex un po' più di tempo per esserne sicuro.

«Lo apprezzo» disse loro.

«Per la cronaca, penso che sia una cosa positiva» disse Patrick Hurt. Era più vecchio di Wolf e degli altri, ed era l'ex comandante di quella squadra. Ma sembrava più giovane della sua età, e il grigio nei suoi capelli gli dava un'aria distinta piuttosto che un aspetto da "vecchio". «Julie non vedeva l'ora di parlare con Bree.»

Smiley annuì, ma dentro di sé ci stava ripensando. All'improvviso, temeva che qualsiasi cosa Fiona o Julie le avessero detto avrebbe potuto spaventarla a morte.

«Fidati di loro» disse Cookie, come se gli avesse letto nel pensiero. «Non la spaventeranno. Si adatteranno a parlare solo di argomenti che è disposta ad affrontare.»

«Caroline ha pensato che la cosa migliore da fare fosse stare tutti insieme, lasciare che Bree si abituasse a noi, ci conoscesse tutti, per poi lasciare che Fiona e Julie parlassero un po' con lei da sole» spiegò Wolf.

«E sono sicuro che hai delle domande da farmi» gli disse Cookie. «Ero lì. Ho visto in che condizioni erano entrambe. L'area in cui erano trattenute, com'erano legate. Ho pensato che io e te avremmo potuto parlarne mentre le nostre donne si conoscevano.»

Smiley lo guardò. «Non è un problema per te farlo?»

«In realtà, no. Odio anche solo *pensare* a quel giorno, a come ho trovato Fee, a quanto fosse spaventata Julie, e di certo non sono bei ricordi, ma credo che potrebbe esserti utile ascoltare un racconto in prima persona di come sono state salvate dalle grinfie di quei bastardi.»

Ci volle tutto il suo leggendario autocontrollo da SEAL per non rivelare che le sue informazioni sarebbero potute tornare utili anche più di quanto avesse pensato, ma riuscì a tenere la bocca chiusa.

Cookie e Hurt avrebbero perso la testa se Tex avesse confermato che l'uomo che aveva comprato Bree aveva fatto parte anche dell'organizzazione che aveva tenuto prigioniere le loro donne tanti anni prima. Non avrebbe voluto trovarsi minimamente nelle vicinanze se quella piccola informazione fosse stata rivelata loro.

«Lo apprezzo» riuscì a dire Smiley.

Caroline chiamò Wolf, e gli altri uomini alla fine lo seguirono, aspettando il loro turno per essere presentati ufficialmente a Bree.

Smiley la teneva d'occhio, ed era sollevato di vederla perfettamente a suo agio con le altre donne e gli ex SEAL. I suoi modi erano impeccabili, era affascinante e divertente, ed era come se tutti nella stanza fossero attratti da lei come lo erano le mosche dal miele.

E sembrò sbocciare davanti ai suoi occhi. Era ovvio che avesse avuto bisogno di stare in compagnia. Di socializzare. Smiley si rese conto non solo di quanto fosse stato difficile per lei vivere nel suo veicolo per mesi, senza avere contatti con nessuno... ma anche di quanto la sua vita stesse per cambiare. Non ne era troppo turbato. Vederla nel suo elemento gli faceva dimenticare tutto il resto.

Fu sorprendente quanto in fretta passò il tempo, e prima che se ne rendesse conto, la maggior parte del gruppo stava salutando Bree dicendole anche che si sarebbero rivisti all'Aces per il ricevimento di nozze. Presto rimasero solo Fiona, Julie, i loro mariti, Wolf e Caroline e lui e Bree.

«Vi ho versato un bicchiere di vino. Ho pensato che potreste andare sotto il portico a parlare» disse Caroline alle donne.

«Grazie.»

«Me ne serve un po' di sicuro.»

Bree rimase in silenzio, ma le seguì in cucina per prendere uno dei bicchieri di vino che Caroline aveva preparato.

Smiley la intercettò mentre stava andando sul retro. «Stai bene?»

«Sì. Tu?»

«Sì finché sei a posto tu» le disse sinceramente.

Bree alzò gli occhi al cielo. «Smiley, non voglio che tu rimanga se ti rende infelice.»

«Non lo sono. Per niente» la rassicurò. «Vederti fare amicizia, sorridere, far parte di questo gruppo affiatato di persone... mi fa piacere.»

«Anche a me. Mi è piaciuto incontrare tutti oggi, ma devo ammettere che non vedo l'ora di conoscere meglio le donne dei tuoi compagni di squadra. Hanno più o meno la mia età, e mentre è ovvio che Caroline e le altre hanno molta più esperienza di vita, voglio approfondire il rapporto con Josie, Remi, Wren e tutte le altre, perché sono le migliori amiche dei tuoi migliori amici. Non so se si è capito cosa voglio dire.»

«Sì» disse Smiley, sentendo un senso di calore diffondersi in tutto il corpo. Quella donna continuava a sorprenderlo e a lasciarlo senza parole. La vita non era stata affatto clemente con lei, eppure era rimasta una persona gentile e generosa. L'avrebbe protetta a tutti i costi.

Lei gli sorrise, poi seguì Fiona e Julie che uscirono dalla porta scorrevole a vetri che dava sul portico dietro casa. Si accomodarono sulle sedie e iniziarono a parlare.

CAPITOLO SEI

«IN BASE a come ti sta guardando il tuo uomo ho la sensazione che non abbiamo tutto il giorno per chiacchierare» disse Fiona con un sorrisetto.

Bree guardò verso la porta e vide che Smiley era ancora dove l'aveva lasciato, con lo sguardo fisso su di lei. Gli rivolse un piccolo sorriso, per fargli capire che andava tutto bene, poi si voltò di nuovo verso le due donne sedute accanto a lei.

Julie Hurt era minuta. Probabilmente non più alta di un metro e mezzo, e molto snella. Fiona Knox era alta, forse solo qualche centimetro in meno di Smiley. Entrambe avevano una pelle perfetta e delle piccole rughe accanto agli occhi che le fecero supporre che ridessero molto. Sembravano felici e in salute, come se non avessero alcuna preoccupazione.

Ma Bree lo sapeva fin troppo bene che il volto che le persone mostravano al mondo poteva mascherare dei grandi dolori subiti in passato.

«Inizio io. Non so cosa ti abbiano detto di quello che ci è successo» disse Julie.

Bree scosse la testa. «Solo che siete state entrambe rapite e portate oltre confine, con l'intento di essere vendute nel mercato della schiavitù sessuale.»

«Detto così suona freddo e impersonale» rifletté Fiona, bevendo un lungo sorso di vino.

«Mi dispiace, io...»

«No, non scusarti» la interruppe subito. «Volevo solo dire che è vero. È esattamente quello che è successo, ma è un po' come dire che un uragano è una piccola tempesta. O che un tornado è solo un po' di vento.» Fece un respiro profondo. «Ok, quindi... sono stata rapita mentre ero in una discoteca in Florida da sola. Mi trovavo lì in vacanza. Comunque, mi hanno incatenata al pavimento di una baracca per il mio "periodo di addestramento". Quando mi rifiutavo di fare quello che volevano i miei rapitori, mi drogavano. Voglio dire, immagino che mi avessero drogata anche prima, ma hanno cominciato a fare molta più pressione negandomi il cibo, lasciandomi seduta nella mia stessa sporcizia, violentandomi, incatenandomi al pavimento per il collo... pensa a una cosa orribile, l'hanno fatta. Ma mi sono comunque rifiutata di fare ciò che volevano. Non avevo intenzione di rendere loro facile il compito di vendermi a qualche pervertito per il suo piacere sessuale. Ero determinata a combatterli fino in fondo.»

«E poi sono entrata in scena io» disse Julie, proseguendo il racconto. «Anch'io sono stata violentata, ma a differenza di Fiona ho fatto subito tutto quello che mi hanno detto di fare. Alla fine, non ha contribuito a farmi trattare meglio. Sono rimasta lì solo per cinque giorni circa, mentre Fiona era lì da mesi. Per fortuna mio padre aveva delle conoscenze ed è riuscito a ingaggiare una squadra SEAL per salvarmi. E hanno trovato anche lei. Abbiamo dovuto camminare nella giungla, cosa che, devo essere sincera, è stata *orribile*, ma ne siamo uscite. E sono stata una vera stronza: con Fiona, con Cookie e con tutti i ragazzi. Per fortuna alla fine mi hanno permesso di scusarmi con loro, di ringraziarli, e ho incontrato Patrick.»

Il cibo che Bree aveva mangiato le pesava come un macigno nello stomaco. Odiava aver sentito quello che avevano passato quelle due donne. Sembrava così... irreale. Soprattutto mentre erano sedute sul portico di quella splendida casa a sorseggiare vino, ad ascoltare il cinguettio degli uccelli tra gli alberi e a osservare i primi segni del tramonto.

«Credo che quello che ti serve sapere, per capire davvero, è che siamo qui. Ce l'abbiamo fatta. Siamo sposate e abbiamo una vita sessuale normale e sana» disse Fiona, sporgendosi leggermente in avanti. «Ho avuto difficoltà quando sono tornata a casa, dei flashback, ho avuto persino un episodio in cui ero convinta che le persone che mi avevano tenuta prigioniera fossero venute qui a Riverton per riportarmi indietro. Tex mi ha aiutata a superare quella situazione, così come ha fatto la mia fantastica psicologa. Il punto è che... siamo sopravvissute, ce l'abbiamo fatta, perché non ci siamo arrese.»

«Be', io sì, in un certo senso» disse Julie scrollando le spalle. «Alla fine sono venuta a patti con ciò che ho detto e fatto, e per fortuna Fiona e gli altri mi hanno perdonato per essere stata una stronza colossale. Se posso darti un consiglio, *non* fare come me. Non arrenderti mai. Non cedere. Che si tratti di inseguire un sogno che hai da sempre o di affrontare una situazione difficile quando precipita. Tutti quelli che hai incontrato stasera hanno avuto esperienze terribili e ne sono usciti. Vale anche per gli sconosciuti che incontri per strada; guardandoli, non hai idea di chi sia sopravvissuto a una vita coniugale piena di abusi, a un aborto spontaneo dopo l'altro, a un'infanzia orribile, a degli incidenti nei quali avrebbero potuto morire.»

«Stare con un SEAL non è facile. Ogni volta che vanno in missione potrebbero non tornare» disse Fiona con dolcezza.

«E non lo dico per spaventarti o per deprimerti, è semplicemente la verità. E a volte tornano a casa di cattivo umore e non hanno voglia di parlare a causa delle cose che hanno visto e fatto. Tutto quello che puoi davvero fare è mettere un piede davanti all'altro. Andare avanti. Perché se c'è una cosa che è dannatamente certa, è che la vita non sarà facile. Ti metterà di fronte a situazioni orribili, cosa che sai già. Non ti sei arresa a Las Vegas, sei scappata, e ora sei qui. Con Smiley. E stai *vivendo*. Questo è quello che ho imparato dalla mia terribile esperienza. A vivere. Qualunque cosa accada... continuo a vivere.»

Bree annuì. Era già stata profondamente colpita da quelle donne, e ora il sentimento era decuplicato.

«Dio, l'abbiamo spaventata a morte» borbottò Julie.

«No... sto bene. Non nego di avere paura, ma non per quello che avete detto, è per il tizio che mi sta cercando, sapere cosa vuole da me è terrificante.»

«Ed è giusto che sia così» disse Julie in tono secco. «Non sto cercando di fare la stronza... anche se sembra che mi venga naturale, ma credo che tu debba usare questa sensazione per motivarti a essere più consapevole di ciò che ti circonda. A fare ciò che ti dice Smiley, anche se pensi sia esagerato. E se dovesse succedere il peggio, tu...»

«Julie, no» la interruppe Fiona.

«Ha bisogno di sentirselo dire» protestò lei.

«Penso che abbia capito» disse, scuotendo la testa.

«Ho capito» intervenne Bree, non apprezzando che le donne stessero litigando per colpa sua. «Se dovesse prendermi devo essere forte. Stare all'erta. Cercare l'occasione giusta per scappare. E se non dovessi riuscirci non devo arrendermi.»

«Esatto» confermò Julie. «Perché se quel bastardo che ti dà la caccia dovesse riuscire nel suo intento, non ho il minimo dubbio che Smiley non smetterà di cercarti finché non ti avrà trovata.»

«E sapere che là fuori c'è qualcuno che sta facendo il possibile per arrivare a te... è *tutto*» aggiunse Fiona. «Io non lo avevo, e ciò ha reso ancora più difficile rimanere forte, continuare a combattere.»

«Ma l'hai fatto» disse Julie, mettendo una mano su quella di Fiona. «Sei stata così dannatamente forte che ancora oggi mi sento in soggezione. Quello che voglio dire è che se dovesse succedere il peggio non devi avere dubbi sul fatto che la cavalleria arriverà. E hai il meglio del meglio con Tex dalla tua parte. Quell'uomo è un angelo. Scoprirà dove ti trovi, e Smiley e tutta la sua squadra – accidenti, probabilmente anche i nostri uomini – verranno a prenderti.»

Sebbene Bree sapesse già che Smiley non l'avrebbe lasciata sparire nel nulla, sentire Fiona e Julie confermarlo alleviò un po' la tensione che si portava dietro da mesi.

«Grazie.»

«Bene, ora che ci siamo tolte di mezzo la parte brutta... possiamo parlare di te e Smiley?» chiese Fiona con un sorriso.

Bree sbatté le palpebre. «Di me e Smiley?»

«Mm-mm. Ragazza, pensavo che Dude fosse intenso con il modo in cui guarda Cheyenne, ma non è *niente* in confronto al tuo Smiley.»

Avrebbe voluto correggere la sua nuova amica, dirle che non c'era niente tra lei e l'uomo che l'aveva presa sotto la sua ala e che aveva deciso che la sua missione nella vita fosse proteggerla, ma non poteva farlo. Smiley era un uomo intenso di solito, e lei lo aveva sorpreso più volte a guardarla in un modo che l'aveva fatta fremere dalla testa ai piedi.

«Non so perché» ammise. «E nemmeno come mantenere la sua attenzione. Temo che una volta che la minaccia nei miei confronti sarà sventata, sparirà anche qualsiasi interesse lui possa avere per me. Tornerò a Las Vegas e lui continuerà a fare le sue cose qui.»

«Penso che questo sia il punto in cui molte donne direbbero che tutto ciò che devi fare è spogliarti o succhiargli il cazzo per mantenere vivo il suo interesse» disse Julie senza mezzi termini. «Ma ho la sensazione che Smiley non sia come la maggior parte degli uomini. Quella roba... gli piacerebbe di sicuro, ma non credo che tu debba preoccuparti di fare qualcosa per catturare la sua attenzione. Lo stai facendo benissimo semplicemente essendo te stessa.»

Bree scosse la testa. «Ma io non sto *facendo* niente.»

«Esatto» ribatté Fiona annuendo. «Sono d'accordo con Julie. C'è qualcosa in te che attrae le persone. Mi sembra che siamo amiche da una vita, non che ci siamo conosciute oggi. Hai quell'aria che mi fa venire voglia di scagliarmi contro chiunque osi guardarti storto. E credimi, non è da me. È più un'abitudine di Caroline. O di Jessyka, che è brava in questo genere di cose. Credo sia normale quando sei proprietaria di un bar.»

«Smiley è... imperturbabile» disse Julie. «Di solito è difficile capire a cosa stia pensando, ma oggi... è un libro aperto. La sua attenzione è stata concentrata su di te per tutto il pomeriggio. Ogni volta che aggrottavi la fronte lui si spostava, come se stesse per attraversare la stanza di corsa per scoprire cosa non andava. Ti ha preparato degli spuntini, ti ha riempito il bicchiere ed era così in sintonia con te che sarei invidiosa se non fossi già una donna felicemente sposata.»

Bree arrossì. Non sapeva se avrebbe dovuto essere imbarazzata, difendere Smiley o preoccuparsi che lui fosse così concentrato su di lei.

«Niente di tutto questo è negativo» si affrettò a dire Julie. «Ti sto solo suggerendo di lasciarti andare. Quell'uomo non ti torcerebbe mai un capello come non scapperebbe urlando per strada nel bel mezzo di una missione. Non devi fare nulla per mantenere la sua attenzione, ce l'hai già. È spacciato, Bree. Se lo vuoi, per sempre, è tuo. Però vacci piano se *non* è lui ciò che desideri, perché anche se non lo conosco poi così bene, sarebbe orribile se gli spezzassi il cuore.»

Bree la fissò sorpresa. Poi girò la testa d'istinto per guardare dentro casa e incontrò subito lo sguardo di Smiley.

E in quel momento capì di cosa stava parlando Julie. O aveva fatto finta di niente o aveva volutamente frainteso i suoi atteggiamenti a causa di tutto ciò che stava succedendo.

Lui la desiderava.

Ed era una sensazione inebriante.

Dovette ammettere con sé stessa... che anche lei lo desiderava. Si era già chiesta che tipo di amante sarebbe stato, e ora non riusciva a pensare ad altro che ad avere le sue mani su di lei.

Le aveva infilato le dita tra i capelli quel pomeriggio, e ora non poteva fare a meno di chiedersi se avrebbe fatto la stessa cosa per tenerla ferma mentre la baciava con passione. Si sentì fremere al pensiero di toccarlo, e di lui che la toccava a sua volta.

Fiona ridacchiò. «Credo che tu abbia raggiunto l'obiettivo, Julie.»

Ma Bree la sentì a malapena, aveva occhi solo per il suo uomo. E non c'era dubbio, Smiley *era* suo. Lo aveva osservato per mesi, e non era stato con nessun'altra.

All'improvviso decise che se non avesse sperimentato tutto ciò che Jude Stark era, sarebbe morta.

Ok, era stata un po' drammatica, ma non le importava.

Si sentì come ipnotizzata quando lui si diresse verso la porta scorrevole, continuando a fissarla. La aprì e chiese: «Pronta ad andare via?»

«Sì.»

Bree non provò alcun rimorso per il fatto che stava abbandonando le sue nuove amiche, e che improvvisamente le fosse diventato persino difficile parlare.

Prima di rendersene conto, stava camminando verso il pick-up. Non era nemmeno sicura di aver salutato tutti. Ricordava vagamente di aver promesso di passare al My Sister's Closet per dare un'occhiata ad alcuni abiti che Julie avrebbe trovato per lei, e che ci sarebbe stata anche Fiona. Tutta la sua attenzione era rivolta all'uomo che le stava accanto.

Era come se lei e Smiley fossero nello stesso stato di trance. Continuava a guardarla mentre guidava, e alla fine le prese la mano. Bree sussultò a quel tocco, sentendosi come se stesse vivendo davvero per la prima volta.

Era sdolcinato. Ridicolo. Eppure era ciò che provava.

Nonostante le sensazioni che stavano condividendo, Smiley non mancò di garantirle sicurezza. Il suo sguardo attento perlustrò ogni centimetro del parcheggio, che si stava rapidamente oscurando, poi entrarono nel condominio. Tenne la mano stretta intorno alla sua mentre la conduceva verso l'appartamento, e non si rilassò finché la porta non fu chiusa a chiave alle loro spalle.

«Vuoi parlare di quello che ti hanno detto Julie e Fiona?»

Bree scosse la testa e si leccò le labbra.

«Sei turbata?» le chiese, inclinando la testa.

«No.»

«Hai qualcosa, ma non riesco a capire cosa.»

In risposta, Bree fece un respiro profondo e gli si avvicinò, come aveva fatto prima davanti alla casa di Caroline. Come sperava, lui le mise subito le braccia intorno alla vita, tenendola ferma.

«Ho trentacinque anni» disse. «Sono già stata con degli

uomini, ma in tutti questi anni non mi sono mai sentita come in questo momento.»

Non appena aveva accennato ad altri uomini, i muscoli di Smiley si erano irrigiditi sotto le sue mani. «E come sarebbe?» le chiese esitante.

«Come se potessi letteralmente morire se non ti baciassi, se non ti sentissi contro di me e dentro di me.»

Lui rimase completamente immobile. «Cosa?»

«Ti voglio, Jude Stark. Voglio tutto di te. In tutti i sensi. Ho la spirale, quindi non c'è il rischio di una gravidanza, ed è quasi un anno che non sto con nessuno. Mi sei entrato sotto pelle... e ho bisogno di te più di qualsiasi altra cosa in vita mia. Ti sto facendo troppa pressione e lo so, ma non è che abbia una voglia disperata di un cazzo qualsiasi. Ho una voglia disperata di *te*, Smiley. Ho bisogno di *te*. Della tua intensità e scontrosità. Ho bisogno che tu mi tenga stretta e mi ricordi che sei qui, che se dovesse succedere qualcosa mi troverai e la farai pagare a quelle persone malvagie. Ma se la mia sfacciataggine ti fa inorridire e ti stai chiedendo come diavolo uscire da questa situazione, non c'è problema, me ne andrò e...»

Non riuscì a finire la sua dichiarazione, perché Smiley sembrò riprendersi dallo shock. Le infilò la mano tra i capelli, esattamente come aveva immaginato, e le catturò la bocca con la sua.

Non fu un primo bacio esplorativo, ma una rivendicazione. E Bree fu più che felice di essere rivendicata.

Gemette mentre lui la piegava leggermente all'indietro, sostenendola con un braccio dietro la schiena. Le si inturgidirono i capezzoli e il battito del suo cuore accelerò. Provò un momentaneo sollievo per non aver frainteso l'espressione che aveva visto nei suoi occhi a casa di Caroline. La desiderava anche lui allo stesso modo.

Non si sentiva così spensierata, così sicura di sé, da prima di essere stata rapita dal tizio che il suo ex aveva assoldato e gettata nel bagagliaio della sua auto. Tutte le sue preoccupazioni svanirono. Riusciva solo a pensare all'uomo che la teneva tra le braccia, che in quel momento la stava baciando con passione.

Smiley la sollevò senza staccare la bocca dalla sua, e lei gli circondò il collo con le braccia e avvolse le gambe intorno alla sua vita, tenendosi stretta mentre lui la portava lungo il corridoio verso la sua camera da letto.

Non smise di baciarla nemmeno quando entrò nella stanza e la lasciò cadere sul materasso, seguendola.

Quello che accadde in seguito fu una scena degna di un film. Lui si scostò, la fissò per un attimo, poi iniziarono contemporaneamente a strapparsi i vestiti di dosso, desiderosi di toglierseli il prima possibile.

CAPITOLO SETTE

SMILEY FACEVA FATICA A PENSARE. Non riusciva a credere che stesse succedendo. Bree lo desiderava. *Lui*. All'inizio aveva pensato di star sognando. Non era possibile che lei stesse dicendo le cose che aveva bramato sentire. Poi le sue parole erano penetrate nella sua mente e non era riuscito a trattenersi.

Vederla sul suo letto gli fece ribollire il sangue di desiderio. Aveva bisogno di lei, in quel preciso istante.

Per fortuna Bree sembrava essere sulla stessa lunghezza d'onda, perché si stava spogliando con altrettanta urgenza e rapidità. Poi, all'improvviso, fu nuda. C'erano vestiti sparsi su tutto il letto, ma Smiley se ne accorse a malapena. Riusciva solo a vedere i suoi seni perfetti. I piccoli capezzoli turgidi. L'adorabile curva della pancia. I peli pubici che brillavano di umori. Le gambe, che quando era vestita non sembravano così lunghe, parevano non finire mai distese nude sulle sue lenzuola.

Riportando lo sguardo sul suo corpo, all'improvviso ebbe paura di toccarla, temendo che, dopotutto, fosse solo un sogno. Proprio come quelli che aveva fatto da quando lei si era trasferita lì. Ma ora i dettagli erano troppo vividi. Poteva sentire i suoi respiri ansimanti, vedere il suo petto sollevarsi, percepire il profumo della sua eccitazione.

«Smiley?» sussurrò, con voce incerta.

Cosa assolutamente inaccettabile.

«Bellissima» mormorò. «Non so da dove cominciare o dove guardare.»

«Ho lo stesso problema» disse Bree, fissandolo tra le gambe.

Smiley era duro. Merda, stava già gocciolando di liquido preseminale. Non era da lui. Aveva un ferreo autocontrollo a letto quanto sul campo di battaglia. Ma quella donna aveva cambiato le carte in tavola. Aveva cambiato tutto, cazzo.

Bree cercò di afferrargli l'uccello, ma lui la bloccò prima che potesse toccarlo.

Lei aggrottò la fronte e lo guardò.

«Se mi tocchi, perderò il controllo.»

«E allora?» gli disse con un sorriso malizioso.

«Quando verrò, lo farò nel profondo nel tuo corpo. Ti riempirò completamente. Ti marchierò. Ti rivendicherò.»

«Sì.»

Fu tutto ciò che Smiley ebbe bisogno di sentire. Si avventò su di lei come una bestia feroce. La accarezzò con una mano lungo tutto il busto per poi sollevarle una gamba e sistemarsela sopra il sedere, aprendola a lui, e portò l'altra su un seno per stringerlo e massaggiarlo.

Lei gemette nella sua bocca quando la baciò di nuovo, ma non rimase ferma sotto di lui, si dimenò e inarcò contro il suo tocco, spingendo i fianchi verso l'alto in un movimento ritmico che imitava un rapporto completo.

Aveva bisogno di essere dentro di lei. Subito.

Ma prima doveva assicurarsi che potesse prenderlo senza

provare dolore. Avrebbe preferito tagliarsi il cazzo piuttosto che farle del male.

Le tirò giù la gamba e premette le dita tra le sue cosce, trattenendo a stento lo stimolo di venire quando scivolò dentro senza trovare alcuna resistenza. Era bagnata fradicia. Per *lui*. Era la prova che lei lo desiderava altrettanto intensamente.

Smiley si sollevò un po'. «Voglio prenderti senza barriere. Anch'io non sto con nessuna da molto tempo. E il mese scorso sono stato sottoposto ai controlli medici della Marina. Posso?»

«Sì. Ora, Smiley. Per favore!»

Un secondo prima stava guardando le sue gambe spalancate e la fica bagnata, e quello successivo sprofondò dentro di lei.

Entrambi sussultarono.

Smiley si afferrò la base del cazzo per impedirsi di venire prematuramente. Non si era mai sentito così prima. Aveva fatto sesso in abbondanza, ma non aveva mai provato la sensazione di stare per esplodere dopo una sola spinta.

«Oh mio Dio, sei enorme!» esclamò lei, con gli occhi spalancati.

Smiley non poté fare a meno di ridacchiare. «Fai bene al mio ego.»

«Adoro il tuo sorriso» gli disse.

«Io adoro il tuo di più.»

«Smiley?»

«Sì?»

«Hai intenzione di muoverti?»

«Non ancora.»

«*Perché?*» La sua domanda uscì più come un lamento, e ciò lo fece sorridere di nuovo.

«Perché se mi muovo, vengo. E non voglio che succeda

ora. Voglio sentire la tua fica calda e bagnata stringermi il più a lungo possibile.»

«Pensavo volessi riempirmi completamente. Marchiarmi. Rivendicarmi» ribatté lei, usando le sue stesse parole.

Quello fu tutto ciò che servì a Smiley per perdere il poco autocontrollo che era riuscito a malapena a mantenere. Si chinò sulla sua donna e iniziò a scoparla con forza.

Ogni volta che arrivava in fondo lei gemeva di piacere. Sapeva che la stava prendendo in modo troppo duro e veloce, ma Bree non si lamentava. Avrebbe voluto sentire il suo orgasmo intorno al cazzo prima di riempirla, ma ormai era completamente in balia del desiderio. Quello era un sogno che si avverava e non poté trattenersi dal prendere ciò di cui prima aveva solo fantasticato.

Non ci volle molto. I suoi movimenti si fecero convulsi, poi spinse ancora un paio di volte, si bloccò nel profondo del corpo della sua donna... e si lasciò andare.

Gli sembrò di venire per un'eternità e la sua vista si offuscò.

Quando tornò al presente, ansimava. La sua mano era ancora sotto a Bree e le stava stringendo il sedere con una forza tale che probabilmente le avrebbe lasciato i segni delle dita.

Smiley alzò la testa e guardò la donna che era diventata tutto il suo mondo. Se gli avesse chiesto di lasciare la Marina e di vivere in una comune con lei a coltivare girasoli, avrebbe accettato senza esitazione.

Ma la sua Bree non gli avrebbe chiesto una cosa del genere. Non aveva dubbi; avrebbe preferito tagliarsi una mano piuttosto che chiedergli di fare qualcosa che lui non voleva.

Gli sorrise. «È stato fantastico» disse sommessamente.

«Pensi che abbiamo finito?» sbottò Smiley.

«Ehm... sì? Sei venuto.»

«Ma *tu* no. Se pensi che io sia il tipo d'uomo che monta sopra la sua donna, spinge un paio di volte e poi viene, ti sbagli di grosso.»

Bree aveva un'aria perplessa, cosa che lo fece incazzare. Era ovvio che fosse stata a letto con degli stronzi egoisti che non avevano pensato ad altro che al loro piacere. Stava per scoprire che lui non era così. Che la sua vita sessuale sarebbe stata molto più soddisfacente. A partire da quel momento.

«Non muoverti» le ordinò, mentre si metteva in ginocchio con cautela, tirandola per i fianchi fino a portarsi il suo sedere sulle cosce, assicurandosi di non uscire dal suo corpo.

«Smiley...» disse esitante.

«Non abbiamo finito. Nemmeno lontanamente» la avvertì. «Preparati a farti sconvolgere il mondo, tesoro.»

La sentì trattenere il respiro quando le mise le mani sotto alle scapole, costringendola a inarcare la schiena mentre si chinava su di lei.

———

Bree inspirò profondamente quando le labbra di Smiley si chiusero intorno a un capezzolo. Come faceva a essere così flessibile? Come faceva *lei* a esserlo? Poteva ancora sentire il cazzo di Smiley contrarsi mentre era chinato su di lei... poi non riuscì a pensare ad altro che a quanto fossero piacevoli le sue labbra intorno al capezzolo estremamente sensibile. Lo erano sempre stati, ma nessuno dei suoi amanti aveva mai prestato molta attenzione al suo seno, avevano preferito infilarsi direttamente tra le sue gambe.

A dire il vero, aveva pensato che Smiley avesse finito dopo essere venuto. Era sempre stato così in passato, ma sembrava che ancora una volta avesse frainteso le sue intenzioni. Non aveva finito. Nemmeno lontanamente.

Bree inarcò ancora di più la schiena e gemette quando lui le morse leggermente il capezzolo. Delle scosse partirono dal suo petto e le arrivarono tra le gambe, facendola tremare tra le sue braccia.

«Dimenati per me, Bree» mormorò lui contro la sua pelle calda, prima di morderla ancora una volta.

Non riusciva a pensare. Quello che le stava facendo... la stava completamente scombussolando. «Smiley» gemette.

Lo sentì sorridere contro la sua pelle, cosa che fu molto eccitante.

La teneva ferma con una tale autorità che Bree si rilassò, lasciandogli il pieno controllo.

«Così» mormorò lui, chiaramente percependo il suo tacito consenso.

Fu solo in quel momento che si rese conto che negli altri rapporti sessuali che aveva avuto, che in realtà non erano stati poi così tanti, si era trattenuta. Aveva fatto le cose in modo meccanico, lasciando che l'uomo pensasse di essere il migliore che lei avesse mai avuto, per evitare di ferire i suoi sentimenti. Ma poteva onestamente dire che Smiley *era* il migliore. Eclissava tutti gli altri. Le stava facendo provare sensazioni mai sperimentate prima.

Lui alzò la testa e la fissò, tenendola sollevata dal materasso. I muscoli delle sue braccia erano gonfi e aveva un sorrisetto malizioso sul viso. La sua fica si contrasse.

«*Cazzo*, è fantastico. È ora di fare qualcosa di più.» La riabbassò sul letto, poi le mise le mani sulle cosce e le allargò le gambe.

Bree si sentì esposta. Vulnerabile. Ma al sicuro. Con Smiley era sempre al sicuro.

«Non hai idea di quanto sia erotico il mio cazzo in profondità nella tua fica, il mio sperma che fuoriesce, le tue pieghe aperte e tese per accogliermi.»

Le sue guance si infiammarono. «Smiley» protestò. «Meno chiacchiere e più azione.»

Lui ridacchiò, e lei lo percepì dentro il suo corpo.

«Sì, signora» ringhiò.

Ma invece di scoparla, le premette una mano sulla coscia e portò l'altra tra le sue gambe.

Bree sussultò quasi con violenza quando le accarezzò il clitoride.

«Oh sì, sei sensibile» mormorò, con lo sguardo incollato sul punto in cui erano uniti.

Sensibile? Accidenti, era più che sensibile.

«Oh!» sussurrò, sentendo l'orgasmo avvicinarsi come un'onda inarrestabile.

E nello spazio di un respiro, si ritrovò a volare nell'estasi.

Aveva già avuto degli orgasmi in passato, ovvio, e la maggior parte se li era procurati da sola, ma quello, con le dita ruvide e callose di Smiley che le accarezzavano il clitoride, il suo cazzo in profondità dentro di lei, il fatto che la guardava con tanta riverenza e desiderio, surclassava tutti gli altri.

Bree gli afferrò gli avambracci e vi affondò le unghie, mentre il suo orgasmo continuava. Tutto il suo corpo tremava, pervaso dal piacere. Fu travolgente, e capì con assoluta certezza che nessun altro avrebbe potuto reggere il confronto.

«Sei bellissima» sussurrò Smiley, e poi, per la gioia e il sollievo di Bree, iniziò a muoversi.

Il suo cazzo scivolava facilmente nel suo sesso bagnato, i rumori che producevano mentre facevano l'amore erano quasi imbarazzanti.

«Guardami» le ordinò.

Bree si costrinse ad aprire gli occhi e a incontrare i suoi.

«Così. Non distogliere lo sguardo. Voglio vederti venire di nuovo.»

«Non credo...»

«Lo farai» la interruppe, ovviamente sapendo cosa stava per dire.

Bree avrebbe voluto alzare gli occhi al cielo, dargli dell'arrogante, ma perse completamente il senso di ciò di cui stavano parlando quando le sfiorò di nuovo il clitoride con il pollice; non si era resa conto che lui teneva ancora una mano tra di loro mentre si muoveva dentro di lei.

Non poté fare a meno di sussultare sotto il suo tocco. Era sensibile. Quasi dolorosamente. Ma lui non si arrese. La toccava come un pianista professionista suonava un pianoforte. Con maestria. Come una rock star con la sua chitarra. Le metafore si susseguirono nella sua mente, e lui stava durando molto più a lungo quella seconda volta. Poi non riuscì più a pensare.

Il suo secondo orgasmo non fu potente come il primo, ma quando Smiley si sollevò per sostenersi con entrambe le mani e iniziò a scoparla con intensità, sembrò continuare all'infinito. Ogni volta che toccava il fondo, la pressione sul clitoride prolungava il suo piacere.

Bree tenne lo sguardo fisso su di lui per tutto il tempo. C'erano così tante emozioni che turbinavano nei suoi occhi che non riusciva a distinguerle tutte. Era più intimo di qualsiasi cosa avesse mai fatto. In un certo senso, guardarlo negli occhi li univa a un livello che non aveva mai sperimentato con i precedenti amanti.

Smiley non chiuse gli occhi nemmeno durante l'orgasmo, non distolse mai lo sguardo da lei.

Persero il contatto visivo solo quando lui sembrò finire le energie e crollò sul suo petto, ma non la schiacciò. Anzi, si girò immediatamente, portandola con sé, tenendola stretta con una mano sul sedere e impedendo al suo cazzo di scivolare fuori.

Lei emise uno strillo, poi si accoccolò contro di lui, amando stargli sopra e usarlo come cuscino.

Bree era esausta, e per qualche motivo quasi imbarazzata. Non era mai stata così disinibita prima, così disperata di avere un uomo. La stimava meno ora che era andata a letto con lui?

«È stato... wow» mormorò Smiley.

Bree sorrise contro la sua spalla. Sembrava che fosse sfinito quanto lei, e ciò la fece sentire un po' meglio. Sollevò la testa per potergli vedere il viso e notò che aveva le guance un po' rosse e il petto chiazzato, i capelli scompigliati e un velo di sudore sulla fronte.

Era bellissimo.

«Non è una cosa che faccio di solito» sbottò Bree.

Lui aggrottò le sopracciglia. «Cosa? Dormire?»

«Dormire con qualcuno che conosco da così poco tempo. Avere un'avventura di una notte.»

Ogni muscolo del suo corpo si tese, e lei lo percepì chiaramente contro la pelle.

«Primo, questa non è un'avventura di una notte perché ciò implica che sia una cosa una tantum, e non lo è. Secondo, ci conosciamo. Mi hai stalkerato per un bel po', e io ho fatto ricerche su di te. E terzo, non mi è mai piaciuto fare sesso tanto per farlo. Ho la mano e mi basta quando ho bisogno di venire.

Questo è diverso. Speciale. E se non sei d'accordo, se hai solo bisogno di un mezzo per scaricare la tensione... devi toglierti subito da sopra di me e io andrò a dormire in soggiorno come ho fatto finora.»

Alla fine del suo discorsetto, Smiley sembrava incazzato; Bree aveva chiaramente rovinato tutte le sensazioni piacevoli e appaganti che lui poteva aver provato dopo l'orgasmo.

Ma non poté fare a meno di essere un po' sollevata dal

fatto che fosse così emotivo, e felice per quello che aveva detto.

In risposta, appoggiò di nuovo la testa sulla sua spalla e strinse le braccia e le gambe – e i muscoli interni – intorno a lui, dicendo: «No.»

«No?» le chiese dopo un istante.

«No, non mi alzo, sono comoda, grazie mille. Mi piace averti proprio qui, dove posso tenerti d'occhio.»

Sentì la sua risatina, che le rimbombò lungo il corpo. «Ok.»

«Siamo a posto?» sentì il bisogno di chiedergli.

«Più che a posto.» Poi, dopo un attimo, le disse: «Avrò bisogno che tu continui a farlo.»

«A fare cosa?» chiese, sempre più assonnata dopo i due orgasmi che aveva sperimentato.

«A non arrenderti quando faccio lo stronzo.»

Alzò la testa a quelle parole. «Non sei stato uno stronzo» disse confusa.

«Sì, invece. Non devi farmela passare liscia se ti parlo in quel modo. Sono stato scortese. Invece di prendermela con te, avrei dovuto avere una conversazione calma e razionale.»

Bree non poté trattenersi e rise. «Smiley, quella *è stata* una conversazione calma e razionale. Hai detto quello che provavi e mi hai dato una scelta. È tutto ok.» La fissò così a lungo che iniziò a sentirsi a disagio. «Che c'è?»

Ma lui si limitò a scuotere la testa. «Niente. È solo che... nove donne su dieci si sarebbero incazzate se avessi parlato loro in quel modo.»

«Mi piace fare cose inaspettate.»

«Come seguire di nascosto un Navy SEAL e i suoi amici?»

«Esatto» concordò con disinvoltura.

«A proposito... sono impressionato. Non sono molte le persone che avrebbero potuto fare ciò che hai fatto tu e per tutto quel tempo. Non che ne sia felice, avresti dovuto semplicemente venire da me e dirmi che avevi bisogno di aiuto appena arrivata in città, ma il fatto che tu sia riuscita a passare inosservata, senza che io o i miei amici ci accorgessimo che ci stavi osservando... è impressionante.»

«Grazie.»

«Posso chiederti come l'hai imparato?»

Sorrise e riabbassò la testa. «No.»

«Ok.»

Bree non voleva pensare alla sua adolescenza. Era stata un vero terremoto. Aveva messo alla prova ogni limite che i suoi genitori le avevano imposto. Incluso sgattaiolare fuori di casa di notte e fare tutte le cose che facevano gli adolescenti stupidi, tipo fumare, bere, andare alle feste. E mentre i suoi amici venivano inevitabilmente beccati e puniti, i suoi genitori non se n'erano mai accorti.

Aveva imparato a passare inosservata. Tipo nascondersi dalla polizia quando interrompeva una festa e lei doveva scappare nel bosco. E una volta che aveva iniziato a guidare, e quindi non aveva più dovuto scappare a piedi ma in auto, era diventata molto abile a eludere i poliziotti.

Bree non era orgogliosa delle cose che aveva fatto quando era giovane e stupida, ma rimanere nell'ombra era diventata una seconda natura per lei. Così, quando aveva dovuto nascondersi per la sua sicurezza, era ricaduta nelle vecchie abitudini. Per fortuna, sembrava ancora avere il talento di rendersi invisibile.

«Mi sono piaciute molto Fiona e Julie. E anche tutti gli altri» gli disse dopo un momento.

«Non abbiamo avuto modo di parlare dopo che sei stata con loro. È andata bene?»

Ricordando l'occhiata che le aveva lanciato mentre era sul portico con le donne, Bree arrossì. «Sì. Odio che abbiano avuto quelle esperienze, ma sono davvero colpita da come hanno affrontato la situazione.»

«Sono straordinarie. Ma, d'altronde, lo sarebbero anche senza ciò che è successo loro.»

Non aveva torto. E le sue parole glielo fecero piacere ancora di più. «Già» concordò.

Il suo cazzo, che era stato dentro di lei per tutto quel tempo, scivolò fuori.

Gemettero entrambi, cosa che la fece ridacchiare.

«Merda, che schifo» si lamentò lui. Poi si girò, portando di nuovo Bree con sé.

«Smiley!» esclamò, sorpresa dal movimento.

«Devo alzarmi e prenderti una salvietta» le disse. Poi la baciò sulla punta del naso e scese dal letto.

Bree non ebbe nemmeno il tempo di dirgli di non disturbarsi, che era a posto così, ma vederlo da dietro mentre andava verso il bagno era qualcosa che avrebbe ricordato per il resto della vita. Non aveva avuto la possibilità di osservarlo davvero, data l'urgenza che avevano avuto di spogliarsi e fare l'amore.

Era un dio greco. O almeno scolpito come uno di loro. Il suo sedere era un'opera d'arte. Le natiche erano perfettamente rotonde e riusciva a vedere i muscoli contrarsi mentre camminava.

Si infilò sotto le coperte e sentì l'acqua scorrere in bagno, e quando lui tornò verso il letto, con sua sorpresa, era ancora nudo.

E... Dio. Davanti era quasi meglio che dietro. Bree fece scorrere avidamente lo sguardo lungo tutto il suo corpo mentre le si avvicinava. Il suo cazzo era ormai flaccido, eppure stentava a credere che fosse riuscito a starci tutto dentro di lei. Il suo petto aveva un po' di peluria, e aveva quella sorta di V sui muscoli dei fianchi per cui tutte le donne etero impazzivano.

Una volta che arrivò al letto, lei tornò a guardarlo in viso e vide che le stava sorridendo compiaciuto. «Hai finito?» le chiese.

«Nemmeno lontanamente» mormorò.

Con sua sorpresa, Smiley non salì sul materasso, alzò invece le braccia e girò lentamente su sé stesso, lasciandola guardarlo a suo piacimento.

Lei ridacchiò, sollevò le coperte e gli disse: «Vieni qui.»

In risposta, lui le afferrò e gliele strappò di dosso.

Bree strillò sorpresa. Ma quando vide l'espressione di ammirazione e apprezzamento nel suo sguardo, si bloccò, rendendosi conto che stava facendo la stessa cosa che aveva fatto *lei*: se la stava mangiando con gli occhi, ora che l'urgenza e il desiderio non gli offuscavano la vista.

«Come ho fatto a essere così fortunato?» chiese, appoggiando un ginocchio sul materasso. Si sistemò al suo fianco e andò con la salvietta tra le sue gambe.

«Posso farlo da sola» gli disse Bree.

«Ci penso io.»

Avrebbe dovuto essere strano, imbarazzante, ma Smiley non indugiò, la pulì, poi gettò la salvietta bagnata per terra.

«La lasci lì?» gli chiese.

«Sì.»

«Ma può creare muffa bagnando il tappeto.»

La guardò per un attimo, poi senza dire una parola scese dal letto. Rimase stupita quando si chinò, afferrò la salvietta e la portò in bagno senza lamentarsi.

Tornò pochi secondi dopo, spense la luce e tirò su le coperte.

«Non posso credere che tu l'abbia fatto.»

«Fatto cosa?»

«Che ti sia alzato per portare via la salvietta bagnata.»

«Perché non avrei dovuto? Avevi ragione. E poi non volevo che te ne preoccupassi per tutta la notte.»

«Non sarebbe successo» protestò.

Smiley inarcò un sopracciglio, che lei riuscì a malapena a intravedere nel bagliore fioco della luce notturna nel bagno.

Accidenti. Come faceva a conoscerla già così bene? «Ok, forse l'avrei fatto. Ma comunque... non mi aspettavo davvero che ti alzassi e lo facessi subito.»

«Quando mi chiedi qualcosa, se è in mio potere farlo, lo farò» replicò semplicemente.

Bree lo fissò. «Alcune donne abuserebbero di quel potere.»

«Già. Ma tu non lo farai.»

Era vero. Si sorprese di nuovo di quanto sembrava conoscerla così bene. «Fai un po' paura» sbottò, esprimendo quello che le stava passando per la testa.

«Non a te» ribatté lui con calma. «Ora possiamo smetterla di parlare di quella cazzo di salvietta e dormire un po'? Ci siamo svegliati spesso all'alba e domani non farà eccezione. Ci farebbe bene addormentarci presto.»

Bree fece un respiro profondo e si rilassò contro di lui. Era ancora un po' confusa riguardo a come fosse arrivata lì, ma era più felice di quanto non lo fosse stata da molto tempo. Si sentiva al sicuro, ed era una sensazione che non aveva mai provato molto in vita sua.

«Smiley?»

«Cristo, donna. Che c'è?»

Non riuscì a trattenere una risatina. «Volevo solo dirti... grazie per essere te stesso. Per avermi fatto conoscere i tuoi amici. Per aver condiviso il tuo mondo con me. Significa... be', significa molto.»

«Col tempo imparerai che possono essere fastidiosi. Arrivano quando meno te lo aspetti, si intromettono nei tuoi affari e ti danno consigli non richiesti.»

«Per non parlare del fatto che ti proteggono, ti danno un supporto incondizionato e lealtà.»

«Sì, anche quello» concordò Smiley. «Dormi, donna.»

Bree si addormentò sorridendo. La sua vita era tutt'altro che a posto, Mateo era ancora una minaccia, ma con le parole di incoraggiamento di Fiona e Julie, e avendo visto quanto fossero felici ed equilibrate, in un certo senso la situazione non le sembrava più così spaventosa.

Aveva il suo SEAL che la proteggeva, così come tutta la sua cerchia di amici cazzuti. Se fosse successo il peggio avrebbe lottato per tornare da Smiley. Perché era la vita che desiderava. Lì, a Riverton. Con lui.

CAPITOLO OTTO

«Wow, non l'ho mai visto così pieno!» esclamò Bree, mentre Smiley entrava nel parcheggio dell'Aces Bar and Grill una settimana e mezza più tardi.

Nemmeno lui, a dire il vero. Ma, d'altronde, non si trattava della solita clientela del venerdì sera; Kevlar e Remi e Josie e Blink si stavano per sposare.

Avevano deciso di celebrare lì al bar anche il matrimonio, invece che solo il ricevimento, perché una volta che avevano iniziato a scrivere i nomi delle persone che volevano assistessero alla cerimonia vera e propria, la lista era diventata troppo lunga per farlo in un municipio o per un semplice matrimonio in giardino.

Kelli e Flash si erano sposati in comune qualche giorno prima, senza dirlo a nessuno, e Remi e Josie avevano dichiarato che il loro ricevimento sarebbe stato per tutte e tre le coppie. Per celebrare tutti i matrimoni.

A quanto pareva erano in ritardo, cosa che non sorprese Smiley, perché dopo aver visto il vestito che Julie aveva mandato a Bree, non aveva resistito a metterle le mani dappertutto.

Aveva fatto del suo meglio per non scompigliarle i capelli, rovinarle il trucco o il bellissimo abito firmato, ma dopo averla scopata sul tavolo della cucina, lei aveva avuto comunque bisogno di un po' di tempo per "sistemarsi", come l'aveva definito. Per Smiley sarebbe stata perfetta lo stesso, anche se dopo averci riflettuto un po' aveva deciso che l'aspetto da "appena scopata" di Bree non era qualcosa che voleva condividere con il mondo.

La vita con lei era solo migliorata da quando la loro relazione era diventata più intima. Lei non si era trattenuta, non aveva avuto paura di dirgli cosa voleva. E l'altra sera, quando si era inginocchiata a terra mentre lui era seduto al tavolo della sala da pranzo e aveva ammesso di aver sempre desiderato fare un pompino a un uomo mentre mangiava... come avrebbe potuto protestare?

Non aveva avuto intenzione di venirle in gola, ma quando lei si era rifiutata di fermarsi e aveva stretto di più la bocca e succhiato come un aspirapolvere, non era riuscito a trattenersi. Per "vendicarsi", l'aveva presa e fatta sedere sul bancone della cucina, si era accomodato su uno sgabello e non l'aveva lasciata scendere finché non gli era venuta in faccia tre volte, poi l'aveva scopata con intensità proprio lì, accanto ai piatti sporchi della cena.

Ma non era il sesso a tenerlo così legato a lei. Era Bree stessa. Non si lamentava mai e faceva tutto ciò che le veniva chiesto con un sorriso. Non sembrava che le desse fastidio rimanere seduta nelle sale conferenze vuote della base navale mentre lui lavorava. E aveva passato gli ultimi giorni ad aiutare Remi e Josie a preparare le decorazioni per il ricevimento di quella sera.

I sorrisi che non molto tempo prima erano stati rari e

sporadici, ora erano quasi costanti. E Smiley non ne aveva mai abbastanza.

«Spero che le decorazioni vadano bene» disse, mordendosi preoccupata il labbro inferiore, mentre lui parcheggiava il pick-up.

Dopo aver spento il motore si chinò, le mise una mano sulla nuca e la tirò lungo il sedile per arrivare alla sua bocca. Poi la baciò con dolcezza. «Sono perfette.»

Lei ridacchiò. «Non le hai ancora viste.»

«Non ce n'è bisogno. Le hai fatte tu, quindi so che sono perfette.»

Alzò gli occhi al cielo. «Vabbè.»

Era chiaramente senza speranza, visto che anche quella piccola espressione sfrontata lo eccitava.

E detestava rovinare l'atmosfera, ma aveva bisogno di ricordarle che anche se sembrava tutto tranquillo, la situazione poteva cambiare in un batter d'occhio. Tex non aveva ancora localizzato Mateo Castillo, ma *aveva* avuto la conferma che si trovava a Riverton. Era ancora da stabilire se fosse per Bree o per qualche altro motivo nefasto.

L'indomani l'ex SEAL avrebbe informato Cookie, Hurt e il resto della squadra di Wolf che Castillo aveva effettivamente dei legami con la stessa organizzazione che aveva rapito Fiona e Julie. Avrebbe solo aspettato che finissero i festeggiamenti.

Smiley non aveva dubbi che quella notizia avrebbe sollevato un putiferio tra gli uomini, che avrebbero preteso di riunirsi con lui e il resto della sua squadra per scoprire cosa sapevano. Sarebbe stato un incontro colmo di tensione, ma inevitabile.

«Sai già che l'Aces stasera è chiuso per i festeggiamenti e che saranno ammessi solo gli invitati, quindi dovrebbe essere sicuro, ma, nonostante ciò, non abbassare la guardia. Con così tanta gente in giro, potrebbero entrare comunque degli estranei.»

Aveva ancora la mano sulla sua nuca, quindi la sentì irrigidirsi, anche se annuì subito. «Ok.»

«Saremo tutti vigili, e dato che molte delle persone presenti per te saranno degli sconosciuti, non sarai in grado di distinguere chi è un amico e chi non lo è. Ma noi sì.»

Annuì di nuovo.

Smiley odiava quella situazione. La *odiava* profondamente. Quella avrebbe dovuto essere una giornata di festa, in cui celebrare delle persone a lui care che avevano trovato la loro metà e unito le loro vite. Invece, era preoccupato che qualcuno si intrufolasse nel bar e gli portasse via Bree da sotto il naso.

Lei gli mise una mano sul braccio. «Va tutto bene, Smiley. Capisco. Credimi, non ho dimenticato che lui è là fuori. Che osserva e aspetta. Lo sento. Percepisco la *sua* presenza.»

Smiley aggrottò la fronte. «In che senso? Hai visto qualcosa?»

«No. Niente del genere. È solo una sensazione. Ce l'ho da quando sono scappata da quella macchina a Las Vegas. Lui è sempre lì, in un angolo della mia mente.»

La cosa non gli piaceva affatto.

«È tutto a posto. Ora che ho i localizzatori che mi ha mandato Tex, e te, non è più così spaventoso come una volta.»

Smiley la strinse a sé e appoggiò la fronte contro la sua. «Fanculo a lui. Lo distruggeremo. Ha scelto la donna sbagliata da tormentare, perché sei davvero tosta, Bree.»

Con sua sorpresa, lei sorrise. E non fu nemmeno un piccolo sorriso educato, ma uno che andava da un orecchio all'altro.

«È la cosa più romantica che qualcuno mi abbia mai detto. Grazie.»

Smiley si tirò indietro, sorpreso.

«È vero» insistette. «Sapere che hai questa considerazione di me, che credi che io possa gestire qualsiasi cosa lui dovesse infliggermi... con il tuo aiuto, ovviamente, significa tutto per me.»

Dio, era fin troppo facile fare dei complimenti a quella donna, e si ripromise di farlo più spesso.

«Che ne dici se scendiamo dall'auto e andiamo dentro?»

«Sì!» rispose Bree.

Entrarono rapidamente all'Aces e si fermarono per far controllare i loro nomi e documenti su una lista gestita dalla figlia di Jessyka, che prendeva il suo lavoro estremamente sul serio. Benny si aggirava lì vicino, nel caso qualcuno la infastidisse, cosa che non sarebbe accaduta se quel qualcuno faceva parte del gruppo. Era lì principalmente per impedire l'ingresso di ospiti indesiderati.

Non appena si inoltrarono nel locale, Bree fu circondata perché tutti volevano salutarla. Smiley aggrottò la fronte e le lasciò un po' di spazio. Gli piaceva che si integrasse così bene con i suoi amici, ma era anche seccato perché la voleva tutta per sé.

Il che era stupido, dato che era stato con lei praticamente ogni minuto da quando era successa la faccenda di Kelli. Tranne quando si trovava in riunione, era al suo fianco.

Come se potesse leggergli nel pensiero, Bree lo guardò da sopra la spalla e sorrise. Quel gesto lo fece sentire molto meglio.

Smiley si aggirò per il locale, scambiando saluti con i suoi amici e conoscendo persone che non aveva mai visto.

Ovviamente, c'erano i genitori di Remi, e fu sorpreso di notare che Fernando Stephenson, l'uomo che aveva reso la Crown Condoms un nome noto, sembrava proprio a suo agio in quel piccolo bar. Era accanto alla moglie, Claire Crown-

Stephenson, ed entrambi avevano un enorme sorriso stampato in faccia.

Aveva conosciuto anche la nonna di Remi, che corrispondeva in pieno a ciò che aveva sentito su di lei dalla nipote. In quel momento era al bar a bere shottini con due dei Night Stalker invitati da Blink e Josie; erano i compagni di squadra del fratello dello sposo, che ovviamente era anche lui uno dei leggendari piloti di elicotteri dell'esercito.

Mentre osservava, uno degli uomini fece un cenno di nascosto al barista, e lui, con attenzione e furtività, annacquò gli shottini successivi. Una cosa era divertirsi, un'altra era far ubriacare la nonna della sposa al matrimonio e ricevimento.

Smiley sentì una forte risata, si voltò e vide Marley, la migliore amica di Remi, seduta in un angolo con il padre di Blink, arrivato dalla Florida. Ovunque guardasse, vedeva gente che si divertiva, felice di essersi riunita per festeggiare con amici e familiari.

Per un attimo si sentì travolgere da un profondo rimpianto che lo portò a chiudere gli occhi per ritrovare l'equilibrio; avrebbe voluto che sua madre fosse ancora viva e aver avuto un rapporto più normale mentre cresceva, sia con lei sia con suo padre.

«Stai bene, Smiley?»

Aprì gli occhi e si voltò, trovandosi Tate "Casper" Davis accanto. Per una frazione di secondo aveva pensato che fosse Blink, e stava per chiedergli cosa diavolo ci facesse lì fuori e non sul retro a prepararsi per il suo matrimonio.

I due erano gemelli, uno si era arruolato in Marina e l'altro nell'Esercito. Avevano un rapporto competitivo, ma quando contava davvero facevano qualsiasi cosa l'uno per l'altro.

«Sì» rispose Smiley un po' in ritardo. «È un piacere vederti.»

«Anche per me» ribatté Casper. «Come se la sta cavando

Blink? Non ho avuto molto tempo per parlargli dopo la faccenda di Josie. Almeno non di persona. E al telefono a volte è difficile capire come sta.»

«Sta bene» disse Smiley, senza girarci intorno. «Davvero alla grande. Josie è la sua roccia, e anche se non parla molto compensa facendosi valere sul campo.»

Lui annuì. «È classico di mio fratello. Non è mai stato un gran chiacchierone, ma è sempre stato il primo a farsi avanti e a lottare per ciò che è giusto. Prima ho conosciuto Bree.»

Fu un brusco cambio di argomento, e Smiley socchiuse gli occhi con un'espressione interrogativa.

Casper rise. «Non guardarmi in quel modo. Volevo solo dire che mi è simpatica. È piena di vita e amichevole. Il contrario di te. Siete una bella coppia.»

Smiley non sapeva se offendersi o meno, ma alla fine decise che non poteva di certo incazzarsi, dato che non aveva detto nulla che lui già non sapesse. «Non farti venire idee strane» avvertì il pilota.

Casper sorrise. «Mai. Ho la mia di donna. È dispiaciuta di non essere potuta venire con me, ma magari lo farà la prossima volta che ci troveremo.»

Smiley non aveva sentito che Casper frequentasse qualcuno, ma era felice per lui. Ed era un'emozione strana, dato che non aveva mai pensato molto alle relazioni che avevano gli uomini intorno a lui; era solo qualcosa che facevano... uscivano con le donne, si lasciavano, trovavano qualcun'altra.

Ma dopo essere stato circondato da amici che avevano delle relazioni serie e sane, ora aveva una visione diversa delle fidanzate e delle mogli.

«Posso avere la vostra attenzione!» disse Jessyka ad alta voce da sopra il bancone. «Stiamo per iniziare, se per favore potete formare un corridoio che va dall'ingresso principale al rialzo in cui c'è il tavolo da biliardo, ve ne sarei grata.»

Smiley si guardò intorno, cercando Bree, e fu sollevato di vederla andare verso di lui con un sorriso sul volto.

«Ci vediamo in giro» gli disse Casper, ma lo sentì a malapena. Tutta la sua attenzione era concentrata su di lei.

Sembrava felice, e già un po' brilla. I suoi capelli castano rossiccio non erano più acconciati alla perfezione come quando erano arrivati, come se ci avesse passato la mano un paio di volte. Il suo sorriso era sbilenco e gli occhi nocciola lo fissavano mentre si avvicinava.

«Non è meraviglioso?» gli chiese, accoccolandosi contro di lui non appena fu abbastanza vicina. Gli avvolse un braccio intorno alla schiena, appoggiandosi con tutto il peso.

Una senso di... completezza si insinuò nel suo petto. La strinse a sé e rispose: «Sì.»

La folla si spostò finché non si creò uno spazio abbastanza ampio da permettere a due persone di camminare fianco a fianco verso l'area per la cerimonia che Jessyka aveva creato, nel punto in cui di solito si trovava uno dei tavoli da biliardo e in cui era stato sistemato un arco di legno decorato con fiori, dove gli sposi avrebbero pronunciato le loro promesse nuziali.

Nessuna delle due coppie aveva le damigelle o i testimoni, sostenendo di voler mantenere le cose semplici, ma Smiley sapeva che lo avevano deciso anche per non far sentire nessuno escluso, e dato che avevano tanti amici sarebbe stato comunque impossibile scegliere.

Tutti si voltarono quando le porte d'ingresso si aprirono e Remi e Kevlar entrarono nel bar. Si tenevano a braccetto e avevano dei sorrisi così raggianti da essere quasi accecanti. Remi indossava un abito color crema con le maniche molto corte e Kevlar l'uniforme bianca con tutte le medaglie che si era guadagnato. Si fermarono un attimo, poi dagli altoparlanti del bar risuonò a tutto volume "Crazy Little Thing Called Love" dei Queen, e iniziarono a camminare verso l'arco.

Tutti applaudirono e fischiarono sentendo quella canzone per niente tradizionale; era stata un'ottima scelta da parte loro. La distanza dalla porta all'arco non era molta, ma impiegarono comunque un bel po' perché Remi continuava a fermarsi ad abbracciare i suoi amici e familiari che costeggiavano la "navata".

Quando finalmente raggiunsero il rialzo con l'arco, si voltarono verso la porta d'ingresso, che si aprì di nuovo per far entrare Josie e Blink. Lei sembrava minuscola accanto a lui, e aveva uno sguardo colmo di gioia mentre guardava il suo futuro marito. Anche Blink indossava l'uniforme bianca da cerimonia, ma Josie, invece, non aveva scelto il bianco o il crema, ma un abito rosa che le arrivava alle caviglie e che dava l'impressione che stesse fluttuando, mentre avanzavano verso l'arco.

«Li conosco a malapena, ma questa cosa mi piace un sacco» mormorò Bree accanto a lui.

Avevano scelto il ritornello di "Trustfall" di Pink per il loro cammino lungo la navata. Smiley doveva ammettere che si adattava perfettamente alla coppia.

Si unirono agli altri sposi all'altare e, una volta in posizione, Remi e Josie allungarono il braccio e si presero la mano, mentre i loro futuri mariti cingevano la vita alle loro fidanzate.

Smiley rimase stupito quando Wolf si mise di fronte a loro con una cartellina aperta tra le mani. *Non* avrebbe dovuto sorprenderlo che gli sposi avessero scelto uno dei loro mentori come officiante, ma in realtà lo fece. Wolf non indossava la sua uniforme, ma un completo con la cravatta, e aveva un aspetto distinto e professionale.

«Voglio dare il benvenuto a tutti gli amici e familiari di Remi, Kevlar, Josie e Blink, riuniti qui per questo momento speciale. È un'occasione per ritrovarci tutti e celebrare l'amore, l'amicizia, la forza e la resilienza. Perché senza tutto ciò, forse queste coppie oggi non sarebbero qui a unire le loro vite davanti a noi come testimoni. Di solito si pensa alle avversità come qualcosa di negativo. Qualcosa da superare, a cui sopravvivere. Ma credo che la maggior parte di noi concordi sul fatto che a volte possano essere viste come un insieme di circostanze che ci permettono di far emergere i nostri punti di forza.

Le quattro persone davanti a me si sono incontrate in circostanze terribili. Molti potrebbero dire che sono stati i giorni peggiori della loro vita, ma insieme hanno perseverato. Non ha importanza cosa dicano gli altri: la vita è piena di ostacoli, di salite e discese, di esperienze che, se non si sta attenti, possono distruggere una persona. Ma con il compagno giusto al tuo fianco puoi superare quegli alti e bassi. Puoi superare qualsiasi cosa la vita ti getta addosso. Penso che questi quattro straordinari esseri umani lo abbiano dimostrato a tutti noi.

Insieme, Remi e Kevlar e Josie e Blink sono più forti di quanto lo siano individualmente. Ed è questo che oggi celebriamo: l'unione di due coppie destinate a stare insieme.

Ma guardatevi intorno. *Anche* le persone presenti qui oggi sono la nostra forza. Sono coloro che ci sostengono quando ne abbiamo più bisogno e che ci sono a prescindere quando ci serve un momento di tregua. Non c'è niente di più importante che avere una rete di supporto su cui contare.

Ora, potrei stare qui a monopolizzare la scena tutta la notte, ma nessuno è venuto per vedere me o per sentirmi blaterare all'infinito.»

Tutti risero.

«Kevlar... a te la parola» disse Wolf, annuendo all'amico.

Remi lasciò andare la mano di Josie e si voltò verso il suo quasi marito. «Remi, fin dal primo giorno in cui ti ho incontrata qualcosa in te mi ha attratto profondamente. Non è stato solo il modo in cui hai affrontato la mer... ehm, scusa... le *cose* che stavano succedendo, ma ho sentito una connessione che non avevo mai sperimentato prima. A essere sincero mi ha spiazzato, ma non avevo intenzione di lasciarti andare senza capire cosa ci fosse tra di noi. Wolf ha detto che quello potrebbe essere stato il giorno peggiore della nostra vita... io invece penso che sia stato uno dei *migliori*. Chi potrebbe mai dimenticare il giorno in cui ha incontrato l'altra metà della propria anima? La persona che ti fa venire voglia di alzarti dal letto ogni mattina e che ti rende un essere umano migliore semplicemente rimanendoti accanto?

Prometto di rispettare e dare valore a ciò che pensi. Di affrontare insieme a te qualsiasi avventura ci attenda. Di lottare sempre per noi, perché sento di essere nato per questo. Per stare al tuo fianco. Ti proteggerò e onorerò. Riderò con te. A volte *di* te perché, diciamocelo... sei troppo divertente.»

Tutti intorno a loro ridacchiarono e Kevlar sorrise alla sua sposa.

«Ma, soprattutto, prometto di amarti come meriti di essere amata. Di vantarmi di te con gli sconosciuti al supermercato, di tenerti per sempre nel mio cuore e nella mia mente ogni volta che saremo separati. E nei momenti belli e in quelli brutti, ci sarò. *Per* te e *con* te. Per sempre.»

«Accidenti, e io devo parlare dopo un discorso così?» si lamentò Remi, asciugandosi una lacrima.

Ancora una volta, i presenti scoppiarono a ridere.

Remi fece un respiro profondo poi disse: «Posso dire "è lo stesso per me" e basta?»

«Sì.»

Ma lei scosse la testa. «No, non posso. Ok, ci provo. Vincent, non avevo idea di quanto sarebbe cambiata la mia vita quando sono andata alle Hawaii da sola. Quando sono uscita dalla mia zona di comfort e ho deciso di fare quell'escursione di snorkeling da sola. La verità è che ero terrorizzata quando ho capito cosa ci stava succedendo, ma con te accanto ho scoperto che era più facile mantenere la calma. Tu fai questo per me. Mi dai stabilità. Mi fai sentire come se potessi fare qualsiasi cosa. Ridi dei miei fumetti di Pecky il taco viaggiatore, mi sostieni, ma, soprattutto, mi ami per quello che sono. E questo vale più di qualsiasi altra cosa al mondo.

Ti amo. Ti amerò per *sempre*. Ti sosterrò e ti proteggerò se necessario. E... ci sarò anche per i tuoi amici...» Girò la testa e guardò Blink. «Ho imparato a mie spese che solo perché qualcuno dice di essere tuo amico, non vuol dire che abbia a cuore il tuo bene. Ma che i veri amici, quelli che affronterebbero l'inferno per te... sono il vero tesoro.»

Blink si mise una mano sul cuore e annuì a Remi.

Ormai la maggior parte delle donne stava piangendo, e Smiley dovette ammettere di sentirsi un po' emozionato anche lui. Remi e Blink avevano un legame speciale, nato da una tragedia.

«Bene, quindi...» continuò lei, guardando di nuovo Kevlar. «Vincent. Scelgo te. Oggi, domani e per il resto dei nostri giorni.»

Ci fu un momento di silenzio imbarazzante alla fine della sua dichiarazione.

«Hai finito?» chiese Wolf a bassa voce.

«Non è stato sufficiente?» chiese Remi.

Delle risate risuonarono nella stanza.

«È stato perfetto» rispose Kevlar.

Wolf si rivolse a Josie e Blink. «Tocca a voi.»

«Inizio io!» esclamò lei.

Blink fece un enorme sorriso.

«Ti amo, Nate. Esattamente come sei. Sei il mio tutto. La mia luce in un mondo altrimenti buio. Sei arrivato all'improvviso e mi hai restituito la mia umanità. La mia vita. Sei un uomo di poche parole, ma ognuna è scelta con cura ed è piena di significato. Mi fai ridere, mi hai insegnato cos'è l'amore. Mi hai offerto un rifugio sicuro, cosa che non avevo mai sperimentato. Posso essere me stessa con te, ed è più di quanto abbia mai avuto con chiunque altro. Ho trovato il mio posto. La mia casa. Mi rendi completa. Ti amo.»

Blink la fissò per un lungo istante, come se stesse cercando di ritrovare l'equilibrio mentale. Poi parlò. «Josie, sono tuo. Tu vieni prima di tutto. Sempre. Ogni volta che avrai bisogno di me, io ci sarò. A qualunque costo. Ti amo.»

Poi guardò Wolf e annuì.

«Breve ma intensa. Non mi sorprende, ma accidenti se non è stata la promessa più sentita che abbia mai ascoltato» disse Wolf. Poi guardò entrambe le coppie. «Se per favore vi mettete uno di fronte all'altro, vi prendete le mani e ripetete dopo di me.»

Le due coppie fecero come richiesto.

«Remi, Josie, volete prendere Vincent e Nate come vostri legittimi sposi? Promettete di amarli, onorarli, prendervi cura di loro e proteggerli, rinunciando a tutti gli altri per restare accanto a loro per sempre?»

«Sì» risposero le spose contemporaneamente.

«Vincent, Nate, volete prendere Remi e Josie come vostre legittime spose? Promettete di amarle, onorarle, prendervi cura di loro e proteggerle, rinunciando a tutte le altre per restare accanto a loro per sempre?»

«Certo che sì.»

«Assolutamente sì.»

Smiley non fu sorpreso del consenso appassionato dei suoi amici.

Wolf fece un sorrisetto e continuò. «Ora le coppie si scambieranno gli anelli come simbolo delle promesse che hanno pronunciato davanti a tutti noi. Un anello non ha un inizio né una fine. È una promessa di amore infinito e rispetto reciproco. Mettendovi questi anelli a vicenda, vi state impegnando non solo ad amarvi, ma anche a onorarvi, a essere compassionevoli, pazienti e comprensivi, mentre costruite il vostro futuro insieme.

Josie e Remi, mettete l'anello al dito del vostro sposo e ripetete dopo di me: ti do questo anello... come simbolo del mio amore... con la promessa di amarti e sostenerti... oggi, domani, sempre e per l'eternità.»

Wolf aveva fatto delle pause mentre parlava, per dare alle donne il tempo di ripetere le sue parole.

«Kevlar e Blink, mettete l'anello al dito della vostra sposa e ripetete dopo di me: ti do questo anello... come simbolo del mio amore... con la promessa di amarti e sostenerti... oggi, domani, sempre e per l'eternità.»

Entrambe le coppie si voltarono di nuovo verso Wolf.

«E ora, con il potere conferitomi dallo Stato della California, è per me un onore e un piacere dichiararvi marito e moglie. Potete suggellare questa dichiarazione con un bacio!»

Kevlar e Blink avevano chinato le loro neospose sul braccio prima ancora che lui avesse finito di parlare. I baci che si scambiarono furono appassionati e profondi, e nella stanza esplosero fischi e grida, mentre loro continuavano imperterriti.

«Non è una gara» disse infine Wolf ironicamente.

Quando Kevlar e Blink si raddrizzarono, stavano sorridendo, mentre Remi e Josie erano arrossite, cosa che non fece altro che esaltare la loro bellezza e la perfezione del momento.

«Sono lieto di presentarvi Remi Stephenson-Hill e Vincent Hill, e Josie e Nate Davis.»

Ancora una volta, tutti fischiarono e applaudirono, e poi gli sposi vennero circondati da alcuni ospiti impazienti di essere tra i primi a congratularsi con loro.

Smiley si mise in disparte con Bree e la guardò. Era raggiante, come se fosse stata *lei* a sposarsi. Se avesse potuto fermare quel momento, l'avrebbe fatto. Aveva sempre desiderato vedere la sua donna così felice. Ultimamente non aveva avuto una vita facile, e averle potuto dare l'opportunità di essere completamente rilassata e contenta per i suoi nuovi amici, era qualcosa che Smiley avrebbe custodito nel cuore per sempre.

«È stato bellissimo» disse Bree, alzando lo sguardo verso di lui.

«Già.» Fu una risposta fiacca, ma era senza parole. Era difficile pensare a qualsiasi altra cosa se non a quanto desiderasse mantenere quel sorriso sul suo viso.

«Il primo giro di drink lo offro io!» urlò il padre di Remi.

Il resto della serata fu di pura gioia. Tutti erano al settimo cielo per le due coppie e per Kelli e Flash, che si erano sposati di recente in comune. Jessyka aveva preparato dei cocktail analcolici per le donne incinte e per chi non beveva alcolici, e champagne e birra scorsero a fiumi, mentre tutti celebravano le anime gemelle e l'amore.

Alla fine della serata a Smiley fischiavano le orecchie a causa della musica alta, ma non poteva negare di essersi divertito un sacco. Stare con i SEAL più vecchi e le loro donne era stato divertente, e gli era piaciuto passare del tempo al di fuori dal lavoro con i suoi amici. La squadra dei Night Stalker era stata l'anima della festa, e Smiley approvava che si fossero impegnati a interagire con tutte le donne, chiedendo loro di ballare e comportandosi come se le conoscessero tutte da una vita.

E sebbene Smiley avesse sentito delle storie sulla famosa nonna di Remi, non aveva creduto alla metà di esse, anche se doveva ammettere che quella donna era tremenda. Diceva quello che pensava senza alcun filtro. Era difficile non amarla, e capì da dove Remi avesse preso il suo senso dell'umorismo.

Gli facevano male i piedi... accidenti, gli faceva male la faccia per quanto aveva sorriso ed era decisamente una novità per lui. La maggior parte di quei sorrisi erano dovuti al fatto di aver guardato Bree per tutta la sera. Senza una minaccia che incombeva sulla sua testa era rinata. Aveva ballato, bevuto e riso con tutti.

Per fortuna, lui e la sua squadra avevano il giorno libero, così avrebbero potuto dormire fino a tardi per una volta.

Mentre Smiley accompagnava Bree al suo pick-up alle due di notte, non dimenticò di controllare l'ambiente circostante. Con suo sollievo, non vide nessuno di sospetto. Nessuno in agguato nel parcheggio. Nessuno sconosciuto seduto in macchina a osservare il bar. Non aveva dubbi che Castillo o i suoi scagnozzi fossero ancora lì fuori, ma per quella notte sembrava che la situazione fosse tranquilla.

Una volta che la sistemò sul sedile del passeggero, corse dal lato del guidatore e accese il motore.

«Smiley?» disse, biascicando un po'.

«Sì?»

«È stato meraviglioso. Adoro i tuoi amici, l'Aces, la nonna di Remi e Marley, il re del preservativo, il fratello di Blink... non riesco a credere a quanto siano uguali. E il resto dei Night Walker.»

Smiley sbuffò. «Night Stalker.»

Lei agitò la mano. «È lo stesso. Non ballavo così da... be', da molto tempo. E ho bevuto troppo.»

«Me ne sono accorto. Ti senti bene?» le chiese.

«Mi sento meravigliosamente» rispose con un sussurro.

E a quello l'erezione contro cui aveva lottato tutta la notte si risvegliò.

«Perché un uomo in uniforme è *così* sexy?» gli chiese, fissandolo negli occhi.

Smiley e il resto della sua squadra, così come gli ex SEAL, non avevano indossato le loro uniformi perché Kevlar e Blink avevano voluto che tutti fossero il più comodi possibile. Quindi l'idea che la sua donna avesse ammirato un altro uomo in uniforme bianca non gli piaceva affatto.

Si acciglìo.

«Non è permesso accigliarsi!» lo ammonì.

«Non credo che mi piaccia che tu pensi che i miei amici in uniforme siano sexy» ammise con sincerità.

«Be', magari dovresti metterti la tua quando torniamo a casa, così potrò pensare che *tu* sei sexy» ribatté. «Non che non lo pensi già. La polo e i pantaloni eleganti che hai messo, *mamma mia...* sei fortunato che non ti sia saltata addosso sulla pista da ballo. Ma credo che se ti vedessi con quella divisa bianca, con quel cappello e tutte le medaglie che sono sicura tu abbia... saresti sicuramente fortunato» ridacchiò.

Smiley non poteva resistere un minuto di più. Doveva riportare la sua donna a casa. A letto. Subito. Fece retromarcia e uscì dal parcheggio, poi si avviò lungo le strade buie e deserte che portavano al suo condominio.

«Ah, sì?» riuscì a dire alla fine.

«Oh sì» replicò con quel tono sussurrato che non lo aiutò per niente a controllare l'erezione.

Smiley guidò a velocità un po' più sostenuta del solito.

Arrivarono a casa sani e salvi, poi la fece andare in fretta fino all'appartamento. Una volta chiusi dentro, le prese la mano e la condusse in camera da letto. Quando furono al centro della stanza la afferrò per le spalle e disse: «Rimani qui. Proprio in *questo* punto. Non muoverti nemmeno di un centimetro, capito?»

Lei annuì con entusiasmo. Il suo desiderio fu evidente nell'espressione e nel modo in cui si leccò le labbra.

Grazie all'ampia cabina armadio che aveva uno spazio sufficiente per cambiarsi, Smiley non ci mise molto a spogliarsi e a indossare l'uniforme bianca.

La sua Bree voleva un uomo in uniforme? Lo avrebbe avuto.

Tornò a grandi passi in camera.

Lei non si era mossa, e rimase a bocca aperta quando lo vide uscire dall'armadio.

«Porca puttana» sussurrò.

«Signora» disse Smiley, facendole un piccolo inchino per poi allungare il braccio verso di lei.

Non sapeva cosa aspettarsi, ma di certo non che Bree si mettesse in ginocchio e iniziasse a slacciargli la cintura.

Prima che se ne rendesse conto gli aveva preso tutto il cazzo in bocca. Smiley dovette sforzarsi per rimanere in piedi, le infilò le dita tra i capelli, rovinandole completamente la pettinatura, e rimase aggrappato a lei mentre riceveva il pompino più intenso che avesse mai sperimentato in vita sua.

A un certo punto cercò di staccarla per la voglia disperata di essere dentro di lei, ma Bree non ne volle sapere, anzi, inclinò la testa per guardarlo mentre lo succhiava, e vedere le sue labbra tendersi attorno al cazzo e lo sguardo fisso sul suo, fu troppo per lui.

«Staccati se non vuoi che ti venga in bocca» la avvertì.

In risposta, lei succhiò più forte.

Smiley esplose, e la sua Bree fece del suo meglio per ingoiare ogni goccia di seme, anche se un po' le colò comunque dagli angoli della bocca. Fu la cosa più erotica che avesse mai sperimentato.

La alzò e le tirò su il vestito fino ai fianchi. Le strappò le mutandine mentre cercava di sfilargliele, poi la sollevò.

Il suo cazzo, che si era appena svuotato, era di nuovo duro, così la penetrò senza esitare un secondo.

Gemettero entrambi. Poi Smiley avanzò in modo un po' instabile, la appoggiò contro il muro e la scopò con intensità. Lei gli infilò le mani tra i capelli, facendo cadere il berretto, ma nessuno dei due se ne accorse.

Smiley era perso nel piacere, e non sapeva da quanto tempo si stesse spingendo con forza dentro la sua donna quando lei iniziò a tremare, gli strizzò il cazzo e venne con un piccolo grido, facendo volare nell'estasi anche lui.

Quando riuscì respirare di nuovo normalmente, era esausto. Andò verso il letto barcollando e poi lasciò cadere Bree sulla schiena.

Lei gli sorrise pigramente e tolse le gambe dalla sua vita, stiracchiandosi come un gatto sotto il bagliore del sole. «Oh sì, sei davvero sexy in uniforme, Jude Stark.»

Le sue parole gli fecero venire la pelle d'oca sulle braccia. «Sono contento che la pensi così» replicò, poi iniziò a togliersela.

«E addirittura uno spogliarello? Sono proprio fortunata» disse sfacciata, sollevandosi sui gomiti per guardarlo meglio.

Non si era tirata giù la gonna per coprirsi, e mentre Smiley si toglieva gli indumenti il più in fretta possibile, vide la sua fica luccicare di sperma e dei suoi umori.

«Cazzo» borbottò, sentendo l'uccello contrarsi.

«Evviva» disse lei leccandosi le labbra, quando lo vide indurirsi.

«Mi ucciderai» finse di lamentarsi, e si chinò su di lei.

«Ma che bel modo di andarsene» ribatté Bree, alzando le braccia per avvolgergliele intorno al collo.

In meno di un minuto Smiley le aveva tolto il vestito ed erano entrambi nudi nel suo letto, pronti per un altro round.

Più tardi, molto più tardi, il letto era completamente disfatto ed entrambi erano esausti. Smiley si sentiva più un ottantenne che un trentenne, e si ritrovò a sorridere al soffitto. Cosa che non era da lui; non era il tipo che rimaneva sdraiato a letto senza motivo a sorridere, mentre fissava la luce sopra la sua testa.

Ma con Bree che russava leggermente nel suo orecchio, stesa senza forze sopra di lui, sudata e con l'odore del sesso addosso, non poteva *fare altro* che sorridere. Per ora, era contento come non lo era mai stato in vita sua.

Avrebbe dato la vita per quella donna. Per il diritto di vivere più e più volte momenti come quello. Non l'amplesso di per sé – anche se era stato fantastico – ma stare sdraiato con Bree tra le braccia, sentirla russare, perché significava che era completamente rilassata. Che si fidava ciecamente di lui.

Avrebbe ucciso per sperimentarlo per il resto della vita.

La tensione di sapere che qualcuno le dava la caccia la stava evidentemente consumando. Quella sera aveva abbassato la guardia, e Smiley si rese conto di quante cose di sé gli aveva nascosto. Voleva che la Bree di *quella sera* fosse la donna che avrebbe avuto accanto ogni giorno. E avrebbe fatto tutto il necessario per riuscirci.

———

Mateo Castillo fissò con rabbia il condominio in cui era entrata la donna di sua proprietà. La cosa doveva finire. Sapeva dove si trovava, ed era stanco di quel Paese. Doveva tornare a casa.

Sembrava che le cose stessero andando a rotoli senza di lui. Quattro giorni prima, una delle sue ragazze era scappata, cosa imperdonabile. I responsabili sarebbero morti per aver permesso che succedesse. Doveva punirli come avvertimento per gli altri.

Avrebbe voluto portare via Bree Haynes insieme alle altre due stronze, quelle che erano scappate tanti anni prima, ma non aveva ancora trovato l'occasione per farlo accadere. Aveva pensato che ci sarebbe riuscito quella notte, visto che le donne erano tutte insieme. E aveva cercato di entrare in quel bar di merda, pensando di rapirne una o anche tutte e tre, portandole fuori dal retro mentre tutti erano ubriachi e non prestavano attenzione. Ma purtroppo si era trattato di una festa privata, e lo stronzo all'ingresso lo aveva bloccato.

Si era finto un turista di passaggio che sperava di bere qualcosa, ma per quanto ci avesse provato non gli era stato permesso di entrare. E quando aveva visto tutti e tre i suoi bersagli sulla pista da ballo, con un drink in mano, aveva dovuto sforzarsi con tutto sé stesso per girarsi e andarsene.

Ci era andato così vicino, eppure gli era stato negato il premio.

Fanculo.

Era ora di agire. Era ora di tornare in Ecuador. Il trasporto era già organizzato; per tre, ma ne avrebbe presa solo una se necessario. La più giovane. Quella per cui aveva pagato, quella che avrebbe potuto fargli guadagnare di più. I suoi acquirenti in Russia e Corea del Nord forse avrebbero dovuto aspettare un'altra spedizione.

Guardò l'orologio, vide che erano le tre di notte e accese il motore. Entro una settimana sarebbe tornato a casa, a contare i soldi e ad assicurarsi che nessun'altra stronza pensasse che fosse una buona idea scappare. Era il loro padrone, e loro facevano quello che lui ordinava. Punto.

Bree Haynes lo avrebbe imparato a sue spese che scappare

aveva solo ritardato l'inevitabile. Dopo essere stata addestrata, avrebbe trascorso il resto dei suoi giorni chiusa nella stanza molto speciale che aveva fatto costruire apposta per lei. Una stanza da cui le sarebbe stato permesso di uscire solo due volte al giorno per andare in bagno... o quando era il momento di prendere qualsiasi cosa un uomo avesse voluto darle.

Mateo sorrise compiaciuto. Le donne erano buone per una sola cosa, allargare le gambe e lasciare che gli uomini si prendessero ciò che volevano. Lo avrebbe imparato o sarebbe morta. Semplice. Aveva speso un sacco di soldi per quella stronza, e in un modo o nell'altro glieli avrebbe fatti riguadagnare. Era così che funzionava la sua organizzazione. Addestrare le stronze era la parte divertente. E domarle. Amava vedere la vita sparire dai loro occhi mentre accettavano la loro nuova realtà.

Bree Haynes non sarebbe stata diversa. Era *sua*, e lui otteneva sempre ciò per cui pagava.

CAPITOLO NOVE

Bree si sentiva cautamente ottimista. Il pomeriggio precedente lei e la squadra di Smiley avevano parlato al telefono con il misterioso Tex, e lui aveva confermato ancora una volta che insieme al suo team di geni del computer non solo avevano avuto la prova che Mateo Castillo si trovava a Riverton, ma ora sapevano anche dove alloggiava e avevano trasmesso quell'informazione all'FBI, al Dipartimento di Polizia di Riverton e all'ufficio dello sceriffo.

Quel giorno, la Fugitive Apprehension Tactical Enforcement Unit, l'unità tattica per la cattura dei latitanti che faceva parte della Task Force per i crimini violenti dell'FBI, si stava preparando ad arrestarlo, e la cattura avrebbe dovuto avvenire da un momento all'altro. A quanto pareva, Castillo era ricercato in diversi paesi per rapimento e per il suo coinvolgimento nel traffico sessuale. Le varie forze di polizia erano sorprese che si trovasse negli Stati Uniti, ma non avevano intenzione di perdere tempo a chiedersi il perché.

Bree sperava che entro quella sera il suo incubo sarebbe finito, così da poter rimettere in sesto la sua vita. Certo, anche quello la spaventava un po'... perché le piaceva vivere con Smiley, lì a Riverton. Stava legando con Kelli, Remi e tutte le altre donne e, a essere sincera, non voleva tornare a Las Vegas.

Ma anche se le cose con Smiley andavano bene, o almeno così credeva, non sapeva se fossero pronti a vivere insieme stabilmente.

Be'... *lei* era abbastanza sicura di volerlo fare, ma non avrebbe dato nulla per scontato con Smiley. L'aveva presa con sé per necessità. La *sua* di necessità. E da quello che aveva capito, per qualche motivo era stato ossessionato di trovarla da quando lei era scappata dal suo pick-up quella terribile notte in cui lui, Preacher e Blink erano andati a salvare Josie dalla madre e dalla sorella del suo ex fidanzato.

La verità era che si sentiva un po' combattuta. A una piccola parte di lei mancava la sua vecchia vita, quella prevedibile e noiosa... ma sicura. Una parte più grande stava amando *questa* vita; stare con Smiley ogni minuto di ogni giorno, cucinare con lui, guardare la TV, ridere, fare l'amore. Non le piaceva il fatto di non avere un introito, ma era sicura di poter trovare un lavoro lì nel sud della California.

Scosse la testa per frenare quei pensieri fuori controllo. Non aveva alcun diritto di pianificare una vita a Riverton finché non avesse risolto i suoi attuali casini. Con un po' di fortuna, Tex e le forze dell'ordine si sarebbero fatti vivi entro poche ore per informarli che Mateo era stato arrestato e che lei non aveva più bisogno di fuggire e nascondersi.

«Sei sicuro che ti vada bene?» disse di punto in bianco Bree.

Smiley la guardò da dietro il volante del suo pick-up e aggrottò la fronte. «Cosa?»

«Portarmi al My Sister's Closet per incontrare Fiona e Julie. Devi essere stufo di accompagnarmi ovunque.»

«Perché non dovrebbe andarmi bene?» le chiese, invece di rispondere alla sua domanda.

Lei scrollò le spalle. «Perché non credo che passare il tempo in una boutique per donne sia la tua idea di divertimento. Inoltre, perché sei un letale Navy SEAL che probabilmente dovrebbe essere con i suoi compagni di squadra a fare piani per andare a salvare il mondo o qualcosa del genere, e invece mi porti in giro come se fossi il mio autista.»

Con sua sorpresa, Smiley accostò e fermò il veicolo. Le posò il palmo della mano su un lato del collo e le disse: «Quando è iniziato tutto questo ti ho detto che non ti avrei persa di vista, e non scherzavo. Se vuoi andare a trovare Julie e Fiona e prenderti altri indumenti, è ciò che faremo. È da quando stai a casa mia che cerco di farti riempire il mio armadio di vestiti. Per quanto riguarda il lavoro... ho un sacco di ferie accumulate, cosa che non ha importanza in questo caso, perché ce ne siamo andati solo trenta minuti prima del solito. E il comandante e la squadra sanno che al momento *sei* la mia priorità.»

«Non sono sicura che portarmi a fare shopping conti come una priorità» borbottò Bree, distogliendo lo sguardo da lui. «Ora che Mateo sta per essere catturato posso andare a prendere le mie cose nel deposito a Las Vegas.»

«Guardami» le ordinò Smiley.

Bree alzò gli occhi. «Non si tratta dei vestiti» disse, con un tono che era in netto contrasto con la facciata scontrosa che mostrava sempre al mondo. «Ma del fatto che tu abbia bisogno di fare qualcosa mentre aspettiamo notizie da Tex. Che tu possa creare un legame con due donne che hanno vissuto un'esperienza come quella da cui stai scappando da mesi. Si tratta di dimostrarti che per me tu vieni prima di tutto e che ti sostengo incondizionatamente. Ok?»

Bree sentì la pancia contrarsi e il respiro accelerare, e

avrebbe voluto solo gettarsi addosso all'uomo accanto a lei. La faceva sentire considerata. Importante. Desiderata. Era una sensazione inebriante, e lei voleva tanto mostrare a Smiley il suo apprezzamento.

«Più tardi» le disse con un guizzo delle labbra, dimostrando di saper davvero leggerle nel pensiero.

«Grazie, Smiley. Sul serio. Sono davvero in ansia riguardo a Mateo e a ciò che sta succedendo. Non voglio che nessuno si faccia male, ma voglio assolutamente sapere che è in custodia. Pensi davvero che sarò al sicuro una volta che lo avranno preso? Non ci saranno altre persone sulle mie tracce? Tipo gente con cui lavora?»

Smiley le accarezzò la guancia con le dita poi lasciò cadere la mano e guardò di nuovo in avanti. Controllò se c'erano veicoli in arrivo, e vedendo che la via era libera ripartì e proseguì verso il centro di Riverton e il negozio di vestiti usati di Julie.

«Tex ha analizzato la cosa e non pensa sia così. Per qualche ragione è Castillo che sembra determinato a portare a termine l'affare che ha fatto con quello stronzo del tuo ex. Immagino che il resto della sua banda ti consideri un peso, dato che potrebbero procurarsi altre donne molto più facilmente.»

Bree aggrottò la fronte. Odiava sentirlo, anche se era la verità.

«Che ne dici se ce ne preoccupiamo *dopo* che Tex ci avrà dato qualche notizia?»

«Ok.»

Smiley si infilò con destrezza in un posto di un parcheggio pubblico poco distante dal negozio di Julie. Prese la mano di Bree e si avviarono verso il My Sister's Closet.

«Cercherò di non metterci troppo» gli disse, continuando

a pensare che non fosse possibile che lui volesse passare del tempo in una boutique femminile.

«Prenditi tutto il tempo che vuoi. So che Julie di solito ha degli snack e altro, oltre al caffè. Puoi fare shopping e chiacchierare. Mi dispiace, ma non ho intenzione di lasciarti da sola, cercherò comunque di essere il più discreto possibile.»

Gli sorrise mentre proseguivano. «Non mi dà fastidio che tu ci sia, Smiley. Non ho niente da nasconderti.»

«Be', potresti voler parlare di cose da ragazze.»

Rise. «Cose da ragazze? Tipo?»

«Non lo so. Il ciclo, il parto, le emorroidi...»

Bree si fermò di colpo e lo fissò per un attimo, poi scoppiò a ridere, e Smiley si limitò a sorriderle. Si era resa conto che stava scherzando, ma non riusciva a smettere di ridacchiare, e quando arrivarono al My Sister's Closet lo stava ancora facendo. Al loro ingresso, il campanello sopra la porta tintinnò.

Julie e Fiona apparvero subito da una stanza sul retro del negozio.

«Ciao!»

«È un piacere rivederti!»

Le donne la abbracciarono calorosamente, ed era ben consapevole della presenza di Smiley alle sue spalle.

«Cosa c'è di così divertente?» chiese Fiona, dopo aver salutato entrambi.

«L'idea che ha Smiley delle chiacchiere tra ragazze.»

Julie la prese a braccetto e la condusse verso il bancone del caffè sistemato contro una delle pareti del negozio, vicino alla cassa. «Fammi indovinare. Quel periodo del mese, quali sono i migliori assorbenti e le tette.»

Bree ridacchiò di nuovo. «Più o meno.»

Smiley non sembrava affatto turbato di essere il bersaglio della battuta. Si limitò a scrollare le spalle, poi si voltò e andò a sedersi su una delle comode poltrone con lo schienale alto sparse per il negozio. Probabilmente Julie le aveva comprate proprio per situazioni come quella, quando un uomo accompagnava la sua ragazza o moglie e aveva bisogno di un posto dove riposare un po'.

«Smiley, vuoi un caffè?» chiese Julie.

«Sto bene così. Grazie.»

«Quanto tempo abbiamo?» chiese Fiona a Bree.

«Quello che ci serve» rispose. «Smiley non deve più lavorare per oggi, quindi dopo aver finito qui andremo a casa.»

«Grande. Ho ricevuto un mucchio di donazioni che non ho ancora avuto il tempo di esaminare. Volete aiutarmi? Oppure vuoi dare un'occhiata alle cose che ho messo da parte per te, Bree?» chiese Julie.

«Oooh, scelta difficile. Possiamo fare entrambe le cose?»

«Certo. Che ne dici di iniziare con la roba nuova?»

«Ottima idea.»

«È nel retro. Ma ti avverto che probabilmente i vestiti saranno tutti stropicciati, quindi a volte qualcosa può sembrare uno straccio appena lo tiri fuori dai sacchetti di plastica in cui di solito gli indumenti vengono lasciati, ma una volta pulito e stirato diventa un gioiellino.»

«Non vedo l'ora di iniziare» disse Bree con un sorriso.

«Vuoi venire con noi nel retro?» chiese Julie a Smiley.

«Sto bene qui. Sposto la poltrona così posso vedervi, se per voi va bene.»

«Certo che sì.»

Bree non poté fare a meno di avvicinarsi a lui. Non le veniva proprio in mente un fidanzato precedente che avrebbe fatto ciò che stava facendo quell'uomo. Passare il tempo a sorvegliarla, a tenerla al sicuro, mentre lei faceva qualcosa di frivolo come cercare dei vestiti. Soprattutto quando a Las Vegas ne aveva letteralmente un deposito pieno.

Posò le mani sui braccioli della poltrona e si chinò su di lui. «Grazie» sussurrò, poi gli diede un lieve bacio.

Stava per raddrizzarsi quando lui la bloccò mettendole una mano sulla nuca. «Non è un sacrificio» le disse serio. «Vederti ridere e felice... è un piacere, Bree.»

La faceva impazzire.

«Stasera ti mostrerò quanto ti apprezzo.»

«Stasera? Stavo pensando che potremmo iniziare appena torniamo a casa...»

Ridacchiò. «Sei proprio un uomo.»

«Già. Un uomo che sa riconoscere una cosa bella quando ce l'ha. Nel caso fossi confusa, la cosa bella *sei tu*.»

«Riceverai decisamente un sacco di apprezzamenti» sussurrò, chinandosi di nuovo. Questa volta il bacio non fu breve *né* lieve.

«Potete sbaciucchiarvi più tardi, dobbiamo dare un'occhiata ai sacchi di roba!» esclamò Fiona, con un tono chiaramente divertito.

Bree si raddrizzò, e lui nel mentre le accarezzò il fianco. Aveva la sensazione di essere arrossita, ma per la prima volta da molto tempo provò un senso di leggerezza.

Quello le sembrava il primo giorno del resto della sua vita e aveva intenzione di viverlo al massimo. Di prendersi ciò che desiderava. E quello che desiderava di più era Smiley.

«Vai. Se hai bisogno di qualcosa devi solo farmelo sapere» le disse, dimenandosi sulla poltrona.

Bree posò lo sguardo tra le sue gambe e noto l'erezione. Arricciò il naso; non doveva essere molto piacevole. Ma Smiley la girò e le diede una piccola spinta verso le altre due donne prima che lei potesse commentare.

«Vai. Fai le tue cose.»

«Sì, signore» rispose con impertinenza.

Non appena varcò la soglia che dava sul retrobottega Fiona e Julie iniziarono a ridacchiare.

«Ragazza, voi due fate fuoco insieme!» esclamò Fiona.

Julie si sventolò una mano davanti al viso. «Un incendio.»

«Se lo dite voi» disse Bree, alzando gli occhi al cielo, anche se in fondo era d'accordo con loro. «Da dove cominciamo?»

«Giusto. La roba nuova è laggiù» disse Julie, indicando quattro grandi sacchi della spazzatura posati lungo una delle pareti.

Nel retrobottega c'erano tantissimi appendiabiti diversi pieni di indumenti, per lo più vestiti. Alcuni avevano l'etichetta del lavaggio a secco, altri erano spiegazzati, come se fossero pronti per essere portati in lavanderia. C'erano anche scatole di articoli vari accatastate. La stanza era stracolma di roba, ma ordinata e pulita. C'era una porta che probabilmente conduceva al vicolo che correva dietro la fila di negozi della Main Street e anche un piccolo bagno.

«La prima cosa da fare è tirare fuori tutti gli indumenti dai sacchi e appenderli. Dopodiché, di solito, guardo ogni capo e cerco di convalidare l'autenticità del marchio per vedere se è un'imitazione o se è originale, e poi separo quello che penso si venderà da quello che porterò in uno dei negozi di beneficenza» spiegò Julie, andando verso i sacchi.

Bree la seguì, stranamente eccitata dal fatto di vedere cos'era stato donato. Era come Natale e il suo compleanno insieme.

Dimenticandosi per il momento dell'arresto di Mateo Castillo, si perse nel piacere di lavorare con le sue nuove amiche.

Smiley osservò con un piccolo sorriso le donne lavorare nel retrobottega. Se qualcuno dei suoi colleghi lo avesse visto in quel momento, probabilmente avrebbe pensato che fosse malato e che avesse bisogno di consultare un medico. Di solito non se ne stava seduto a non fare niente... tanto meno a guardare una donna fare shopping.

Ma ascoltare Bree e le altre ridacchiare e fare versi stupiti e di gioia quando trovavano qualcosa di speciale, era un'esperienza che non aveva mai vissuto e che non si sarebbe mai aspettato di apprezzare davvero.

Bree poteva pensare che per lui fosse una perdita di tempo, ma più stava con lei, più scopriva le gioie dei piaceri semplici.

Lo squillo del cellulare lo fece sussultare per la sorpresa, e ridacchiò tra sé e sé. Che SEAL tosto che era, spaventato da un cazzo di telefono.

Abbassando lo sguardo vide che era Cookie, e si irrigidì.

Non poteva essere positivo.

La chiamata di Tex con la squadra di Wolf riguardo a Castillo era stata rimandata. Smiley non sapeva perché e non glielo aveva chiesto, ma doveva svolgersi quel giorno. Ci poteva essere solo un motivo per cui Cookie lo stava chiamando ora, e non era per salutarlo.

«Smiley» rispose.

«Ma che *cazzo*?» disse l'altro con un tono basso e infuriato.

Smiley sospirò accigliato, studiando il pavimento. Sì. Tex aveva sicuramente parlato con Cookie e gli altri di Mateo Castillo, e l'ex SEAL, chiaramente, non era contento di essere stato tenuto all'oscuro, cosa di cui non lo biasimava affatto.

Con il passare dei giorni Smiley si era sentito sempre peggio per aver nascosto informazioni alla squadra di Wolf. Non era stato giusto, ma aveva praticamente avuto le mani legate a causa di tutto quello che Tex stava facendo per aiutare Bree.

Però non dirlo ai suoi amici era stata la decisione sbagliata. Punto.

«Ho detto a Tex che non era una buona idea non informarvi» disse Smiley.

«Puoi dirlo forte. Non posso credere che lui, tu e il tuo team me l'abbiate tenuto nascosto! Mia moglie ha passato *l'inferno* per mano di Castillo! Be', forse non per mano sua in particolare, ma della dannata organizzazione per cui lavorava, e voi tutti avete pensato che fosse una buona idea *non* dirmi che non solo poteva essere negli Stati Uniti, ma addirittura nella cazzo di *Riverton*.»

Il tono di Cookie si era alzato mentre parlava, e Smiley temeva che le donne potessero sentirlo, anche se non aveva messo il vivavoce.

«Esco un attimo» gridò loro.

«Ok!»

«Noi saremo qui.»

«Nessun problema!»

Smiley si diresse rapidamente verso l'ingresso del negozio e si fermò sul marciapiede per parlare con Cookie.

«Come dicevo, non è stata una mia idea. Ho detto a Tex che tu e Hurt meritavate di saperlo.»

«Fiona ha continuato a soffrire un casino dopo essere tornata. Tex sapeva quanto duramente stava lottando. Accidenti, l'ha tenuta calma quando ha avuto quella crisi in cui era convinta che i suoi rapitori fossero andati a prenderla. E ora, nonostante la possibilità che siano davvero venuti a farlo, lui non dice nulla? Sono stronzate!»

«Hai ragione» concordò Smiley. «Ma non ci sono prove che Castillo sappia qualcosa di Fiona o di Julie. Da quello che Tex è riuscito a scoprire non era nemmeno nella giungla quando le hai salvate.»

«Non mi interessa» disse Cookie, suonando ancora infuriato. «Se c'è anche solo l'un per cento di possibilità che qualcuno di quella cazzo di organizzazione conosca il *nome* di mia moglie, avrei dovuto esserne informato.»

«E sono d'accordo con te. Ma Tex pensa davvero che Castillo non sia qui per tua moglie o per Julie. Vuole Bree. Ha pagato per averla. Gli ho detto che avrebbe dovuto parlartene, ma mi ha chiesto più tempo per avere la conferma che Castillo fa parte di quell'organizzazione da anni. Non voleva allarmarti senza motivo se si fosse sbagliato. Gli ho dato quel tempo. Non è stata la decisione giusta, e mi dispiace.»

Sentì Cookie fare un respiro profondo, quasi lo immaginava passarsi una mano tra i capelli, agitato.

«Qualsiasi cosa abbia a che fare con mia moglie e quel periodo della sua vita tira fuori il peggio di me» ammise finalmente.

«In realtà, penso che tiri fuori il meglio.»

«Ok. Dimmi tutto, Smiley. Tex mi ha già detto della possibile cattura di Castillo di oggi, ma ho bisogno di sapere cosa ne pensi. Tutto quello che sai di quell'uomo. Perché è così determinato a mettere le mani su Bree. Tutto.»

Smiley non fu sorpreso dalla sua richiesta. Avrebbe fatto la stessa cosa se i ruoli fossero stati invertiti.

Dieci minuti più tardi, gli aveva raccontato tutte le sue preoccupazioni sulla situazione e le sue opinioni, e quando finirono la telefonata il suo amico era molto più calmo. Ma stava andando al negozio a prendere Fiona, per sicurezza. Aveva detto anche che avrebbe chiamato Patrick Hurt, il suo ex comandante, e gli avrebbe raccontato ciò che stava succedendo, cosa che Smiley aveva apprezzato. L'ultima cosa che voleva era farsi massacrare anche da Hurt, dopo essere stato oggetto dell'ira di Cookie.

Rientrò al My Sister's Closet e gridò: «Sono io!» Non voleva che le donne interrompessero quello che stavano facendo, pensando che fosse entrato un cliente.

Ma con sua sorpresa, non ottenne alcuna risposta.

Gli si rizzarono i peli sulla nuca, e prese il coltello KA-BAR che portava sempre con sé. Si diresse rapidamente verso la porta aperta del retrobottega e guardò dentro.

L'adrenalina aumentò ulteriormente quando vide che la porta sul retro era spalancata e che le donne non si vedevano da nessuna parte.

«*Cazzo*! Merda, merda, merda!» imprecò, tirando fuori il cellulare.

Mentre premeva sul nome di Cookie nella rubrica, Smiley capì di aver fatto un errore. Aveva giurato che non avrebbe mai perso di vista Bree finché Castillo non fosse stato catturato, eppure era uscito dal negozio abbandonando lì non solo la sua donna, ma anche Fiona e Julie.

Quella cosa lo sconvolse profondamente, mentre il telefono gli squillava nell'orecchio.

Bree era sparita. Così come Julie e Fiona. Le tre donne che Mateo Castillo pensava di avere il diritto di rapire. Si era ripreso ciò che riteneva suo. I timori del suo amico si erano rivelati fondati...

E quando era successo, Smiley si trovava solo a una quindicina di metri di distanza.

Cookie sarebbe andato fuori di testa; avrebbe avuto tutto il diritto di essere ancora più incazzato di prima.

Smiley ormai era convinto fin nel profondo che Castillo non fosse stato arrestato della task force speciale e che alla fine aveva fatto la sua mossa.

Quindi la caccia era aperta. *Nessuno* doveva azzardarsi a toccare i Navy SEAL e le loro donne.

Castillo poteva anche pensare di aver vinto, ma in realtà aveva appena firmato la sua condanna a morte.

CAPITOLO DIECI

«Oooh, guardate questo!» esclamò Fiona, sollevando un abito scintillante. «L'etichetta dice che è di Versace.»

Bree non riusciva a credere a quanto fosse divertente. Ogni sacco conteneva un tesoro di raso e pizzo. C'era anche roba scadente in mezzo, ma per la maggior parte erano tutti indumenti bellissimi. Quelle donazioni avrebbero reso felici tantissime ragazze e donne. Non aveva ancora trovato niente di adatto a lei, non per la vita di tutti i giorni, ma andava più che bene. Si stava comunque divertendo un sacco.

Bree lanciò un'occhiata verso la porta d'ingresso e vide Smiley che camminava avanti e indietro con il cellulare all'orecchio. Non aveva un'espressione felice. Be', sembrava meno felice del solito. Qualsiasi cosa di cui stesse parlando, con chiunque fosse al telefono, sembrava intensa. Per una frazione di secondo si chiese se si trattasse di lei, ma poi alzò gli occhi al cielo tra sé e sé. Solo perché Smiley stava facendo una telefonata che sembrava importante, non significava che riguardasse lei.

Inoltre, se si trattava del fatto che Mateo era stato catturato, di sicuro non avrebbe esitato a dirglielo. Sapeva quanto fosse stressata per quello che doveva succedere quel giorno.

Si era appena girata per frugare nel sacco che le era stato assegnato quando improvvisamente la porta che dava sul vicolo si spalancò.

Scioccata, non ebbe il tempo di fare altro che aprire la bocca quando tre uomini irruppero nella stanza. Ognuno di loro andò dritto verso una donna. Quello più grosso le si avvicinò e lei cercò di indietreggiare, solo per inciampare in uno dei sacchi che si trovavano dietro di lei.

«No!» urlò Julie. «Lascia...»

Il resto delle sue parole fu interrotto bruscamente dal tizio che l'aveva afferrata e che le mise una mano sulla bocca.

Fiona stava lottando con un altro uomo, che l'aveva sollevata completamente da terra e si stava già dirigendo verso la porta.

Il tizio vicino a Bree si chinò e la prese per il bicipite, tirandola bruscamente in piedi.

Poi le avvolse un braccio intorno al collo e strinse forte.

Glielo afferrò, cercando di strapparselo dal collo per poter respirare, ma senza successo. Lui la spinse fuori nel vicolo, seguendo gli altri due uomini.

L'intero rapimento era durato meno di trenta secondi, e a parte il rumore della porta quando si era spalancata, si era svolto tutto in un silenzio inquietante. Gli uomini non avevano detto una parola, e Bree – e anche Julie e Fiona – erano state troppo sorprese e sopraffatte per urlare. Per cercare di avvertire Smiley.

I rapitori le trascinarono verso un grosso SUV nero e aprirono il portellone posteriore. La vista di Bree si stava oscurando, dato che l'uomo che la teneva non aveva allentato la presa nemmeno di un millimetro. Respirò a pieni polmoni quando finalmente la lasciò andare per spingerla nel vano di carico del veicolo.

Le sue braccia e le sue gambe si intrecciarono con quelle di Julie e Fiona, e prima che potessero districarsi, il portellone posteriore si chiuse di colpo.

«Cazzo!» esclamò Julie, mentre cercava disperatamente un gancio o una maniglia che servisse a riaprire il portellone.

Bree lanciò un'occhiata a Fiona e vide che era rannicchiata su sé stessa, con lo sguardo perso nel vuoto.

«Aiutami!» urlò Julie, mentre il veicolo iniziava a muoversi.

Si affrettò a raggiungere il suo fianco, e non vedendo alcuna maniglia si mise a sedere e iniziò a calciare il vetro con tutte le sue forze. Julie la imitò, ma il vetro si rifiutava di rompersi.

Fu allora che si rese conto che la sua vista si stava annebbiando.

Guardandosi intorno, scoprì che non era la sua vista, c'era *letteralmente* della nebbia che stava riempiendo lo spazio! Solo allora notò la parete divisoria trasparente tra il vano di carico dove lei, Julie e Fiona erano state gettate e il sedile posteriore.

Due degli uomini che le avevano afferrate le stavano fissando attraverso il plexiglas con un ghigno da psicopatici.

Bree tossì e sentì tutto iniziare a girare.

«Oh, merda» borbottò Julie, sollevandosi la maglietta per coprirsi il naso e la bocca.

Ma non servì a nulla. La nebbia era fitta e stava diventando sempre più difficile pensare. Le stavano drogando. Riusciva a immaginare una sola persona che avrebbe potuto far costruire un veicolo con vetri infrangibili, una parete divisoria tra il vano di carico e il resto dell'auto e un modo per avvelenare gli occupanti con il gas.

Mateo Castillo.

Non lo avevano arrestato e portato in prigione. Era lì. *Ora.* E l'aveva trovata.

Non solo lei, ma aveva rapito anche Julie e Fiona.

Non era giusto! Avevano già passato l'inferno.

Bree strisciò verso Fiona, la abbracciò e la strinse più forte che poté, anche se sentiva che stava perdendo conoscenza. Qualunque cosa Mateo avesse in serbo per loro non sarebbe stata per niente bella. Ne era certa. Ma giurò di fare tutto il necessario per tirare fuori le due donne da quella situazione. Mateo voleva *lei*. Non loro.

L'ultimo pensiero che ebbe prima di svenire fu di quanto si sarebbe incazzato Smiley. Il senso di colpa che avrebbe provato sarebbe stato schiacciante. Si era autoproclamato suo protettore, eppure gli era stata portata via da sotto il naso.

Non aveva idea di come Mateo avesse saputo dove e quando colpire, ma ormai non aveva più importanza. L'unica cosa che contava era sopravvivere finché Smiley e i suoi amici non le avessero trovate.

———

Trenta minuti più tardi, la casa di Safe era piena di persone, ma Smiley se ne accorse a malapena. Non riusciva a togliersi dalla testa quel retrobottega vuoto. Non aveva sentito nulla. Nessun urlo. Niente di niente. Castillo era entrato e in qualche modo aveva rapito tutte e tre le donne senza fare il minimo rumore.

Tex aveva già avuto da Hurt l'accesso ai filmati delle telecamere di sorveglianza del negozio, e stava anche lavorando per rintracciare Castillo attraverso altre telecamere a circuito chiuso della zona. Nel frattempo, l'ex comandante si stava adoperando per collegare l'app delle telecamere del sistema di Julie alla televisione di Safe, in modo da poter vedere i filmati.

Pur sapendo che Tex se ne stava occupando, a Smiley veniva da vomitare, perché non poteva fare a meno di pensare che fosse colpa sua.

«Che diavolo è andato storto con la task force?» sbottò Cookie. Non lo chiese a nessuno in particolare, ma in generale.

C'erano tutti i suoi ex compagni di squadra così come gli amici di Smiley. Tutti volevano *fare* qualcosa, ma ancora non sapevano che direzione prendere. Quindi dovevano aspettare. Cosa che normalmente non sarebbe stata un problema, erano abituati ad aspettare, ma quella era una questione personale. Non c'era solo la vita di Bree in pericolo, ma anche quella di Fiona e di Julie.

E tutti erano più che consapevoli di quello che era successo tanti anni prima in Messico. Degli abusi che avevano subito le donne. Del fatto che Fiona era stata drogata e di quel brutto flashback avuto dopo il suo ritorno in California; era letteralmente il suo peggior incubo che si avverava.

E Julie... non aveva esattamente gestito bene la prigionia, anche se ora era decisamente una persona diversa rispetto al passato.

Poi c'era Bree. Sì, era stata portata via dal suo appartamento a Las Vegas, ma era stata salvata piuttosto rapidamente. Come stava affrontando la situazione?

Smiley non riusciva a smettere di pensare a ciò che avrebbe dovuto fare, che avrebbe dovuto farla rimanere alla base o nel suo appartamento finché non avesse avuto la conferma che Castillo era stato preso in custodia.

Qualche minuto più tardi, Hurt finalmente riuscì a caricare il filmato delle telecamere del My Sister's Closet e tutti si radunarono intorno alla TV per guardarlo.

Kevlar si avvicinò a Smiley e gli mise un braccio intorno alle spalle. Aveva bisogno di quel supporto e non allontanò il suo leader. Non era sicuro di riuscire a sopportare di vedere Bree che veniva rapita.

Mentre lui si appoggiava a Kevlar, Hurt premette "play".

Trattene il respiro e guardò le ragazze sorridere e chiacchierare, e Fiona che sollevava un vestito appena tirato fuori da uno dei sacchi della spazzatura. Poi la porta sul retro che si spalancava di colpo e tutte e tre le donne voltarsi di scatto mentre tre uomini irrompevano.

Con grande sorpresa di Smiley, Castillo stesso era uno dei rapitori. Si distingueva dagli altri perché era piuttosto imponente, sia in altezza sia nel peso. L'uomo si lanciò verso Bree, che indietreggiò e inciampò in uno dei sacchi, cadendo.

Fiona e Julie stavano lottando con gli altri due uomini quando Castillo afferrò Bree e le mise un braccio intorno al collo. Smiley riusciva a malapena a respirare, immaginando il panico che doveva aver provato.

E in un attimo, il retrobottega si svuotò.

Il rapimento non era durato più di trenta secondi.

Ventiquattro, per l'esattezza.

L'inquadratura si spostò sulla telecamera nel vicolo posteriore e Smiley osservò le donne che venivano costrette a salire nel vano di carico di un grosso SUV. Vide Julie battere sul vetro posteriore mentre il veicolo usciva a tutta velocità dal vicolo.

Notarono tutti con orrore che la targa del SUV era stata coperta; senza dubbio si sarebbero fermati da qualche parte e avrebbero tolto il nastro adesivo per non essere fermati dalla polizia.

Una volta terminato il video la stanza piombò nel silenzio, mentre gli uomini assimilavano ciò che avevano visto.

Smiley non sapeva cosa dire. Cosa fare. Pensò di salire in macchina e iniziare a cercare quel SUV nero, ma non avrebbe saputo da dove cominciare. Riverton in sé non era una città enorme, ma era vicina ad altre città più grandi della California meridionale. Ormai potevano essere ovunque.

Tex aveva avvisato le autorità di controllo della frontiera, le quali erano alla ricerca del veicolo e degli uomini che avevano rapito le donne. Ma Castillo non era stupido. Non avrebbe tentato di attraversare il confine con la stessa auto che aveva usato per il rapimento. Inoltre, Smiley sapeva per certo che Bree non sarebbe rimasta seduta dietro senza urlare a squarciagola se ci fosse stata la possibilità che qualcuno potesse sentirla. E immaginava che Fiona e Julie avrebbero fatto la stessa cosa.

No, Castillo avrebbe dovuto sottomettere le donne in qualche modo, ed era ciò che lo preoccupava di più.

«*Cazzo*» imprecò.

Kevlar strinse la presa sulla sua spalla per un attimo, poi si raddrizzò.

«Ok. Tex ha già confermato che quei maledetti localizzatori non funzionano, il che significa che i rapitori hanno fatto qualcosa ai dispositivi, dato che tutte e tre ne indossavano almeno uno e che è impossibile che si siano guastati tutti contemporaneamente, quindi non possiamo semplicemente andare dritti alla loro posizione. Un vero *schifo*, direi. Ma non possiamo nemmeno starcene qui con le mani in mano. Quindi, ci divideremo. Alcuni di noi controlleranno le strade che portano al confine, altri andranno sulla costa e nei porti. Dovremmo anche dare un'occhiata alle aree di sosta dei camion. Cercherà di portarle fuori dal Paese, su questo siamo tutti d'accordo, giusto?»

Tutti annuirono.

«Potrebbe andare a est finché non arriva in un punto del confine che ritiene meno pericoloso» suggerì Dude.

«E gli aeroporti? Quello stronzo ha i fondi per poter assumere un pilota, giusto?» chiese Preacher.

Smiley non ci aveva nemmeno pensato. A ogni parola che usciva dalla bocca dei suoi colleghi la tensione si decuplicava.

«Dobbiamo trovarle. Fiona non può rivivere quest'incubo» disse Cookie sconvolto.

«La troveremo. Troveremo tutte e tre» dichiarò Wolf, dando una stretta alla spalla dell'amico.

«Avete sentito Tex. È incazzato, soprattutto con sé stesso. Ha fatto una cazzata e lo sa. Se avessimo saputo di Castillo prima di oggi, avremmo potuto mettere in sicurezza le donne» disse Benny.

Smiley non ce la faceva più. Non voleva pensare a cosa stessero passando Bree e le altre, mentre loro se ne stavano lì a parlare di quanto quella situazione fosse disastrosa. Doveva *fare* qualcosa, così si voltò e si diresse verso la porta.

«Dove stai andando?» gli chiese Mozart.

«A cercare Bree» gridò senza rallentare.

Sentì dei passi dietro di lui e si preparò a combattere con chiunque avesse cercato di fermarlo.

Invece, sentì Cookie dire: «Vado con lui.»

«Guido io» li informò Blink.

«Aspetta un secondo, Smiley» disse Kevlar.

«No.»

«Dannazione! Fermati un cazzo di secondo. Dobbiamo agire con metodo, non possiamo rischiare di non trovarle!»

Kevlar era incazzato e Smiley percepì un ordine nel suo tono. Fece un respiro profondo e si fermò, voltandosi a guardare il suo amico. Gli avrebbe dato un minuto, per rispetto, ma poi sarebbe uscito.

Il suo leader prese un blocco note che era sul bancone di Safe. «Ok. Smiley, tu, Cookie e Blink andate a est e date un'occhiata alle aree di sosta per camion sulla strada che porta sulla I-8. Hurt, Wolf, Flash, voi andate a sud, controllate le aree di sosta vicino alla I-5 in direzione di Tijuana. Safe, Preacher,

Dude e Benny, voi andrete al porto, vedete se riuscite a parlare con un responsabile e a guardare i video di sorveglianza. Sono sicuro che Tex e il suo team prima o poi li troveranno, ma se riusciamo a dare un'occhiata per vedere se un SUV nero ha scaricato qualcosa in un container, sarebbe positivo.

Io, MacGyver, Mozart e Abe controlleremo gli aeroporti regionali. Dobbiamo mantenere *tutti* il controllo. Siamo incazzati per questa storia, ma agire d'impulso non aiuterà Fiona, Julie e Bree. Capito?» chiese Kevlar.

«Cosa diremo alle altre donne? Caroline mi sta bombardando di messaggi. Sa che c'è qualcosa che non va perché sono uscito di casa di fretta» disse Wolf.

«La verità» replicò Smiley, prima che chiunque altro potesse esprimere la propria opinione. «Devono stare all'erta. Non abbiamo idea se Castillo tenga d'occhio anche loro.»

«Cazzo!»

«Merda!»

«Dannazione!»

Era ovvio che nessun altro ci avesse pensato. Erano stati così concentrati a cercare di capire dove Castillo avrebbe potuto portare le tre donne, che non avevano nemmeno preso in considerazione l'idea che potesse provare a rapirne qualcun'altra.

Tutti gli uomini nella stanza – tranne Smiley, Cookie e Hurt – si portarono il cellulare all'orecchio e chiamarono le loro mogli e fidanzate.

Cinque minuti più tardi, avevano tutti un cipiglio sul volto e la tensione nell'aria era così densa che era quasi difficile respirare. «Jessyka si sta mettendo in contatto con le altre per farle andare a casa nostra» disse Benny ai suoi compagni. «È abbastanza grande da ospitare tutti, bambini compresi.»

«E Wren sta facendo radunare tutte le altre qui» aggiunse Safe.

«È una buona idea che le donne e i bambini stiano tutti nello stesso posto?» chiese Preacher.

«Sì» rispose Dude con fermezza. «Essere in tanti dà potere e sicurezza. E ora che tutte sanno cos'è successo, non si faranno sorprendere come Fiona, Julie e Bree. Cheyenne sarà armata. Nessuno si avvicinerà a lei o agli altri.»

«Lo stesso vale per Remi» concordò Kevlar. «È incazzata e spaventata, ma furiosa.»

Smiley aveva finito. Era contento che le donne fossero protette, ma non riusciva a smettere di pensare a Bree e a *quanto* fosse terrorizzata. Non voleva immaginare cosa stesse passando.

Si voltò e si diresse di nuovo verso la porta, con Cookie e Blink alle calcagna. Perlustrare le aree di sosta dei camion gli sembrava una missione inutile, ma era passata un'ora da quando erano state rapite e fare qualcosa era meglio che starsene seduti ad aspettare che Tex o una delle donne con cui collaborava li richiamasse; se avessero scoperto qualche informazione si sarebbero fatti sentire, così avrebbero potuto passare al piano B. O al C, D, F, Q. Uno qualsiasi.

L'unica cosa che contava era trovare le donne prima che Castillo le portasse fuori dal Paese. Altrimenti le cose si sarebbero complicate maggiormente.

Complicate, ma non impossibili da gestire.

Per la prima volta, Smiley capì un po' meglio Phantom.

Phantom era un SEAL che, nonostante fosse stato dissuaso dal farlo, era partito da solo per andare a salvare una donna con cui non aveva mai parlato di persona e che aveva visto solo una volta... in fondo a una fossa piena di cadaveri, dove i ribelli l'avevano gettata credendo di averla uccisa. Ma lei non era morta. Dopo che la sua squadra aveva lasciato

Timor Est, Phantom aveva detto di ricordare di aver visto il suo piede muoversi, ma nessuno gli aveva creduto. Lui però era stato determinato a salvarla, con o senza il permesso del suo comandante o della Marina.

Smiley non aveva approvato la cosa quando aveva saputo ciò che aveva fatto il SEAL. Non era riuscito a capire perché avesse rischiato la carriera e di andare in prigione, per salvare una donna che non conosceva nemmeno. Accidenti, anche se *l'avesse* conosciuta. All'epoca non aveva capito il desiderio di quell'uomo di rischiare tutto ciò per cui aveva lavorato così duramente, senza prove concrete che fosse ancora viva.

Ma ora sì.

Se Bree fosse stata portata fuori dagli Stati Uniti, niente gli avrebbe impedito di andare a riprenderla. Aveva promesso che se fosse successo qualcosa sarebbe andato a cercarla. E dannazione, non avrebbe infranto quella promessa. Assolutamente no. Aveva la sensazione che Cookie e Hurt sarebbero stati al suo fianco. Magari non avevano tanto da perdere come lui per quanto riguardava la carriera, ma avrebbero comunque messo a rischio la loro pensione.

«Guido io» annunciò Blink, mentre uscivano di casa. Smiley lanciò le chiavi all'amico senza commentare. Non gli importava se guidava lui, magari non parlava molto, ma sapeva essere un vero psicopatico al volante. Lo aveva scoperto durante una delle loro missioni.

Mentre salivano sul suo pick-up, Smiley fece un respiro profondo. Bree doveva stare bene. Doveva. L'aveva appena ritrovata, non poteva perderla ora.

CAPITOLO UNDICI

BREE STAVA SOGNANDO di correre sotto una tempesta di neve perché stava arrivando tardi a scuola, ma non appena aprì la porta dell'edificio scoprì di essere entrata in una specie di fienile. Stava congelando. Abbassò lo sguardo e vide di non avere le scarpe. Né i vestiti.

Accidenti, stava facendo uno di quei sogni in cui si ritrovava nuda. Li odiava.

Aprì gli occhi, rabbrividendo... e si rese conto che non era un sogno. Stava *davvero* congelando. Le sue mani sembravano un pezzo di ghiaccio e qualsiasi fosse la cosa su cui era sdraiata era durissima.

Girò la testa, confusa, chiedendosi perché Smiley non fosse a letto accanto a lei, a tenerla al caldo.

Ma invece di vedere lui, vide delle sbarre.

Sbarre?

Si alzò in ginocchio troppo in fretta e urlò quando colpì qualcosa di duro con la testa. Si piegò e cercò di capire cosa stesse succedendo. Dove si trovasse.

C'era una strana luce rossa sopra di lei, che le dava la

possibilità di vedere, ma era tutto quasi distorto. I fotorecettori dei suoi occhi facevano fatica ad adattarsi all'ambiente circostante. Gemendo confusa, girò la testa dall'altra parte e si irrigidì.

«Ma che cazzo?» sussurrò. Fu in un certo senso confortante sentire la propria voce. «Fiona?» disse un po' più forte.

E a quello si ricordò tutto.

Be', non proprio tutto, ovviamente, ma quasi: lei, Julie e Fiona si trovavano al My Sister's Closet a guardare le ultime donazioni quando tre uomini erano entrati e le avevano afferrate e portate via. L'ultima cosa che ricordava era di essere stata spinta nel retro di un SUV nero e di essersi resa conto che la nebbia nell'aria era in realtà un gas o un sedativo.

«Fiona!» ripeté più forte, avvicinandosi a un lato della gabbia. Sembrava una di quelle per i cani, con sbarre di metallo tutt'intorno e la base di plastica. Quando abbassò lo sguardo capì anche perché aveva così freddo. Indossava solo un abito con le spalline sottili: un négligé o una sottoveste. Non sapeva bene *cosa* fosse, solo che le copriva a malapena il sedere e non aveva abbastanza stoffa per tenerla al caldo.

Ma per il momento era più preoccupata per Fiona. Era sdraiata immobile nella gabbia accanto alla sua. Provò ad allungare il braccio il più possibile tra le sbarre, ma non riuscì a raggiungerla.

«Fiona!» urlò, desiderando disperatamente che si svegliasse.

«Bree?»

Guardando al di là di Fiona vide Julie, anche lei dentro una gabbia.

«Julie!» Il sollievo che provò per il fatto di non essere da sola in quell'inferno fu quasi travolgente. Indossava anche lei lo stesso abito succinto. Ovviamente, dato che era così minuta, le arrivava quasi alle ginocchia.

Fiona gemette, così rivolse di nuovo la sua attenzione all'altra donna.

«Fiona! Svegliati! Sono io, Bree. C'è anche Julie. Per favore, svegliati.»

Ci volle un po' di tempo, ma alla fine riprese conoscenza. Bree non era sicura di come la sua amica avrebbe gestito la situazione. Si era quasi paralizzata quando erano state rinchiuse nel retro di quel SUV. Si era come chiusa in sé stessa. Non la biasimava. Come avrebbe potuto, quando stava letteralmente rivivendo il suo peggior incubo?

«Dove siamo?» chiese Fiona con voce roca.

«A quanto sembra siamo in un camion» rispose Julie.

«Cos'è questo odore?»

Bree era stata così concentrata a svegliare la sua amica e a farle metabolizzare la situazione, che non si era resa conto di quanto puzzasse il container in cui erano tenute.

«Guardati intorno. Polli.»

Lo fece, e si rese conto che Julie aveva ragione. Erano circondate da gabbie piene di polli. Ovviamente aveva ignorato i loro versi mentre elaborava tutto il resto, ma ora che la realtà era chiara colse la puzza degli escrementi degli animali che le circondavano ed ebbe un conato.

«Non posso credere che stia succedendo di nuovo, cazzo!» disse furiosa Fiona.

Sorpresa dal livore nella sua voce, Bree la guardò di nuovo. Ora era seduta a gambe incrociate, con la testa chinata perché non riusciva a stare dritta, e lo sguardo fisso nel vuoto.

«Fiona?» la chiamò, preoccupata per la sua salute mentale.

«Che c'è?» sbottò, voltandosi a guardarla. «Sono stata rapita, cazzo. *Di nuovo*! Come se una volta non fosse stata sufficiente. *Cazzo*!»

Bree era sollevata che non si fosse messa a piangere a dirotto e che non fosse sull'orlo di un crollo nervoso, ma non sapeva come rispondere a quella donna infuriata. La considerava un'amica, ma non la conosceva da abbastanza tempo da sapere se le sue emozioni di quel momento fossero un segnale del fatto che stava per perdere la testa.

«Fiona, hai gli orecchini?» chiese Julie.

Lei si toccò le orecchie con una mano, poi imprecò di nuovo. «Merda, no. E tu?»

«No. Mi hanno tolto anche i fermagli dai capelli.»

«E i vestiti. Tutti» disse Fiona.

Bree era confusa. Erano in un camion pieno di pollame dopo essere state rapite, addormentate con il gas e chiuse in gabbia... e loro due erano preoccupate per degli accessori?

«E anche il mio anello. Quello che mi ha regalato Cookie» continuò Fiona, suonando triste per la prima volta da quando si era svegliata.

«Anche il mio. Bree, hai addosso uno dei localizzatori di Tex?» le chiese Julie.

Finalmente comprese; non erano sconvolte per aver perso dei gioielli. Fece un inventario mentale e si tastò la gola in cerca della collana che aveva scelto di indossare quella mattina e, non sentendola, disse sommessamente: «No.»

Come avrebbe fatto Smiley a trovarla senza il localizzatore? Come avrebbero fatto *uno qualsiasi* dei SEAL a trovarle? Un senso di panico cominciò a insinuarsi in lei, nonostante i suoi sforzi per tenerlo a bada.

«Ok, non facciamoci prendere dal panico» ordinò Fiona, come se avesse percepito il suo crollo interiore. «Qualcuno sa chi sono quegli stronzi che ci hanno rapite?»

Bree detestava che Fiona non fosse stata messa al corrente, ed era terrorizzata all'idea di dover essere lei a dare la notizia. Ma ormai era troppo tardi per cercare di proteggerle. Erano nei guai fino al collo. Rassegnata, fece un profondo respiro e disse: «Mateo Castillo. Mi dispiace tanto che siate rimaste coinvolte in questa storia. È lui che mi ha comprata dal mio ex, che mi sta dando la caccia da mesi e da cui ho cercato di nascondermi. Doveva essere arrestato oggi. Tex ha detto che c'erano un sacco di uomini della task force che avrebbero circondato il suo hotel per catturarlo.»

«Ovviamente hanno fallito alla grande» disse Julie con sarcasmo.

A Bree non venne da ridere. Nemmeno un po'. «E c'è dell'altro» continuò un po' riluttante. Fino a quel momento le due donne stavano gestendo la situazione meglio di lei... ma non sapevano il resto.

«Dell'altro?» chiese Fiona.

Si costrinse a incontrare il suo sguardo. «Sì. Mateo faceva parte del gruppo che vi ha rapite tanti anni fa. Non era il capo e non era lì quando siete state salvate, ma era un membro di basso livello. Tex ha detto che è salito di grado nel corso degli anni e poi ha fondato la sua organizzazione.»

«Mi stai prendendo per il culo?» domandò Julie.

Bree non distolse lo sguardo da Fiona. «No. Tex non ha voluto dirlo a Cookie e a Hurt finché non ne fosse stato certo e non avesse avuto più informazioni su quell'uomo.» Trattenne il respiro, pregando che Fiona non perdesse completamente la testa.

Con sua sorpresa, si spostò sul lato della gabbia più vicino alla sua, infilò le dita tra le sbarre e le agitò con impazienza.

Bree sollevò la mano automaticamente e strinse la sua.

«Non è come l'ultima volta» le disse con fermezza. «Prima di tutto, non siamo sole, possiamo contare l'una sull'altra. E anche se questi stronzi ci separassero, abbiamo un asso nella manica.»

«Che sarebbe?» chiese Bree, il pensiero di essere separata da quelle donne le faceva venire voglia di avere una crisi di nervi. L'unica ragione per cui stava gestendo la situazione così bene, per il momento, era perché non era sola.

«I nostri uomini. Cookie mi ha detto una cosa una volta, dopo che mi hanno salvata e quando ho avuto quel piccolo... episodio in cui pensavo che i miei rapitori mi avessero trovata. Mi ha detto, e cito: "Verrò sempre da te". Non l'ho mai dimenticato. Cookie non si arrenderà mai finché non mi avrà trovata. Su questo non ho dubbi.»

«I nostri SEAL stanno probabilmente setacciando ogni angolo di Riverton in questo momento» concordò Julie.

«Ma immagino che ormai non siamo più a Riverton» sussurrò Bree. «E non abbiamo più i localizzatori di Tex. Potremmo essere ovunque. Come faranno a trovarci?»

«Non lo so. Ma mi fido di Hurt. E di Tex. E di Cookie. E di Smiley e della sua squadra. Tutto quello che dobbiamo fare è resistere. A prescindere da cosa accadrà, dobbiamo resistere. Stanno venendo a prenderci» le promise Julie.

Fiona le strinse forte le dita. «Pensa positivo, Bree. Devi rimanere positiva.»

«Non so se ci riuscirò» ammise, all'improvviso terrorizzata da ciò che l'aspettava. In tutti quei mesi in cui era rimasta nascosta e aveva vissuto in macchina, non aveva mai pensato a cosa sarebbe successo se fosse stata scoperta. Razionalmente, era consapevole di ciò che Fiona, Julie e innumerevoli altre donne avevano dovuto affrontare quando erano state costrette alla schiavitù sessuale. Ma era sempre stato un concetto astratto.

Ora, però, seduta in quella gabbia, circondata dal pollame, in viaggio verso chissà dove... la realtà la travolse.

«Puoi farcela» le disse con fermezza. «*Niente* di quello che potranno farci porterà i nostri uomini ad amarci di meno.»

Bree lasciò che quelle parole penetrassero nella sua mente. Fiona e Julie erano sposate, da anni. Erano in una relazione stabile. Lei e Smiley... cos'erano? Praticamente ancora degli sconosciuti. Non sapeva nemmeno qual era il suo colore preferito o se era allergico a qualche tipo di cibo. O dove amava trascorrere le vacanze!

Proprio in quel momento, il camion sobbalzò e le donne furono scaraventate contro i lati delle loro gabbie, così come i polli intorno a loro. Scoppiò una cacofonia di suoni che costrinse Bree a tapparsi le orecchie per cercare di attutirla. Metterle insieme a tutti quegli animali vivi era stata una mossa intelligente. Qualsiasi rumore avessero provato a fare avrebbe fatto scatenare i polli, coprendo i loro pianti e le urla.

Mentre il trambusto continuava, Bree ebbe un'illuminazione. Non aveva bisogno di conoscere tutto di Smiley per sapere di amarlo, altrimenti non si sarebbe trasferita da lui. Non avrebbe dormito con lui ogni notte.

Lo *conosceva* e lo amava. Era abbastanza sicura che un uomo come lui, che poteva avere qualsiasi donna avesse desiderato, non l'avrebbe mai accolta nella sua casa se non avesse ricambiato i suoi sentimenti.

Loro tre non erano sole al mondo. Non solo avevano dei Navy SEAL letali che le amavano, ma i loro uomini avevano altre persone che avrebbero coperto loro le spalle. Bree aveva la sensazione che se lo avessero chiesto, l'intera rete dei SEAL si sarebbe attivata. Nessuno avrebbe smesso di cercarle finché non fossero state ritrovate e riportate a casa sane e salve.

Quel pensiero le infuse energia. Le diede la forza di fare un respiro profondo... per poi soffocarsi prontamente con le piume, l'odore degli escrementi e la sensazione di pericolo nell'aria.

Non era stata una grande idea, ma si sentì comunque più forte.

Qualunque cosa fosse accaduta o che Mateo avesse in serbo per lei, non avrebbe ceduto. Poteva non aver detto a

Smiley che lo amava e non aver sentito quelle parole da parte sua, ma ciò non significava che lei non sapesse nel profondo dell'anima che loro due erano destinati a stare insieme. Lui era là fuori con il suo solito cipiglio, a perdere la testa, a rispondere in modo scontroso e a fare tutto il necessario per trovarla. Doveva semplicemente resistere finché non fosse successo.

«Bree? Stai bene?» chiese Fiona dalla gabbia accanto.

«Sì. E tu, Julie?» domandò Bree.

«Incazzata ma resisto» rispose l'altra donna.

«Ottimo. Quindi stiamo tutte bene» disse Fiona. «Circondate dalla merda, soffocate dalla puzza, congelate a causa di queste ridicole sottovesti, ma stiamo bene. Ora, come faremo a uscire da qui?»

Bree si stupì di percepire un sorriso affiorarle sulle labbra. Non avrebbe mai e poi mai pensato che Fiona avrebbe preso in mano la situazione, non dopo tutta la sofferenza che aveva provato anni prima quando le era successa la stessa cosa, o dopo essere stata rannicchiata in posizione fetale sul retro di quel SUV. Ma il tempo, e il vero amore, avevano il potere di darti la forza.

Sperava solo che sarebbe bastato. Che Mateo non avesse deciso semplicemente di ucciderle. Da vive avrebbero potuto gestire qualsiasi cosa lui avesse pianificato, sperava abbastanza a lungo da permettere ai loro uomini di intervenire e salvare la situazione. Ma se fossero morte...

Interruppe quel pensiero.

No. Mateo non si sarebbe spinto fino a quel punto se avesse voluto ucciderle e basta. Avrebbe potuto farlo nel negozio o mentre erano prive di sensi. Aveva un piano per loro.

Quello di cui lui non si era reso conto era che, rapendole, si era condannato a morte.

Smiley non gli avrebbe dato scampo, non aveva il minimo dubbio. E Cookie, Hurt e il resto dei SEAL avrebbero fatto a gara per assicurarsi che la faccenda fosse chiusa. Lei, Julie e Fiona dovevano semplicemente trovare un modo per semplificare loro il compito. Se fossero riuscite a fuggire da Mateo, dai suoi scagnozzi, e da quei dannati polli, il lavoro dei SEAL sarebbe stato molto più facile.

Era ora di pianificare.

———

«Trovato qualcosa?» sbraitò Cookie al telefono, mentre si fermavano alla quarta area di sosta a est di Riverton per cercare qualche traccia del SUV nero e delle donne.

«No. Voi?» chiese Wolf, la sua voce risuono nell'abitacolo del pick-up dall'altoparlante del cellulare.

«No. Ho parlato con Dude e Mozart e niente anche per loro. Tex si è fatto sentire?»

«Non ancora» rispose Wolf.

Smiley strinse i denti, mentre Blink procedeva lentamente attraverso il labirinto di camion parcheggiati nell'area di sosta. Ormai era completamente buio; le donne erano sparite da quasi quattro ore. Il pensiero di quello che avrebbero potuto subire lo tormentava. Non aveva mai provato nulla di simile, era come se gli stessero strappando via le viscere un po' alla volta.

Si era preoccupato per Bree quando la stava cercando senza riuscire a trovarla durante tutti quei viaggi a Las Vegas. E tutto ciò prima di conoscerla, prima di entrare in sintonia con lei sia a livello fisico sia emotivo.

Nelle ultime settimane aveva trascorso quasi ogni momento con lei. La sua assenza... gli provocava un dolore tangibile. Ma sotto a quel dolore la rabbia ribolliva, pronta a esplodere.

Pur essendo un SEAL, non si era mai considerato un uomo particolarmente violento. Sì, il suo lavoro lo portava a compiere atti violenti, ma sapeva lasciar correre quando si trovava ad avere a che fare con gli stronzi che incontrava quotidianamente. Persone che pensavano che i loro bisogni e desideri fossero più importanti di quelli della gente intorno a loro. Idioti che non avevano problemi a tagliargli la strada in mezzo al traffico o a infilarsi davanti agli altri quando erano in coda, semplicemente perché avevano fretta.

Ma, in quel momento, Smiley non vedeva l'ora di fare del male a qualcuno. No, non a qualcuno. A Mateo Castillo e agli altri bastardi che avevano osato irrompere al My Sister's Closet e prendere ciò che non apparteneva a loro; non che Julie, Fiona e Bree *appartenessero* a qualcuno se non a loro stesse.

La rabbia e la violenza che ribollivano sotto la sua pelle avrebbero dovuto preoccuparlo. Ma non era così. Era più che pronto a uccidere quegli uomini per aver toccato Bree. Aveva guardato il video e visto il panico nei suoi occhi quando Castillo le aveva tolto l'ossigeno. Aveva visto come gli aveva afferrato il braccio. Quella visione gli fece stringere le mani a pugno mentre si sforzava di notare un qualsiasi indizio che potesse dimostrare che le donne erano state nell'area di sosta. Che forse erano ancora lì.

Però non sapeva esattamente cosa cercare. Il SUV nero, ovvio, ma ormai le donne dovevano essere state trasferite su un altro mezzo di trasporto. Un camion, un treno, una barca... il problema era che non avevano idea di come Castillo intendesse portarle fuori dal Paese. Non avevano dubbi che lo *avrebbe fatto*. La sua base operativa si trovava in Ecuador. Sicuramente era diretto lì.

«*Cazzo*! È inutile» imprecò Cookie, chiudendo la chiamata con Wolf. «Dovremmo andare subito in quel cazzo di Ecuador. Incontrare quello stronzo a casa *sua*.»

«Lo faremo se non riusciremo a scoprire come le porterà fuori dal Paese» disse Blink con calma. «Ma sarebbe meglio intercettarlo subito, se possibile, per risparmiare alle donne il trauma di quel viaggio.»

Aveva ragione, ma le sue parole lo fecero sentire ancora peggio.

Stavano passando davanti a una fila di autoarticolati, tutti parcheggiati in retromarcia negli appositi spazi dell'area di sosta, e ce n'era uno vuoto tra quello di un grande magazzino e un camion di un'azienda di logistica.

Se Smiley non fosse stato concentrato proprio sulla zona dietro ai veicoli, se lo sarebbe perso... anche se non era sicuro di *cosa* avesse visto.

«Aspetta! Fermati!»

Tutti e tre gli uomini vennero sbalzati in avanti quando Blink frenò.

«Torna un po' indietro! Ho visto qualcosa!» esclamò Smiley.

Blink inserì la retromarcia e fece indietreggiare il veicolo finché non furono paralleli allo spazio vuoto. Smiley socchiuse gli occhi, cercando di vedere cosa ci fosse nell'erba sotto agli alberi dietro la fila di camion, e afferrò maniglia della portiera.

Scese dall'auto, con Blink e Cookie alle calcagna, e corse verso gli alberi. Purtroppo – o per fortuna – ciò che aveva visto a terra non era una delle donne, si trattava un mucchio di vestiti, che a chiunque altro sarebbe potuto sembrare spazzatura.

Ma Smiley riconobbe la camicetta di Bree.

Faceva parte di uno dei quattro outfit che aveva portato con sé da Las Vegas, e lei gli aveva detto che quella era una delle sue preferite perché aveva dei disegni di girasoli che la facevano sorridere quando la indossava. Quante volte le aveva piegato quella camicetta dopo averla lavata?

Si girò di scatto e riuscì ad allontanarsi a malapena di tre passi dal mucchio di vestiti, poi si piegò e vomitò.

Vedere gli indumenti di Bree ammucchiati a terra gli fece capire che qualunque cosa le fosse successa, qualunque cosa stesse *ancora* accadendo, non era per niente positiva.

«Quella è di Fiona» disse Cookie, indicandone un'altra.

«Stai bene?» chiese Blink con calma, posando una mano sulla schiena di Smiley.

Lui si alzò e si asciugò la bocca con la manica della maglia. «No» rispose, voltandosi di nuovo verso la pila di vestiti. Vi si accovacciò accanto, indeciso se toccare qualcosa o meno. Guardando più da vicino, imprecò di nuovo.

«Cookie, dimmi che non sono gli orecchini che indossava tua moglie... quelli che mi hai detto che hanno i localizzatori.»

«*Cazzo*. E gli anelli nuziali. E quelli sono i fermagli e gli orecchini che Hurt ha detto aveva indosso Julie, sempre mandati da Tex.»

Smiley annuì. «Quella collana è di Bree. Era la sua preferita tra le cose che le aveva mandato Tex.» Guardò Cookie, che si era accovacciato sul lato opposto rispetto agli oggetti. «Le hanno spogliate» sussurrò, contraendo la mascella.

Sembrava fosse nelle sue stesse condizioni: sul punto di perdere la testa. Si alzò e si guardò intorno. «Sono stati qui. Un camion deve aver parcheggiato in retromarcia proprio in questo posto. Le hanno spogliate dei loro effetti personali e le hanno caricate. Quindi sappiamo che sono su un camion.»

«Ma non su *quale*, o dove stanno andando!» esclamò Smiley, estremamente agitato. Iniziò a camminare avanti e indietro, incapace di guardare le cose di Bree gettate via come spazzatura. Non sapeva cosa fare.

«Sono Blink. Dov'è Tex?»

Smiley alzò lo sguardo e vide che il suo amico aveva in mano il cellulare. Era in vivavoce, in modo che tutti e tre potessero sentire la conversazione, cosa che apprezzò; se Blink avesse cercato di nascondergli anche solo la più piccola informazione, probabilmente avrebbe fatto o detto qualcosa di cui in seguito si sarebbe pentito. Anche se ciò che stavano per sentire fosse stata una brutta notizia, lui aveva bisogno di saperlo.

«Ehi, sono Ryleigh» disse una donna dall'altro capo del telefono.

«Dov'è Tex? Ho chiamato il suo numero» ripeté Blink.

«E io ho risposto. Sai, deviare le chiamate da un numero all'altro non è una cosa difficile da fare, almeno per me.»

«Non mi interessa se sei il Presidente degli Stati Uniti o la Regina d'Inghilterra. Devo parlare con Tex. *Subito*» insistette con voce dura.

In qualsiasi altro momento, Smiley sarebbe rimasto impressionato. Blink non era un uomo prepotente, lasciava che fossero gli altri a fare i cattivi, mentre lui li appoggiava.

«Non è disponibile. Sai quanto tempo ci vuole per visionare le telecamere di sorveglianza di una città delle dimensioni di Riverton? Non è come nei programmi TV, dove lo fanno nel giro di pochi minuti.»

«Abbiamo trovato i localizzatori che portavano le donne.»

«Nell'area di sosta per camion EZ Stop a est di Riverton. Lo so.»

«Lo sapevi, cazzo? Perché non siamo stati informati?! Stiamo sprecando tempo e risorse a cercare in tutta la città, e tu lo *sapevi*?» chiese Blink infuriato.

«I localizzatori erano stati disattivati, ma ce n'era uno, un anello, che non è stato distrutto del tutto. Mandava un segnale molto debole. Ci ho messo un po' a rintracciarlo e a quel punto le donne se n'erano già andate da un pezzo. Vi avrei comunque chiamati per dirvi dove si trovavano, ma... siete già lì. E ho pensato che avreste preferito sapere dove le ragazze *sono*, non dove *non* sono. Quindi sono stata occupata a cercare di seguire il camion che era parcheggiato dove vi trovate ora voi tre, scorrendo ore e ore di maledetti video di sicurezza.»

Guardandosi intorno Smiley non vide nessuna telecamera, ma ovviamente ciò non significava nulla. Se Ryleigh sapeva che erano in tre era ovvio che li stesse osservando.

«E?» Blink intervenne.

«Ed era un camion della Perry Fried Chicken. È andato verso est, ed è stato un problema perché una volta uscito dai confini della città è diventato molto più difficile da rintracciare, ma so che è andato verso est sulla I-8, poi si è diretto a sud sulla Strada Statale 94 verso Tecate.»

«Dov'è adesso? Riusciamo a intercettarlo prima che entri in Messico?»

«Troppo tardi. Ho hackerato le telecamere alla frontiera, e dopo essere rimasto brevemente in coda è passato senza problemi più di un'ora fa.»

Smiley imprecò con rabbia.

«Non lo so per certo, ma se Castillo è davvero diretto in Ecuador, è improbabile che viaggi via terra fino a lì. È più facile che trasferisca il suo carico su una nave. Probabilmente a Ensenada.»

Smiley era incazzato, sia perché non erano arrivati in tempo, sia perché le donne non erano più negli Stati Uniti. Voleva anche sapere dove diavolo fosse Tex. Si era arrabbiato di brutto dopo aver saputo che la task force aveva fallito e che le donne erano state rapite. Come mai non si era messo davanti al computer a fare tutto il possibile per salvarle prima che attraversassero il confine con il Messico? O a collaborare con le autorità messicane per intercettare quel cazzo di camion della Perry e recuperare le donne?

Aveva troppe domande e nessuna risposta.

«Ascoltate, ho fatto la scelta migliore possibile, date le circostanze. Sì, avrei potuto contattarvi prima per dirvi dei localizzatori, ma le donne se n'erano già andate e ho pensato che sarebbe stato meglio impiegare il mio tempo per trovare il camion. Vi contatterò quando avrò altre informazioni, tipo se effettivamente sono diretti a Ensenada o su che tipo di nave sono state trasferite e se riesco a beccare qualche video in cui si vedono le donne. Ma fino ad allora... dovrete fidarvi del fatto che so quello che faccio, e che non permetterò mai a questo stronzo di farla franca.»

Il suo tono duro contribuì notevolmente a far sentire meglio Smiley. Non era contento della situazione, tutt'altro, ma il fatto che Ryleigh fosse stressata e incazzata per loro aiutava.

«Nel frattempo, tornate alla base. Il vostro comandante sta già lavorando per ottenere l'autorizzazione a inviare una squadra a Ensenada per intercettare quel camion.»

«*Cosa*? Perché non ce l'hai detto subito?» sbraitò Cookie disgustato.

«Avrei dovuto» disse semplicemente Ryleigh. «Ma volevate delle risposte.»

Blink porse il telefono a Cookie e corse verso il pick-up senza dire una parola, ma Smiley era come inchiodato al suolo. Quello era l'ultimo posto in cui era stata Bree. Per qualche ragione, non voleva andarsene. Era ridicolo, lei non c'era più, ma il suo cervello gli urlava di rimanere lì, nel caso fosse tornata. Sapeva che non sarebbe successo, lei era già in Messico, ma non poteva fare a meno di desiderare l'impossibile.

«Vai alla base, Smiley» gli ordinò Ryleigh, ricordandogli

che li stava osservando anche in quel momento. «E l'ultima cosa di cui avete bisogno è che facciate un incidente. Fiona e Bree vorranno rivedere i loro uomini, quindi, Blink, è meglio che guidi con prudenza.»

«Sì, signora» disse lui, inginocchiandosi a terra. Era tornato con una borsa riutilizzabile presa dal pick-up, una di quelle che Smiley usava quando andava al supermercato, e iniziò a raccogliere i vestiti e i gioielli delle donne.

«Riattacca, Cookie» disse Ryleigh con tono più gentile. «Continuerò a lavorarci e vi farò sapere.»

Fece come gli era stato ordinato e riconsegnò il cellulare a Blink, che lo prese e sollevò l'altra mano verso di lui. «Tieni.»

Cookie chiuse gli occhi mentre avvolgeva le dita intorno ai gioielli della moglie.

«Smiley» disse Blink, attirando la sua attenzione.

Si voltò e vide che teneva in mano la collana di Bree.

Gli sembrava... sbagliato. Definitivo.

Strinse i denti talmente forte che pensò si sarebbero rotti, prese la collana e se la infilò in tasca. L'avrebbe tenuta finché non avesse potuto restituirla a Bree di persona. Il localizzatore poteva anche non funzionare più, ma lei amava quel gioiello. E quando l'avesse trovata e riportata a casa, l'avrebbe riparata. O l'avrebbe fatta riparare da Tex.

Smiley era sicuro che Castillo non avrebbe ucciso Bree o le altre donne. Aveva dei piani per loro. Lui e i suoi amici avrebbero dovuto solo assicurarsi che non avesse la possibilità di portarli a termine.

Castillo aveva firmato la sua condanna a morte rapendo le donne. Era un morto che camminava. Smiley poteva anche non sapere come sarebbe andata a finire, ma la morte di Castillo era un esito garantito.

———

A Bree veniva da vomitare a causa dell'odore di escrementi del pollame. E il vento che penetrava dal retro del camion sollevava nell'aria le piume e la forfora dei polli che, insieme al tanfo, le rendeva difficile respirare.

Per non parlare del succinto pezzo di stoffa che avevano addosso e che non era affatto sufficiente a tenerle al caldo. La luce rossa in alto permetteva loro di vedere, ma stava anche seriamente compromettendo la sua vista; sembrava che ci fossero delle ombre che si muovevano tutt'intorno ed era impossibile mettere a fuoco.

Era seduta in un angolo della gabbia, con la testa appoggiata al lato più vicino a Fiona, con la sensazione di star fluttuando sul soffitto e di osservare la scena dall'alto.

Fiona e Julie erano... be', erano fantastiche. Avrebbero avuto tutto il diritto di dare di matto, di chiudersi in loro stesse perché stavano vivendo la stessa esperienza di anni prima. Chi veniva rapito *due volte* nella stessa vita e da qualcuno della stessa organizzazione? Da persone che volevano usare e abusare del loro corpo solo perché erano donne?

Fiona e Julie, ecco chi.

Ma loro non stavano piangendo, lamentandosi del loro destino. Erano arrabbiate e stavano cercando di allargare le sbarre delle loro gabbie.

E lei, invece, cosa stava facendo? Stava lì seduta a compiangersi.

Aveva fame e sete, e aveva dovuto fare pipì nell'angolo della sua gabbia, cosa che era stata umiliante e demoralizzante. E per completare il quadro, quella pipì non era rimasta in quel dannato angolo. No, il movimento del camion l'aveva fatta fluire fino a dov'era seduta, quindi ora la parte bassa della sottoveste succinta era inzuppata di urina, e lei ci era seduta sopra.

«Bree, parlaci!» le ordinò Fiona con un tono autoritario

che non le aveva mai sentito usare. Non che avesse passato molto tempo con lei, ma le era sempre sembrata una persona piuttosto equilibrata e non una che comandava a bacchetta.

«Di cosa?» chiese con un tono un po' bellicoso. «Del tempo o stronzate del genere?»

«Non farlo» la avvertì Julie.

«*Cosa?*»

«Comportarti da stronza. Fidati, ti divorerà l'anima dopo, lo so per esperienza. La prima volta che mi hanno rapita, sono stata la più grande stronza del mondo. E me ne pento ancora dopo tutti questi anni.»

«Ti abbiamo perdonato tutti» disse Fiona con un tono più gentile.

«Lo so. E non capirete mai quanto signifìchi per me. Ma non cambia ciò che ho fatto. Non dimenticherò mai quanto sono stata orribile, di aver implorato Cookie di abbandonarti in quella baracca.»

Bree la guardò. «Davvero?» Non gli avevano raccontato quella parte della storia.

«Sì» confermò Julie. «E protestavo a ogni singolo passo che facevamo mentre scappavamo. Mi lamentavo del cibo che Cookie ci aveva portato, del fatto che Fiona affrontava quello che le stava succedendo contando all'indietro e di un milione di altre cose.»

Non riusciva a immaginarsi Julie comportarsi in quel modo. La donna che conosceva non era crudele.

«Sono stata decisamente orribile e ho detto cose di cui mi pento ancora oggi. Quindi ti dico di fare un respiro profondo e di pensare prima di parlare. Non fare come me. Questa situazione è terribile, non fraintendermi. Sono terrorizzata, incazzata e provo cento altre emozioni, ma non farò mai le stesse cose che ho fatto in passato. Questa volta sarà diverso. Sono più forte. E, soprattutto, ho un uomo che mi coprirà le spalle. Posso solo immaginare cosa stia facendo Patrick in questo momento. Starà cercando di prendere il controllo, anche se è in pensione e non è più al comando. Urlerà alla gente, darà ordini.»

«E Cookie starà dicendo a tutti di sbrigarsi con uno sguardo truce. E quando verrà a prenderci, questa volta avrà molto di più che qualche barretta di cereali. Mi porterà delle scarpe vere e un repellente per le zanzare, per ogni evenienza» disse Fiona.

«Puoi scommetterci che lo farà» concordò Julie.

Era ovvio che le due donne avessero un forte legame. E avevano anche ragione. Lei e Smiley non erano sposati, ma stavano insieme. E da tutto ciò che sapeva di lui non avrebbe di certo lasciato che fossero gli altri a fare tutto il lavoro per trovarla. Accidenti, aveva fatto il possibile anche quando non la conosceva nemmeno. Ora che andavano a letto insieme, che vivevano insieme, che sembrava volerla per qualcosa di più di un'avventura occasionale...

Sì, sarebbe andato a cercarla fino in capo al mondo.

«Smiley ha un orsacchiotto di peluche con cui dormiva da piccolo. È malconcio e sembra sia stato centrifugato, ha un braccio appeso a malapena a un filo, il tessuto è tutto strappato e logoro e l'imbottitura esce da un orecchio, ma è su una mensola in camera sua, e mi ha detto che è uno dei suoi beni più preziosi. Che quando suo padre picchiava sua madre lui nascondeva il viso nella sua pelliccia e faceva finta di essere molto, molto lontano» disse Bree di getto.

Fiona e Julie si voltarono entrambe a fissarla.

Lei continuò. «Si sente in colpa per non aver mai fatto nulla per aiutare la madre. Ho provato a dirgli che era solo un bambino, che non avrebbe *potuto* fare niente, ma non è d'accordo. Voglio cambiare ciò che quell'orsetto rappresenta, fare in modo che non sia un simbolo della sua vergogna, un promemoria del fatto che si nascondeva mentre sua madre veniva picchiata. Voglio sistemarlo. Ripararlo. Forse, simbolicamente, sarà come riparare la sua psiche. Ma non sono sicura che sia una buona idea. Potrebbe arrabbiarsi perché ho osato toccare qualcosa di così significativo per lui.»

Fiona si sedette vicino alle sbarre della sua gabbia e allungò la mano verso di lei. «Penso che sia una bellissima idea. Ma magari parlane prima con lui, per assicurarti che sia d'accordo.»

«Già.»

«Guardare Patrick con nostro figlio è bellissimo» disse Julie. «È un ex Navy SEAL macho, eppure non ha problemi ad andare ai musical e a parlare di moda. Molti padri si risentirebbero di avere un figlio che non è esattamente come lui, che non vuole andare a caccia, a pescare e fare tutte quelle cosiddette cose da uomini. Li ho beccati l'altro giorno a parlare di relazioni. Patrick gli stava dicendo che il rispetto è uno dei fattori più importanti in qualsiasi tipo di rapporto. È stato molto dolce. E mi ha fatto capire che il giorno in cui l'ho chiamato e l'ho implorato di lasciarmi chiedere scusa alla sua squadra SEAL è stato il più bello della mia vita.»

«Hunter è... è la mia roccia» ammise Fiona. «Senza di lui probabilmente sarei in un ospedale psichiatrico in questo momento. Mi è stato accanto fin dal giorno in cui l'ho incontrato. A volte è testardo e irritante, ma ho capito dall'istante in cui si è rifiutato di lasciarmi in quella baracca che tipo di uomo fosse. Feroce. Leale. E così terribilmente dolce da farmi sentire un po' in colpa del fatto che sia mio e che tante donne là fuori non possano sperimentare ciò che lui mi fa provare.»

Bree annuì e le si riempirono gli occhi di lacrime. Era così spaventata. Ma se Julie e Fiona riuscivano a essere forti, poteva farlo anche lei.

«Stanno arrivando» sussurrò Fiona. «Ma questo non significa che dobbiamo stare qui sedute a non fare niente. Dobbiamo contare sulle nostre forze.»

«Però non sono sicura che sprecare le nostre energie cercando di allargare le sbarre di queste gabbie sia una cosa intelligente» le disse Bree.

«Non è la prima volta che fanno questa cosa» ribatté Julie. «Ne sono certa. Hanno messo altre donne in queste gabbie. Pensano di essere più intelligenti di noi, contano sul fatto che siamo così spaventate da non riuscire a reagire, ma non sanno con chi hanno a che fare. Patrick mi ha insegnato un po' di cose in tutti questi anni. Coglierli di sorpresa è il miglior vantaggio che abbiamo.

Potremmo non essere in grado di smuovere le sbarre, ma forse c'è un punto debole da qualche parte. Tutta questa merda di pollo potrebbe aver indebolito le giunture. O forse possiamo rompere un pezzo della base di plastica su cui siamo sedute. Non lo so. Ma dobbiamo fare *qualcosa*. Ho imparato la lezione tanti anni fa, non sono più disposta a essere compiacente, a starmene lì a subire tutto quello che vogliono infliggerci. Possono drogarci, costringerci a fare cose che non vogliamo fare, ma non possono toglierci la determinazione e la nostra forza interiore. Me l'ha insegnato Fiona.»

«Ti voglio bene, Julie» sussurrò lei.

«E ti voglio bene anch'io. Bree, potresti dare un'occhiata alla tua gabbia? Vedere se riesci a trovare un punto debole che possiamo sfruttare?»

Voleva restare lì seduta a compatirsi, ma Julie e Fiona avevano ragione. Così non avrebbe ottenuto nulla. Inoltre, Mateo voleva *lei*. Era il suo bersaglio principale. Le altre donne si erano semplicemente trovate nel posto sbagliato al momento sbagliato. Sarebbe stato orribile da parte sua lasciare che facessero tutto il lavoro quando erano solo delle vittime innocenti.

No, non vittime... spettatrici innocenti; non vedeva assolutamente come vittime nessuna delle due.

La cosa la fece riflettere. Se *loro* non erano delle vittime, perché doveva esserlo lei? Non aveva fatto niente di male. Era stato Carl, il suo ex, a *venderla* come se fosse stata un oggetto di sua proprietà.

Non lo era. Lei era Bree Haynes, ed era riuscita a sfuggire a Mateo e ai suoi scagnozzi per mesi. E aveva Smiley dalla sua parte. E i suoi amici. Aveva un esercito che le copriva le spalle... o doveva dire "una Marina"? Sorrise alla sua stessa battuta.

«Bree? Non stai per perdere la testa, vero?» chiese Julie preoccupata.

Con sua sorpresa, si ritrovò a ridacchiare. «No. Stavo solo pensando a qualcosa che mi ha fatto ridere. Devo dirlo... sono terrorizzata. È un incubo, e non voglio pensare a cosa succederà quando arriveremo a destinazione. So che Mateo vive in Ecuador, ma di certo non ci porteranno fin lì via terra. E non possono nemmeno tenerci in queste gabbie per tutto il tragitto, giusto? Devono fermarsi a darci da mangiare. Come minimo darci dell'acqua. Penso che quella sarà la nostra occasione per coglierli di sorpresa, come hai detto tu, Julie.»

«Sono d'accordo» ribatté Fiona con un deciso cenno del capo.

«Anch'io. Quindi ci serve un'arma. Qualcosa che possiamo usare quando ci faranno uscire da queste gabbie.»

Fece un respiro profondo e se ne pentì subito *di nuovo* a causa dell'aria contaminata che aveva appena inalato nei polmoni. Bree tossì, poi annuì. Stando sulle ginocchia e con la testa che sfiorava la parte superiore della gabbia si trascinò fino a un'estremità. Tastò la base di plastica metodicamente, centimetro per centimetro, cercando punti deboli, qualsiasi cosa che avrebbe potuto essere sfruttata per aiutarle a fuggire.

CAPITOLO DODICI

Smiley era appoggiato a una parete della sala conferenze della base navale. Era quasi l'una di notte e non avevano fatto alcun progresso nella ricerca delle donne scomparse. Non aveva dormito, ma nemmeno gli altri. Tutti erano tesi, nervosi e sull'orlo di perdere il controllo.

Tenere chiusi in una stanza più di una dozzina di Navy SEAL agitati e sotto stress, senza un obiettivo chiaro o un piano d'azione, non era certo una grande idea. Eppure nessuno sarebbe uscito, almeno finché non avessero avuto informazioni sulla posizione delle tre donne del loro gruppo.

Qualcuno aveva ordinato del cibo da asporto, ma quasi nessuno lo aveva toccato. Solo l'odore lo faceva star male. Inoltre, riusciva solamente a pensare se Bree stesse mangiando... o non mangiando, come temeva. Quindi, come poteva farlo sapendo che lei stava patendo la fame e soffrendo?

Aveva parlato un paio di volte al telefono con Ryleigh, che però non aveva ancora notizie aggiornate da condividere. Una donna di nome Beth stava cercando di rintracciare Castillo e scoprire gli eventuali contatti che poteva avere con i porti commerciali di Ensenada. Dovevano restringere la lista delle possibili destinazioni di quel camion di polli prima di inviare una squadra in Messico.

Il comandante stava facendo delle telefonate per ottenere un'autorizzazione d'emergenza per inviare Smiley e il suo team in quel Paese, ma c'era molta burocrazia da sbrigare sia con il governo statunitense sia con quello messicano. Ovviamente le autorità non erano entusiaste che un gruppo di SEAL armati fino ai denti entrasse nel loro Paese, ma a causa di ciò che era successo in passato in Messico a Fiona e Julie, il comandante stava pian piano facendo progressi.

Però non abbastanza in fretta secondo Smiley, Cookie e Hurt.

I due ex SEAL sembravano invecchiati di dieci anni da un giorno all'altro. Smiley aveva l'impressione di avere più o meno lo stesso aspetto; solo perché lui e Bree non erano sposati non significava che fosse meno sconvolto.

La amava.

Non aveva dubbi che Bree Haynes fosse la persona con cui voleva trascorrere il resto della vita. Era la sua anima gemella. Aveva la sensazione di averlo capito fin da quando la stava disperatamente cercando, dopo averla incontrata quella sera a Las Vegas. Qualcosa in lei gli era andata dritta al cuore. Non aveva senso, e molte persone avrebbero deriso l'idea delle anime gemelle, ma non aveva dubbi che senza Bree sarebbe tornato a essere lo stronzo scontroso che tutti pensavano fosse prima di incontrarla.

E non era quello che voleva essere. Non più. Quando era insieme a lei rideva di più e tollerava meglio l'idiozia dei suoi simili. Lei gli faceva desiderare di essere il tipo d'uomo su cui poteva contare, che sapeva farla ridere e sorridere ogni singolo giorno.

Il suo futuro era un buco nero senza di lei. Non aveva il minimo dubbio. E se l'avesse persa...

No. Non poteva pensarci. Non se voleva rimanere concentrato su ciò che doveva fare.

Quando la porta della sala conferenze si spalancò, sussultò sorpreso, e lanciò un'occhiata per vedere chi fosse entrato così bruscamente. Ogni conversazione si interruppe e nella stanza calò un silenzio tale, che il ticchettio della lancetta dei secondi dell'orologio sembrava assordante.

«Allora?» tuonò l'uomo, il suo leggero accento del sud si percepì anche in quella sola parola. «Cos'è successo da quando sono rimasto bloccato su quel cazzo di aereo? Prima di partire ho dato una mano a Ryleigh a visionare i video, ma il Wi-Fi sull'aereo non funzionava, quindi non ho avuto modo di comunicare con nessuno. Poi il volo è stato ritardato non una, ma tre cazzo di volte. Sono furioso, e ho la sensazione di essere rimasto indietro su tutto. Qualcuno mi informi. Subito.»

Tex.

Smiley non riusciva a crederci. Cazzo, Tex Keegan era lì, in carne e ossa. Non gli veniva in mente un'altra occasione in cui quell'uomo avesse preso parte di persona a... una situazione. Di solito comunicava per telefono e rimaneva incollato al computer, mentre faceva il possibile per aiutare. Il fatto che fosse lì, la diceva lunga su ciò che stava accadendo. Smiley non sapeva se essere impressionato o estremamente terrorizzato.

«Allora?» chiese di nuovo.

Wolf si riprese dallo shock per primo e andò ad abbracciarlo forte.

Il resto della squadra lo seguì, e presto l'uomo si ritrovò circondato dai suoi più vecchi e cari amici. Avevano vissuto e condiviso tante cose insieme, e non era una sorpresa che i SEAL fossero così felici di vederlo.

Poi fu il turno di Kevlar, Safe, Blink, Preacher, MacGyver e Flash. Smiley era onorato di incontrare quella leggenda di persona, ma detestava il motivo per cui era lì.

Tex si staccò dagli altri e andò verso di lui, che non si era mosso dalla parete a cui era appoggiato.

«Smiley» lo salutò con un cenno del capo.

«Tex» replicò di rimando.

«Quei bastardi hanno disattivato i localizzatori.»

«Già.»

«Sono d'accordo con Ryleigh sul fatto che il camion sia diretto verso la costa, probabilmente a Ensenada. L'aereo parte tra due ore. Puoi essere pronto?»

Smiley sbatté le palpebre, sorpreso. «Il comandante sta lavorando per ottenere l'autorizzazione.»

«Può continuare a lavorarci quanto vuole. Io ce l'ho già. Ma c'è posto solo per quattro persone.»

Smiley aveva il cuore in gola. Non avrebbe dovuto sorprendersi che Tex avesse già organizzato il trasporto e ottenuto l'autorizzazione, ma lo era comunque.

«Allora... chi ci andrà?» gli domandò.

Sbatté di nuovo le palpebre. «Cosa?»

«Chi andrà?» ripeté.

Smiley spostò lo sguardo dal leggendario ex SEAL ai volti ansiosi alle sue spalle. Doveva essere *lui* a scegliere chi sarebbe andato in Messico a cercare e salvare le donne? Non voleva lasciare a casa *nessuno*. La sua squadra era la sua roccia, e avevano tutti abilità diverse e fondamentali.

E poi c'era quella di Wolf. Gli uomini non erano più in servizio attivo, ma erano altrettanto capaci come prima di andare in pensione.

Fece un respiro profondo e seguì il suo istinto. «Io, Cookie, Kevlar e... tu, Tex.»

«Io? Merda, amico. Sono il meno capace di tutti in questa stanza» gli disse.

«Stronzate» ribatté Smiley, mentre tutti gli altri esprimevano la loro incredulità contemporaneamente. «Hai più abilità con il tuo telefono di quante ne abbia la maggior parte delle persone con un intero gruppo di server a disposizione. Certo, Ryleigh è brava, ma non è *te*. Hai esperienza di combattimento e sei stato nella testa degli stronzi come Castillo probabilmente da prima che lei nascesse.» Poi si voltò verso Hurt. «Mi dispiace, signore, ma...»

Ma lui lo interruppe. «No. Hai ragione. Per quanto mi dispiaccia, non sono la persona più adatta per questa missione. Sono fuori da troppo tempo. Mi fido di voi, so che vi prenderete cura di mia moglie, che la riporterete a casa.»

Smiley annuì, provando un profondo rispetto.

«Chiamo Tate» disse Blink. «Avrei dovuto farlo ieri sera. So che questa non è una missione ufficiale e che lui e la sua squadra di Night Stalker sono dall'altra parte della costa, ma hanno delle conoscenze. Ex Night Stalker che ora vivono in Messico. Magari uno di loro potrebbe essere utile, se necessario.»

Si sentì quasi travolgere dalla gratitudine. Aveva passato così tanto tempo a tenere le persone a distanza per proteggersi, che non si era nemmeno reso conto che non era servito a niente. Si erano già radicati dentro di lui. Gli coprivano le spalle nonostante tutto. Quegli uomini erano i suoi fratelli, la sua famiglia in tutti i sensi. Quando lui soffriva, soffrivano anche loro. Quando la donna che amava veniva minacciata, la prendevano sul personale. Proprio come aveva fatto lui quando erano stati i *loro* cari a essere nei guai.

Erano una squadra, facevano fronte comune. E se ciò significava rimanere indietro e gestire la situazione da lì mentre lui era via, era quello che avrebbero fatto.

Sollevato che nessuno se la fosse presa per le sue scelte, Smiley si voltò verso Cookie, che non aveva detto una parola.

«Cookie?» Non sapeva nemmeno cosa gli stesse chiedendo, ma supponeva di voler essere rassicurato di aver scelto correttamente. Che lui fosse all'altezza del compito. Che sarebbe riuscito a controllare le sue emozioni per essere una risorsa piuttosto che un peso.

Anche Smiley era in preda a mille emozioni, ma le stava canalizzando in un unico obiettivo: trovare Bree e le altre, e uccidere chiunque avesse osato ostacolarlo. Aveva scelto Tex per le sue competenze tecnologiche, certo, ma sarebbe stato anche una risorsa nel caso ci fosse stato spargimento di sangue. L'ultima cosa che voleva era passare il resto della vita in qualche merdosa prigione messicana, e sapeva che Tex sarebbe stato quello in grado di manipolare gli eventi e farli scagionare.

Cookie si avvicinò a Smiley e gli mise una mano sulla spalla. La determinazione sul suo viso corrispondeva a ciò che lui stesso sentiva nell'anima. «Facciamolo. Andiamo a riprenderci le nostre donne.»

«Due ore» disse Tex con fermezza.

«Facciamo una» ribatté Smiley.

«Una» concordò Cookie.

«Va bene per te, Kevlar? Immagino che tu voglia vedere Remi prima di partire» suppose Tex.

«Una è più che sufficiente» li rassicurò il loro amico.

Le uniche persone che si diressero verso la porta furono le quattro che presto sarebbero partite per Ensenada, gli altri rimasero nella stanza. Era ovvio che nessuno se ne sarebbe andato finché le donne non fossero state localizzate e salvate. Quasi tutti gli altri uomini avevano portato il telefono all'orecchio, probabilmente per chiamare le mogli o fidanzate, ma Smiley era già concentrato sul compito che lo attendeva.

«Smiley?» lo chiamò Kevlar mentre uscivano dalla stanza. «Hai un secondo?»

«Ci vediamo all'aeroporto della base» li avvisò Tex, proseguendo lungo il corridoio con Cookie alle calcagna.

«Devi andare se vuoi vedere Remi prima di partire» lo avvertì Smiley.

«Le ho già mandato un messaggio. Sta venendo qui. Vi raggiungerò prima che l'aereo parta. Volevo solo dirti... che non ti deluderò.»

«Lo so.»

«Dico sul serio. Avresti potuto portare chiunque con te, ma sono onorato che tu abbia scelto me.»

«Kevlar, sei il mio leader. Hai dimostrato più e più volte di non avere paura di sporcarti le mani. So che non ti tirerai indietro nel caso ci fosse uno scontro a fuoco. E non ti importa un cazzo di fare delle cose moralmente discutibili se ciò significa aiutare un civile innocente o un passante. Ma non è l'unica ragione per cui ti ho scelto. Ho bisogno che tu ti assicuri che io non perda la testa. Se le cose dovessero mettersi male...»

Smiley fece una pausa e deglutì a fatica, non volendo dire quelle parole, ma sentendone comunque il bisogno.

«Se Bree è già stata trasferita, o uccisa, o se è troppo traumatizzata da non riuscire a capire chi sono, ho bisogno che tu mi tenga a freno. Perché se dovessi perderla... non so come reagirei. Ma non sarebbe niente di positivo.»

Kevlar gli strinse la spalla. «Non hai bisogno di me per questo, Smiley. Di tutti i membri del nostro team tu sei quello che sono convinto sarà *sempre* la nostra roccia. Hai sempre avuto a cuore il nostro bene e fai ciò che va fatto. Alcune persone potrebbero pensare che tu sia una macchina insensibile, ma io so che non è così. E Bree ha contribuito a far emergere ancora di più questa parte di te.

Sei il protettore più accanito tra tutti noi, ed è per via di tua madre. Perché vuoi pagare per qualcosa di cui in realtà non sei responsabile. Se lei oggi fosse qui ti direbbe la stessa cosa. Pensi davvero che non ti stesse proteggendo? E scommetterei tutto quello che possiedo che il senso di colpa che provava per la situazione in cui ti aveva messo da bambino la divorava, anche più di quanto divori *te* il tuo.

Troveremo le donne, non ho dubbi. Non lo so se succederà a Ensenada o in Ecuador, ma non ci fermeremo finché non saranno al sicuro e a casa, nel posto a cui appartengono. Quindi, di qualunque cosa avrai bisogno, quando ti servirà, sarà a tua disposizione.»

Smiley annuì, colpito profondamente dalle parole di Kevlar.

Probabilmente sua madre si *era* sentita in colpa per non essere stata in grado di trovare una via d'uscita dal suo matrimonio e per il fatto che lui avesse sofferto al suo fianco.

Era qualcosa che in tutti quegli anni non aveva mai considerato, che non era riuscito a capire, schiacciato dal *suo* senso di colpa. Ed era arrivato il momento di lasciarselo alle spalle. Kevlar e Bree avevano ragione... era solo un bambino, non avrebbe davvero potuto fare niente.

Sarebbe stata una responsabilità di sua madre lasciare il marito. E non aveva potuto o voluto.

«Grazie» disse a Kevlar sommessamente.

«Prego. Andiamo a prendere la tua donna. Remi e le altre non saranno felici finché una ragazza del loro gruppo non sarà tornata al "nido". Mi vedo con lei e poi vi raggiungerò all'hangar.»

Smiley annuì e lo seguì lungo il corridoio e verso le scale. Una volta fuori, si prese un momento per guardare il cielo limpido e stellato.

Pensò a Bree, si chiese se anche lei stesse guardando le

stesse stelle che vedeva lui. Grazie al suo lavoro aveva scoperto che il mondo era un posto più piccolo di quanto molte persone avrebbero potuto pensare. Ciò che accadeva in un angolo, alla fine avrebbe avuto ripercussioni su qualcuno a migliaia di chilometri di distanza.

«Sto arrivando, Bree. Sii forte. Puoi farcela.»

Il solo fatto di pronunciare quelle parole ad alta voce e condividerle con il mondo lo fece sentire meglio. Non aveva idea di come sarebbero andate a finire le cose, ma nessuno avrebbe mai potuto dire che non aveva fatto tutto il possibile.

———

«Sii forte. Puoi farcela.»

Bree smise di tirare il pezzo di plastica e inclinò la testa. Aveva sentito quelle parole come se le fossero state sussurrate all'orecchio. Fu una sensazione strana sentire la voce di Smiley, sapendo con certezza che non era vicino a lei.

Ma... anche se stava avendo delle allucinazioni, quelle parole la fecero sentire meglio. Era qualcosa che lui le avrebbe sicuramente detto se avesse potuto. Aveva sempre creduto in lei. Pensava che fosse più forte di quanto lo era in realtà.

«Ce l'hai fatta?» chiese Julie.

«Quasi» le rispose Bree, afferrando di nuovo la base e tirando più forte che poteva.

Un pezzo si ruppe così all'improvviso da farla balzare in aria, sbattere la testa sul tetto della gabbia e poi atterrare sul sedere.

Fissò il lungo pezzo di plastica che aveva in mano. Ce l'aveva fatta!

«Wooooooo!» esultò Fiona.

«Ottimo lavoro!» esclamò Julie.

Bree sollevò il pezzo frastagliato e si stupì di vedere che aveva le dimensioni perfette per essere un'arma. Un'estremità era appuntita e tagliente, lunga più o meno quanto un coltello da macellaio. Doveva però ricavarne un manico, in modo da non tagliarsi il palmo.

«Dai qua, fammelo vedere un attimo» disse Julie, tendendo la mano.

Lei non esitò, lo porse a Fiona che lo passò all'amica attraverso le sbarre dall'altro lato.

Socchiuse gli occhi per cercare di vedere attraverso quella sorta di foschia e la fioca luce rossa, e osservò l'altra donna usare il bordo affilato per tagliare un pezzo di stoffa dall'orlo della sua sottoveste. «Dato che sono molto più bassa di voi, ho più tessuto con cui lavorare» disse con naturalezza. Quando finì passò il pezzo di plastica e la stoffa a Fiona, che lo restituì a Bree.

Guardandolo, le venne voglia di piangere. Ognuna di loro avrebbe potuto tenerlo per sé. Avere un'arma dava l'impressione di essere enormemente avvantaggiate. Eppure, nessuna delle due aveva esitato a restituirglielo. E Julie aveva sacrificato parte della sua sottoveste – che già non copriva un granché – per rendere più facilmente utilizzabile l'oggetto.

Bree armeggiò con il tessuto, cercando di capire come avvolgerlo attorno alla plastica e farcelo rimanere. Non riuscendoci, sbuffò frustrata.

«Posso tagliarne un po' di più» suggerì Julie calma. «Magari puoi usarlo per legare la stoffa che hai avvolto.»

Si raddrizzò e annuì tra sé e sé. Era proprio quello di cui aveva bisogno, qualcosa per legare la stoffa.

Senza esitazione, sollevò il pezzo di plastica e, prima che una delle due donne potesse dire qualcosa, si tagliò una bella ciocca lunga di capelli.

Guardò Fiona e ammise: «Tanto avevo bisogno di tagliarli.»

Nessuna delle due disse nulla per un attimo, poi scoppiarono entrambe a ridere.

Sorridendo, Bree si chinò sui capelli che si era tagliata e iniziò a separarli con cura in tre sezioni. Se ci avesse riflettuto un attimo, sarebbe stata più furba e avrebbe intrecciato i capelli *prima* di tagliarli, ma ormai era troppo tardi.

Quando finì, la schiena le faceva male a causa della posizione, gli occhi le bruciavano per essere stata concentrata sul suo compito sotto quella strana luce rossa e per assicurarsi di non perdere nemmeno un capello, e anche le dita erano indolenzite, perché il lavoro si era rivelato *molto* più faticoso rispetto a farlo quando i capelli erano attaccati alla testa.

Ma ce l'aveva fatta. Li aveva intrecciati, arrotolati attorno al tessuto e legati, creando una strana impugnatura.

Non avrebbe resistito a un uso intenso, ma era piacevole avere una sorta di arma.

«Ora vediamo di far uscire una di noi da queste maledette gabbie» borbottò Fiona, che si sedette, appoggiò per terra le mani e iniziò a dare calci alle sbarre.

Ma per quanto forte calciasse o per quanto disperatamente cercasse di allargarle con le mani, non si muovevano. Bree non aveva idea di cosa fossero fatte... in titanio? Era frustrante. Come avrebbero potuto fuggire dai loro rapitori se fossero rimaste intrappolate in quelle gabbie schifose?

Mentre le altre due lottavano con le sbarre, lei fece il possibile per affilare il suo coltello improvvisato. Prima o poi avrebbe avuto la possibilità di usarlo e doveva sfruttare al meglio qualsiasi opportunità si fosse presentata.

«Cosa pensate che stiano facendo i ragazzi?» chiese Julie, raddrizzandosi con un'espressione frustrata quando fu chiaro che i loro sforzi erano vani.

«Sono agitati, ma stanno pianificando e si stanno armando» rispose Fiona senza esitazione.

Quello la fece sorridere un po'. Riusciva a immaginare Smiley e la sua squadra curvi su un tavolo alla base, a studiare mappe e a giurare vendetta verso Mateo e chiunque altro avesse contribuito al loro rapimento.

Poi tornò seria. Odiava pensare che lui o qualcuno dei suoi amici fosse in agitazione a causa di quella faccenda. E le povere Remi, Caroline e le altre? Maggie e Addison come se la stavano cavando con quell'ulteriore stress? Non poteva certo fare bene ai loro bambini.

Odiava quella situazione. Detestava essere la ragione per cui le amiche più care che avesse avuto fin dal liceo, probabilmente non stavano mangiando bene, erano tese e preoccupate.

Accidenti, anche lei era preoccupata. Era impossibile sapere cosa Mateo avesse in serbo per loro.

No, non era vero. Sapeva *esattamente* cos'aveva in serbo, e ciò le fece venire voglia di conficcarsi nel cuore il coltello di plastica che aveva costruito. Avrebbe preferito morire piuttosto che essere usata come uno strumento per far godere un uomo.

Non appena ebbe quel pensiero si sentì malissimo. Voleva uscirne viva per poter tornare a costruire una vita con Smiley. Inoltre, Fiona e Julie erano la prova vivente che era possibile sopravvivere a quella che molti avrebbero considerato la cosa peggiore che potesse accadere a una donna.

Bree giurò tra sé e sé di fare di tutto per tirarsi fuori da quella situazione. E se fosse successo il peggio, se fosse stata aggredita, non si sarebbe spezzata. Smiley e gli altri erano là fuori. Stavano disperatamente facendo tutto il possibile per trovarle. Doveva credere che ci sarebbero riusciti.

«Lo sentite anche voi?» chiese Fiona, con una certa urgenza nella voce.

Bree si raddrizzò e guardò l'altra donna.

«Sì!» confermò Julie. «Stiamo rallentando.»

Il camion su cui si trovavano aveva già rallentato in precedenza, ma non era successo nulla. A un certo punto, avevano avanzato a passo d'uomo, facendo brevi soste, per quello che era sembrato un tempo considerevole.

Tutte e tre le donne si erano entusiasmate, pensando di essere alla frontiera. Avevano provato a gridare, pregando che qualcuno le sentisse e ispezionasse il camion. Ma una cacofonia di clacson provenienti da altri veicoli aveva fatto scatenare i polli che avevano starnazzato febbrilmente.

Nessuno le aveva sentite né aveva controllato il carico, e presto avevano ricominciato a viaggiare. Era sembrato che ci fosse voluta un'ora, anche se l'intero processo doveva essere durato probabilmente solo quindici o venti minuti.

Ma ora Bree non riusciva a impedire alla scarica di adrenalina di scorrerle in corpo. Strinse più forte la mano intorno alla sua arma improvvisata. Dovevano essere pronte a tutto.

«Sentite, stavo pensando che non possiamo fare niente da dentro queste gabbie» disse Fiona in fretta. «Dobbiamo uscire in qualche modo. Se qualcuno viene a prenderci, dobbiamo fare tutto il necessario per convincerlo a lasciarci uscire.»

Bree era d'accordo e annuì.

«Fingiamo di star male?» chiese Julie.

«Pensi che gli importerebbe?» ribatté Fiona.

«Mmm, probabilmente no. Ma se così fosse? Voglio dire, immagino che ci vogliano abbastanza in salute per... sai» disse Julie.

Bree non voleva pensare al "sai", ma non poteva farne a meno. Però non le veniva in mente nessuno scenario che avrebbe portato i loro rapitori ad aprire tutte e tre le gabbie. «Credo che solo una di noi dovrebbe scappare. Così poi può liberare le altre due.»

«Non lo so. I lucchetti di queste gabbie non devono essere facili da aprire, soprattutto se gli stronzi che vengono a prenderci sono più di uno. Anche se dovessero avere le chiavi dovremmo trovarle, capire quale apre ogni lucchetto e poi sbloccarlo» disse Julie con pessimismo.

«Lo farò io» disse Bree.

«Cosa?» chiese Fiona.

«Fare in modo che aprano la mia gabbia.»

«Come?» domandò Julie.

Non ne aveva idea, sapeva solo che era una sua responsabilità far uscire le sue amiche da quella situazione. Era sempre convinta che fosse colpa sua se si trovavano lì. Se fosse andata a est, lontano da Riverton e da Smiley, Julie e Fiona non sarebbero state rinchiuse in quelle gabbie dentro quell'orribile camion.

Tutte e tre le donne trattennero il respiro quando il mezzo rallentò ulteriormente. Il pavimento vibrava sotto di loro mentre procedeva piano. Bree sperò che andasse diversamente rispetto ai rallentamenti precedenti, aveva perso il conto di quante volte era successo. Era impossibile avere il senso del tempo in quel posto. Non poteva sapere da quanto erano lì quando si erano svegliate nelle gabbie. Da allora, le sembrava di essere stata intrappolata per giorni, ma sapeva che in realtà si era trattato solo di qualche ora.

In ogni caso, pensava che non poteva essere passato troppo tempo, perché non sarebbero state in condizioni così buone senza poter bere dell'acqua.

Tuttavia, stavano iniziando a sentire gli effetti della mancanza di sostentamento, e lei aveva superato l'umiliazione di puzzare di pipì e di esserci seduta sopra. Tutto intorno a loro non c'erano altro che escrementi di pollo. Non che potesse percepire il proprio odore in mezzo a tutta quella puzza, anche se sapeva che, se ci fosse riuscita, probabilmente ne sarebbe rimasta inorridita.

Pensò che forse le sue condizioni avrebbero indotto i loro rapitori a tenersi a distanza. Essere sporche e disgustose poteva essere la cosa migliore per loro in quel momento.

Il camion si fermò di colpo, facendola cadere in avanti e sbattere di nuovo la testa contro le sbarre della gabbia.

«Ahia!» si lamentò Fiona. «Quel coglione deve imparare a guidare.»

I polli intorno a loro ovviamente concordarono, perché si agitarono e iniziarono a starnazzare.

Passarono diversi minuti e Bree trattenne il respiro. Non aveva ancora un piano, ma doveva pensare in fretta a qualcosa nel caso qualcuno fosse andato a prelevarle.

Poi un forte clangore risuonò nella parte posteriore del camion, provocando sbattimenti di ali nelle gabbie troppo affollate e portando a un livello doloroso il rumore in quello spazio chiuso.

La luce che all'improvviso penetrò attraverso il portello aperto le fece quasi male agli occhi. Era artificiale, forse proveniva da alcuni lampioni che emanavano un bagliore fioco nell'oscurità che c'era all'esterno. Cosa che probabilmente era un bene, perché dopo essere state per così tanto tempo in quel camion, praticamente al buio con a malapena quella luce rossa, era probabile che il sole le avrebbe accecate.

Bree dovette sbattere rapidamente le palpebre per cercare di far abituare gli occhi. Vide una figura sfocata salire sul retro e camminare tra le gabbie accatastate dei polli. Aveva il naso e la bocca coperti da un respiratore. Stronzo. *Ovvio* che ce l'aveva, ma non gliene fregava niente se lei, Julie o Fiona riuscivano o meno a respirare.

«È ora di andare» annunciò, con la voce soffocata dalla maschera.

Osservò attentamente l'uomo. Non era alto, forse più o meno come Fiona, era magro e non eccessivamente muscoloso. Era chiaro che non considerasse nessuna di loro una minaccia, e sperava che ciò sarebbe stata la sua rovina.

Cosa più importante, vide che aveva in mano delle chiavi. Doveva prendergliele in qualche modo e darle a Fiona e Julie, che avrebbero potuto aprire i lucchetti che le tenevano prigioniere nelle loro gabbie. Ma come?

Proprio mentre apriva la bocca per fingere di avere dei crampi o qualche altro disturbo femminile – gli uomini sembravano sempre agitarsi quando sentivano parlare di mestruazioni o crampi – il tizio si chinò sulla sua gabbia e afferrò il lucchetto.

La stava facendo uscire? Così? Senza che lei dovesse fare una messinscena?

Lanciò un'occhiata a Julie e Fiona e vide che i loro occhi erano spalancati, e sembravano confuse e allo stesso tempo elettrizzate.

Era la sua occasione; poteva essere l'unica che avevano.

«Prima tu» le disse l'uomo. «Il boss ha dei piani speciali per te. Le altre verranno spedite in Russia e in Corea del Nord. I loro acquirenti hanno già organizzato il trasporto. Ma *tu* andrai nella sua tenuta in Ecuador. Ha deciso che sarai la schiava personale per i suoi dipendenti... da usare quando e come vogliono. Gratis. Una sorta di premio per il loro duro lavoro.» Ridacchiò. «Loro ne saranno felici, ma tu immagino di no. Però questo non importa, vero? Appartieni al boss. Sei sua e può farne ciò che vuole di te. Prima lo accetti, meglio è. Vuoi mangiare? Bere? Un posto dove cagare e pisciare che non sia il tuo letto? Allora è meglio che ti comporti bene. Più farai quello che vuole lui, migliore sarà la tua vita.»

«Farò qualsiasi cosa!» piagnucolò Bree, cercando di sembrare intimidita e docile. «Ho tanta sete! Hai dell'acqua?»

«Cosa mi *darai* se ti do dell'acqua?» chiese l'uomo, raddrizzandosi e afferrandosi il pacco in modo suggestivo. «Forse dovrei farmi fare un pompino prima di portarti dal capo.»

Bree avrebbe voluto vomitare, invece si obbligò a tenere lo sguardo basso e a rimanere seduta con le spalle curve, in segno di sottomissione. Le sue dita strinsero più forte il coltello mentre aspettava che lui aprisse la gabbia. Il cuore le martellava nel petto. Quel battito era un forte promemoria del fatto che era viva. E che toccava a lei aiutare Fiona e Julie.

«Non dici niente? Né sì, signore o per favore, signore?» chiese l'uomo. «Direi che non avrai quell'acqua, allora. Ma imparerai. Il boss ci tiene molto al rispetto. Finché farai ciò che dice lui, vivrai. Altrimenti...» Scrollò le spalle.

Girò la chiave nel lucchetto, e nonostante il frastuono che facevano i polli Bree sentì lo scatto. Leccandosi le labbra, rimase in attesa.

L'uomo spalancò la porta e la afferrò. Lei mantenne i muscoli rilassati mentre la trascinava fuori dalla gabbia, tenendola per un braccio. Le fece male stare in piedi, e per un attimo temette che le gambe non l'avrebbero retta. Non dovette fingere di essere instabile finché non riuscì a irrigidire le ginocchia per non cadere.

Il bastardo percorse il suo corpo con gli occhi, e lei fece fatica a non indietreggiare per proteggersi dal suo sguardo lascivo. La sottoveste pastello che indossava non nascondeva nulla. Era trasparente, e sentì i capezzoli inturgidirsi per l'aria fredda che entrava da dietro l'uomo.

Senza dire una parola lui sollevò la mano libera, quella che non le teneva il braccio – e le chiavi – e le afferrò un seno, palpandolo come se ne avesse avuto tutto il diritto.

Fanculo.

Fanculo a *lui*.

Si mosse d'istinto e gli conficcò il coltello di plastica nel collo con tutta la forza che aveva.

L'uomo spalancò gli occhi in modo quasi comico e le lasciò andare il braccio per stringersi il collo con entrambe le mani.

Bree gli tirò subito una ginocchiata all'inguine, e lui reagì come avrebbe fatto qualsiasi uomo nella stessa situazione: crollò in ginocchio, gemendo forte.

Le chiavi caddero sul pavimento del camion e lei le afferrò e si girò per lanciarle con un movimento fluido verso la gabbia di Fiona.

Poi, senza esitazione, conficcò ancora una volta il coltello nel collo dell'uomo.

Pensò che in quel momento quella fosse la parte più vulnerabile del suo corpo, perché la lama non sarebbe riuscita a penetrare attraverso i vestiti fino al petto e al cuore. Doveva fare del suo meglio per metterlo fuori combattimento... o per ucciderlo, se fosse stata fortunata. Ma almeno doveva fare il maggior danno possibile alla sua gola, in modo che non potesse chiamare aiuto.

Bree non aveva idea di quante volte lo avesse pugnalato, ma sentiva il suo sangue sulle dita, sul viso; accoltellare qualcuno sporcava. Era come entrata in trance mentre sfogava la sua frustrazione, il suo terrore e la sua rabbia su quello stronzo che le aveva provocate raccontando loro cosa le aspettava. Per niente al mondo Julie e Fiona sarebbero state spedite in Corea del Nord e in Russia. Non se poteva evitarlo!

«Stai assaggiando la merce lì dentro?» gridò qualcuno fuori dal camion, risvegliandola dal suo stordimento.

Stava respirando con affanno, come se avesse appena corso per chilometri, e le sue gambe erano come gelatina.

Un tocco sul braccio la fece girare di scatto, con il coltello pronto.

«Sono solo io!» le disse Fiona, facendo un passo indietro con le mani alzate.

«Merda, scusa» ribatté Bree, abbassando l'arma.

Poi si rese conto che Fiona e Julie erano fuori dalle gabbie. Stavano lì, con un'aria trasandata e patetica, ma erano libere.

Be'... non ancora.

«Carlos?»

Merda. Dovevano ancora superare chiunque li stesse aspettando all'esterno. «Li distraggo io, voi due sgattaiolate fuori mentre li faccio allontanare» disse Bree.

«No» ribatté Fiona, scuotendo la testa con decisione. «Restiamo unite.»

«Non funzionerà. Tra pochi secondi, chiunque stia chiamando Carlos verrà qui a cercarlo. Voi due non sareste qui se non fosse stato per me! Devo farlo» insistette. «*Scappate*. Allontanatevi. Trovate un modo per contattare i ragazzi. Dite a Smiley...» La sua voce si spezzò. «Ditegli che lo amo e che è la cosa più bella che mi sia mai capitata.»

Strinse più forte il coltello e si diresse rapidamente verso la parte posteriore del camion. Ogni volta che passava davanti a una gabbia di polli la scuoteva, facendoli starnazzare. Le dispiaceva per quegli animali, ma probabilmente non avrebbe mai più mangiato pollo. Per ora, però, aveva bisogno che facessero tanto frastuono.

Si fermò un attimo e fece un respiro profondo, poi corse dritta verso il portello aperto.

Vide un uomo fermarsi lì davanti proprio mentre lei saltava. Il tempismo non era dei migliori, ma d'altronde, forse era perfetto. Gli atterrò sopra e caddero entrambi a terra; lui praticamente attutì la sua caduta.

Bree si affrettò ad alzarsi, maledicendo il fatto di aver lasciato cadere l'arma, ma non aveva tempo di cercarla, dato che c'erano altri due uomini che li stavano fissando sorpresi e con gli occhi spalancati.

Emise un urlo selvaggio e iniziò a correre.

«Prendetela!»

Guardandosi alle spalle fu allo stesso tempo terrorizzata e sollevata nel vedere tutti e tre gli uomini che la inseguivano.

Doveva allontanarsi il più possibile da quel camion, per dare a Julie e Fiona il tempo di sgattaiolare fuori e nascondersi, di scappare.

Corse più che poté, con il cuore in gola. Le tremavano le gambe a causa dell'inattività e perché non aveva mangiato né bevuto nulla. Ma si rifiutò di arrendersi.

Fiona era al centro dei suoi pensieri. *Lei* non si era arresa. Quando era stata prigioniera, tanti anni prima, non aveva ceduto. Non aveva fatto quello che volevano i suoi rapitori. Era stata trattenuta per mesi, aveva camminato nella giungla in infradito. Aveva salvato Cookie dai trafficanti di droga che sparavano contro di loro. Se lei era riuscita a fare tutte quelle cose, Bree avrebbe potuto sfuggire ai suoi inseguitori per il poco tempo che sarebbe servito alle sue amiche per scappare.

Aveva sperato di potersi rifugiare in una giungla o di perdersi nei vicoli di una grande città, invece si ritrovò a correre lungo un'alta recinzione metallica, al buio, guidata solo dalle luci fioche alle sue spalle.

Il suo respiro diventava sempre più affannoso, e non aveva idea di dove si trovasse. Sembrava fosse un'area portuale. Il che era ironico... per la seconda volta in pochi mesi stava di nuovo fuggendo da qualcuno, in un altro porto. Percepì l'odore dell'acqua, ma, a parte quello, non riusciva a vedere granché se non ciò che aveva davanti.

«Vai a destra, John!»

Merda. L'avrebbero intrappolata. Bree cercò di correre più veloce, ma invano. Era esausta e le tremavano i muscoli. L'adrenalina l'aveva tenuta in piedi fino a quel momento, ma sembrava che il suo corpo la stesse abbandonando.

Rifiutandosi di piangere, emise un piccolo grido quando uno degli uomini si avvicinò abbastanza da provare ad afferrarla. La sua mano le sfiorò il braccio, ma lei si ritrasse e riuscì a fare un ultimo scatto... solo per ritrovarsi contro un angolo della proprietà.

Sbatté contro la recinzione e iniziò subito ad arrampicarsi.

Due degli uomini le afferrarono le gambe, e lei scalciò per cercare di allontanarli, ma non servì a nulla. Rimase aggrappata alla rete metallica il più a lungo possibile, finché uno dei suoi rapitori non le tirò un pugno sul polso, facendola gridare di dolore. Poi si ritrovò per terra, distesa sulla schiena, con tutti e tre gli uomini che le tenevano le braccia e le gambe.

«*Cazzo*, è sangue quello?» chiese uno di loro.

Bree scoprì i denti e gli ringhiò contro.

«Dannazione, è praticamente una selvaggia!» esclamò un secondo uomo.

«Sarà ancora più divertente domarla» disse il terzo, con un ghigno malvagio. «Tenetela ferma. È ora che questa stronza impari qual è il suo posto. Vado prima io, poi toccherà a voi.» Si portò una mano alla cintura.

No. Non sarebbe successo. Sapeva che era inevitabile che alla fine sarebbe stata violata, ma non ora, se poteva evitarlo.

Bree lottò. Si dimenò, si contorse e morse. Si rifiutò di restare lì sdraiata a lasciarsi violentare.

Sembrava che le fosse rimasta un po' di adrenalina, dopotutto, perché gli uomini facevano davvero fatica a tenerla ferma. Urlò fino a perdere la voce, facendo tutto il possibile per impedire a quegli stronzi di prendersi ciò che non voleva dare.

«Merda! Non abbiamo tempo per questa roba» sbraitò uno degli uomini, dopo aver lottato diversi minuti con lei.

«Il boss si aspetta che lei sia al molo in Ecuador all'ora che ha specificato» sottolineò un altro.

L'uomo che si stava abbassando i pantaloni alla fine ringhiò, si alzò e le diede un calcio.

Bree cercò di rannicchiarsi, ma gli altri due la tenevano troppo salda. Ben presto, però, si unirono al loro amico e la presero a pugni. Purtroppo, anche quello le era familiare; era stata picchiata anche nell'altro porto, quando aveva aiutato Ellory e Yana.

Piuttosto che subire uno stupro preferiva mille volte prendere le botte.

Fece del suo meglio per proteggere le parti più vulnerabili, ma era sollevata che gli uomini si stessero concentrando su di lei, nonostante il dolore immenso. Sperava che Julie e Fiona fossero riuscite a scappare, che avessero trovato un posto dove nascondersi. Si rifiutava di pensare che il suo sacrificio era stato vano.

Era forte. Ce l'avrebbe fatta.

Mentre continuava a ripetere nella sua mente le parole che aveva sentito dire da Smiley, Bree non si accorse nemmeno che gli uomini avevano smesso di picchiarla e che uno di loro se l'era gettata in spalla.

Era lì, stordita e sanguinante. Tutta la sua energia era svanita. Se avessero deciso di aggredirla, non avrebbe potuto fare molto per fermarli. Ma sembrava che quei tizi avessero più paura del loro capo – Mateo, supponeva – che di fare qualsiasi altra cosa che non fosse portarla dov'era stato ordinato loro. Il sangue le colava lungo la tempia e cadeva a terra mentre veniva trasportata verso il camion con i polli. Poteva sentirli mentre si avvicinavano.

«Carlos!» urlò uno degli uomini. «Smettila di cazzeggiare. Porta fuori il culo, subito!»

Ma ovviamente lui non apparve.

«Dannazione! Andate a prenderlo» ordinò agli altri l'uomo che la teneva.

Saltarono sul camion, scatenando altri starnazzi. Bree non riuscì a trattenere un piccolo sorriso, sapendo cosa stavano per trovare.

«È morto!» esclamò uno degli uomini, riapparendo rapidamente all'entrata del pianale di carico.

«*Cosa*? Come?»

«Non lo so. È ricoperto di sangue, indossa ancora il respiratore.»

«E le altre donne sono scappate» disse cupo il secondo uomo, avvicinandosi all'altro.

Il tizio che la teneva imprecò così a lungo e con tanta cattiveria che il suo sorriso si fece più ampio.

Fanculo a lui. Fanculo a tutti quanti.

«Come cazzo ha fatto questa stronza a ucciderlo?» chiese uno dei due saltando giù dal camion.

«Non lo so. Ma il boss sarà furioso. Dobbiamo inventarci una storia, altrimenti siamo fottuti.»

Bree non era per niente dispiaciuta per quegli stronzi.

«Dalla a me» ordinò uno di loro con un tono letale.

«No. Stai indietro, John» ribatté l'uomo che la teneva. «So che sei incazzato, ma se la uccidiamo il boss ucciderà *noi*, cazzo. Sai quanto tempo e soldi ha speso per rintracciarla. E ha già pagato per portarla in Ecuador.»

In risposta, l'altro la afferrò per i capelli e la costrinse ad alzare la testa, che pendeva da sopra la spalla del suo compare.

«Stronza» ringhiò, mostrando i denti. «Dove sono le altre?»

«Fuggite» mormorò con voce roca. «E i loro mariti Navy SEAL, in questo preciso istante, stanno venendo qui per farvi fuori, coglioni.»

«Sì, certo» la schernì. Ma Bree percepì preoccupazione nel suo tono.

Ebbe un attimo per sentirsi orgogliosa di sé poi lui tirò indietro il braccio, continuando a tenerla per i capelli, e le sferrò un pugno.

Quella fu l'ultima cosa che ricordò prima che il mondo sprofondasse in un piacevole buio e il dolore la abbandonasse del tutto.

CAPITOLO TREDICI

ERANO QUASI le quattro del mattino quando Kevlar si diresse velocemente verso il porto che, da quello che diceva Tex, Castillo avrebbe usato a Ensenada. Smiley non aveva idea di come lo avesse dedotto, ma se lui diceva che era lì che si trovavano le donne, non gli avrebbe fatto domande. Immaginava che Ryleigh o Beth avessero rintracciato i pagamenti fatti ad altri da Castillo o le tangenti che aveva pagato nella zona.

«Il cancello è chiuso» gridò Cookie, mentre Kevlar guidava la Jeep che avevano ritirato da uno dei contatti di Tex quando erano atterrati all'aeroporto venti minuti prima.

Scegliere l'ex SEAL era stata una delle migliori decisioni che Smiley avesse mai preso. Forse non era l'uomo migliore nel caso di un inseguimento a piedi o se avessero dovuto trascorrere alcuni giorni nella giungla, ma le informazioni che riusciva a ottenere, e le sue connessioni, erano meglio di qualsiasi altra risorsa avrebbero potuto chiedere in quel momento.

«Kevlar!» urlò di nuovo Cookie. «Cancello.»

«Lo vedo» replicò, senza sembrare minimamente preoccupato.

Lo prese in pieno a tutta velocità e tutti e quattro gli uomini all'interno del veicolo dondolarono in avanti, ma non batterono ciglio per il fatto che avesse appena distrutto il cancello di ferro, entrando a rotta di collo nel porto. Non c'erano enormi navi portacontainer come a Riverton quando avevano cercato Ellory e Yana, quello era essenzialmente un porto utilizzato da persone che volevano eludere le norme governative sui trasporti navali.

Ma il governo doveva sapere cosa succedeva lì, che le merci che attraversavano i cancelli non erano esattamente legali, anche se probabilmente chiudevano un occhio grazie alle tangenti. La cosa lo disgustava, ma faceva parte della vita, e non era qualcosa che non avessero già visto un sacco di volte in altri paesi.

C'erano degli autoarticolati parcheggiati lungo un'estremità dell'enorme area sterrata, oltre a dei pick-up e almeno un centinaio di autovetture. Smiley non aveva idea da dove cominciare a cercare Bree e le altre donne.

Ma, naturalmente, quello era il motivo per cui aveva scelto Tex.

«Lì. Kevlar, vai a destra, verso i camion. Ce ne sono tre in fondo con il logo della Perry Fried Chicken.»

La Jeep si inclinò un attimo su due ruote mentre lui svoltava bruscamente nella direzione indicata.

Era inquietante che il porto fosse deserto. Nessuno corse a vedere il motivo del trambusto al cancello. Non c'erano operai in giro a quell'ora. Quel silenzio gli fece venire i brividi.

Kevlar fermò bruscamente la Jeep, e la polvere stava turbinando intorno alle ruote quando tutti e quattro balzarono fuori dal veicolo.

«Tex, tu e Cookie occupatevi di quello, io e Smiley

controlliamo questo» ordinò Kevlar, indicando i due camion più vicini della fila.

I portelli dei rimorchi non erano bloccati, cosa che fece diminuire un po' le speranze di Smiley; se le donne fossero state lì dentro, sicuramente la leva sarebbe stata bloccata.

Estrasse una delle pistole che Tex aveva fatto in modo che venissero fornite loro una volta atterrati in Messico e la tenne pronta, mentre Kevlar afferrava la maniglia e annuiva.

Non appena Smiley ricambiò il cenno, il suo amico spalancò il portello.

Il fetore che li accolse fu così intenso che faticò quasi a reggersi in piedi. L'interno del camion era completamente carico di gabbie. Alcune erano vuote, ma ce n'erano parecchie con carcasse di polli; ogni centimetro delle gabbie, del pavimento del camion e persino parti delle pareti erano ricoperti di escrementi.

Se quello era il modo in cui la Perry Fried Chicken trasportava il pollame destinato ai supermercati, non avrebbe più mangiato pollo. Mai più.

Senza esitazione, anche con gli occhi che gli lacrimavano e i polmoni che esigevano aria pulita, Smiley saltò sul retro del camion, con la torcia in una mano e la pistola nell'altra, e attraversò il vano di carico.

«Libero!» gridò a Kevlar, poi si voltò e tornò rapidamente fuori. Non voleva nemmeno pensare che Bree fosse stata lì dentro.

Quando saltò giù, Cookie stava emergendo dall'altro camion, chiaramente senza aver trovato nulla nemmeno lui. I quattro si diressero verso il terzo, l'ultimo con il logo della Perry Fried Chicken sulla fiancata.

Bree doveva essere lì. *Doveva*. Tex non poteva essersi sbagliato, c'erano troppe vite in gioco.

Tex e Kevlar aprirono i portelli, e Cookie e Smiley entrarono insieme. Il camion era molto simile all'altro, la puzza era insopportabile e il pensiero che i polli fossero stati trasportati in condizioni così sudicie e disumane gli fece venire la nausea.

Ma quello non fu niente in confronto a ciò che trovarono una volta giunti in fondo.

«Figlio di puttana.»

«Merda!»

C'erano delle gabbie, cosa non molto differente dal resto del carico... tranne che erano più grandi. A misura d'uomo. Erano una accanto all'altra proprio in fondo, dove chiunque avesse aperto i portelli per dare una rapida controllata al carico non le avrebbe notate.

«Erano qui» disse Cookie, con evidente furia nella voce.

Smiley fu d'accordo, ma la cosa più importante in quel momento era la grande macchia scura davanti a una delle gabbie. Il suo cuore smise di battere mentre puntava la torcia verso il pavimento. Riconosceva del sangue quando lo vedeva; ne aveva sicuramente visto a sufficienza nella vita.

Cookie si inginocchiò accanto alla macchia con la testa bassa.

Le donne erano state lì... ma chi di loro era stata ferita? Julie? Fiona? Bree? Nessuno degli scenari nella testa di Smiley era positivo.

All'improvviso sentì il bisogno di scendere da quel camion.

Si voltò e corse verso l'uscita, balzò fuori e si piegò, posando le mani sulle ginocchia, mentre lottava per riprendere il controllo delle sue emozioni tumultuose.

Percepì Cookie saltare giù e raggiungerlo.

«Smiley, guarda» gli disse, illuminando con la torcia qualcosa per terra.

Si girò per vedere cos'avesse trovato, si accovacciò e raccolse l'oggetto: un pezzo di plastica informe, ricoperto di stoffa e... capelli?

Fu travolto da un'ondata di adrenalina così intensa e improvvisa che lo stordì.

«Non è il loro sangue!» esclamò con assoluta convinzione. «Quello dentro al camion, non è il loro!»

«Non possiamo saperlo» ribatté Cookie.

«Guarda, questi sono i capelli di Bree. Ci scommetterei la vita. Li ha usati per legare il materiale attorno alla plastica per fare un manico.» Il suo sguardo tornò al camion e si ricordò di aver visto qualcosa di strano in una delle gabbie. «La plastica proviene da quelle gabbie. In una delle basi ne mancava una parte, vicino al bordo posteriore.»

Se Smiley avesse provato a infilare quel pezzo dove mancava, sapeva che sarebbe entrato perfettamente.

«Non è il loro sangue» ripeté. «Hanno costruito un'arma. L'hanno usata su almeno uno dei loro rapitori. Probabilmente hanno aspettato che aprisse la gabbia e lo hanno attaccato. Immagino che non abbia nemmeno avuto il tempo di rendersene conto, ha pensato che fossero deboli e spaventate. Quel bastardo ha sottovalutato le nostre donne.»

«Ok, ma dove sono adesso?»

«Non lo so.» Ma Smiley non poté fare a meno di sentirsi orgoglioso. Dovevano essere state terrorizzate, ma non si erano arrese. Dai racconti che aveva sentito da Cookie su Fiona, non era poi così sorpreso. Aveva anche sperimentato in prima persona la caparbietà di Bree quando era riuscita a rimanere nascosta e a fare il necessario per proteggersi. E Julie era lontana anni luce dalla donna che era stata in quella giungla in Messico.

Smiley mise in tasca il coltello costruito dalle ragazze... e usato con efficienza, a giudicare dal sangue sul pavimento del camion e sulla plastica. Era la prova tangibile della forza della donna che amava.

Non avrebbe perso Bree, se poteva evitarlo. L'avrebbe

seguita fino ai confini del mondo e poi avrebbe combattuto il diavolo in persona per riportarla a casa. Insieme, avrebbero superato qualsiasi difficoltà avesse dovuto affrontare a causa del rapimento.

Non si faceva illusioni. Ormai era molto probabile che fosse stata violata nel modo più atroce per una donna, ma le avrebbe garantito tutto l'aiuto necessario e fatto capire che la amava a prescindere da qualunque cosa fosse stata costretta a fare. Bree Haynes era la sua anima gemella, e che fosse dannato se avrebbe permesso a qualcuno di portargliela via senza combattere.

«Avete trovato del sangue nel camion?» chiese Kevlar con un tono allarmato.

Si era completamente dimenticato che Kevlar e Tex erano lì vicino, che non sapevano delle gabbie e non avevano visto il sangue.

«Sì» disse Cookie cupo. «Erano qui. Ci sono tre gabbie sul retro, abbastanza grandi da contenere le donne. C'è anche del sangue sul pavimento. Smiley non pensa che sia di una di loro, ma non abbiamo modo di saperlo.»

«Se Smiley non pensa che sia loro, è così» ribatté Kevlar con fermezza. «E adesso che facciamo? Tex? Cosa ne pensi?»

Lui aggrottò la fronte e Smiley ebbe la sensazione che una nube calasse su di lui. Merda. Tex che aggrottava la fronte non era per niente positivo.

«Sono sicuro che Castillo le abbia portate qui per trasferirle. Vive in Ecuador, quindi potrebbe portarle lì, ma non si sa a chi le abbia vendute. Da qui potrebbe averne spedita una o due, o addirittura averle mandate ognuna in una destinazione diversa. Ryleigh sta cercando di seguire i movimenti di denaro, ma ce ne sono davvero tanti: dalla Russia, dall'India, dalla Cina... addirittura dalla Corea del Nord.»

«Cosa stai dicendo? Che sono sparite? Che non possiamo trovarle?» chiese Cookie con un tono glaciale.

«No. Che questa ricerca è appena diventata più lunga del previsto. Possiamo iniziare dal suo complesso in Ecuador, ma dobbiamo anche riorganizzarci, chiedere ulteriore assistenza. Non possiamo perquisire ogni barca che si trova in mare, abbiamo bisogno dell'aiuto della Guardia Costiera e delle autorità messicane. Dobbiamo diffondere la notizia delle donne scomparse, ottenere tutto l'aiuto possibile dai paesi in cui Ryleigh ha rintracciato il flusso di denaro di Castillo.»

A Smiley sembrava di avere un peso di duecento chili sul cuore. A quanto pareva, tutti i suoi pensieri sul ritrovare Bree e assicurarsi che tornasse a casa erano andati in fumo. Come diavolo avrebbe fatto a trovarla se le donne erano già in viaggio verso qualche paese lontano? Ci erano arrivati *così vicini*, eppure ci avevano messo comunque troppo tempo. Le donne non c'erano più.

Il senso di fallimento e di colpa lo schiacciarono anche più di quanto lo avessero fatto ogni volta che sua madre veniva picchiata. Non aveva più la scusa di essere "solo un bambino". Era un adulto. Un Navy SEAL. Eppure, la sua donna gli era stata portata via da sotto il naso ed era scomparsa nel nulla senza lasciare traccia.

Un rumore lì vicino li fece voltare tutti e quattro con le armi in pugno. Cos'era stato? Veniva da una delle centinaia di auto parcheggiate a casaccio intorno ai camion?

Cookie fu il primo a muoversi, ripose l'arma nella fondina e si affrettò verso un'anonima utilitaria marrone parcheggiata in mezzo a una fila di altri veicoli.

Smiley gli corse dietro, ma con la pistola ancora pronta. Non aveva idea di cosa avesse visto il suo amico, ma non voleva correre rischi. L'ultima cosa di cui avevano bisogno era che uno di loro venisse ferito.

Con sua grande sorpresa, da sotto l'auto spuntò la testa di una donna.

Era Fiona.

Cookie si inginocchiò e la tirò fuori con cautela, poi prese la moglie tra le braccia e iniziò a cullarla.

Spuntò una seconda testa da sotto la stessa auto... era Julie.

Anche Tex si inginocchiò e abbracciò forte la donna una volta che fu completamente fuori.

Con il cuore che gli batteva forte per la trepidazione, Smiley aspettò che anche Bree uscisse da sotto quel veicolo, o da un altro lì vicino, ma quando dopo diversi interminabili secondi lei non apparve, provò una stretta al petto e l'emozione gli chiuse la gola.

Fiona alzò lo sguardo, ancora stretta tra le braccia di Cookie, e come se gli avesse letto nel pensiero sussurrò: «Non è qui.»

Avrebbe voluto chiederle dove diavolo *fosse*, cos'era successo, ma non riusciva a dire una parola a causa del nodo che aveva in gola. La delusione e la paura erano schiaccianti.

Cookie si spostò, senza lasciare andare Fiona, ma scostandosi quel tanto che bastava per togliersi la maglietta, e la infilò delicatamente sulla testa della moglie. Le sottovesti che lei e Julie indossavano erano trasparenti e non lasciavano nulla all'immaginazione. Vedere cos'erano state costrette a indossare lo fece infuriare, e dimostrava che genere di pericolo avessero corso.

Smiley si agitò con impazienza, ma non riuscì a interrompere il ricongiungimento di Cookie con la moglie. Se Bree fosse stata lì, abbracciata a lui, si sarebbe infuriato contro chiunque avesse osato mettergli fretta.

Tex tirò fuori il cellulare, premette qualche pulsante, poi lo porse a Julie, il tutto senza staccare il braccio dalla sua vita.

«Patrick?» disse lei con tono tremante.

Smiley si voltò. L'emozionante ricongiungimento delle donne con i loro mariti era troppo da sopportare. Era felice per i suoi amici, ma...

Kevlar gli posò una mano sulla spalla, ma non disse nulla. Non era necessario. La delusione e la paura nell'aria erano palpabili. Dov'era Bree? Perché non era con Julie e Fiona? Com'erano scappate? Da quanto tempo erano nascoste? Smiley aveva così tante domande, ma avrebbe dovuto aspettare per avere delle risposte.

Scrutò il porto, nella vana speranza di vedere Bree andare verso di lui. Forse era riuscita a scappare anche lei. Magari si era semplicemente separata dalle altre donne ed era troppo spaventata per uscire allo scoperto.

«Riponi l'arma» gli disse Kevlar con calma.

Abbassò lo sguardo e vide che stringeva ancora la pistola nella mano destra. Uno dei peccati più gravi che un SEAL potesse commettere era perdere di vista la propria arma. E anche se non aveva il dito sul grilletto, non ricordava nulla degli ultimi minuti che riguardavano la pistola.

Muovendosi lentamente, come se fosse nelle sabbie mobili, la rimise nella fondina dietro la schiena. Fece un respiro profondo, poi un altro, e si voltò verso gli altri. Bree non era lì. Ne era certo. Si sentì esausto, svuotato.

Era come se stesse osservando la scena davanti a lui da lontanissimo. O come se fosse stato semplicemente un osservatore che assisteva a uno spettacolo teatrale. Aveva freddo. Era intorpidito.

Smiley si avvicinò a Tex e Julie, che si stava asciugando le lacrime dopo aver finito di parlare con il marito, e si tolse la maglietta. La porse alla donna minuta, che la prese con un sorriso grato.

Cookie si alzò in piedi, tenendo Fiona stretta a sé.

«Siete *sicure* che Bree non sia qui?» chiese Kevlar con gentilezza.

Smiley trattenne il respiro, in attesa della risposta. La sapeva già, ma forse sarebbe avvenuto un miracolo.

«Dobbiamo sapere cos'è successo e portarvi in un posto sicuro» continuò il suo leader. «Ma se c'è anche solo l'uno per cento di possibilità che Bree sia qui, nascosta da qualche parte, dobbiamo saperlo.»

Fiona scosse la testa. «L'abbiamo vista mentre veniva trasportata da quella parte» disse, indicando un ampio molo. *Vuoto*. Non c'erano navi in attesa di essere caricate. Nessuna auto con il motore acceso. La zona era deserta.

«Sono saliti su una barca e se ne sono andati. Siamo rimaste nascoste da allora, solo per essere sicure che i tizi che avevano preso Bree non ne mandassero altri a cercarci.»

«Quanto tempo fa è partita la barca?» chiese Tex.

Smiley era grato ai suoi amici. Lui non riusciva a dire una parola. Se avesse aperto bocca avrebbe iniziato a urlare, a imprecare o a gemere. Non sapeva quale delle tre cose avrebbe fatto.

«Non lo so. Sembra sia passata un'eternità, ma probabilmente sono trascorse almeno... quattro o cinque ore» ipotizzò Julie.

«Cazzo. Va bene. Mentre ce ne andiamo da qui ho bisogno che voi due pensiate molto attentamente a qualsiasi dettaglio sulla barca, sugli uomini e qualsiasi cosa che potremmo usare per rintracciarla» disse Tex.

Cookie si chinò e prese in braccio Fiona, se la strinse al petto e si diresse verso la Jeep.

Kevlar si offrì di portare Julie, e lei accettò timidamente la sua offerta, dato che non indossava le scarpe.

Vedere i suoi piedi nudi sulla terra aumentò il dolore che Smiley sentiva nel cuore. Probabilmente anche Bree era senza scarpe. Il suo desiderio di sapere cosa diavolo fosse successo lì, come mai lei fosse stata separata dalle altre due, lo tormentava. Ma non avrebbe negato loro il tempo di cui avevano bisogno per elaborare la consapevolezza di essere al sicuro.

Cookie salì sul sedile posteriore con le donne e si sistemò Fiona sulle ginocchia, mentre Julie si sedette tra loro due e Tex.

«Sapevo che saresti venuto» disse Fiona sommessamente, quando tutti furono nella Jeep. Kevlar partì e uscì dal porto.

Tutto dentro di Smiley lo spingeva a restare, proprio com'era successo quando aveva visto i vestiti di Bree nell'area di sosta perché, come prima, quello era l'ultimo posto in cui era stata. Andarsene gli fece fisicamente male, e si strofinò il petto guardando dritto davanti a sé.

«Una volta ti ho detto che sarei sempre venuto a prenderti, ed ero serio» disse Cookie a Fiona.

«Hurt voleva venire ma...»

«Ma è passato troppo tempo da quando è stato sul campo» finì Julie, interrompendo Tex. «Va bene così. Potergli parlare e rassicurarlo che sto bene... è stato sufficiente, per ora.»

«Cazzo» imprecò Smiley tra sé e sé. Sentì più che vedere Kevlar guardarlo dal posto di guida, ma continuò a fissare dritto davanti a sé. Il suo autocontrollo era attaccato a un filo.

«Bree» sussurrò Fiona.

«Non la stiamo abbandonando» affermò Tex con un tono basso e pieno di emozione.

«Lei è... non saremmo riuscite a scappare senza di lei.»

«Non pensarci adesso» disse Cookie. «Andiamo in un hotel dove potrete farvi una doccia, mangiare e mettervi dei vestiti puliti. Poi ci siederemo e ci racconterete tutto. A meno che non abbiate informazioni su dove si trova, così possiamo andare a prenderla.»

Smiley si voltò e vide le due donne scuotere la testa con

tristezza. Julie si sporse e prese una mano di Fiona, e non gli piacque lo sguardo che si scambiarono.

Strinse i denti così forte che iniziarono a fargli male. Avrebbe voluto dissentire, dire a Kevlar di accostare subito così da poter ascoltare ciò che avevano da dire, ma Cookie aveva ragione, dovevano portarle all'hotel e fare il possibile per farle sentire al sicuro e a loro agio.

Sapere che non c'era nulla che potessero fare in quel momento per Bree era più doloroso di qualsiasi ferita avesse mai subito durante una missione. Avrebbe preferito che gli avessero sparato piuttosto che provare una sofferenza simile.

«Smiley? Stai bene?» gli chiese Fiona.

Il suo primo istinto fu di dare sfogo alla sua frustrazione. Di dirle che *ovviamente* non stava bene. Bree era nelle mani di un maledetto pazzo sadico, che voleva violarla e ferirla psicologicamente e fisicamente.

Invece, si limitò a scuotere la testa e a continuare a fissare il parabrezza.

Sentì Cookie mormorare alla moglie di non insistere, di dargli un po' di tempo. Ma il tempo non avrebbe risolto la situazione. Avrebbe solo portato Bree sempre più lontana da lui. E avrebbe dato a Castillo più possibilità di farle del male.

Chiuse gli occhi e sperò di trovare la pazienza dentro di lui, e pregò che Bree fosse abbastanza forte da resistere a qualsiasi cosa avessero pianificato quegli stronzi che l'avevano rapita.

CAPITOLO QUATTORDICI

Bree era dentro a un'altra cazzo di gabbia, facendo del suo meglio per non muovere alcun muscolo. Era rannicchiata, cercando di non vomitare o gemere a causa del movimento della barca. Si muovevano a una velocità incredibile, e ogni volta che superavano un'onda e lo scafo si abbatteva con violenza sull'acqua, le facevano male le ossa.

Era piuttosto sicura di avere almeno una costola rotta o incrinata per via dei calci ricevuti, e aveva un occhio gonfio. Doveva essere ricoperta di lividi dalla testa ai piedi. Le faceva male... dappertutto. Ma era viva.

E Fiona e Julie erano scappate. Aveva sentito gli uomini sulla barca parlarne con preoccupazione. Era chiaro che temevano quanto sarebbe stato "infelice" il loro capo quando l'avesse scoperto. All'alba era prevista una perquisizione del porto, e poteva solo sperare che le sue amiche fossero riuscite a scappare e a oltrepassare la recinzione prima che ciò accadesse.

Anche se avrebbe voluto scatenare la sua rabbia e insultare i tizi che erano sulla barca con lei, sapeva d'istinto che la cosa migliore da fare era fingere di essere priva di sensi. Fino a quel momento aveva funzionato, almeno per quanto riguardava lasciarla in pace. L'ultima cosa che voleva era attirare di nuovo la loro attenzione su di sé. Non aveva idea se fossero il tipo di uomini che avrebbero violentato una donna svenuta, ma doveva continuare a sperare di no, visto che fino a quel momento non l'avevano toccata.

Così era rimasta sdraiata nella gabbia a fare del suo meglio per fingere di essere incosciente e a cercare di ricordare lo spagnolo che aveva imparato ai tempi del college per raccogliere tutte le informazioni possibili.

A essere sincera, anche se era stata picchiata a sangue, non avrebbe cambiato nulla di ciò che aveva fatto. Non era turbata di aver ucciso quell'uomo nel camion, non avrebbe sprecato un altro secondo a pensare a lui. Quello stronzo aveva scelto la sua strada quando aveva deciso di rapire donne innocenti per venderle nel mercato del sesso, e la sua morte ne era stata la diretta conseguenza.

Ma, cosa più importante, Julie e Fiona avevano beneficiato del suo sacrificio. Qualsiasi cosa le fosse successa da lì in poi ne sarebbe valsa la pena.

Bree *era* un po' preoccupata di cosa sarebbe potuto succedere alle ragazze ora che non erano più nel camion, soprattutto senza vestiti adeguati. Qualcuno di buon cuore della zona le avrebbe accolte? Avrebbe offerto loro cibo, acqua, indumenti? O si sarebbero imbattute in gente pagata da Mateo, o da chissà chi altro, per chiudere un occhio su ciò che accadeva di illegale al porto?

Scacciò quei pensieri e si rifiutò di essere pessimista. Julie e Fiona erano intelligenti. Sarebbero state attente. Avrebbero trovato un modo per arrivare a un telefono, per contattare i loro mariti e raccontare loro quello che era successo. Avrebbero fatto tutto il necessario per dare ai ragazzi le informazioni di cui avevano bisogno per trovarla.

Doveva solo sopravvivere finché non fosse accaduto. Ogni respiro doloroso le ricordava che restare in vita poteva essere più facile a dirsi che a farsi, ma era determinata a vivere abbastanza a lungo da far sapere a Smiley quanto fosse diventato importante per lei. Che era stata attratta da lui fin da quel primo incontro. Da quando aveva sentito il suo nome, Jude Stark, qualcosa dentro di lei si era risvegliato, e ne era rimasta affascinata.

Avrebbe fatto di tutto per convincere Addison o Maggie a chiamare il loro bambino Jude, se fosse stato un maschio. Era un nome forte, e Smiley senza dubbio incarnava la sensazione di sicurezza che suscitava in lei.

Pensare a lui le fece venire voglia di piangere. Quanto avrebbe voluto essere di nuovo nel suo appartamento, accoccolata al suo fianco, a parlare dei loro programmi per la giornata. Doveva essere fuori di testa in quel momento.

No, non fuori di testa, non era nel suo stile. Aveva di certo il solito cipiglio, ma quella ruga sulla fronte doveva essere ancora più evidente. Probabilmente avrebbe sbraitato a tutti quando non rispondevano alle sue domande abbastanza in fretta e camminato avanti e indietro. Non aveva dubbi.

Prima di simulare lo svenimento per il dolore causato dalle ferite, quando aveva finto di essere in preda al delirio e implorato per avere qualcosa da mangiare e da bere, i suoi rapitori le avevano portato un po' d'acqua e un pezzo di pane raffermo. Ma nulla da indossare. La sottoveste che le avevano messo negli Stati Uniti era sudicia, e una delle spalline si era rotta quando aveva lottato disperatamente per liberarsi di loro. A quel punto, si riteneva fortunata di non essere completamente nuda.

Puzzava in modo disgustoso, di escrementi di pollo, di

urina e di terra su cui era stata sdraiata mentre veniva picchiata. Aveva i capelli unti, e adesso erano irregolari dato che ne aveva tagliata una bella ciocca per usarla sul coltello. Pensare al pezzo di plastica che le aveva permesso di distrarre lo stronzo che l'aveva palpeggiata la intristì. Era stata orgogliosa di quell'arma. Persino MacGyver probabilmente le avrebbe detto che aveva fatto un buon lavoro. Ma ora non ce l'aveva più e non avrebbe avuto la possibilità di creare qualcosa di simile, dato che la gabbia in cui si trovava aveva la base di metallo invece che di plastica.

La sua arma migliore in quel momento era il tempo. Stare tranquilla. Concedere al corpo un po' di riposo in modo da essere pronta per qualsiasi cosa sarebbe accaduta. Aveva sentito l'uomo nel camion dire che la stavano portando in Ecuador. Nella tenuta privata di Mateo. Lì non le sarebbe capitato niente di buono, ma forse, con il tempo, la gente intorno a lei avrebbe abbassato la guardia tanto da permetterle di riuscire a scappare. Non aveva intenzione di obbedire a ciò che le avrebbero ordinato, ma, a lungo andare, quello avrebbe potuto essere l'unico modo per fuggire.

Il solo pensiero di cos'avrebbe dovuto fare per far credere a Mateo che aveva vinto era ripugnante. Ma non avrebbe smesso di lottare. Mai. Il suo unico obiettivo era vivere. Poi fuggire. Se avesse dovuto attraversare centinaia di chilometri nella giungla, l'avrebbe fatto. Se Fiona e Julie erano riuscite a resistere, avrebbe potuto farlo anche lei.

———

Smiley non riusciva a stare fermo. L'adrenalina gli scorreva ancora nelle vene. *Doveva* fare qualcosa e non stare con le mani in mano in quella stanza d'albergo. Bree era là fuori e aveva bisogno di lui, eppure, eccolo lì.

Ma era anche ben consapevole di aver bisogno di informazioni. Non poteva semplicemente correre in giro come un pazzo senza meta. Gli serviva un piano, e doveva ascoltare la storia di Fiona e Julie per formularne uno.

Il sole stava iniziando a sorgere e le due donne si erano fatte la doccia, avevano mangiato e ora indossavano i vestiti che gli uomini avevano portato per loro. Smiley si rifiutava di pensare ai pantaloni, alla maglietta, alla biancheria intima e agli articoli da toeletta per Bree, tutti inutilizzati, che aveva nello zaino. Faceva troppo male.

«Cominciate dall'inizio» disse Kevlar con gentilezza. Julie era seduta su una poltrona, avvolta in una coperta e con le ginocchia piegate, in una posizione piuttosto difensiva. Per quanto avesse detto di capire perché suo marito non era lì, Smiley provava comunque un senso di colpa per non aver portato Patrick Hurt con loro.

Fiona e Cookie erano sul letto. Lui era appoggiato alla testiera e lei era seduta di traverso sulle sue gambe, con un braccio intorno alle sue spalle e la testa appoggiata alla sua, anche loro con una coperta intorno. Cookie non l'aveva letteralmente persa di vista da quando era strisciata fuori da sotto quella macchina.

Tex era su una sedia accanto a un tavolino rotondo con il suo portatile aperto davanti a sé. Da quando erano tornati in hotel non aveva mai smesso di digitare, e Smiley poteva solo sperare che stesse scambiando informazioni su Bree con le donne con cui stava lavorando.

Kevlar era appoggiato a una delle pareti e sembrava rilassato, ma la sua mascella si contraeva ed era ovvio che fosse ansioso di sentire tutta la storia quanto gli altri.

«Allora, eravamo nel retro del mio negozio a tirare fuori dai sacchi i vestiti donati, quando la porta si è spalancata e tre uomini hanno fatto irruzione» iniziò Julie.

«Sì, abbiamo visto il video di sorveglianza. Cos'è successo dopo che vi hanno gettate nel SUV?» chiese Tex.

Smiley era contento che lui avesse accelerato la spiegazione. Si sentiva in colpa, perché probabilmente per Julie e Fiona sarebbe stato terapeutico raccontare loro ogni dettaglio, ma aveva bisogno di nuove informazioni.

«Hanno usato una specie di gas. Il retro del SUV era separato dal resto dei sedili da un pannello di plexiglas» disse Fiona. «Si è formata una nebbia, e non ricordo nemmeno di aver lasciato il centro di Riverton.»

«Ci siamo svegliate in quel camion pieno di polli» riprese Julie. «Eravamo dentro delle gabbie, una accanto all'altra, nella parte più in fondo. C'era un odore nauseante e non avevamo né i localizzatori né i vestiti, solo quelle sottovesti.»

«I polli facevano un sacco di rumore, e immagino che la puzza servisse a coprire il nostro odore» continuò Fiona. «Avevamo capito di essere in un camion, ma era tutto ciò che sapevamo.»

«E Bree? Come stava?» non poté fare a meno di chiedere Smiley.

«Era spaventata. Come noi. L'idea di vedere se riuscivamo a trovare un modo per rompere le basi di plastica su cui eravamo sedute è stata mia, ma lei è stata l'unica a riuscirci. Immagino che ci fosse una crepa sul suo in cui è riuscita a infilare le dita e a romperne un pezzo» aggiunse Julie.

Smiley toccò il coltello che Bree aveva costruito e che era ancora nella sua tasca. Era orgoglioso di lei, nonostante fosse incazzato per il fatto che si fosse trovata in quella situazione. «Vi chiedo scusa» disse di getto.

Tutti si voltarono verso di lui con sguardi confusi.

«Per cosa?» chiese Fiona.

«Avrei dovuto sorvegliarvi, invece sono uscito dal negozio.

Vi ho lasciate da sole, fornendo a quegli stronzi l'occasione giusta per rapirvi.»

«Smiley, non potevi sapere che stavano aspettando il momento giusto per fare la loro mossa. È stata una *coincidenza* che tu fossi fuori a rispondere a quella telefonata. Se fossi stato dentro, avresti potuto venire ferito.»

Smiley sbuffò. Era molto magnanimo da parte sua, ma quegli uomini avevano agito *proprio* in quel momento solo perché lui si era distratto. Non aveva dubbi.

«Stava parlando con me» disse Cookie alla moglie. «Ero incazzato perché io e la mia squadra non eravamo stati informati che l'uomo che stava cercando Bree era in qualche modo collegato al vostro rapimento di anni fa. Gli stavo facendo il culo.»

Fiona si raddrizzò per guardare suo marito. «Bree ci ha raccontato che l'uomo che la stava seguendo lavora per la stessa organizzazione che ci aveva tenute prigioniere in Messico.»

«E?»

«E cosa?» chiese Fiona.

«Hai avuto dei flashback? Attacchi di panico?»

«No» rispose. «Non nego che sia stato uno shock, ma ero più incazzata che altro. Era Bree quella che faceva più fatica a gestire ciò che stava succedendo.»

Smiley sentì una stretta al cuore a quelle parole.

«E poi cos'è successo? Bree ha fatto il coltello...?» chiese Kevlar.

«Ho tagliato un po' di stoffa dalla mia sottoveste, visto che sono la più bassa e quindi mi era più lunga. Bree ha usato il pezzo di plastica per tagliarsi un po' di capelli e fissare il tessuto al manico. Poi abbiamo aspettato.»

«Ci è sembrata un'eternità» disse Fiona, mentre raccontavano a turno la storia. «Quando il camion si è fermato, per qualche motivo quella volta ci è sembrato diverso. Come se avessimo capito di essere arrivate a destinazione.»

«C'era una luce rossa all'interno del camion, e quando alla fine hanno aperto il portello abbiamo visto che fuori era buio, e il bagliore di un lampione all'esterno ci ha fatto male agli occhi. Un uomo è salito ed è passato tra le gabbie di polli che starnazzavano come pazzi, per niente contenti di essere disturbati. O forse sapevano solo che il male stava camminando in mezzo a loro. Chissà.»

«Il piano era di convincerlo ad aprire le nostre gabbie, per darci la possibilità di scappare. Non era un *granché* come piano, ma Bree ha detto che avrebbe finto di stare male. Non ero sicura che sarebbe servito a molto, fino a quel momento il nostro benessere non era stato importante per loro.»

Lo sguardo di Smiley passava da Fiona a Julie e viceversa, mentre raccontavano la loro terribile esperienza. Si sentì travolgere dall'odio per quella gente, e solo il suo addestramento gli permise di reprimerlo. Non poteva permettersi di essere emotivo in quel momento. Doveva rimanere impassibile, assorbire ogni frammento di informazione possibile.

«Il tizio ha detto a Bree che io e Fiona eravamo state vendute a degli uomini in Russia e in Corea del Nord, ma che lei sarebbe stata portata nella residenza del loro capo in Ecuador. Era un regalo per i dipendenti, che avrebbero potuto usarla a loro piacimento.» Julie rabbrividì.

«Lei ha implorato per avere dell'acqua. Ha finto di essere terrorizzata, anche se probabilmente non stava fingendo davvero, ora che ci penso. Ma si è comportata in modo sottomesso, come se l'avessero già piegata al loro volere. Credo che questo abbia fatto abbassare la guardia al tizio, che ha aperto la sua gabbia e l'ha trascinata fuori. L'ha toccata... le ha strizzato il seno... ed è stato allora che lei ha fatto la sua mossa.»

L'orgoglio e l'ammirazione nella voce di Fiona non riuscirono a cancellare la furia che ribolliva dentro di lui al pensiero che qualcuno avesse toccato Bree senza il suo consenso.

«Lo ha pugnalato al collo» disse Julie, con un tono feroce, per nulla traumatizzata da ciò che era successo davanti ai suoi occhi.

«E poi gli ha dato una ginocchiata nelle palle» aggiunse Fiona.

«Lui ha lasciato cadere le chiavi e lei le ha tirate a Fiona, poi ha pugnalato di nuovo il tizio al collo mentre era a terra. C'era sangue dappertutto, ma lei ha continuato a farlo, per assicurarsi che non si alzasse o chiamasse aiuto.»

«Ho aperto il lucchetto della mia gabbia, sono uscita e ho liberato Julie.»

«Poi abbiamo sentito un altro tizio chiamare quello disteso ai nostri piedi, che stava morendo dissanguato. Bree ci ha detto che li avrebbe distratti così noi potevamo scappare» disse Julie, con voce spezzata.

«Ci siamo rifiutate, ma lei ha insistito» aggiunse Fiona.

«Ci ha detto di dirti...» Julie fece una pausa, come se non riuscisse a pronunciare il resto delle parole.

«Che ti ama» concluse Fiona sommessamente, al posto della sua amica. «E che sei la cosa migliore che le sia capitata.»

La prima sensazione che provò Smiley fu di felicità. Fu una cosa travolgente. Ma in un istante il terrore prese il sopravvento. Riusciva a immaginare la sua Bree come se fosse stata lì davanti, con la stessa maledetta sottoveste che avevano indossato le altre, con la sua arma improvvisata in mano e sporca del sangue della sua vittima. Sembrava una Valchiria. Disposta a sacrificarsi affinché le sue nuove amiche potessero scappare.

Odiava che si fosse sacrificata... ma allo stesso tempo non era mai stato così orgoglioso di nessuno come lo era di lei in quel momento.

«È corsa fuori dal camion, è saltata addosso a uno degli uomini che si trovavano lì, ha lanciato un urlo terrificante e poi è corsa via il più velocemente possibile» disse Julie.

«E tutti l'hanno seguita» continuò Fiona con tristezza. «Proprio come sperava. Le sue azioni ci hanno permesso di sgattaiolare fuori da quel camion e di nasconderci.»

«Qualcuno vi ha cercate?» chiese Cookie con dolcezza.

«Sì, ma continuavamo a scivolare sotto auto diverse. Erano parcheggiate così vicine che non è stato difficile seminarli. Ed era buio, cosa che ha aiutato molto. Si sono spazientiti, e credo che avessero paura che succedesse qualcosa e che Bree scappasse di nuovo, anche se uno dei due la teneva in spalla e sembrava priva di sensi. Alla fine si sono arresi e si sono diretti al molo. Non credo che ci abbiano cercato per più di trenta minuti. Sono saliti su una barca e se ne sono andati.»

«Che tipo di barca?» chiese Tex, parlando per la prima volta. «Che aspetto aveva? Di che colore? Avete visto qualche nome sopra?»

«Ehm... non era enorme» disse Fiona incerta.

«Ma non era nemmeno piccola» obiettò Julie.

«Vero. Era appuntita. La parte anteriore.»

«E scura. Forse blu navy? O nera?»

«Pensavo fosse verde» ammise Fiona, scuotendo la testa.

«Non ho visto nessun nome, mi dispiace» aggiunse Julie.

Le speranze di Smiley svanirono. Come potevano rintracciare una barca senza conoscerne neanche un dettaglio?

«Va bene» disse Tex. Aveva continuato a digitare senza sosta da quando le donne avevano iniziato a parlare.

«Come può andare *bene*?» sbottò Smiley. «Non abbiamo idea di dove si trovi Bree. Che tipo di imbarcazione rintracciare. Come possiamo raggiungerla se non sappiamo in quale barca si trova tra le migliaia che probabilmente ci sono in acqua?»

«Perché sappiamo dove sta andando» rispose Tex con calma, fermandosi per guardarlo. «So che vorresti piombare a salvarla mentre è su quella barca, ma hai ragione, non abbiamo idea di quale sia. Ma dato che sappiamo dove la sta portando Castillo, possiamo andare lì e intercettarli.»

Cazzo. Avrebbe dovuto pensarci prima. L'unica cosa che lo consolava per quella mancanza di lungimiranza era il fatto che quella missione era personale e non riusciva a pensare con lucidità. Riusciva a malapena a *pensare*, punto. Poteva solo immaginarsi Bree priva di sensi, buttata sulla spalla di uno stronzo.

Si voltò verso Cookie. «Devi portare Fiona e Julie a casa.»

Fu evidente quanto lui fosse combattuto. «Chiama il tuo team. Di' loro di raggiungerti» gli disse il suo amico. «Ci vorrà un po' prima che quella barca arrivi in Ecuador, e anche se fosse un motoscafo – che dalla descrizione pare lo sia – non potrà fare il viaggio in un giorno. Ce ne vorranno minimo tre.»

Non aveva torto.

«Ho già avviato la cosa» lo informò Tex. «Mi sono tenuto in contatto con il tuo comandante, era già tutto in stand-by. Il tuo team può partire alle due del pomeriggio. Ti raggiungeranno lì.»

«Abbiamo bisogno anche di te, Tex» ribatté Smiley.

L'uomo scosse la testa. «Ormai sono troppo vecchio per questa roba. Vado con Cookie, Fiona e Julie. Andrò alla base e lavorerò insieme al tuo comandante, a Ryleigh e Beth. Con la tua squadra sul campo e il mio monitoraggio della situazione e delle tracce digitali di Castillo, la riporteremo indietro e smantelleremo quella cazzo di organizzazione. Ah, e ho contattato una persona con cui vorrete parlare.»

«Chi?» chiese Kevlar.

«Si chiama Rex. È il capo dei Mercenari di Montagna.»

«Quel tizio a cui del Rio aveva rapito la moglie?» chiese Cookie.

«Proprio lui. Non è affatto contento che Castillo abbia praticamente ripreso da dove il suo acerrimo nemico aveva lasciato. Pensava che quell'organizzazione fosse stata fermata una volta per tutte, ma sentire che Castillo ha preso in mano l'operazione, spostandola dal Perù all'Ecuador, lo ha fatto davvero infuriare. Ti chiamerà per darti tutte le informazioni possibili quando arriverai in Ecuador e avrai allestito un quartier generale.»

Smiley sarebbe stato felice di parlare con quell'uomo. Era inconcepibile che Rex avesse ritrovato sua moglie viva dopo un decennio, ma ciò gli dava speranza. Bree era più forte di quanto lei pensasse; se c'era qualcuno che poteva sopravvivere a una simile prova, quella era la sua donna.

«Ho prenotato i biglietti per te e Kevlar per le sette di questa sera. Questo vi darà il tempo di pianificare e riposare» disse Tex. «Il nostro volo per la California del Sud parte più o meno alla stessa ora.»

«Immagino che il fatto che non ci abbiano rapite con i nostri passaporti non sia un problema, giusto» chiese Fiona con un piccolo sorriso.

«Certo che no» rispose lui con calma.

«Ricordo di aver pensato la stessa cosa... in passato» disse lei.

«Non è stato un problema allora e non lo è nemmeno adesso. A proposito, troverai il passaporto di Bree all'aeroporto» informò Smiley. «Ci sarà un uomo ad aspettarci che prenderà la Jeep, le armi e ci darà i documenti. Quando arriverete in Ecuador, ci sarà un altro dei miei contatti ad aspettarvi fuori dalla dogana. Avrà un cartello con scritto "Mr. Hill". Andate con lui e vi darà tutto ciò di cui avrete bisogno mentre siete lì.»

Tex faceva un po' paura, ma Smiley non era mai stato così contento di avere qualcuno come lui dalla sua parte.

«Localizzatori?» chiese Kevlar.

Tex sospirò e aggrottò la fronte. «Non ne ho con me. Come puoi immaginare, sono uscito di casa in fretta. Poi per venire qui a Ensenada abbiamo fatto tutto di corsa che non sono riuscito a farmene dare da Wolf, che sicuramente ne ha qualcuno in casa.»

«Io ho il mio» confermò Smiley.

«Avete trovato i nostri? Quando ci siamo svegliate tutti i nostri gioielli erano spariti» disse Fiona.

Cookie annuì. «Erano quasi tutti distrutti, ma ho i tuoi anelli. Il segnale è debole ma c'è ancora, almeno è quello che ha detto Ryleigh.» Si frugò in tasca e tirò fuori gli anelli nuziali. «Dammi la mano» le ordinò.

Fiona obbedì, e Cookie glieli rimise al dito. Poi se la portò alla bocca e ne baciò il dorso.

Julie prese gli orecchini da Kevlar e li guardò con tristezza, dato che erano piegati e rotti.

«Mi assicurerò che i tuoi compagni di squadra abbiano con sé i loro localizzatori prima che partano per il Sud America» lo rassicurò Tex, tornando a guardare lo schermo del computer. «Castillo andrà a fondo» borbottò. «Se l'è presa con la donna sbagliata. Le *donne* sbagliate. E la squadra. Avrebbe dovuto sapere che se non è riuscito a farla franca in passato, non c'è modo che ci riesca la seconda volta. Con i Navy SEAL non si scherza. *Punto*.»

«Hoo-ah» dissero Cookie e Kevlar a bassa voce.

Ma Smiley stava pensando troppo a ciò che dovevano fare per preoccuparsi del tipico grido di incitamento della Marina. Elaborare un piano gli sembrava un passo avanti, ma dover aspettare fino a quel pomeriggio per lasciare il Messico non gli piaceva. Anche sapere che la barca su cui si trovava Bree non poteva levitare magicamente fino all'Ecuador non lo faceva sentire meglio.

Dovevano capire dove sarebbe approdata. L'Ecuador non era un Paese piccolo. E sapere dove si trovava la proprietà di Castillo non avrebbe reso più facile restringere il campo. Tex era bravo, ma non *così* tanto.

O forse sì? Magari la fortuna sarebbe stata dalla loro parte e avrebbero potuto beccare la barca proprio mentre attraccava in un porto. Avrebbero potuto porre fine alla situazione una volta per tutte senza doversi inoltrare nella cazzo di giungla.

Smiley non l'avrebbe mai ammesso, ma odiava la giungla. Gli insetti gli davano i brividi. E i serpenti? Nemmeno a parlarne. Ma avrebbe affrontato un milione di serpenti se ciò avesse significato riportare a casa Bree sana e salva.

Dopo aver detto a Fiona e Julie quanto fosse sollevato che stessero bene, si scusò e tornò nella sua stanza. Non aveva voglia della compagnia di nessuno in quel momento. Aveva bisogno di pensare. Di pianificare. Di andare fuori di testa. Una volta che si fosse sfogato, avrebbe potuto andare in Ecuador ed essere il Navy SEAL letale che era stato forgiato con anni di addestramento. Perché quella missione era la più importante della sua vita. E non aveva intenzione di fallire.

$$\text{———}$$

CAPITOLO QUINDICI

$$\text{———}$$

ERA UFFICIALE. Bree soffriva il mal di mare. Si sentiva uno schifo. Fuggire era l'ultima cosa a cui pensava. Dato che ormai non aveva più niente nello stomaco, era solo in preda a conati a vuoto... cosa che in un certo senso giocava a suo favore, perché i suoi rapitori non volevano avere niente a che fare con lei. A quanto pareva li stava disgustando.

L'avevano lasciata in pace per la maggior parte del tempo, preferendo stare fuori dalla piccola cabina dove si trovava la sua gabbia, che ora puzzava di vomito e sudore. Con sua sorpresa, le avevano lasciato anche dell'acqua, più di quanta ne avessero data a lei e alle altre donne quando erano in quel maledetto camion pieno di polli.

Ma non poteva nemmeno apprezzarla. Aveva provato a bere, ma di solito le tornava subito su. Era debole, disorientata e talmente stanca di stare su quella barca che non vedeva l'ora di arrivare in Ecuador. E ciò era davvero triste, perché una volta giunta in quel Paese la sua sofferenza sarebbe *davvero* iniziata. Ci sarebbe stato Mateo lì, e probabilmente non gli sarebbe importato che lei soffrisse il mal di mare.

L'unica cosa che le impediva di arrendersi completamente era il pensiero di Smiley e del fatto che Fiona e Julie erano salve. Non aveva modo di sapere se erano fuggite, ma dal comportamento degli uomini che l'avevano picchiata e dai frammenti di conversazione che era riuscita a tradurre, sembravano avere il terrore di vedere Mateo. E sperava che ciò significasse che le donne non erano state trovate dai loro compari.

Era sicura che i SEAL ormai fossero arrivati da loro. Forse Julie e Fiona avevano trovato qualcuno che le aveva lasciate usare un telefono, così avevano potuto chiamare Wolf o Tex, o qualcun'altro perché andassero a prenderle. Quel pensiero la fece sorridere, anche se le faceva male il viso.

Era gonfia e piena di lividi. Magari il suo aspetto avrebbe disgustato i dipendenti di Mateo. Poi fece un sospiro esasperato. No, non sarebbe successo. Uomini che non avevano problemi ad aggredire sessualmente delle donne trattenute contro la loro volontà, se ne sarebbero fregati se quella che avevano davanti fosse stata ricoperta di lividi o li avesse implorati di lasciarla in pace. Avrebbero preso quello che volevano, e al diavolo le conseguenze.

Scacciò dalla mente quei pensieri e il suo stomaco si contrasse di nuovo quando la barca si abbassò bruscamente dopo aver preso un'altra onda alta, facendola ricominciare con i conati di vomito. Era a pezzi. Le lacrime che scendevano dall'occhio che non era gonfio le rigavano la guancia. In quel momento avrebbe ucciso per avere uno spazzolino da denti e perché la barca smettesse di dondolare.

Aveva perso il senso del tempo e non sapeva da quanto fosse lì o di quanto ancora mancasse all'arrivo. Poteva solo chiudere gli occhi e pregare che quella tortura finisse presto. Sì, certo, doveva stare attenta a ciò che desiderava... perché quello che la aspettava sulla terraferma era molto probabilmente cento volte peggio di ciò che stava vivendo ora.

Incapace di concepire l'idea di poter stare peggio di quanto già si sentiva, Bree fece l'unica cosa che poteva fare: chiuse l'occhio buono, si rannicchiò e pregò di riuscire a dormire. Di sfuggire all'inferno in cui si trovava, anche solo per un attimo.

———

Smiley era nervoso. No, stava impazzendo dentro di sé. Lui e Kevlar erano in Ecuador. Nella città di Guayaquil, per la precisione. Era lì che Tex pensava che Castillo avrebbe aspettato Bree. Ma se si fosse sbagliato...

Non voleva nemmeno pensare a quella possibilità. Guayaquil era la città più grande del Paese con circa due milioni e duecentomila abitanti, ma era anche il luogo in cui si svolgeva la maggior parte del commercio di importazione ed esportazione. Era la sede del porto principale del Paese, dove entravano e uscivano la maggior parte delle navi. Cosa ideale per Castillo. Era probabile che molti dei lavoratori avessero ricevuto delle tangenti per ignorare le illegalità che vedevano o sentivano.

Il porto di Guayaquil, da solo, gestiva il novanta per cento del flusso commerciale che influenzava l'economia nazionale, ma c'erano anche altri scali marittimi e porti turistici più piccoli, quindi non avevano modo di sapere dove avrebbe attraccato la barca su cui si trovava Bree.

Erano circa le tre di notte, e trovarono il contatto di Tex ad aspettarli fuori dalla dogana, come promesso. L'uomo non parlò molto, si limitò a salutarli con un cenno del capo e ad accompagnarli al suo pick-up. Mentre attraversavano la città, fu per loro ovvio che il Paese fosse nel mezzo di una crisi.

Uomini armati di fucile si aggiravano apertamente per le strade buie, e ovunque c'erano segni di recenti violenze. C'erano pochissime persone in giro, complice l'ora tarda e probabilmente il clima di tensione dei civili.

Il loro contatto entrò in un parcheggio sotterraneo sotto a un grande edificio, dopo che qualcuno era apparso dal nulla per aprire un cancello di ferro. Smiley pensò che ci fosse la possibilità che lui e Kevlar scomparissero, diventando vittime della violenza che stava dilaniando la Nazione, ma in quel momento era disposto a rischiare. Si sarebbe giocato tutto pur di avere la possibilità di trovare Bree.

L'uomo scese dal veicolo e li condusse oltre una porta. Il corridoio in cui entrarono era buio e Smiley non poté fare a meno di sentirsi a disagio. Ma non accadde nulla, a parte il fatto che il tizio aprì un'altra porta e fece loro cenno di entrare.

All'interno della stanza trovarono un'impressionante quantità di armi.

«Scegliete» disse loro.

Non persero tempo. Presero dei coltelli a serramanico, di cui si legarono immediatamente le fondine alle cosce. Si infilarono le pistole in ogni tasca disponibile e si misero a tracolla il maggior numero possibile di fucili. Avevano bisogno di armi a sufficienza per loro e per il resto dei ragazzi della squadra quando fossero arrivati. E a giudicare dagli uomini per strada, avrebbero avuto bisogno di tutta la potenza di fuoco possibile.

Il loro accompagnatore approvò le loro scelte, poi raccolse una cassa che Smiley aveva notato mentre ispezionava le armi. Era piena di munizioni, che sarebbero state essenziali anche se fossero stati costretti a prendere d'assalto il complesso di Castillo.

Da quello che Tex aveva mostrato loro, Castillo aveva

avviato la sua operazione nella giungla amazzonica. La città più vicina era Coca, che aveva un piccolo aeroporto. Se non fossero riusciti a trovare Bree a Guayaquil, Tex aveva già prenotato un volo per l'aeroporto Francisco de Orellana. Da lì avrebbero raggiunto a piedi la proprietà di Castillo. Smiley non era ansioso di addentrarsi nella giungla, ma sarebbe letteralmente andato all'inferno se ciò lo avesse portato a trovare Bree.

Una volta raccolte tutte le armi possibili, furono condotti al parcheggio e verso quello che sembrava un carro armato. In realtà era un SUV super potenziato. Gli pneumatici erano più grandi del normale, e Smiley si rese conto che la carrozzeria era stata rinforzata con piastre d'acciaio. Qualcuno aveva equipaggiato quel veicolo per resistere a quasi tutto.

Era impressionato.

Caricarono rapidamente le armi, gli zaini, le munizioni e una grande cassa piena di cibo. Smiley non sapeva cosa quel tizio pensasse avrebbero fatto o per quanto tempo sarebbero rimasti via, ma non aveva intenzione di lamentarsi per quanto riguardava i viveri. Né lui né Kevlar si erano fermati a mangiare da quando erano arrivati a Ensenada. Erano stati troppo concentrati a perlustrare il porto, poi a pianificare e a cercare di prevedere dove la barca di Castillo sarebbe approdata.

Per quanto riguardava il traffico di esseri umani, sarebbe stato più facile entrare nel Paese da una città piccola come Manta, spostarsi a Quito e poi raggiungere Coca. Ma Guayaquil aveva il vantaggio di avere la popolazione in rivolta in quel momento. Castillo probabilmente aveva delle conoscenze che avrebbero chiuso un occhio se una donna – o più – fosse stata scaricata da una barca.

Per quanto ne sapevano, il bastardo poteva aver fatto in modo che venissero prelevate altre persone durante il viaggio.

Era impossibile sapere quante donne avesse rapito per i suoi scopi ignobili.

Proprio mentre stavano caricando il veicolo, il rumore del cancello di ferro che si apriva fece voltare di scatto lui e Kevlar, entrambi con una mano pronta sulle pistole assicurate ai fianchi. Ma dato che il loro accompagnatore non sembrava sorpreso dall'arrivo del furgone, Smiley fece del suo meglio per non trarre conclusioni affrettate.

Quando le portiere si aprirono e dal veicolo balzarono fuori il resto dei ragazzi della sua squadra, ne fu incredibilmente sollevato.

Blink si precipitò verso di loro, e lo sconvolse quando lo strinse in un lungo e forte abbraccio, per poi tirarsi indietro, afferrargli le spalle, guardarlo negli occhi e dire: «La riporteremo a casa. È una di noi, e nessuno stronzo deve osare prendersi ciò che è nostro.»

Qualcuno avrebbe potuto storcere il naso per la scelta di parole, ma Smiley era troppo occupato a tenere a bada le emozioni. Aveva provato la stessa cosa per Josie quando era scomparsa. Per tutte le donne dei suoi amici. Erano parte della sua famiglia come lo era la squadra.

«Grazie» disse con voce strozzata.

Poi il resto dei ragazzi fu lì. Lo circondarono e tutti posarono almeno una mano su di lui; sulla schiena o sul braccio. Non dissero nulla, ma il loro supporto in quel momento era ciò di cui aveva bisogno. *Nessuno* poteva competere con la loro squadra quando erano insieme; avevano affrontato e superato esperienze terribili. Avrebbero trovato Bree e ucciso quel bastardo di Castillo, così non avrebbe più rovinato la vita ad altre donne.

«Pistole e coltelli sono nel SUV» disse Kevlar dopo un lungo momento.

Safe, MacGyver e Flash annuirono a Smiley, poi rivolsero

la loro attenzione al veicolo. Non appena furono tutti armati, salirono a bordo.

«Dove andiamo?» chiese Safe.

«Prima di tutto al motel. Lasciamo giù le nostre cose e vi aggiorniamo su ciò che sappiamo. Poi all'alba andremo al porto. Ci divideremo in coppie e studieremo la zona. Tex ha inviato una lista di tutti i motoscafi diretti a Guayaquil. Non abbiamo idea di quale potrebbe essere il nostro, ma sapere dove attraccheranno sarà utile. Secondo lui dovrebbero arrivare domani o dopodomani. Se hanno fatto qualche sosta potrebbero impiegare anche tre o quattro giorni. Se non troveremo Bree entro quel lasso di tempo ci muoveremo verso l'Amazzonia e andremo dritti al suo complesso.»

Smiley non voleva pensare in che condizioni poteva essere Bree da lì a quattro giorni e a cosa le sarebbe potuto succedere se Castillo l'avesse portata nella sua proprietà, ma si costrinse ad accantonare quei pensieri. Avrebbe potuto non riuscire ad affrontare la situazione se si fosse soffermato troppo a lungo su quello che lei stava passando. La sua Bree era forte, ma anche la donna più forte poteva cedere.

Kevlar si mise al volante del SUV e si guardò alle spalle. «Flash, vedi se riesci a far mangiare qualcosa a Smiley, ok?»

Lanciò un'occhiata furiosa alla nuca del suo leader. Non voleva mangiare. Anzi, il solo pensiero gli faceva venire la nausea. Ma Flash non avrebbe accettato un no come risposta. Frugò nella cassa dei viveri e tirò fuori un frullato proteico. Lo aprì e glielo porse.

Pensò di rifiutare, ma sapeva che i suoi compagni di squadra erano testardi quanto lui. Non avrebbero smesso di assillarlo finché non avesse consumato quella maledetta cosa. La strappò dalla mano del suo amico, se la portò alle labbra e la bevve.

Aveva un sapore schifoso, ma non poteva negare che dopo

averlo ingerito i brontolii e i crampi allo stomaco iniziarono a diminuire.

MacGyver prese una barretta proteica e la porse a Kevlar, mentre lui usciva dal parcheggio sotto l'edificio. Il cancello di ferro si chiuse alle loro spalle con un rumore metallico. Smiley fece un respiro profondo, sperando di non incontrare problemi lungo la strada verso il motel, e guardò fuori dal parabrezza, pregando che la fortuna fosse dalla loro parte e di riuscire a trovare un indizio che indicasse loro su quale barca si trovava Bree e quando sarebbe arrivata.

———

Due giorni più tardi le preghiere di Smiley non erano ancora state esaudite. Avevano setacciato il porto, cercando tracce di Bree sui motoscafi in arrivo e, in generale, tenendo la situazione sotto controllo nel miglior modo possibile. Il loro compito era reso ancora più difficile dal fatto che non sapevano esattamente cosa cercare. Ma nulla di ciò che avevano visto fino a quel momento lasciava intendere che stessero per far sbarcare clandestinamente una donna.

Tre di loro erano ora rintanati in quello che negli Stati Uniti sarebbe stato considerato un motel a una stella. Gli altri quattro erano tornati al porto, a osservare e attendere.

Kevlar, Smiley e Blink avrebbero dovuto dormire per poi fare il cambio con il resto della squadra al termine del loro turno di guardia, ma nessuno di loro aveva minimamente sonno. La zona della città in cui si trovava il porto era uno di quei luoghi che il Dipartimento di Stato – e chiunque avesse un briciolo di buonsenso – avrebbe sconsigliato agli americani di visitare e persino di transitarvi.

Era una zona povera e la violenza si era radicata profondamente. Ogni venti minuti circa si sentiva il rumore degli spari attraverso le sottili pareti della stanza in cui alloggiavano, che si trovava a pochi isolati dall'entrata del porto. Di tanto in tanto si sentivano delle urla e persino qualche esplosione. Smiley aveva visto diversi bambini mentre si spostavano da e verso l'edificio fatiscente che spacciavano per motel, e la loro condizione lo rendeva davvero triste. Non avevano conosciuto altro che la povertà. Di certo la vita era ingiusta.

Lo squillo del telefono di Kevlar risuonò forte nella stanza altrimenti silenziosa. Nessuno di loro stava parlando, non avevano voglia di fare chiacchiere inutili. Erano tutti e tre persi nei loro pensieri, riguardo all'imminente ricerca e a cosa avrebbero potuto fare per garantirne il successo.

«Qui Kevlar. Sì, ok, ti metto in vivavoce. Ok, vai.»

«Come ho detto, mi chiamo Rex. Sono a capo dei Mercenari di Montagna del Colorado. Tex mi ha detto che tu e la tua squadra siete in Ecuador a dare la caccia a un uomo di nome Mateo Castillo.»

«Esatto. Ha rapito la donna di Smiley. La cercava da un po'. L'ha comprata dal suo ex a Las Vegas.»

«Las Vegas. Non mi sorprende. Era il territorio di caccia preferito da del Rio. Tex ha anche detto che Castillo ha, a tutti gli effetti, preso il controllo dell'operazione di del Rio, spostandola in Ecuador. È vero?»

«Da quello che abbiamo capito, è così» rispose Kevlar.

«Figlio di puttana. Ok, vi dirò quello che so sulla gestione di del Rio. Com'era organizzata la sua operazione. Gli orari delle guardie, come e dove venivano tenute le donne. Tutto quello che posso. Spero che possiate usare le informazioni per eliminare quello stronzo di Castillo una volta per tutte. Dovete dare un messaggio chiaro; devono capire che se qualcuno cercherà di riprendere da dove lui ha lasciato dopo che gli sono state tagliate le palle e infilate in gola, subirà la stessa sorte, non importa in *quale* buco proverà a nascondersi.»

Smiley approvava la violenza a malapena trattenuta di Rex. Il suo odio per chiunque lavorasse nel mercato del sesso traspariva chiaramente. E perché non avrebbe dovuto? Sua moglie era stata tenuta prigioniera e torturata per anni.

Un'ora più tardi, Smiley aveva la nausea e il suo bisogno urgente di trovare e uccidere Castillo era più forte che mai.

Ma aveva anche una maggiore comprensione del lato commerciale del traffico sessuale; di come venivano contattati i clienti, come pagavano, dove andavano a finire i soldi, cose del genere. Tex e le sue collaboratrici stavano sicuramente seguendo le tracce del denaro in quel momento. Oltre a trovare Bree, volevano catturare il maggior numero possibile di uomini che usavano i servizi di Castillo e compravano donne da lui.

In quel momento, però, tutto ciò a cui Smiley riusciva a pensare era alla sua di donna. Sì, gli importava delle altre che potevano essere sotto il controllo di Castillo, ma voleva disperatamente impedire alla sua Bree di trascorrere anche solo un secondo in più del necessario come prigioniera.

Rex aveva anche offerto l'aiuto dei suoi Mercenari, ma Kevlar aveva rifiutato. Già così davano abbastanza nell'occhio. Aggiungere altri sei uomini massicci al loro gruppo avrebbe reso quasi impossibile per il governo e la polizia ignorare la loro presenza.

Alla fine, quando Kevlar salutò Rex, Smiley era irrequieto. Voleva tornare al porto in quel preciso istante. Doveva fare qualcosa e non starsene lì seduto a preoccuparsi e a immaginare tutte le cose brutte che sarebbero potute accadere alla donna che amava.

Kevlar tamburellò le dita sullo schermo del suo telefono senza dire una parola. Poi alzò lo sguardo e disse: «Tocca a noi.»

Grazie, cazzo.

Felice che il suo leader fosse sulla stessa lunghezza d'onda, Smiley si alzò, si accertò di avere le armi al loro posto e si diresse verso la porta, più determinato che mai a trovare la barca su cui era tenuta prigioniera Bree, per liberarla da quegli uomini che erano così stupidi da guadagnarsi da vivere rapendo donne innocenti.

E se le fosse stato torto anche solo un capello... peggio per loro. Avrebbero avuto una morte lunga e dolorosa, invece che rapida e indolore. Aveva bisogno che soffrissero quanto stava soffrendo lui in quel momento, quanto avevano fatto soffrire Bree.

———

Bree pensava che non si sarebbe mai più sentita normale. Stava male da così tanto tempo che riusciva a malapena a vederci... o forse era per colpa dell'occhio che era ancora gonfio e chiuso. E aveva dei dolori terribili alle costole; i conati di vomito non erano il massimo con una costola incrinata.

Ma, per fortuna, era passato almeno un giorno dall'ultima volta che aveva vomitato, ed era riuscita a trattenere l'acqua e i cracker che le avevano portato. Aveva ancora fame, ma riusciva quasi a sentire le sue cellule assorbire il liquido mentre beveva a piccoli sorsi.

Continuava ad avere un po' di nausea e i dolori per le percosse ricevute persistevano, e quando percepì la barca rallentare e vide il bagliore delle luci dal piccolo oblò sul lato, il suo cuore iniziò a battere più velocemente.

Erano arrivati.

Dove, non ne aveva idea. No, non era vero. Immaginò che alla fine fossero giunti in Ecuador, ma non sapeva esattamente in quale parte del Paese. In ogni caso, la sua unica possibilità di sfuggire all'inferno che Castillo aveva pianificato per lei era scappare prima di arrivare alla sua proprietà.

Da quello che aveva capito dai suoi rapitori, la tenuta si trovava nella giungla amazzonica. Lontano dalla civiltà. Gli uomini... i clienti... arrivavano nella città più vicina con la scusa di fare una vacanza o qualche altra stronzata del genere, poi venivano accompagnati fino al complesso, dove potevano concedersi tutto il sesso che desideravano, a pagamento. Più pagavano, maggiore libertà avevano di fare ciò che volevano con le donne.

Era disgustoso, ignobile e spaventoso. Anche se l'uomo che lei aveva ucciso aveva detto che sarebbe stata una ricompensa per i lavoratori del complesso e non per i clienti paganti, ciò non la faceva sentire meglio. Anzi, le sembrava quasi peggio.

Accidenti, chi stava prendendo in giro? Tutto faceva orrore. Era terribile. Atroce. Agghiacciante.

Doveva trovare un modo per fuggire prima che arrivassero nella giungla. Perché era un ambiente che proprio non tollerava. Gli insetti la spaventavano. E i serpenti? No grazie.

Gli uomini erano sul ponte impegnati a preparare la barca per l'attracco, e Bree si guardò intorno freneticamente in cerca di qualcosa che potesse aiutarla. Avrebbero dovuto tirarla fuori dalla gabbia, perché sapeva che era fissata al pavimento. C'erano dei bulloni che tenevano bloccata la base in modo che non scivolasse sul fondo in caso di mare mosso.

La cosa avrebbe giocato a suo favore, a patto che prima di farla scendere dalla barca non la mettessero in *un'altra*.

Quegli uomini la credevano completamente debole e terrorizzata, soprattutto perché era stata tanto male per tutto il viaggio. Non si sentiva ancora benissimo, ma il mal di mare non le avrebbe impedito di fare tutto il possibile per allontanarsi da quegli stronzi. Sarebbe tornata negli Stati Uniti a nuoto, se necessario.

Ok, no, non l'avrebbe fatto. Non era la nuotatrice più brava del mondo.

Il tono alto delle voci che provenivano dall'esterno le fecero battere ancora più forte il cuore. Era giunto il momento, stavano attraccando. Bree andò per un attimo nel panico. Chi si credeva di essere? Non era Superwoman. Non poteva sconfiggere tre uomini, cosa piuttosto ovvia visto quello che era già successo. Inoltre, non aveva più il coltello di plastica e le costole le facevano un male cane. Probabilmente non riusciva nemmeno a camminare dopo essere stata rinchiusa in quella gabbia per chissà quanti giorni. E con un apporto calorico così basso, era possibile che sarebbe caduta a faccia in giù non appena avesse provato a fare un passo.

Poi si immaginò Smiley che le sorrideva, che le diceva che era forte e che era orgoglioso di lei. E poi che si accigliava e le diceva di smetterla di commiserarsi e di fare ciò che andava fatto.

Quello funzionò; voleva che lui fosse fiero di lei, e se avesse dovuto salvarsi da sola l'avrebbe fatto.

Non molto tempo dopo, uno degli uomini che avevano provato piacere a picchiarla a Ensenada entrò nella piccola area della barca in cui era tenuta prigioniera. Senza dire una parola, armeggiò con il lucchetto della gabbia.

Il cuore le batteva così forte da stordirla, e l'adrenalina che le scorreva nel corpo la faceva tremare. Il tizio infilò la mano nella gabbia e la tirò fuori come se stesse maneggiando un oggetto inanimato.

Lei barcollò, ma irrigidì le gambe per restare in piedi. Fu trascinata fuori dalla piccola cabina, sotto il cielo stellato, e la prima boccata d'aria fresca dopo giorni la rinvigorì. L'uomo la tirò sul bordo dell'imbarcazione, poi la passò a un altro, qualcuno che non aveva mai visto prima. Mentre quel nuovo tizio la faceva marciare a forza verso la riva, Bree si voltò e vide i tre uomini che preparavano la barca per un'altra partenza.

Sorrise tra sé e sé. Non aveva idea di cosa i suoi rapitori avessero detto a quell'individuo, ma sperava che l'avrebbe sottovalutata. Sapeva di avere un aspetto orribile e non poté fare a meno di sperare che lui non la considerasse una minaccia.

Mentre percorrevano un lungo molo verso un furgone, la sua mente era in subbuglio. Era il momento di agire. La sua unica possibilità. Se l'avesse fatta salire su quel veicolo, sarebbe stata la fine.

Bree avrebbe voluto avere delle scarpe o anche solo una maledetta maglietta, e sussultò quando calpestò qualcosa di appuntito.

Visto che era in vena di desideri, poteva benissimo desiderare che Smiley uscisse da dietro il muro del piccolo edificio che c'era lì davanti e sparasse in fronte allo stronzo che la teneva.

A ogni passo che la avvicinava al veicolo, il battito del suo cuore accelerava sempre di più; ormai doveva essere a rischio infarto. Concentrò la sua attenzione sul modo migliore per strappare via il braccio dalla presa di quel tizio.

Quando raggiunsero la fine del molo ed entrarono nel parcheggio, il suo piede finì ancora una volta su qualcosa di tagliente. Ansimò e si fermò d'istinto, poi si chinò per rimuovere dal piede qualsiasi cosa avesse calpestato.

Con sua sorpresa, anche l'uomo che la teneva si fermò.

E ora era piegata... e aveva la testa all'altezza del suo inguine.

Non aveva pianificato le cose in quel modo, ma il suo braccio si mosse prima che il cervello desse il comando, e tirò un pugno sulle palle dell'uomo con tutta la forza possibile.

Si fece male alle nocche, ma, con suo stupore, funzionò. Il tizio urlò e si portò entrambe le mani tra le gambe.

Non poteva credere che mirare alle palle avesse funzionato una seconda volta!

Ma non perse tempo e si mise a correre. Non aveva idea di dove stesse andando, il suo unico obiettivo era allontanarsi da quel maledetto furgone, che rappresentava una morte lenta, dolorosa e umiliante, e lei non era ancora pronta a morire. Non sentiva il dolore sotto i piedi causato dai sassi e dai vetri del parcheggio e nemmeno le fitte sul fianco provocate dalle costole che venivano scosse mentre correva. Si stava comportando esattamente come un animale in trappola, determinato a scappare a ogni costo.

La fortuna era dalla sua parte, dato che il porto non era ben illuminato e non vedeva nessuno in giro. Non sapeva se fosse notte o mattina presto, ma non importava. I suoi rapitori contavano sull'oscurità per nascondere i loro traffici loschi e il carico illegale, e lei l'avrebbe sfruttata a *suo* vantaggio.

L'uomo urlò alle sue spalle, ma Bree non si fermò. Corse come se la sua vita fosse dipesa da quello... e infatti era così. Zigzagò tra le auto parcheggiate nel piazzale e si nascose dietro le baracche di lamiera e di legno, senza rallentare mai.

Le sembrava di correre da un'eternità e, alla fine, prima di riuscire a fermarsi, si ritrovò a sbattere con la testa contro un'altra maledetta rete metallica.

Imprecò e guardò a destra e poi a sinistra. La recinzione si estendeva fino a dove riusciva a vedere, che, a dire il vero, non era poi molto visto che era buio.

Maledette recinzioni! Era la seconda volta che una rete le impediva di scappare.

Un senso di disperazione la pervase. Da quello che vedeva non poteva strisciarci sotto, e nemmeno scavalcarla perché in cima c'era una spirale di filo spinato. Il tipo di deterrente che le prigioni usavano per impedire alla gente di arrampicarsi e scappare... o entrare, se era per quello.

Trattenne un singhiozzo e girò a sinistra. Doveva esserci un passaggio da qualche parte, un punto da cui le auto entravano e uscivano dal porto. Ma più correva, più si preoccupava: quanto *era* grande quel posto?

Sentiva ancora delle grida alle sue spalle e sembrava che ci fossero diversi uomini che la inseguivano. Merda! Non si sarebbe fatta prendere. Per niente al mondo.

Mentre l'adrenalina iniziale si affievoliva, cominciò a provare dolore a ogni passo. Respirare era difficile e ogni volta che inspirava era come se stesse ingoiando dei chiodi. Le tremavano le gambe ed era solo questione di tempo prima che il suo corpo la abbandonasse.

No! Non poteva arrivare così vicino alla libertà solo per crollare.

Ma la sua mente non riusciva più a controllare il corpo, così cadde pesantemente in ginocchio, graffiandosi le gambe, e un gemito di dolore le sfuggì dalle labbra. Rimase carponi per un attimo, ansimando.

Era così stanca. Ci aveva provato con tutte le sue forze, ma sembrava che, dopotutto, il suo piano stesse per fallire. E la cosa non era per niente piacevole! Pensò di alzarsi e correre ancora un po', ma anche mentre dava l'ordine al suo corpo, le sue gambe si rifiutarono di muoversi.

Con un'ultima disperata voglia di vivere, di scappare, Bree si trascinò verso un grosso cumulo di detriti. Era formato da foglie, terra e sassi, come se fossero stati spostati da un bulldozer o qualcosa del genere. Forse avrebbe potuto nascondersi dietro.

Mentre si avvicinava, le voci maschili si fecero più forti. Le stavano proprio alle calcagna.

Con sua sorpresa, il mucchio era morbido e friabile. Si mise a pancia in giù con le gambe rivolte verso il cumulo e strisciò all'indietro; le sue gambe furono rapidamente inghiottite dai detriti.

Contorcendosi e dimenandosi, Bree cercò freneticamente di coprirsi il più possibile. Riuscì a infilarsi nel mucchio con tutto il corpo, tranne la testa e le spalle.

Le passò per la mente che si stava praticamente seppellendo viva. Che stava rendendo più facile per gli uomini che la cercavano colpirla in testa e usare quel mucchio come tomba, per nascondere il loro misfatto alle autorità e a chiunque avrebbe potuto cercarla.

E ciò la portò a pensare di nuovo a Smiley.

Decisa a fare tutto il possibile per salvarsi, tomba o meno, Bree raccolse un po' di terra intorno a sé e se la strofinò sui capelli e sulle spalle, cercando di mimetizzarsi meglio con il mucchio scuro detriti.

Poi, quando le voci furono pericolosamente vicine, proprio dall'altra parte del suo nascondiglio, abbassò la fronte a terra e trattenne il respiro, pregando di essere sufficientemente nascosta e che i suoi inseguitori le passassero accanto senza accorgersi di niente.

CAPITOLO SEDICI

Smiley sentì un uomo urlare e girò la testa di scatto in quella direzione. Blink e Kevlar erano andati a sud a controllare uno dei moli più piccoli e lui era rimasto lì, a sorvegliare quello più grande. Stava iniziando a metabolizzare il fatto che avrebbero potuto non trovare Bree. Quel pensiero fu quasi debilitante. Ci erano arrivati così vicini a Ensenada. Erano quasi riusciti a trovarla e a porre fine a quella faccenda una volta per tutte.

Ma una parte di lui, nel profondo, si rifiutava di arrendersi, esattamente come aveva fatto negli Stati Uniti quando l'aveva cercata senza sosta. E per tutto il tempo lei era stata lì, proprio sotto il suo naso. Aveva solo bisogno di un'opportunità. Una piccolissima. Da lì avrebbe fatto il resto.

Le urla di qualcuno non troppo lontano da lui potevano essere proprio quell'opportunità che stava aspettando. Era tardi... o presto... e anche se quello era un porto operativo, non aveva sentito grida la notte precedente.

Smiley corse velocemente in quella direzione, muovendosi silenziosamente tra casse, veicoli e container sparsi lungo i numerosi moli e nell'area portuale. A differenza degli Stati

Uniti, non sembrava ci fosse molta supervisione per quanto riguardava la manutenzione. C'erano bulldozer abbandonati e cumuli di detriti edili ovunque. Aveva l'impressione che avessero lavorato per un progetto importante, che era stato interrotto all'improvviso.

Zigzagando tra cumuli sparsi di legna, di cemento e di terra, Smiley cercò l'uomo che aveva lanciato quel grido di dolore... ma mentre si allontanava dall'acqua ebbe dei ripensamenti. Stava facendo una ricerca inutile? Si sarebbe perso la barca su cui sarebbe arrivata Bree se avesse distolto lo sguardo dal mare?

Avrebbe dovuto tornare indietro, o almeno contattare Kevlar e Blink e farsi aiutare da loro per scoprire cosa stava succedendo.

Ma qualcosa lo spinse a correre, ad allontanarsi dal molo che poco prima stava osservando.

Ora si trovava vicino al limite dell'area portuale, dov'era stata eretta un'alta recinzione a maglie metalliche per motivi di sicurezza. All'improvviso vide apparire tre uomini che erano chiaramente alla ricerca di qualcosa, il che gli fece battere forte il cuore. Non c'era luce lì dietro, a parte i piccoli fasci provenienti dalle torce dei tizi che iniziò a seguire.

Smiley riuscì a malapena a non rivelare la sua presenza quando inciampò girando intorno un grande cumulo di detriti, rischiando di finire dritto davanti agli uomini che stavano camminando avanti e indietro lungo la recinzione, illuminando l'area con le torce.

Socchiuse gli occhi per cercare di vedere cosa stessero indicando, e notò delle impronte nel terreno.

Dentro di lui si accese un filo di speranza, anche se non aveva motivo di pensare che stessero guardando le impronte di *Bree*. Non aveva visto arrivare nessuna barca, Però c'erano decine di moli nell'enorme porto, e lui e la sua squadra non erano in grado di monitorarli in ogni momento del giorno e della notte.

Quei tizi erano agitati, quasi in preda al panico, e proprio mentre stava tirando fuori il telefono per avvisare Kevlar che aveva bisogno di aiuto, uno di loro emise un grido di trionfo, poi corse verso un cumulo che sembrava formato per lo più di terra e iniziò a frugare.

Il suono successivo che Smiley udì gli fece quasi fermare il cuore. Fu un lamento straziante, disperato e frustrato. E non lo avrebbe mai dimenticato finché fosse vissuto.

Bree!

Iniziò a correre verso i tre uomini prima ancora di pensare a quello che stava facendo.

Il tizio che l'aveva trovata la afferrò per le braccia e la trascinò fuori dal suo nascondiglio improvvisato. Lei si dimenò e lottò, facendo del suo meglio per liberarsi, senza successo, mentre dal suo corpo volavano nuvole di polvere.

Gli altri due bastardi ridevano, e rimanevano in disparte senza aiutare il loro amico, dando per scontato che potesse gestire Bree da solo.

Puntò loro per primi. Si avvicinò silenziosamente alle spalle del più grosso dei due e gli tagliò la gola con il coltello che aveva legato alla coscia. Mentre lo stronzo cadeva a terra Smiley si girò verso il secondo uomo.

Ovviamente, perdendo l'elemento sorpresa il bersaglio successivo fu un po' più pronto, ma comunque non alla sua altezza. Lui era un Navy SEAL incazzato, che sentiva ancora nella testa il verso terrorizzato della sua donna.

Pugnalò il tizio al cuore, e dovette sacrificare il coltello quando l'uomo cadde a faccia in giù, conficcandolo profondamente nel petto.

Si voltò verso l'ultimo stronzo. Quello che aveva osato toccare Bree.

Ogni muscolo del suo corpo si tese. Il bastardo la teneva con una presa intorno al collo, e le aveva tirato la testa così tanto all'indietro che lei era in punta di piedi e stava guardando in alto invece che verso di lui, emettendo dei versi soffocati.

Smiley era in preda a un sovraccarico sensoriale: i lamenti di Bree, l'odore salmastro dell'oceano e di pesce morto, il sangue che percepiva sulle mani, il sapore amaro della paura in bocca... e, infine, la vista della donna che amava, praticamente nuda, con indosso solo quella dannata sottoveste ricoperta di terra, come il resto del suo corpo. Aveva una spallina rotta che le pendeva da una spalla, esponendo un seno. Come Fiona e Julie, era senza scarpe.

Tra tutte le cose, fu proprio quello ad avere un impatto più profondo su di lui.

«Stai indietro!» gli ordinò l'uomo.

Ma Smiley non aveva alcuna intenzione di fare una cosa del genere. Non sarebbe rimasto lì a fare una cazzo di conversazione con quello stronzo, né gli avrebbe dato la possibilità di ferire Bree più di quanto non avesse già fatto.

Con un movimento fluido prese la pistola dalla fondina che aveva sulla schiena, la sollevò e sparò.

Il proiettile trapassò la fronte dell'uomo, che cadde a terra come un sasso, trascinando Bree con sé.

Smiley si lanciò verso di lui e la liberò con urgenza dalla sua presa, poi si mise in ginocchio e la strinse tra le braccia, così forte che doveva essere doloroso, ma sembrava non riuscisse a farne a meno.

Finché non sentì un leggero gemito provenire dalle sue labbra.

Quello lo fece ritrarre più velocemente di quanto avrebbe potuto fare qualsiasi parola.

«Bree?»

«Smiley... sei qui» disse con voce roca.

«Certo che sì. Ti ho detto che sarei venuto a cercarti, a qualunque costo.»

«Come... come fai a essere qui?» gli chiese.

Smiley aggrottò la fronte. Sembrava confusa. «Dove ti fa male?» sbraitò, poi fece una smorfia rendendosi conto di essere stato brusco. Ma lei non sembrò accorgersene nemmeno, sbatté solo le palpebre, e fu allora che vide che aveva un occhio gonfio e chiuso.

Aveva ucciso quegli stronzi troppo in fretta.

«Bree? Rispondimi. Dove ti fa male?»

«Ehm... dappertutto. Hai qualcosa da mangiare? Sto morendo di fame.»

Il suo cuore perse di nuovo un battito. Smiley aveva pensato che nulla avrebbe potuto essere più doloroso che vedere la donna che amava così massacrata, ma sentire la disperazione e la paura nella sua voce fu come ricevere un pugno nello stomaco.

«Ne ho un po' in macchina. Forza, devo portarti fuori di qui e in un posto sicuro.»

Proprio mentre finiva di pronunciare quelle parole, delle grida forti risuonarono nel porto in direzione del mare. Cercò il telefono, ma non lo trovò. *Cazzo*. Ricordava di averlo preso per mandare un messaggio a Kevlar quando i tizi avevano scoperto il nascondiglio di Bree. Doveva essergli caduto di mano.

Smiley agì d'istinto, la prese rapidamente in braccio, stringendosela al petto, e iniziò ad allontanarsi in tutta fretta dai cadaveri.

Aveva ancora la pistola, ma non abbastanza proiettili da poter eliminare un intero gruppo di delinquenti. I suoi compagni di squadra avrebbero sentito gli spari, ma avrebbero impiegato troppo tempo a capire esattamente da dove provenissero. Non aveva modo di comunicare con Kevlar e Blink senza il telefono, e Bree era gravemente ferita.

Doveva portarla via da lì. *Subito*.

Corse senza una meta precisa se non quella di allontanarsi dalle urla che sentiva alle sue spalle. Purtroppo il veicolo con cui erano arrivati si trovava nella direzione opposta, ma al momento allontanare Bree dagli uomini che sentiva gridare tra di loro – a occhio e croce una decina – era la sua unica missione.

«Smiley?» La paura e l'incertezza erano percepibili nel suo tono.

«Ci penso io» le disse, vedendo davanti a sé esattamente ciò che gli serviva, ovvero un cancello nella recinzione perimetrale. Quando vi arrivò vicino, notò che era tenuto chiuso da un piccolo lucchetto. Con riluttanza, rimise Bree in piedi. «Tieniti alla recinzione per un secondo, tesoro.»

Lei gli strinse il braccio intorno al collo. «Non lasciarmi!» esclamò, in preda al panico.

Smiley si voltò verso di lei, le mise le mani sul viso e si chinò per appoggiare la fronte contro la sua. «Non ti lascio. Non ti lascerò *mai*. Devo solo aprire questo cancello così poi potremo andarcene.»

Non era mai stato così orgoglioso di Bree come lo fu in quel momento, quando lei fece un respiro profondo, annuì e si spostò di lato, appoggiandosi alla recinzione. «Scusa. So che non mi lasceresti. È solo che... non riesco a credere che tu sia qui.»

Con un movimento gentile le sollevò il lembo di stoffa sul busto per cercare di coprirle il seno nudo. Lei abbassò lo sguardo, poi portò su la mano per tenerlo fermo.

Sentendo la rabbia scorrergli nelle vene, Smiley si voltò verso la recinzione prima di fare qualcosa di stupido, come tornare indietro e dare la caccia agli uomini che la cercavano per ucciderli a uno a uno a mani nude. Non aveva dubbi di potercela fare; per come si sentiva, sarebbero morti prima ancora di capire cosa stava succedendo. Ma aveva promesso di non lasciarla, e non avrebbe mai potuto infrangere la parola data.

Ritornò a concentrarsi sul cancello e fece un respiro profondo, poi sollevò la gamba e tirò un calcio sul lucchetto con tutta la forza possibile. Era così piccolo e fragile che all'impatto si ruppe subito, e i pezzi di metallo volarono in tutte le direzioni. Poi fu solo questione di sollevare il chiavistello e spingere il cancello. Si voltò di nuovo verso Bree e la prese in braccio senza dire una parola.

Lo oltrepassò con l'intenzione di non voltarsi indietro a guardare, ma lei lo fermò.

«Forse è meglio chiuderlo, così non capiranno subito che siamo venuti da questa parte.»

Aveva ragione. L'adrenalina gli impediva di pensare chiaramente, oltre al fatto che stava tenendo in braccio una Bree ferita e sofferente.

Tornò indietro e fece per metterla giù, ma ancora una volta lei fu più lucida.

«Avvicinati, lo chiudo e lo blocco io.»

Smiley si chinò, e lei chiuse il cancello e poi abbassò il chiavistello.

Se qualcuno si fosse avvicinato a guardare avrebbe visto il lucchetto rotto a terra, ma chiudere il cancello gli avrebbe assicurato qualche minuto prezioso per sparire tra i bassifondi intorno al porto.

Smiley non era contento di non poter portare subito Bree da un medico, o magari direttamente all'aeroporto per farla uscire dall'Ecuador, ma *niente* poteva offuscare l'immenso sollievo di averla trovata.

Riportarla al motel sarebbe stato l'ideale, ma si trovava

dalla parte opposta; non avrebbe rischiato di tornare indietro attraverso l'area portuale, ma non poteva nemmeno sapere se gli stronzi che li stavano cercando avessero abbastanza uomini che avrebbero potuto sparpagliarsi nelle strade più vicine...

Doveva trovare un posto dove rifugiarsi, aspettare che Tex lo trovasse, grazie al localizzatore che aveva nell'elastico dei boxer, e mandasse l'aiuto.

In qualsiasi altra situazione Smiley avrebbe detestato il fatto di doversi nascondere, ma in quel momento Bree era la sua unica preoccupazione. Non avrebbe assolutamente messo a repentaglio la sua incolumità dopo tutto quello che aveva passato. Sarebbe rimasto nascosto per anni se fosse servito a proteggerla.

Ricominciò a correre. La piccola area boschiva esterna a quel lato del porto lasciò il posto a strade sterrate, poi asfaltate. Iniziarono a oltrepassare altri edifici e auto finché non si ritrovarono di nuovo nel mezzo della civiltà. Ma ciò non significava che fossero al sicuro. Non c'era modo di sapere a chi fossero fedeli le persone che avrebbero potuto incontrare. L'Ecuador era senza dubbio pieno di gente onesta e laboriosa, ma come ogni paese nel mezzo di una rivolta violenta, ognuno faceva quello che doveva per sopravvivere. E quel quartiere non era in buone condizioni. Anche mentre correva si sentivano degli spari in lontananza.

Non erano al sicuro lì. Castillo poteva avere spie ovunque, persone che sarebbero state più che disposte a cedere due americani per una bella ricompensa.

Si rimproverò tra sé e sé per aver lasciato cadere il telefono e si guardò intorno in cerca di un posto dove nascondersi. Per poter dare una controllata a Bree. Per prendere un po' di respiro prima di incontrare la sua squadra.

Il sole stava iniziando a illuminare il cielo, cosa che avrebbe portato più gente in giro e più occhi puntati su di loro, e Bree non era in condizioni di essere osservata. Era praticamente nuda, e ciò avrebbe potuto causare ben altre preoccupazioni se non avesse trovato subito un posto dove rifugiarsi.

Poi trovò quello che stava cercando. In fondo a un vicolo c'era un edificio fatiscente. In realtà, a giudicare dall'aspetto, non si poteva più definire un "edificio". Il tetto era crollato per metà, ma dalla strada non riusciva a vedere niente oltre il muro che era crollato verso l'interno.

Pregando di riuscire a entrare e nascondersi da occhi indiscreti, Smiley proseguì con Bree lungo il vicolo buio, poi, controllando che non ci fossero vetri che potessero ferirla più di quanto già non fosse, la rimise in piedi.

«Dammi un secondo» le disse.

Lei annuì, e non gli piacque lo sguardo assente nei suoi occhi. Si abbassò rapidamente per infilarsi sotto la porta parzialmente crollata e guardarsi intorno. Non c'era nulla di valore in quello spazio angusto, solo macerie e vetri. Ma per il momento avrebbe fatto al caso loro, almeno finché Kevlar e il resto della sua squadra non fossero andati a prenderli.

Tornò da Bree e la vide barcollare con gli occhi chiusi.

«Forza» le disse, rimproverandosi quando la vide sobbalzare. «Sono io, Bree. Solo io.»

«Scusa.»

«Non c'è niente di cui scusarsi. Ti porto dentro.» La prese un'altra volta in braccio, non dandole il tempo di fare nemmeno un passo.

Si abbassò di nuovo e la portò nel piccolo rifugio sicuro – almeno, sperava lo fosse – sotto una sezione di soffitto rimasta intatta. La adagiò delicatamente su un'asse di legno larga, poi si mise al lavoro, cercando di rimuovere la maggior parte dei vetri che la circondavano.

«Smiley? Vuoi sederti un attimo?»

Non avrebbe dovuto, c'erano un milione di cose da fare, tipo rendere l'area ulteriormente sicura, uscire a cercare qualcosa da mangiare e da bere per Bree – se si fosse sentita abbastanza a suo agio da permettergli di sparire dalla sua vista – e contattare il team. Ma non poteva negare nulla a quella donna.

Si sedette, poi la prese e se la mise sulle gambe.

Lei inspirò bruscamente, facendolo irrigidire. «Cazzo. Ti ho fatto male?»

Scosse la testa. «No. Però mi fanno un po' male le costole.»

Un po' male un cazzo.

Smiley iniziò a tastarle con delicatezza il fianco, memorizzando i punti che la facevano sussultare. Poi le prese di nuovo la testa tra le mani e studiò il suo viso pieno di lividi, e l'occhio ancora gonfio e chiuso.

Aveva davvero un aspetto orribile. Aveva le occhiaie, le labbra secche e screpolate, lividi ovunque, e si vedeva che era dimagrita in quei pochi giorni trascorsi dall'ultima volta che l'aveva vista.

«Mi hai trovata» sussurrò, fissandolo negli occhi. «Sto bene ora che sei qui.»

Smiley deglutì a fatica, non avrebbe voluto fare la domanda successiva, ma era necessario. Per sapere cosa doveva affrontare, cosa *dovevano* affrontare. «Ti hanno violentata?» chiese a bassa voce, senza giri di parole.

Lei scosse la testa.

«Sii sincera con me» la implorò. «Non cambierà nulla tra noi se è successo. Ti amo da morire, e *niente* di ciò che hanno fatto quegli stronzi potrà mai cambiare i miei sentimenti per te.»

A quelle parole la sua espressione si trasformò. Qualsiasi dolore stesse provando sembrò scomparire. «Cosa?» sussurrò.

«Se ti hanno violata è una macchia sulla *loro* anima non

sulla tua. Troveremo un aiuto quando torneremo a casa, così potrai parlarne, elaborare il tutto. Voglio che tu capisca che niente di quello che ti è successo è colpa tua. Non hai fatto nulla di sbagliato.»

Bree gli posò il palmo della mano sul viso e scosse la testa. «No, intendevo... mi ami?»

Allora capì. «Amore sembra un termine troppo banale per quello che provo per te. Niente nella vita mi ha spaventato così tanto come scoprire che eri stata rapita. Intendevi davvero ciò che hai detto a Julie e Fiona? Ciò che hai chiesto loro di riferirmi?»

«Stanno bene?» chiese con urgenza. «Le avete trovate?»

«Sì. Cookie e Tex le hanno riportate in California. Sono venuto qui con il resto della mia squadra per cercarti. Ci hanno detto che eri stata portata via su una barca, e credo di aver perso dieci anni della mia vita chiedendomi se saremmo riusciti a trovarti.»

«Dove siamo? In Ecuador?»

«Sì. A Guayaquil.»

Lei sospirò.

«Bree? Lo intendevi davvero?» ripeté Smiley. In realtà non aveva importanza in quel momento, mentre era quasi nuda, sofferente e affamata, ma non era riuscito a trattenersi dal chiederglielo. Si sentiva esposto. Vulnerabile. E non gli piaceva affatto. Aveva bisogno di sentirle pronunciare quelle parole.

«Se quella fosse stata l'ultima volta che qualcuno mi avrebbe vista, volevo essere sicura che sapessi cosa significavi per me. Quanto ti amavo.»

Il suo mondo venne sconvolto ancora una volta. Era consapevole di quanto quella donna significasse per *lui*, ma sentirle dire che ricambiava quel sentimento lo rese ancora più determinato a riportarla a casa per poterla viziare. Per offrirle una vita il più serena possibile. Non l'avrebbe mai delusa, avrebbe fatto sì che non si pentisse mai di amarlo.

La strinse dolcemente tra le braccia e la cullò.

Non appena il sole fosse sceso di nuovo sotto l'orizzonte, se la sua squadra non lo avesse trovato, si sarebbero avventurati fuori per cercare di raggiungere il motel. Prima avesse fatto salire Bree su un aereo per tornare negli Stati Uniti, meglio sarebbe stato.

CAPITOLO DICIASSETTE

Bree si sentiva stordita e aveva un po' di nausea. Aveva bisogno di cibo. E di acqua. Ma Smiley non poteva di certo tirarli fuori dal nulla. Le aveva spiegato di non avere niente con sé, nessuna provvista, perché lui e il resto della sua squadra avevano pensato che una volta che l'avessero trovata sarebbero andati dritti al motel e poi all'aeroporto.

E aveva lasciato lo zaino nel veicolo.

Provò un senso di rimpianto al pensiero di cosa avrebbe potuto contenere. Vestiti, calzini, scarpe, cibo, acqua, burrocacao... tutte le cose che una ragazza rapita avrebbe potuto desiderare.

Invece, era seduta sulle ginocchia di Smiley, in un edificio che sembrava potesse crollare da un momento all'altro, con indosso ancora quell'orribile sottoveste – anche se adesso almeno aveva sopra la maglia che si era tolto per darla a lei – e così tanta fame che pensava sarebbe svenuta.

Ma non era in una gabbia. Non stava per diventare la schiava sessuale di qualcuno. E il team li avrebbe trovati, sperava presto. Poteva resistere ancora per un po'.

«Almeno non siamo nella giungla» disse Bree all'improvviso. Avrebbe dovuto dormire, ma era troppo agitata. Percepire la tensione di Smiley la rendeva troppo nervosa per riuscire a chiudere gli occhi... ehm, l'occhio. Ogni rumore che sentiva le faceva pensare che fosse finita, che gli scagnozzi di Mateo li avessero trovati. «Odio gli insetti. E i serpenti. E le piante che provocano prurito. Per la cronaca... non sono una fan del campeggio.»

Lui ridacchiò, e lei lo sentì in ogni centimetro del suo corpo. «Me ne ricorderò.»

«Smiley?»

«Sì, tesoro?»

«Non si arrenderà.»

Percepì il suo corpo irrigidirsi. Non aveva avuto intenzione di dirlo ad alta voce, ma non riusciva a smettere di pensarci. Mateo Castillo aveva fatto di tutto per ricatturarla, e solo perché era riuscita a scappare una seconda volta non significava che l'avrebbe dimenticata. Per qualche motivo, era determinato ad aggiungerla alla sua collezione di donne. Non sapeva perché, non era niente di speciale. Era solo... lei.

«Lo so.»

Bree non si era aspettata quella risposta. Incontrò il suo sguardo e si morse il labbro.

«Ma non vincerà. Ora è nel mirino. Nel mio, nel tuo, in quello del team, di Tex, di Wolf e dei suoi amici. Di un tizio del Colorado che si chiama Rex. Lo faremo fuori. Te lo garantisco.»

Gli credette. Le sarebbe stato facile dissentire o arrabbiarsi, perché non era lui quello che Mateo stava cercando, ma era coinvolto quanto lei. La sua presenza lì, in quel momento, lo dimostrava. «Va bene.»

«Davvero?» ripeté, chinando la testa per poterla guardare meglio nel suo occhio sano.

«Sì. Ho paura, non lo nego, però sono riuscita a sfuggirgli non una, ma ben due volte. Non sono la donna stupida e debole che lui ovviamente pensa io sia. Certo, il fatto che sia scappata significa che la prossima volta starà più attento, ma pazienza.»

«Non ci sarà una prossima volta» le disse con un tono duro.

«Spero tu abbia ragione.»

«Non ci sarà» insistette. «Presto tutto questo finirà.»

Bree sperava fosse vero.

«Devo parlarti di un'altra cosa.»

Lei annuì, ma si preparò.

«Devo uscire a cercarti qualcosa da mangiare e da bere, magari anche di più appropriato da indossare.»

Il suo primo istinto fu quello di dirgli di no. *Assolutamente no*. Ma non stava per niente bene, ogni minuto che passava si sentiva sempre peggio. Se voleva essere d'aiuto, o semplicemente non dover essere portata ovunque, doveva dargli ragione.

Annuire in quel momento fu una delle cose più difficili che avesse mai fatto, ma lo fece comunque.

«Cazzo, Bree. Mi stupisci.»

Lei scosse la testa con decisione. «No. Non dirmi che sono forte o che sei impressionato. Tutto dentro di me urla di dirti di no. Di tenermi stretta a te e rifiutarmi di lasciarti andare. Ma non sto bene. Non so nemmeno se riesco più a stare in piedi da sola. Mi sento uno schifo, e so che è perché ho fame e sono disidratata. E se riuscissi a trovare qualcosa da mettere ai piedi, te ne sarei estremamente grata. Andrebbero bene anche delle infradito.»

«*Sei* forte e *sono* impressionato» ribatté Smiley. «E il fatto che tu vorresti dirmi di restare ma non lo fai, non fa altro che confermare la tua forza».

Bree alzò gli occhi al cielo e sbuffò. «Sì, certo» mormorò.

«Non andrò lontano. Tornerò prima che tu possa sentire la mia mancanza.»

Sbuffò di nuovo. «Mi manchi *già*, e non ti sei nemmeno allontanato.»

Smiley la guardò negli occhi. «Non ti perderò di nuovo» dichiarò, in modo un po' drammatico.

Lei non riuscì a trattenere un piccolo sorriso. Cosa che sembrò confonderlo. «Che c'è? Non era affatto divertente.»

«Non mi hai perso la prima volta. Sono stata rapita da alcuni stronzi.»

Fu il turno delle sue labbra di fare un guizzo. «Semantica.»

«Vai, prima che cambi idea e diventi qualcuno che non mi piace, ovvero una donna debole, patetica, che supplica e incapace di fare qualcosa senza il suo uomo accanto.»

«Non farlo più» le disse con un tono severo, senza più traccia di divertimento nell'espressione e nella voce.

«Fare cosa?»

«Denigrarti. Non sei debole né patetica. E se mi *avessi* supplicato di non andare, non te l'avrei mai rinfacciato. Non dopo tutto quello che hai passato.»

Bree deglutì a fatica e annuì.

Smiley la spostò di lato con cautela e la fece sedere sulla tavola di legno. Poi cominciò a spostare altre assi e detriti nel piccolo spazio.

«Cosa stai facendo?» non poté fare a meno di chiedergli.

«Sto sistemando le cose in modo che se qualcuno dovesse guardare qui dentro vedrebbe solo un mucchio di roba distrutta. Se senti qualcosa, non muoverti. Rimani il più silenziosa e immobile possibile. Ma se qualcuno dovesse trovarti, urla più forte che puoi. Ti sentirò e correrò qui per uccidere chiunque abbia osato metterti le mani addosso.»

Bree aggrottò la fronte. Le sue parole le avevano riportato

alla mente ciò che lui aveva fatto al porto. «Mi dispiace che tu abbia dovuto uccidere quegli uomini.»

«Perché? A me no.»

Quelle tre parole la lasciarono un attimo confusa. Perché *era* dispiaciuta? Sì, quegli uomini potevano avere delle famiglie, delle persone che dipendevano da loro, ma lavoravano per Mateo. L'avrebbero portata nel suo complesso nella giungla e molto probabilmente avrebbero preso parte alla violenza sessuale.

«Non provo alcun rimorso ad ammazzare qualcuno che osa metterti le mani addosso. Se non riesci ad accettarlo... mi dispiace, ma... pazienza. E non sto dicendo che in futuro perderò il controllo se qualcuno farà lo stupido in un bar. Quello che intendo dire è che se ti fanno del male o cercano di approfittarsi di te... sono morti.»

Smiley non era sicuramente un tipo alla mano e divertente come sembravano essere i suoi compagni di squadra. Sì, erano tutti dei Navy SEAL ed era probabile che avessero ucciso dei criminali, ma lui aveva un lato oscuro che gli altri non avevano. E magari era pazza, ma lo amava ancora di più per quello. Perché quando *mostrava* il suo lato più gentile... la faceva sciogliere. «Ok.»

La fissò per un attimo, poi le chiese: «Sicura?»

«Sì.» Avrebbe voluto sorridere per l'assurdità della loro conversazione. Non riusciva a comprendere come delle semplici parole potessero comunicare così tante cose. Ma con Smiley nulla la sorprendeva.

«Tornerò» le disse con fermezza.

Il suo primo istinto fu, ancora una volta, quello di protestare, invece fece un respiro profondo e si limitò ad annuire.

Ma lui esitò. «Ho solo un localizzatore con me» disse sottovoce.

Bree aggrottò la fronte.

«Te lo darei subito, ma è cucito nei boxer.»

«Non è un problema, Smiley.»

«Sì che lo è. La squadra ne ha portati altri, ma sono nel mio zaino. *Cazzo*. Sono proprio un idiota.»

Bree odiava che fosse così duro con sé stesso. «Non sei un idiota. Sei il mio uomo. Il mio SEAL. E mi hai trovata. Mi fido di te, Smiley».

«Ti amo» sussurrò lui, facendo scorrere lievemente le nocche sulla sua guancia.

«Ti amo anch'io» replicò lei, piegando la testa contro le sue dita.

«Tornerò» ripeté.

Un attimo dopo non c'era più. Era come scomparso nel nulla.

Stava per gridargli di tornare subito indietro, ma si trattenne.

Si avvolse le braccia intorno al busto, e si sdraiò con cautela sul fianco. Chiuse l'occhio buono, concedendosi il permesso di staccare la mente per un momento. Aveva impiegato tutte le sue forze per rimanere in piedi, per Smiley. Ma ora che lui se n'era andato, poteva permettersi di essere debole. Solo per un po'. Quando lui fosse tornato si sarebbe seduta e avrebbe cercato ancora una volta di apparire forte e coraggiosa.

Tutto ciò che voleva era tornare nell'appartamento di Smiley. Nel suo letto. Guardarlo mentre faceva l'amore con lei.

Mentre scivolava nel sonno, quella fu l'immagine che la accompagnò. Un'immagine di amore e conforto, senza la minaccia di rapimenti, della fame o di ossa rotte.

______

Mentre Smiley si muoveva nel quartiere malfamato, si rese conto che non sarebbe stato facile come sperava far uscire Bree fuori da lì per portarla al motel. Per prima cosa, non aveva idea di dove si trovava. Tutti gli edifici sembravano uguali. Inoltre, la disperazione e la sfiducia sui volti di molte persone che incrociava facevano capire che non sarebbero riusciti a confondersi tra la gente.

A peggiorare le cose, vide fissato a un palo un volantino fatto alla buona con la scritta "Persona scomparsa"... con la foto di Bree.

Era fatto a mano, la foto era sgranata e sembrava essere stata scattata con una fotocamera digitale di prima generazione, ma non c'era dubbio che quella fosse Bree. Riuscì a capire alcune parole; americana, porto di Guayaquil e Mateo Castillo.

E la ricompensa per il ritrovamento indicata sotto l'immagine era sufficiente a cambiare la vita di chiunque vivesse nella zona.

Per un attimo desiderò di *essere* andato nella giungla, almeno lì avrebbe potuto trovare facilmente dell'acqua per Bree e procurarle del cibo, e avrebbero saputo chi erano i loro nemici. Lì invece, la donna all'angolo avrebbe potuto chiamare il numero sul volantino mentre lui passava, oppure i bambini che giocavano a pallone avrebbero potuto far saltare la loro copertura riconoscendo Bree e indicandola ai loro genitori. Oppure gli uomini che vagavano per le strade con i fucili potevano essere tutti scagnozzi di Castillo.

La situazione era disperata e Smiley voleva solo raggiungere la sua squadra e andarsene da lì. Rex aveva promesso che avrebbe riscosso alcuni favori e posto fine all'operazione di Castillo una volta per tutte, quindi andarsene senza uccidere l'uomo che aveva reso la sua vita e quella di Bree un inferno non sarebbe stato un problema. L'indignazione e la rabbia del leader dei Mercenari di Montagna erano state inequivocabili quando avevano parlato al telefono. Confidava che avrebbe mantenuto la parola data.

Il senso di determinazione si fece più forte. Bree ne aveva già passate abbastanza, e *nessuno* gliel'avrebbe portata via. Era fuori discussione. Non aveva acquisito tutte le sue competenze da SEAL per fallire con la persona più importante della sua vita. E anche se avrebbe preferito avere il team che gli copriva le spalle, poteva proteggerla da solo. Soprattutto considerando come si sentiva in quel momento. Incazzato nero.

Per fortuna aveva con sé un po' di valuta locale; Kevlar insisteva sempre affinché tutti portassero con loro qualche banconota durante ogni missione. Avevano appreso sul campo che a volte avere del contante poteva fare la differenza tra sopravvivere e morire.

Usò i soldi per comprare delle bottigliette d'acqua e del cibo, ma non ebbe scrupoli a rubare le altre cose che gli servivano. Trovò delle scarpe logore, ma erano meglio di niente. Prese anche una maglia e un paio di pantaloni da uno stendibiancheria appeso dietro a un edificio di tre piani. Poi rubò una borsa per mettere tutte le cose che aveva raccolto.

Non appena girò un angolo, mentre stava tornando da Bree, si fermò di colpo. C'erano circa una dozzina di persone intorno alla vetrina di un negozio che guardavano qualcosa in televisione. Si avvicinò con cautela... e vide immagini di carri armati nelle strade e uomini mascherati in uno studio televisivo, che tenevano in ostaggio i conduttori del telegiornale.

Non capiva cosa stessero dicendo, ma non aveva bisogno delle parole per sapere che far uscire lui e Bree da quel Paese era diventato molto più complicato. Senza contare il resto della squadra.

L'Ecuador era politicamente instabile già prima del loro arrivo, ma ora sembrava essere sull'orlo di una guerra.

Proprio mentre lo pensava, una forte esplosione risuonò a poche vie di distanza. Le persone intorno a lui fuggirono da quel frastuono in preda al panico.

Smiley vi corse incontro, perché proveniva dalla direzione dell'edificio abbandonato dove aveva nascosto Bree.

Con il cuore in gola ignorò i civili che correvano, preoccupato solo per la sua donna. Degli spari cominciarono a risuonare. A quanto pareva, il colpo di stato si stava espandendo lungo le strade; non era più una questione che riguardava solo la capitale. In quel momento non era sicuro di chi fosse dalla parte del "giusto", ammesso che esistesse una cosa del genere.

Pentendosi di aver lasciato Bree per procurarle rapidamente ciò di cui aveva bisogno, anche se era stato necessario, tornò nel vicolo.

Quando svoltò l'ultimo angolo vide con orrore che tra lui e il nascondiglio, a non più di un paio di metri di distanza, c'erano due militanti armati.

Ovviamente lo notarono subito, ma non importava, perché non se ne sarebbe andato. Non senza Bree.

Gli dissero qualcosa in spagnolo, e intuendo cosa volevano Smiley alzò entrambe le mani per mostrare di essere disarmato. Ebbe la sensazione che la pistola nella fondina sulla schiena fosse pesante e fin troppo evidente, ma fece del suo meglio per non agire in modo avventato. Non sapeva cosa stessero cercando quegli uomini, ma forse sarebbe riuscito a cavarsela senza ricorrere alla violenza.

Non appena ebbe quel pensiero, uno di loro gli si avvicinò e gli puntò il fucile dritto in faccia.

E addio al non ricorrere alla violenza.

Gli ultimi giorni erano stati tra i più stressanti della sua vita e ne aveva abbastanza.

Afferrò con facilità il fucile, lo strappò dalle mani dell'uomo e lo colpì con il calcio, facendolo cadere come un sasso.

Poi lo puntò alla testa del secondo tizio prima ancora che l'altro arrivasse a terra, ignorando il fatto di avere *lui stesso* un'arma puntata contro.

«Non farlo, amico» mormorò, mentre lui e il militante si fissavano. Una mossa sbagliata e Bree sarebbe rimasta di nuovo sola, e non era disposto a correre quel rischio.

L'uomo indicò la borsa con le provviste che Smiley portava a tracolla.

Lui scosse la testa. In qualsiasi altra situazione avrebbe consegnato l'acqua, il cibo e i vestiti senza esitare, ma Bree aveva bisogno di ciò che era riuscito a procurarsi. Non ci avrebbe rinunciato.

Riusciva quasi a sentire la voce di Kevlar in testa che gli diceva di aspettare. Di andarci piano. Ma Smiley ne aveva abbastanza di quelle stronzate. Niente era andato per il verso giusto, e lui e Bree avrebbero dovuto essere all'aeroporto in quel momento, pronti a tornare in California.

Invece, il Paese stava rapidamente precipitando nel caos, lei era ferita, non potevano comunicare con il suo team e si erano persi nella zona peggiore della città. Smiley era più incazzato che mai, e nessun delinquente avrebbe avuto la meglio su di lui. Nel modo più assoluto.

Erano in una situazione di stallo. Nessuno dei due era disposto a cedere. Smiley stava valutando le opzioni nella sua testa. Sparare a quell'uomo era l'ultima, non voleva davvero ucciderlo, soprattutto perché avrebbe attirato troppa attenzione sul vicolo. Un'attenzione di cui non aveva bisogno. Non con quei volantini di Bree affissi nella zona con quella taglia esorbitante sulla sua testa.

All'improvviso risuonò il rumore di un crollo, proveniente

dall'edificio in cui si trovava lei, e il militante voltò istintivamente la testa in quella direzione, dando a Smiley l'opportunità di cui aveva bisogno.

Si lanciò in avanti, e quando l'uomo si girò di nuovo lo stava già colpendo con il calcio del fucile.

Lo prese in pieno volto e, proprio come il suo amico, cadde a terra come un sacco.

Smiley corse ansimando verso l'ingresso dell'edificio fatiscente. Faceva più rumore di un ippopotamo in calore, ma non cercò di fare più piano. Mentre gettava da parte alcuni detriti che aveva strategicamente posizionato davanti alla porta quando se n'era andato, sentì aumentare il panico nella foga di raggiungere Bree.

Quando finalmente entrò nella stanza, il sollievo gli fece cedere le ginocchia.

Lei era lì, con lo stesso aspetto che aveva avuto quando se n'era andato, solo che invece di essere seduta dove l'aveva lasciata, cercando coraggiosamente di tenere gli occhi aperti, era in piedi dietro a una pila di mattoni alta circa un metro, con un'asse di legno tra le mani. La teneva come una mazza da baseball, in guardia e pronta a colpire.

Smiley non era mai stato così felice di vedere qualcuno in tutta la sua vita. Tremava mentre scavalcava il legno, le pietre e i mattoni che si trovavano per terra per raggiungerla. Lei si mosse nello stesso momento, aggirando il nuovo mucchio di detriti che lui aveva la sensazione avesse deliberatamente rovesciato per causare un diversivo. Smiley non lasciò cadere il fucile che aveva in mano e lei non mollò l'asse di legno. Si scontrarono e si strinsero forte con un braccio.

«Stai bene?» gli chiese

«Io? Sì. E *tu*?» ribatté lui.

«Certo. Ho sentito quegli uomini rovistare qua fuori e sono quasi andata nel panico. Anche se non stavano cercando di entrare. Quindi sono rimasta tranquilla nella speranza che se ne andassero. Poi sei arrivato tu. Ho quasi avuto un infarto quando ti hanno puntato le armi contro.»

Smiley non voleva lasciarla andare. Continuava a dimostrare quanto fosse forte. Era orgoglioso di essere al suo fianco, ma non potevano più restare lì. Gli uomini che aveva messo KO presto avrebbero ripreso conoscenza, e dovevano andarsene prima che succedesse.

Non c'era tempo da perdere, ma non riuscì comunque a trattenersi dall'abbassare la testa e baciare Bree sulla bocca con intensità. «Ti amo. Tantissimo» le disse.

Il sorriso che adorava comparve sulle sue labbra. «Anch'io ti amo» ribatté.

Gli ci volle tutta la forza di volontà che possedeva per lasciarla andare e concentrarsi sulla borsa che si era messo a tracolla. Tirò fuori la maglia e i pantaloni e li sollevò. «Non so se ti andranno bene.»

Il piacere che brillò nei suoi occhi lo travolse. Era elettrizzata di avere una maglia e un paio di pantaloni strappati e macchiati. Un senso di rabbia lo pervase ancora una volta. Avrebbe voluto regalarle il mondo, ma se in quel momento tutto ciò che poteva offrirle erano due stracci per coprirle il corpo e farla sentire meno vulnerabile, si sarebbe accontentato.

Bree infilò le braccia sotto la sua maglietta e mosse i fianchi per togliersi la sottoveste che era stata costretta a indossare. Rimase nuda sotto per un attimo, e Smiley odiò che si trovasse in quella situazione. Odiava ancora di più pensare a cosa sarebbe potuto succedere. A cosa Castillo aveva pianificato per lei. Fu dura contenere la furia che provava.

Mentre Bree si teneva alla sua spalla per infilare un piede

in una gamba dei pantaloni, Smiley prese le scarpe che aveva trovato.

I pantaloni erano un po' corti e larghi, ma Bree gli rivolse un enorme sorriso mentre si annodava la coulisse in vita. «Sono perfetti!»

Non era vero. Nemmeno lontanamente, ma il piacere che provò per il fatto di essere finalmente coperta era facilmente percepibile nella sua voce.

Bree si voltò e si tolse la maglietta che le aveva dato, poi si infilò rapidamente quella a maniche lunghe rubata. Quando si voltò di nuovo, Smiley le sollevò un piede e trattenne il respiro, mentre la aiutava a indossare una delle scarpe che aveva trovato.

Non aveva dei calzini, ma sorprendentemente le scarpe le andavano abbastanza bene. Erano di quelle senza lacci che si infilavano. Un tempo probabilmente erano state bianche, ma ora erano grigiastre, macchiate dalla polvere e dalla sporcizia della città. Le erano un po' grandi, ma a Bree ovviamente sembrava non importare. «Grazie» sussurrò, fissandosi i piedi coperti.

Ancora una volta, Smiley dovette sforzarsi di non mostrare alcuna emozione. Era pronto a bruciare il mondo intero pur di vendicarsi per ciò che Bree aveva vissuto. Era stata all'inferno, ma la sicurezza che le dava il fatto di avere delle scarpe ai piedi e dei vestiti era sufficiente a farla sentire estremamente grata. Una volta tornati a casa, Smiley avrebbe coccolato la sua donna in modo esagerato.

«Dobbiamo andare» le disse, dopo essersi rimesso la maglietta, che conservava ancora il calore del suo corpo, poi le porse una bottiglia d'acqua.

I suoi occhi si illuminarono di nuovo e la prese senza dire una parola, ma non ebbe la forza di rompere il sigillo del tappo. Un'altra colpa da attribuire a Castillo. Smiley glielo svitò senza togliergliela dalle mani.

Lei si portò la bottiglia alla bocca e bevve diversi sorsi di quell'acqua fresca e pulita.

«Piano, Bree.»

Annuì e la abbassò. Poteva percepire il suo desiderio di tracannare l'intero contenuto, ma lei, con intelligenza, gli prese il tappo e lo riavvitò.

Smiley infilò di nuovo la mano nella borsa e tirò fuori la pagnotta che aveva comprato. Era ancora un po' calda. Ne staccò un pezzo e glielo porse.

Mentre lo prendeva notò che le tremava la mano, e dovette trattenersi per non girarsi e iniziare a rompere tutto. La sua donna aveva fame. *Moriva* di fame. E riusciva praticamente a vedere la sua smania di metterselo in bocca.

Bree diede un grosso morso al pane e lo masticò, sorridendogli. Per quanto Smiley volesse rimanere lì ad aspettare che fosse sazia, avevano bisogno di trovare un altro posto dove rifugiarsi, possibilmente più sicuro. Sempre se lì esisteva un posto del genere.

Le prese la mano per aiutarla a oltrepassare le macerie e la osservò attentamente. Non zoppicava e sembrava ben salda sulle gambe. Un'altra testimonianza di quanto fosse forte. Dopo quello che aveva passato, non si sarebbe sorpreso se gli avesse detto che non poteva muoversi. Invece, stava mettendo un piede davanti all'altro.

«Sono davvero orgoglioso di te» non poté fare a meno di dire.

«Perché?»

Perché? Gli stava chiedendo *perché*? Scosse la testa esasperato.

«Smiley, che scelta potrei avere in questo momento? Non posso proprio rifiutarmi di muovermi. Non puoi portarmi in braccio e allo stesso tempo proteggerci da uomini armati. Più tardi, sono certa che crollerò e probabilmente avrò una crisi di pianto, ma ora dobbiamo andarcene da qui e trovare la tua squadra. E nel frattempo stare due passi avanti a Mateo e ai suoi scagnozzi. Non posso permettermi il lusso di avere un crollo mentale o fisico.»

Aveva ragione, ma faceva comunque schifo.

«Rimedierò alla cosa» promise, proseguendo per uscire nel vicolo.

«Va bene, ma non sta a te rimediare» ribatté con calma. «Niente di quello che è successo è colpa tua. È partito tutto prima ancora che ci incontrassimo. Inoltre, senza di te... sarei nella merda fino al collo.»

Smiley sbuffò. Lo erano anche in quel momento.

Bree gli strinse la mano. «La verità è che ho paura. Ho dolori dappertutto e ho ancora un po' di nausea, ma per ora niente di tutto questo ha importanza. E poi, *ci sei tu*. Sento di poter gestire qualsiasi altra cosa la vita decida di gettarmi addosso.»

Era troppo in gamba per lui.

Smiley sbirciò fuori dalla porta improvvisata e vide i due uomini sdraiati a terra dove li aveva lasciati. Felice che non si fossero ancora svegliati e non fossero fuggiti, lasciò andare la mano di Bree e si diresse a grandi passi verso l'uomo più vicino. Frugò nelle sue tasche e trovò un po' di soldi, un coltello e delle munizioni per il fucile che era a terra accanto a lui.

Il secondo tizio aveva più o meno le stesse cose, oltre a un pacchetto di cracker o di biscotti. Nessuno dei due aveva un cellulare, purtroppo, perché gliene sarebbe davvero servito uno.

Ma aveva ancora il localizzatore. Da un momento all'altro i ragazzi della sua squadra sarebbero comparsi nella consueta formazione a V, pronti a intervenire per salvare la situazione.

Ma un fastidioso dubbio si insinuò in lui. Perché non erano ancora arrivati? Tex doveva averlo già rintracciato. Erano rimasti coinvolti nei disordini che li circondavano?

Odiava pensare che il suo team potesse essere in difficoltà, ma riportò la sua attenzione a ciò che doveva fare. I suoi amici sapevano badare a loro stessi. Il suo compito in quel momento era Bree. Proteggerla, tenerla lontana dalle mani di civili disperati che l'avrebbero vista come una fonte di guadagno e nient'altro.

Le tese la mano e le fece cenno di avvicinarsi. Lei uscì dalle macerie dell'edificio e si diresse rapidamente verso di lui. Nell'istante in cui chiuse le dita intorno alle sue, un senso di calma lo pervase. Avrebbero affrontato la faccenda insieme.

———

Mateo Castillo era furioso. I suoi uomini avevano rovinato il recupero delle sue proprietà fin dall'inizio. Non solo avevano perso le vecchiacce che avrebbero dovuto finire dai clienti in Russia e in Corea del Nord, ma avevano anche lasciato fuggire la stronza che lui aveva cercato personalmente!

Aveva anche saputo che i Navy SEAL erano in Ecuador. Nella zona portuale. La loro presenza aveva di certo complicato la riacquisizione della sua proprietà.

Non riusciva a capire come diavolo fosse riuscita a scappare. Aveva dato ordini precisi sul fatto che fosse sempre rinchiusa, eppure era chiaro che qualcuno avesse commesso un errore e l'aveva fatta uscire dalla sua gabbia. Ora avrebbe dovuto punire tutti i soggetti coinvolti, in modo che chi avesse lavorato per lui in futuro avrebbe seguito le sue istruzioni alla lettera.

Se fosse stato furbo, avrebbe dimenticato la stronza, si sarebbe dedicato ad altre acquisizioni. Quelle più facili da controllare, quelle che avrebbe potuto aggiungere alla sua scuderia di donne senza troppi problemi. Bree Haynes era stata una vera spina nel fianco, ma si rifiutava di lasciar perdere. Doveva capire chi comandava, cioè *lui*.

La situazione attuale in Ecuador avrebbe giocato a suo favore. La milizia stava diffondendo il terrore dopo la loro impresa allo studio televisivo. Bande di uomini armati saccheggiavano e uccidevano chiunque sospettavano sostenesse l'attuale partito politico. Cosa che avrebbe reso più facile per i suoi uomini muoversi a Guayaquil, anche loro armati... e pronti a riprendere ciò che gli apparteneva.

Una volta che la stronza fosse stata portata nel suo complesso, non avrebbe mai più rivisto la luce del giorno. L'avrebbe legata e mantenuta così debole che non avrebbe nemmeno potuto pensare di scappare. Era sua, poteva farne ciò che voleva, e quello che voleva ora era che Bree Haynes soffrisse.

Prese una decisione su due piedi, si sporse in avanti e picchiettò sul vetro che lo separava dal suo autista. Il divisorio insonorizzato si abbassò, permettendo a Mateo di parlare con l'uomo. «Torna indietro.»

«Sì, signore.» La limousine accostò subito al ciglio della strada mentre l'autista si preparava a fare un'ampia inversione a U. Quello era il tipo di obbedienza che Mateo pretendeva. Era così che addestrava sia gli uomini che lavoravano per lui sia le donne di sua proprietà.

«Torna a Guayaquil. Ho delle questioni in sospeso di cui occuparmi.»

«Sì, signore» ripeté l'altro senza la minima emozione.

Il divisorio si rialzò mentre il veicolo si dirigeva verso la città. Aveva lasciato che altri recuperassero i suoi beni e loro avevano rovinato tutto più di una volta. Chiaramente quello era un lavoro che avrebbe dovuto continuare a fare da solo. Avrebbe lasciato che i suoi uomini la trovassero, poi l'avrebbe scortata personalmente al suo complesso. Il lungo viaggio nel bagagliaio della sua auto, nuda a parte un bavaglio e le manette, avrebbe dovuto renderla un po' più docile.

Poi avrebbe presentato ai suoi dipendenti più fedeli il loro nuovo giocattolo.

Entro una settimana la stronza lo avrebbe chiamato "Signore" e si sarebbe attenuta ai suoi ordini senza protestare. Poi lui avrebbe potuto dedicarsi a evadere le ordinazioni di clienti di tutto il mondo che aveva trascurato troppo a lungo.

Bree Haynes gli aveva rubato troppo tempo, ma le cose stavano per cambiare. Una volta che avesse imparato qual era il suo posto, tutto sarebbe tornato come prima. Avrebbe continuato a corrompere i funzionari governativi perché chiudessero un occhio, a pagare i residenti dei quartieri vicino al complesso e a vivere al meglio la sua vita.

Si infilò la mano in tasca per prendere un sigaro, ne accese la punta e fece un lungo tiro. Sì, le cose stavano per tornare alla normalità, il che significava avere fica quando e come voleva e soldi che si accumulavano nei suoi conti in banca. La vita era bella... e stava per migliorare ulteriormente.

CAPITOLO DICIOTTO

«È UNA STRONZATA!» imprecò Safe. «Non posso credere che Tex non riesca a rintracciarlo.»

Kevlar era frustrato quanto il resto della squadra. Quando lui e Blink avevano perso le tracce di Smiley al porto, avevano contattato gli altri, ma nonostante il loro aiuto nelle ricerche sembrava che il loro compagno fosse scomparso nel nulla.

L'unica cosa positiva della situazione era che erano piuttosto certi che lui avesse trovato Bree, e che i due fossero insieme.

Avevano visto i volantini di "Persona Scomparsa" intorno al porto e dedotto che Smiley doveva essersi imbattuto in lei in uno dei moli, e non fosse riuscito a contattarli prima di essere costretto a sparire per mettersi al sicuro.

Kevlar aveva pensato che sarebbe bastato semplicemente parlare con Tex e farsi indicare dove i due si erano rifugiati, ma il localizzatore di Smiley aveva dei problemi e non trasmetteva.

Le imprecazioni uscite dalla bocca di Tex erano state impressionanti. A quanto pareva aveva chiuso con i localizzatori esterni e minacciato di far iniettare a ogni operatore SEAL e Delta dei minuscoli microchip che non si sarebbero guastati proprio quando ne aveva più bisogno. Ma al momento ciò non li avrebbe aiutati.

E ora, la violenza nel Paese era aumentata a dismisura. Uscire dal motel era rischioso, soprattutto perché erano chiaramente stranieri che non appartenevano al quartiere. Ciò non avrebbe impedito a nessuno dei SEAL di fare il possibile per cercare il loro compagno di squadra, ma avrebbe reso sicuramente la ricerca più impegnativa.

E per finire, Smiley non aveva con sé alcun equipaggiamento. Nessun dispositivo per comunicare con gli altri, niente munizioni extra, cibo o acqua. Per quanto ne sapevano, Smiley e Bree si trovavano su alcune delle strade più pericolose che il team avesse visto negli ultimi tempi, solo con un coltello, una pistola e anni di esperienza.

Doveva essere sufficiente.

«*È* una stronzata» concordò Kevlar. «Ma sappiamo tutti che Smiley è il figlio di puttana più duro della squadra. Se c'è qualcuno che può gestire questa situazione disastrosa, è lui.»

«Ma non abbiamo idea delle condizioni di Bree» ribatté MacGyver. «Ovvio che lui sa cavarsela da solo, ma avere Bree con sé è un impedimento.»

«Che casino» disse Preacher incazzato.

«Non lo dico in modo irrispettoso. Ma provate a pensare a Julie e Fiona, a quello che Kevlar ha detto che indossavano quando le hanno trovate. Non avevano nemmeno delle cazzo di *scarpe*. E se Smiley *ha* trovato Bree, sappiamo che è stata tenuta prigioniera su una merdosa barca per giorni. Non abbiamo idea di quale sia il suo stato mentale, figuriamoci quello fisico. E sappiamo bene che Smiley farà qualunque cosa pur di tenerla al sicuro. *Questo* la rende un impedimento.»

MacGyver aveva ragione. Ed era orribile. Kevlar sospirò.

«Dobbiamo uscire di nuovo e vedere se riusciamo a coprire più terreno. Iniziamo a sud del porto e ci spostiamo man mano verso l'esterno.»

«Le cose sono peggiorate laggiù da stamattina» affermò Flash inutilmente.

«Il governo ha dichiarato lo stato di emergenza» aggiunse Blink.

«Lo *so*!» sbottò Kevlar. «Pensate che non lo sappia? Non abbiamo scelta. Brancoliamo nel buio, ma non lascerò Smiley là fuori a cavarsela da solo. Non abbiamo avuto modo di consultare le mappe della zona e sappiamo tutti che ha un pessimo senso dell'orientamento. Per quanto ne sappiamo, è già a metà strada per Quito, cazzo.»

Non fu una sorpresa che tutti gli uomini ridacchiassero. Kevlar non stava dicendo nulla che gli altri non sapessero. Smiley era un vero stronzo e un tiratore straordinario. Aveva più coraggio nel suo dito mignolo di quanto la maggior parte degli uomini ne avesse in tutto il corpo.

Ma non aveva il minimo senso dell'orientamento.

«Nessuno si muova da solo, stiamo insieme. E per l'amor di Dio, tenete sempre il vostro localizzatore con voi. L'ultima cosa di cui ho bisogno è che uno di *voi* scompaia senza un cazzo di modo per rintracciarlo» brontolò Kevlar.

Tutti annuirono. «Ognuno porti con sé uno zaino con dei medicinali, del cibo e acqua di riserva. Non possiamo sapere in che condizioni saranno quando li troveremo. Restate nell'ombra. Non vogliamo finire nel mirino della milizia. Non ci serve essere i loro bersagli oltre a tutto il resto che ci sta succedendo. La nostra missione è trovare Smiley e Bree e scappare da lì il più in fretta possibile. Capito?»

«Hoo-ah!»

«Affermativo.»

«Sì, cazzo!»

Kevlar aveva fiducia nella sua squadra, ma la situazione era troppo incerta per i suoi gusti. Non avevano idea da dove cominciare a cercare, l'atmosfera nelle strade era instabile e l'ultima cosa che volevano era ritrovarsi nel mezzo di un colpo di stato contro il governo. Tex e le donne che lavoravano con lui avrebbero potuto farli uscire dal Paese, ma se le cose fossero continuate su quella linea, era probabile che gli aerei non avrebbero potuto decollare e sarebbe diventato sempre più complicato organizzare un'estrazione per loro.

Mentre gli uomini si preparavano a uscire per continuare la ricerca, Kevlar sospirò e mormorò: «Dove sei, Smiley?»

———

Smiley era frustrato. Non aveva la minima idea di dove si trovasse. Aveva la sensazione di girare in tondo. No, non era una sensazione. *Sapeva* che lo stava facendo, dato che aveva riconosciuto un edificio che avevano già passato

La sua squadra lo avrebbe preso in giro in quel momento. Non aveva mai desiderato così tanto una bussola, o di avere Preacher o MacGyver con lui. Si sentiva di aver completamente deluso Bree, dato che chiunque dei suoi compagni di squadra avrebbe già trovato il motel in cui alloggiavano, e le risposte che dava alle sue rare domande erano diventate sempre più brusche.

Negli ultimi venti minuti circa lei non aveva parlato, mentre Smiley cercava di capire se avessero già percorso quella strada o meno. Niente gli sembrava familiare, quindi doveva sperare di non averli fatti girare a vuoto, *di nuovo*.

Un suono sommesso alla sua sinistra lo fece guardare verso Bree, e rimase sconvolto di vedere delle lacrime sulle sue guance. L'occhio gonfio stava un po' meglio, ma immaginò che le risultasse ancora difficile vedere. E ora stava piangendo? *Cazzo*.

«Bree?» chiese, fermandosi di colpo.

«Sto bene» gli disse, cercando di tirarlo in avanti, ma invano.

La fece indietreggiare contro il muro di un edificio e chinò la testa, cercando di incrociare il suo sguardo. Ma lei gli fissava il petto e si rifiutava di guardarlo.

«Di' qualcosa» le ordinò bruscamente.

Lei sospirò e si asciugò la guancia con la spalla. «Perché? Ti arrabbieresti ancora di più.»

«Non sono arrabbiato.»

Sbuffò.

«Ok, non sono arrabbiato con te.»

«Mi dispiace, Smiley. Non dovresti essere qui. Non so cos'avrei potuto fare diversamente, ma forse, se fossi stata più intelligente, più forte o *altro*... ora non saremmo in questa situazione. Non ci saremmo persi nel mezzo di un'insurrezione. Non avresti dovuto uccidere quelle persone al porto o tramortire gli altri uomini. Non avresti dovuto rubare questi vestiti a qualcuno che probabilmente ne ha più bisogno di me e il tuo stomaco non brontolerebbe perché mi hai fatto mangiare tutta quella pagnotta da sola.»

Smiley era sconvolto dalle sue parole. Si guardò intorno, cercando disperatamente un posto dove potersi sedere e riposare. E parlare. Aveva combinato un casino, ovviamente, e doveva rimediare. Subito.

Senza dire nulla, la prese in braccio e se la strinse al petto. Era inconcepibile che lui vagasse completamente disorientato, mentre Bree, ferita e debole per la mancanza di cibo e acqua, doveva trascinarsi dietro di lui.

«Smiley!» protestò, mettendogli un braccio intorno al collo.

Mentre andava verso quello che pensava fosse un condominio, gli venne un'idea. Non stava risolvendo niente camminando per quelle strade, l'unica cosa che stava facendo era esporre entrambi agli occhi dei civili che avrebbero potuto chiamare il numero scritto su quel cazzo di volantino. Non avrebbe permesso a nessuno di prendere Bree. Nel modo più assoluto.

Doveva allontanarsi dalla strada, capire dove diavolo fossero e in che direzione andare, senza farsi notare da Castillo e dai suoi scagnozzi. Doveva fare il quadro della situazione, escogitare un piano e permettere a Bree di riposare senza aggiungere ulteriore stress.

Quindi... si sarebbe diretto in cima all'edificio.

Avrebbe dovuto farlo ore prima. Un volta arrivato all'ultimo piano sperava di poter accedere al tetto.

«Smiley!» ripeté. «Posso camminare.»

«Ma non lo farai.»

Entrò nell'atrio del condominio e fece una smorfia. Era un disastro. Vetri rotti, rifiuti, cibo andato a male. Ovviamente non era uno stabile di lusso, ma d'altronde in quel quartiere non poteva essere diversamente. Per fortuna non c'era nessuno, e Smiley proseguì verso una porta che aveva un cartello raffigurante un omino stilizzato che sembrava fluttuare sopra una rampa di scale.

La aprì con un calcio, sollevato di trovare davvero delle scale.

«Dove stiamo andando?» gli chiese Bree.

«In un posto dove poter riorganizzarci, sederci e riposare in pace» le rispose.

«Sono troppo pesante, mettimi giù» insistette.

Smiley sbuffò, ricordando il peso degli zaini che aveva portato in alcune delle sue missioni. Per non parlare dell'equipaggiamento che indossavano sempre. Sentiva a malapena i due fucili che aveva a tracolla. Trasportare Bree non sarebbe stato un problema.

Sperava che fosse un buon segno il fatto di non aver incontrato nessuno durante la salita. Arrivati all'ultimo piano, trovarono una sola porta. Mise giù Bree e la tenne stretta per un attimo, per assicurarsi che non barcollasse o cadesse. Poi la spinse dietro di sé mentre afferrava la maniglia.

Tenendo la pistola nella mano libera, pronto a qualsiasi cosa, Smiley trattenne il respiro e aprì la porta. La luce del sole inondò il pianerottolo, accecandoli momentaneamente.

Batté le palpebre... e il cuore si fermò.

Aveva sperato di trovare un posto vuoto dove rintanarsi, invece il tetto era affollato quanto alcune delle strade piene di senzatetto. C'erano teloni e "case" improvvisate costruite con scatole e altri rifiuti. Le persone che vide erano tutte sdraiate nell'ombra ricavata dalle loro abitazioni.

«Cazzo» borbottò.

Sentì Bree spostarsi dietro di lui, sostenendosi con una mano sulla sua schiena per inclinarsi intorno alla sua vita. «Laggiù» gli disse, indicando alla loro destra.

Capì immediatamente dove intendeva e annuì. Tra due dimore c'era un piccolo spazio ombreggiato dove avrebbero potuto sdraiarsi. Si trovava anche sul bordo del tetto, quindi avrebbe avuto una buona visuale della città e magari avrebbe potuto capire in quale direzione andare.

Le uniche incognite erano la donna e il bambino situati alla destra dello spazio e l'uomo anziano alla sinistra. Si sarebbero lamentati se fossero rimasti lì per un po'?

C'era solo un modo per scoprirlo.

Stava per dire a Bree di aspettarlo alla porta mentre valutava la situazione, quando lei iniziò ad avanzare.

Le prese la mano e la fermò. «Non puoi semplicemente andare lì» le disse.

«Perché no?»

Esattamente perché no! A prima vista le persone sul tetto sembravano innocue. Erano anziani o madri con dei bambini. Apparivano tutti abbattuti e senza speranza, esausti, schiacciati dagli eventi, ma ciò non significava che non rappresentassero una minaccia. Per lui praticamente tutti erano una minaccia, mentre era ovvio che Bree non fosse così cinica.

Più ci pensava e più era convinto che sarebbe stato meglio che fosse lei a stabilire il primo contatto. Lui portava delle armi ed era *decisamente* una minaccia. Ma Bree, con i vestiti troppo grandi, che zoppicava leggermente e un occhio un po' gonfio e chiuso... sembrava non essere grado di fare del male a una mosca.

Tenendo d'occhio le persone intorno a loro – che a loro volta li osservavano con attenzione – si diressero verso il piccolo spazio libero.

Bree sorrise all'uomo e poi si voltò verso la donna che teneva in braccio un bambino.

«*Hola*» disse, indicando sé stessa e poi lo spazio, per poi unire i palmi come per implorare.

Smiley trattenne il respiro.

La prima ad annuire fu la donna, poi lo fece anche l'uomo.

Era stato davvero così facile? Era scettico. Niente era stato facile ultimamente, ma d'altronde aveva trovato Bree prima che venisse portata nella giungla quindi, forse, la fortuna stava girando.

Lei si voltò con un sorriso raggiante. Il piacere che provava per esserci riuscita era evidente. Smiley fece un cenno con la testa ai loro nuovi vicini, poi mise una mano sulla schiena di Bree e la incitò a proseguire. Non avevano niente di imbottito o di morbido su cui sedersi, ma, al momento, tutto ciò che gli interessava era portare Bree al riparo dal sole e farla riposare.

La fece sedere, poi si prese qualche secondo per guardare oltre il bordo del tetto. Tutto intorno c'erano edifici a perdita d'occhio. Vide l'oceano in lontananza. Era difficile credere che lui e Bree si fossero spinti così lontano nell'entroterra. Merda, evidentemente aveva camminato più a lungo e più velocemente di quanto avesse pensato quando aveva lasciato il porto.

«Smiley, riposati un attimo» lo implorò, tirandogli la gamba dei pantaloni.

Faceva caldo, e sebbene volesse continuare a studiare il paesaggio nella speranza di vedere qualcosa che gli consentisse di capire come tornare al motel e dalla sua squadra, non poteva dirle di no.

Si sedette, poi la prese tra le braccia, muovendola con cautela, consapevole che le facevano male le costole. Lei gli appoggiò la testa sulla spalla e si rilassò.

Smiley spostò sul fianco la borsa che teneva ancora a tracolla in modo che stesse appoggiata per terra, così poté infilarci la mano dentro e tirare fuori una bottiglia d'acqua e dei cracker per Bree. Lei li prese rivolgendogli un sorriso grato. Lo rincuorò che fosse riuscita ad aprire il tappo da sola. Prima lo aveva spaventato il fatto che non avesse avuto la forza di fare una cosa così semplice.

«Come ti senti?» le chiese con dolcezza, mentre lei mangiava e beveva.

«Meglio.»

«Dimmi tutti i posti che ti fanno male» ordinò.

«Smiley, sto bene.»

«Non è quello che ti ho chiesto. Ho bisogno di conoscere i tuoi limiti, Bree.»

Sospirò. «Mi fa male il fianco. L'occhio. I piedi. Ma camminare mi ha aiutato a sciogliere la rigidità di alcuni muscoli provocata dalla posizione in cui dovevo stare in quella gabbia sulla barca.»

«Ti va di parlarne? Potrebbe essere d'aiuto.» Per quanto non avrebbe voluto sapere ciò che aveva passato, al tempo stesso aveva bisogno di saperlo.

«In realtà non c'è molto da dire. Immagino che Julie e Fiona vi abbiano raccontato come siamo arrivate a Ensenada.» Quando lui annuì, continuò. «Li ho sorpresi saltando fuori dal retro di quel camion che trasportava polli. Si aspettavano che arrivasse il loro amico, non me. Mi sono messa a correre, sperando che mi inseguissero tutti, per dare a Julie e Fiona la possibilità di scappare. E così è stato. Ma non sono stata abbastanza veloce. Mi hanno raggiunta e picchiata, poi mi sono svegliata sulla barca, in un'altra gabbia. Ero piuttosto sicura che stessimo venendo qui in Ecuador perché ho sentito dei frammenti delle loro conversazioni.

Ho avuto il mal di mare e ho vomitato un po' di volte. Gli uomini non volevano venirmi vicino, quindi sono rimasti per lo più fuori dalla piccola cabina. Quando mi sono sentita un po' meglio ho finto di stare ancora male perché non volevo che si facessero strane idee su ciò che avrebbero potuto fare con me per passare il tempo. Ha funzionato. Mi hanno lasciata in pace. Quando siamo arrivati al molo mi hanno portata fuori e mi hanno passata a un altro tizio, e mentre mi stava conducendo verso un furgone – probabilmente per mettermi in un'altra gabbia per il viaggio nella giungla – gli ho dato un pugno nelle palle e sono scappata. Poi mi hai trovata... ed eccoci qui.»

Era una versione molto ridotta della realtà, ma Smiley era più sollevato di quanto avrebbe potuto esprimere a parole che fosse riuscita a scappare non una, ma due volte.

Poi si ricordò di una cosa.

Si piegò un po' in avanti, portò la mano dietro la schiena e sulla fondina ed estrasse il coltello di plastica che lei aveva usato a Ensenada per aiutare Fiona e Julie a scappare. Si raddrizzò, tenendolo in mano.

Bree ansimò. «Dove l'hai trovato?»

«E dove, secondo te? Era per terra, fuori da quel cazzo di camion di polli.»

C'erano ancora delle macchie marrone rossastro sopra, e ora che lo stava guardando pensò che probabilmente avrebbe dovuto lasciarlo dove l'aveva trovato. Perché aveva creduto che fosse una buona idea tenerlo o tirarlo fuori proprio in quel momento?

Lei lo prese, e Smiley, abbassando un po' la testa, vide un piccolo sorriso sul suo volto. «Bree?»

«Non posso credere che tu l'abbia trovato.» Passò un dito sul manico. I capelli che aveva usato per legare la stoffa della sottoveste di Julie si stavano sfilacciando, ma resistevano ancora. Bree alzò lo sguardo su di lui. «Posso tenerlo?»

Provò un senso di sollievo. Non aveva provato disgusto nel vederlo, né per ciò che aveva fatto per necessità. «Per la cronaca... MacGyver è rimasto impressionato.»

Lei arrossì. «Non è davvero un oggetto *così* impressionante.»

«Stai scherzando? Ha fatto il suo lavoro, è questo che conta, non l'aspetto. Le armi più efficaci a volte sono gli oggetti più casuali che trovi intorno a te, non le pistole o i coltelli costosi. Non ho un fodero in cui riporlo e non voglio che tu ti faccia male infilandotelo in tasca, va bene lo stesso se continuo a tenerlo io?»

«Sì. Posso chiederti una cosa?»

«L'hai appena fatto» scherzò, riponendo di nuovo il coltello improvvisato nella fondina dietro la schiena. Poche persone avrebbero capito il desiderio di entrambi di conservare qualcosa in grado di evocare ricordi così orribili. Ma era solo un'altra cosa che dimostrava che Bree era fatta per lui.

Alla sua risposta, invece di sorridere, lei si limitò a fissarlo.

«Che c'è?»

«Hai fatto una battuta.»

«A quanto pare non è stata un granché» replicò, scrollando le spalle.

«È solo che... non sei un tipo scherzoso. Moriremo, vero?»

Era completamente seria. «No!» esclamò più forte di quanto avrebbe voluto. Fece un respiro profondo per cercare di controllare le emozioni, poi disse con un po' più di calma: «No, non moriremo. Se pensi che Kevlar e gli altri ragazzi mi escluderanno dal team così facilmente, ti sbagli.»

«Penso che anche questa sia stata una battuta. Dio, Smiley, ma che ti è capitato?» gli chiese.

«Tu sei capitata. Mi fai venire voglia di essere un uomo migliore e non sempre scontroso.»

Gli mise una mano sulla guancia e gliela accarezzò con il pollice. «Ti amo esattamente così come sei. Sii scontroso, Smiley. Sii stronzo. Perché non voglio che tu cambi ciò che sei per me.»

«Volevi farmi una domanda?» le chiese con la voce un po' roca. Era sopraffatto dalla forza di quella donna. Eccola lì, in un paese straniero, sporca, affamata, assetata e ferita, eppure era lei a rassicurarlo. Non la meritava, ma avrebbe fatto tutto il possibile per cercare di mantenere nei suoi occhi l'amore che vi vedeva in quel momento. Il suo sguardo dimostrava che aveva piena fiducia nel fatto che si sarebbe preso cura di lei e che li avrebbe tirati fuori dalla situazione orribile in cui si trovavano.

«Ci siamo persi?»

Smiley sbatté le palpebre. Non era quello che aveva pensato gli avrebbe chiesto. Si sentì arrossire per l'imbarazzo.

Odiava ammettere le sue carenze davanti a lei, ma non aveva intenzione di mentirle. Non ora, dopo tutto quello che aveva sofferto.

Scrollò le spalle. «Non sono il massimo con le direzioni. Sono un tiratore esperto, posso nuotare per chilometri senza stancarmi e correre più veloce di tutti i miei compagni di squadra, ma faccio schifo a capire da che parte andare.»

Con sua sorpresa, Bree sorrise. «Quindi immagino che dovrò essere io il navigatore quando faremo viaggi in auto, eh?»

Il pensiero di loro due seduti insieme in macchina, con lei che gli indicava la direzione da prendere, gli provocò una scarica di piacere in tutto il corpo. «Sì, tesoro. Dovrai farlo tu.»

«Allora, qual è il piano? Hai capito dove siamo quando hai guardato oltre il bordo del tetto?»

La sua donna non si lasciava sfuggire nulla. «Solo che stiamo andando nella direzione sbagliata» ammise un po' imbarazzato. «Dobbiamo andare *verso* l'acqua, non allontanarci.»

«Ma non è lì che gli uomini di Mateo ci cercheranno?» chiese, aggrottando la fronte.

«Hai visto i volantini. Ci stanno cercando ovunque. Ma io e i ragazzi della mia squadra alloggiamo in un motel vicino al porto. Sono sicuro che si siano sparpagliati per cercare di trovarci, ma più ci avviciniamo a loro, meglio è.»

«E il tuo amico informatico, Tex, non può dire loro dove siamo?»

«Dovrebbe essere in grado di farlo, ma in quel caso ci avrebbero già trovati. Ho un localizzatore con me, ma dev'essere difettoso.»

«Oh. Ho la sensazione che Tex non ne sarà felice.»

«Non ne hai idea» concordò Smiley, pensando a cosa stesse

facendo il genio informatico in quel preciso istante. Probabilmente una sfuriata leggendaria. Non era esattamente entusiasta lui stesso perché in quel momento aveva bisogno di aiuto come non mai.

«Forse, se potessi *io* farmi un'idea del territorio potrei aiutarti» suggerì Bree.

La prima reazione di Smiley fu di dirle di no, che aveva bisogno di riposare. Ma ci ripensò. Lui era decisamente inutile quando si trattava di orientarsi. Bree non poteva essere peggio.

«Tra un po'. Per ora dobbiamo riposare. Ripartiremo quando tramonterà il sole.»

«Al buio?»

«Siamo troppo visibili. La taglia sulla tua testa è troppo alta perché la gente di questa parte della città possa ignorarla. Sarebbe come se qualcuno offrisse due milioni di dollari a chiunque ritrovasse il suo cane smarrito. Tutti starebbero all'erta e non esiterebbero a chiamare e richiedere la ricompensa se dovessero avvistare l'animale.»

«Non capisco perché mi voglia così tanto» rifletté Bree.

«Non è per fare lo stronzo, ma non credo che voglia te in particolare» disse Smiley. Ci aveva pensato molto. «Penso che a questo punto sia più una questione di principio. Ha pagato un bel po' di soldi per averti, e col passare del tempo la testardaggine ha preso il sopravvento ed è diventato sempre più determinato a trovarti.»

«Quindi è una questione di orgoglio?» chiese Bree con la fronte aggrottata.

«Qualcosa del genere.»

«È stupido» disse con uno sbuffo.

«Già» concordò.

«Quindi... cosa succederà quando troveremo la tua squadra e ce ne andremo da qui? Tornerà in California? Manderà altre persone a cercarmi? Dovrò nascondermi per il resto della vita a causa del suo stupido orgoglio?»

«No!» esclamò lui, di nuovo con troppa foga.

Sentì la donna con il bambino fare un verso di disapprovazione, le lanciò un'occhiata e alzò le spalle in segno di scusa. C'era un buco tra le scatole di cartone che erano accatastate intorno al suo piccolo spazio, che le permetteva di vederli e viceversa.

«Ricordi cos'ha detto Tex del gruppo che ha eliminato il predecessore di Castillo?» chiese Smiley a Bree.

«Quello di quel Rex?»

«Sì. Inutile dire che non è contento. Si assicurerà che quel bastardo non sia più una minaccia per te o per qualsiasi altra donna. Una volta tornati a casa, l'unica cosa di cui dovremo preoccuparci è del nostro futuro insieme.»

Bree lo guardò. «Voglio stare con te.»

«Bene. Perché lo voglio anch'io.»

«Non farmi soffrire, Smiley. Perché penso che mi distruggerebbe.»

«Non lo farò. Penso che *tu* possa farmi soffrire molto di più di qualsiasi cosa potrei farti io.»

Sbuffò. «Sì, certo.»

«Dico sul serio. Pensi che passare dei mesi a cercare le donne che incontro durante un'operazione sia una cosa che faccio normalmente? Non è così. Ma c'era qualcosa in te che non mi ha permesso di rinunciare. Mi sei entrata dentro, Bree. E ora che sei penetrata così in profondità, non riesco a immaginare che tu non ci sia. Una volta mi hai chiesto perché ti stavo aiutando.»

Lei annuì. «E hai detto che me l'avresti spiegato dopo che Mateo fosse stato catturato.»

«Esatto» replicò, felice che ricordasse quella conversazione. «Non è ancora stato catturato, ma è praticamente morto. Credo di averti amata dal momento in cui ti ho vista. So che sembra impossibile, ma non mi viene in mente nessun altro motivo per cui fossi così ossessionato di trovarti, di assicurarmi che non ti venisse fatto del male.»

Bree lo fissò con un'espressione che non riuscì a decifrare.

Poi le disse tutto d'un fiato: «Se tu dovessi rinsavire e decidessi di non voler più stare con me, mi distruggerebbe.»

«Non vado da nessuna parte. Perché pensi che sia venuta a Riverton quando ho lasciato Las Vegas? Avrei potuto andare ovunque. Ma per qualche ragione sono venuta dritta dove c'eri *tu*. Credo che fossimo destinati a stare insieme. In qualche modo ho capito che non mi avresti delusa. Non so se sia stato amore a prima vista, ma c'era sicuramente qualcosa in te che mi ha attratto. Ecco perché ti ho trovato a Riverton, perché sei riuscito a rintracciarmi in Messico e perché siamo qui ora. Torneremo a casa, lo so.»

Smiley aveva la gola così stretta che non riusciva a parlare. Tutto ciò che poteva fare era stringere Bree più forte, chiudere gli occhi e pregare che avesse ragione.

Mentre lei si addormentava tra le sue braccia, Smiley rimase sveglio e vigile. Non era stanco. Nemmeno lontanamente. Quando avrebbe avuto la certezza che erano al sicuro e stavano lasciando il Paese, sarebbe crollato. Ma per ora era carico di adrenalina.

Bree dormì per due ore, ma quando sul tetto iniziò a esserci un viavai di persone troppo intenso, Smiley decise che fosse meglio rimettersi in cammino. Non era ancora buio, ma non gli piacevano le occhiate che stava ricevendo da alcuni uomini, e persino da alcune donne. La sua analogia sul cane smarrito e la grossa ricompensa continuava a risuonargli nella testa. Sarebbe bastato che una persona facesse una telefonata e sarebbero finiti nei guai.

«Bree» la chiamò con dolcezza.

Si svegliò all'istante, come se la sua voce fosse stata tutto ciò che stava aspettando.

«Che c'è? Cos'è successo?»

«Niente» la tranquillizzò, sperando che non fosse una bugia. «È ora di andare. Vuoi dare un'occhiata alla zona per memorizzarla, così da poter andare nella giusta direzione?»

Lei annuì e fece per scendere dalle sue ginocchia, ma lui la tenne ferma. «Aspetta, tesoro. Lascia che mi alzi prima io.»

La aiutò a scivolare al suo fianco e si mise in piedi. Poi si chinò e le diede una mano ad alzarsi il più delicatamente possibile e si mise alle sue spalle mentre lei osservava la città.

Smiley stimava che fossero le cinque del pomeriggio. C'era ancora il sole, ma era molto più basso nel cielo.

Bree scrutò la zona, e lui riuscì praticamente a vedere gli ingranaggi girare nella sua testa mentre faceva del suo meglio per memorizzare i punti di riferimento e tracciare un percorso verso l'oceano. Una volta tramontato il sole, lui si sarebbe perso di sicuro, ma si fidava della sua Bree. Avrebbe dovuto chiederle aiuto molto prima. Ormai era abituato al fatto che fossero i suoi compagni di squadra a occuparsi degli spostamenti, senza che fosse necessario dirlo.

Lei lo guardò. Nonostante i lividi e i graffi su tutto il corpo era la donna più bella che avesse mai visto. Brillava di una forza interiore e di una gentilezza che la rendevano irresistibile ai suoi occhi.

La signora con il bambino iniziò a parlare e Smiley si voltò a guardarla attraverso l'apertura delle scatole. Aveva pensato che si stesse rivolgendo a loro... poi si rese conto che in realtà stava usando un cellulare.

Si allarmò, pregando che non stesse chiamando qualcuno per avvisare della presenza di gente straniera e fuori posto sul tetto. Ma non sembrava preoccupata, nervosa o ambigua.

Il bambino iniziò a piangere e lei chiuse la chiamata per cercare di consolarlo.

Si sentì un idiota per non aver nemmeno considerato che qualcuno sul tetto avrebbe potuto avere un telefono, così si voltò e chiese a Bree: «A posto?»

Lei annuì. «Sì. Ho memorizzato alcuni punti di riferimento e se partiamo ora, mentre il sole è ancora alto, sarà più facile.»

Smiley le prese la mano, poi si allontanò di qualche passo dal bordo del tetto. «Tutto ok?» le chiese. «Ti reggono bene le gambe?»

«Sì. Il pisolino mi ha aiutato molto. Grazie.»

Smiley scosse la testa, e avrebbe voluto dirle che non doveva ringraziarlo per averle dato ciò di cui aveva bisogno, ma era troppo concentrato su quello che avrebbe dovuto fare molto prima. Girò intorno al riparo improvvisato della donna e si fermò. Merda, come poteva chiederle ciò che voleva?

«Ho studiato spagnolo al college» disse Bree a bassa voce. «Cosa vuoi chiederle?»

Ancora una volta, gli stava salvando il culo. «Ha un cellulare. Possiamo usarlo per chiamare Kevlar.»

Lei spalancò gli occhi. «Porca miseria, sarebbe molto meglio che tornare a piedi fino alla costa.» Si voltò e chiese alla donna come si chiamava il suo bambino.

Smiley conosceva un po' di spagnolo, e sebbene non capisse perché non le stava chiedendo del telefono, aveva fiducia che avrebbe fatto la cosa giusta.

Mentre loro facevano una conversazione stentata, considerando lo spagnolo arrugginito di Bree e l'evidente diffidenza della donna verso gli stranieri, a Smiley si rizzarono i peli sulla nuca. Guardandosi intorno non vide nulla di insolito, ma l'esperienza gli aveva insegnato a non sottovalutare le sensazioni di disagio che provava durante una missione.

«Dobbiamo andare» le disse.

Lei annuì e la sua voce cambiò mentre parlava con la donna, si fece più dolce, come se stesse implorando qualcosa. Scambiarono ancora qualche parola poi Bree si voltò verso di lui. «Vuole sapere cosa le daremo in cambio dell'uso del suo telefono.»

Smiley non esitò. Abbassò la testa e si sfilò la piccola borsa porgendola a Bree. «Sono rimaste un paio di bottiglie d'acqua, una barretta di cioccolato, un'altra pagnotta e due barattoli di verdure.»

Bree spalancò gli occhi. «Hai una barretta di cioccolato?»

Si sentì una merda per non avergliela data. «Sì. Ma ho pensato che prima avessi bisogno di mangiare qualcosa di più nutriente. Poi ti sei addormentata e...» Si interruppe.

«Non te lo perdonerò mai» borbottò, prendendo la borsa e voltandosi verso la donna.

Smiley osservò Bree negoziare, e ancora una volta si sentì riempire di orgoglio. Probabilmente aveva ancora tanta fame, eppure non aveva esitato a offrire tutto ciò che avevano per poter usare il telefono.

«Vuole anche i fucili» gli disse, mordendosi il labbro.

«No. Non è negoziabile. Dobbiamo andare, Bree. È importante.» Percepiva l'urgenza del momento. Dovevano lasciare quel tetto prima di trovarsi intrappolati.

A quanto pareva alla fine la donna aveva ceduto, perché nel giro di venti secondi lei stava stringendo la borsa e Bree il cellulare.

Smiley lo prese e compose rapidamente il numero di Kevlar. Forse non era un navigatore provetto, ma aveva un talento nella memorizzazione di numeri. Conosceva a memoria tutti quelli dei suoi compagni di squadra.

«Che c'è?»

Smiley non poté fare a meno di sorridere al saluto del suo leader.

«Ehi, se non sei impegnato mi servirebbe un po' di aiuto» disse.

«Smiley? Porca puttana! Dove sei? Stai bene? Bree è con te?»

«Non ne ho idea, sì e sì.»

«Immagino che ti sia perso. Stronzo, ti iscriverò ai corsi base di orientamento non appena torneremo a casa. Dammi qualcosa su cui lavorare.»

«Immagino che il mio localizzatore sia rotto.»

«Sì. Tex è incazzato. Ha detto che non trasmetteva per qualche motivo.»

«Ecco. Siamo su un tetto. Stimo che ci troviamo a circa otto chilometri dalla costa.»

«Come cazzo hai fatto ad arrivare fino a lì?»

«Ripeto, non ne ho idea.»

«Mi serve più di un tetto. Descrivimi la zona.»

«Siamo in un condominio di dieci piani.» Smiley tornò sul bordo e descrisse gli edifici e i punti di riferimento che riuscì a distinguere.

«Bene. Credo che MacGyver e Safe ti abbiano localizzato sulla mappa. Puoi restare lì mentre veniamo a prendervi? Le strade qui fanno schifo e la violenza è aumentata sempre di più nel corso della giornata. Ci vorranno almeno trenta minuti prima che riusciamo ad arrivare da te.»

«Negativo. Il mio istinto mi dice di muovermi. Castillo ha affisso dei volantini con la foto di Bree, e per avere informazioni su dove lei si trovi offre più soldi di quanti chiunque qui potrebbe guadagnarne in una vita.»

«Sì, abbiamo visto» disse Kevlar, disgustato. «Bene. Riesci a vedere la statua di un tizio a cavallo a sud-ovest?»

«Ehm...» disse Smiley, scrutando la zona in cerca di ciò che

Kevlar aveva descritto. Poi si rivolse a Bree. «C'è una grande statua di un cavallo e un tizio qui vicino?»

Senza esitazione, Bree indicò alla loro sinistra.

«Fammi indovinare, la tua donna è una navigatrice provetta.»

«Molto meglio di me» replicò Smiley.

«*Tutti* sono meglio di te» scherzò il suo leader, poi tornò serio. «Muovetevi allora. Ci incontriamo lì. Cercate di non farvi notare, vi troveremo. Sono contento che tu stia bene, Smiley. Eravamo preoccupati.»

Per qualche ragione, quelle parole lo commossero. Lui e i suoi compagni erano abituati a essere in pericolo, a guardare la morte negli occhi senza battere ciglio, ma quella situazione era decisamente diversa.

«Trenta minuti, Smiley. Non darci buca o ci incazzeremo.»

Poi la linea cadde.

Girò intorno al rifugio della donna e le restituì il telefono con un sorriso e un cenno del capo.

«Ehm... Smiley?»

«Sì?» chiese, non apprezzando il suo tono. Tornò rapidamente al suo fianco e le passò un braccio intorno alla vita mentre lei si sporgeva un po' troppo dal tetto per i suoi gusti.

«Penso che quella non sia una cosa positiva.»

Si sporse anche lui per vedere cosa stesse indicando. «Cazzo!»

Un camion in stile militare si era fermato davanti al condominio e degli uomini armati stavano saltando giù dal retro per poi correre verso l'ingresso.

Senza dire una parola, prese la mano di Bree e si affrettò verso la porta delle scale. Dovevano scendere da quel tetto prima che arrivassero quegli uomini. Per qualche ragione, Smiley non aveva dubbi che fossero lì per loro.

Qualcuno aveva evidentemente telefonato a Castillo per

riferire di aver trovato l'americana scomparsa. Usare le scale per raggiungere il piano terra era fuori questione, dovevano trovare un altro modo.

«Smiley?»

«Trenta minuti, Bree. Tutto quello che dobbiamo fare è riuscire a sfuggire loro per mezz'ora. Poi Kevlar e gli altri saranno qui. Puoi farlo?»

«Sarà un gioco da ragazzi» disse con voce tremante.

Di solito, nel bel mezzo di una missione, quando i proiettili volavano e un passo falso poteva fare la differenza tra la vita e la morte, Smiley si sentiva più intoccabile che mai. Aveva riso in faccia alla morte più di una volta. Ma in quel momento provava solo terrore, perché non c'era solamente la *sua* di vita in gioco.

Aveva sempre saputo che c'era la possibilità di morire per il suo Paese, ma Bree non aveva fatto nulla di male. Aveva solo frequentato l'uomo sbagliato. E quindi eccola lì... era stata rapita due volte, era stata picchiata, si trovava nel mezzo di un tentativo di un colpo di stato militare ed era intrappolata come un topo in un labirinto.

La disperazione lo fece correre più veloce. Strinse la mano di Bree in una morsa mentre scendeva di corsa al piano sotto di quello. Doveva trovare un posto dove nascondersi, lasciare che gli scagnozzi di Castillo li oltrepassassero e perdessero tempo a perquisire il tetto. Di certo una delle tante persone lassù li avrebbe informati che lui e Bree se ne erano andati, ma non potevano sapere in quale piano o appartamento si fossero rintanati.

Smiley sperava solo di riuscire a trovare una porta aperta. Se fossero stati nel corridoio quando gli uomini di Castillo avrebbero perquisito i piani, sarebbero stati dei facili bersagli. Ma lui avrebbe fatto tutto il necessario per assicurarsi che Bree scappasse, anche rischiando di prendersi un proiettile.

CAPITOLO DICIANNOVE

A BREE il cuore batteva troppo forte. Le era successo più di una volta negli ultimi giorni di essere terrorizzata, ma mai così tanto. Erano intrappolati. Smiley era ottimista, ma riusciva a vedere la preoccupazione nei suoi occhi. I trenta minuti che servivano alla sua squadra per arrivare le sembravano un'eternità. Non sapeva come avrebbero potuto nascondersi per così tanto tempo dagli uomini che stavano salendo le scale.

Ma non espresse ad alta voce nessuno dei suoi timori. Le serviva tutto il suo autocontrollo per rimanere in piedi e tenere il passo con Smiley. Mentre percorrevano il corridoio buio e squallido che emanava un leggero cattivo odore, lui provò ad aprire ogni porta che incontravano: erano tutte chiuse a chiave.

Poi, finalmente, una si aprì quando girò la maniglia.

Guardando di nuovo verso la porta che dava sul vano scala, Bree fu sollevata di vedere che era rimasta chiusa. Non poté fare a meno di immaginare un gruppo di uomini che correvano su per le scale con le armi in pugno, disposti a tutto pur di catturarla.

E se fosse successo, Smiley sarebbe morto, perché sapeva con certezza che lui non avrebbe permesso a nessuno di riprenderla a meno che non fosse stato ucciso. E lei non poteva vivere con la sua morte sulla coscienza.

Per fortuna, l'appartamento in cui entrarono era vuoto. L'ultima cosa che voleva era coinvolgere qualcun altro nel casino che era la sua vita. La casa era sorprendentemente pulita e ordinata. Era evidente che gli occupanti fossero poveri, ma orgogliosi dei pochi effetti personali che possedevano.

L'appartamento consisteva letteralmente in una sola stanza in cui c'era un angolo coperto da una tenda, che immaginò fosse il posto che usavano come bagno. C'era un materasso sul pavimento, appoggiato a una parete, due sedie, un tavolo traballante e una specie di divanetto che aveva decisamente visto giorni migliori. L'imbottitura usciva dai cuscini e si vedevano alcune molle da un buco nello schienale. Ma sopra, ben piegata, c'era una coperta fatta all'uncinetto.

La zona della cucina era minuscola, composta da un piccolo lavello con le manopole del rubinetto arrugginite. Sotto c'era un secchio per raccogliere l'acqua. Bree non aveva idea se ci fosse acqua corrente, ma immaginava di no dato che c'erano dei grandi secchi pieni accanto al lavello. Dall'altro lato non c'erano armadietti, ma solo scatole di riso e altri generi alimentari impilati in alcune casse. I piatti erano in una scatola accanto alla dispensa improvvisata, e sopra un grande pezzo di legno, che fungeva da piano di lavoro, c'era un fornello elettrico.

Sarebbe stata una stanza triste se non fosse stato per i tocchi personali che i proprietari avevano aggiunto per renderla una vera casa. Alle pareti c'erano dei disegni fatti da bambini. Alcuni libri erano disposti con cura su una sorta di libreria di fortuna e in giro per la stanza c'erano anche alcune fotografie raffiguranti un uomo e una donna, ognuno con un bambino piccolo in braccio. Il pensiero che quattro persone vivessero in quella stanzetta minuscola, in quell'edificio fatiscente, la rattristava... ma almeno non erano costretti a stare al caldo e alle intemperie sul tetto.

Smiley non le lasciò la mano mentre la trascinava verso la finestra in cucina, dietro il lavello. Guardò fuori, aggrottò la fronte, poi si voltò senza dire una parola per andare verso l'unica altra finestra della piccola stanza, che si trovava sulla stessa parete, ma era più vicina al letto.

Fece un mormorio soddisfatto, poi si voltò a guardarla. «Se necessario, possiamo uscire da qui.»

Bree spalancò gli occhi. «Cosa? Dalla finestra? Smiley, siamo al nono piano.»

«E c'è una grondaia proprio qui fuori. Sarà un gioco da ragazzi» disse, ripetendo ciò che aveva detto lei prima.

Era pazzo. Solo così si poteva spiegare quell'annuncio così disinvolto.

Smiley le si avvicinò e le prese il viso tra le mani. «Ti fidi di me?»

La risposta fu ovvia. «Sì.»

Inclinò la testa. «Non hai nemmeno esitato» le disse con dolcezza.

Bree gli afferrò i polsi. «Smiley, sei tante cose: introverso, poco socievole, un po' stronzo quando sei intorno ad altre persone, ma l'unica cosa che *non* sei, è sconsiderato. Se dici che possiamo uscire da questo condominio buttandoci dalla finestra, mi fido di te al mille per cento.»

La fissò così a lungo che iniziò a preoccuparsi. Proprio quando lei fece per scusarsi per la sua risposta impertinente, per sostenere che *ovviamente* si fidava, lui parlò.

«Non capivo cosa fosse l'amore. Quando i miei compagni di squadra si sono innamorati uno dopo l'altro, non riuscivo a comprenderlo. Certo, ero felice per loro, ma ero comunque cinico riguardo alle loro relazioni. E poi sei apparsa tu... e scomparsa. Ero ossessionato dal bisogno di ritrovarti, ma continuavo a ripetermi che era solo per assicurarmi che fossi al sicuro. Invece era molto più di questo. Quel breve incontro a Las Vegas mi ha fatto desiderare ciò che avevano trovato *loro*. E ora, eccoci qui.»

Bree non sapeva dove volesse arrivare con quel discorso, così ripeté: «Eccoci qui.»

«Fidarmi è difficile per me. Sono stato deluso dalle persone su cui avrei dovuto contare di più nella vita: i miei genitori. Da mio padre perché era un bastardo violento, e da mia madre perché non si è tirata fuori da quella relazione. È rimasta, pur sapendo quanto lui fosse orribile. Ho imparato col tempo a fidarmi di Kevlar, Safe, Blink, Preacher, MacGyver e Flash... ma questo è tutto, e non è stato facile. E poi sei entrata come un uragano nella mia vita. Non sono mai stato così felice come in questo preciso istante che qualcuno mi conosca *davvero*. Qualunque cosa accada, so che ci sarai per me, proprio come io farò con te.»

Le si strinse il cuore. «Ti amo» sussurrò. «E credo di non aver mai capito cosa significassero queste due parole fino a questo preciso istante.»

«Anch'io» replicò Smiley con un cenno del capo. Poi si sporse in avanti e la baciò dolcemente. «Quando torneremo a casa ti trasferirai a Riverton, vero? Starai con me?»

«Sì. Se vuoi.»

«Lo voglio.»

Furono solo due parole, ma l'emozione che comunicavano era inequivocabile. Bree adorava la sua sicurezza; non aveva detto *se* torneremo a casa, ma quando. Si trovavano nel mezzo di una situazione molto precaria e potevano essere scoperti da un momento all'altro. Erano sicuramente nella merda, eppure

Smiley non aveva problemi a stare lì a parlare dei loro sentimenti come se avessero tutto il tempo del mondo.

«Non dovremmo andarcene da qui?»

Lui scrollò le spalle. «Non appena usciremo da quella finestra saremo dei facili bersagli, visibili a chiunque. Prima di mettermi volontariamente allo scoperto preferirei restare qui, al riparo, e vedere se penseranno che siamo scappati e se verranno a cercarci.»

Aveva senso, ma aspettare non era il suo forte. Si sentiva come se l'uomo nero fosse stato proprio fuori dalla porta, a sbavare, e che non entrasse apposta per tormentarli. Ma aveva detto che si fidava di lui e avrebbe fatto tutto il necessario per dimostrare di essere una donna di parola.

Ogni minuto che passava sembrava un'eternità. Sentirono dei passi pesanti sopra le loro teste e si stupì e preoccupò da quanto sottile sembrasse il soffitto. Senza un orologio non aveva idea di quanto tempo fosse passato, ma di sicuro non molto. Non erano ancora trascorsi i trenta minuti, di quello era certa.

Ma quando sentirono delle voci nel corridoio e poi l'inconfondibile rumore di porte che venivano sfondate, fu ovvio che il loro tempo era scaduto.

«È ora di andare» confermò Smiley con un tono calmo.

Stava vedendo il suo uomo sotto una nuova luce; ora era il letale Navy SEAL. Concentrato. Risoluto. Deciso.

Deglutendo a fatica, si lasciò condurre alla finestra. Lui alzò il vetro e guardò fuori. Poi si voltò verso di lei. «Penso sia meglio se ti trasporto io. Puoi salire sulla mia schiena e tenerti stretta mentre scendiamo. A meno che tu non creda di avere la forza di aggrapparti alla grondaia e scivolare giù da sola.»

La preoccupazione nella sua voce era evidente. E aveva ragione. Tremava per la debolezza, non aveva dormito a sufficienza o assunto abbastanza calorie per poter fare qualcosa che richiedeva un tale sforzo fisico. Avrebbe voluto chiedergli se sarebbe riuscito a scendere con il suo peso sulla schiena, ma gli aveva detto che si fidava di lui. Se stava suggerendo di trasportarla, voleva dire che era sicuro di poterli fare arrivare a terra sani e salvi.

«Girati» gli disse.

La fissò per un attimo, poi si scrollò dalla spalla i fucili e li appoggiò sul pavimento, si voltò e si accovacciò. Mordendosi il labbro, Bree gli salì sulla schiena, agganciando le caviglie all'altezza della sua pancia e facendo del suo meglio per non strangolarlo con le braccia mentre lui si rialzava.

Non le piaceva il fatto che lasciasse giù i fucili, ma non aveva idea di come avrebbe potuto cavarsela se avesse dovuto portare sia lei *sia* le armi.

Senza esitazione, Smiley scavalcò il davanzale. Bree chiuse gli occhi e trattenne il respiro quando lui le chiese: «Pronta?»

Mentre gli uomini sfondavano a calci quella che doveva essere la porta dell'appartamento accanto, Bree emise una specie di verso affermativo. Non potevano restare lì, non c'era letteralmente nessun posto dove nascondersi, ma scendere lungo una grondaia, la cui sicurezza era discutibile, non sembrava una mossa particolarmente intelligente.

«Tieniti forte» la avvisò... poi scivolarono a ritmo spedito verso il basso.

Il rumore provocato dagli anfibi di Smiley che strisciavano sulla grondaia era spaventosamente forte, nonostante il frastuono della città tutt'intorno. Sentì il vento tra i capelli mentre scendevano velocemente... poi sobbalzò quando atterrarono pochi secondi dopo.

Sentì un grido dall'alto. Alzò lo sguardo e vide un uomo che li osservava dall'appartamento in cui si trovavano pochi istanti prima. Smiley si avviò senza farla scendere, ma dopo pochi passi si fermò di colpo.

Con immenso orrore vide davanti a loro Mateo Castillo e due degli uomini che erano sulla barca che l'aveva portata in Ecuador.

Mateo aveva un ghigno sul volto, mentre i suoi scagnozzi puntavano contro di loro delle mitragliatrici.

Bree si sentì gelare il sangue. Non voleva pensare di aver affrontato tutte quelle cose orribili per finire comunque in una prigione nella giungla. Ma non poteva nemmeno permettere che Smiley perdesse la vita per colpa sua.

Si sarebbe arresa a Mateo. Si sarebbe consegnata, se lui avesse lasciato in vita Smiley.

In fondo alla sua mente, sapeva che non sarebbe mai successo. Per qualche ragione le tornò in mente il film *La storia fantastica*, la parte in cui Bottondoro aveva fatto quello che lei stava contemplando di fare. Si era sacrificata affinché Westley potesse vivere... solo che il cattivo aveva invece portato il suo amato nelle segrete e lo aveva torturato fino a farlo quasi morire.

Smiley si accovacciò un po' con molta lentezza e le diede un colpetto su una gamba. Bree suppose che volesse che lei scendesse dalla sua schiena, così scivolò giù, ma rimase proprio dietro di lui e gli afferrò con forza la maglia.

«Quindi... sei il Navy SEAL che pensa di poter prendere ciò che è mio» disse Mateo, con quel ghigno ancora stampato in faccia, come se fosse sicuro di aver vinto.

«Bree non appartiene a nessuno, men che meno a te» ribatté Smiley con un tono che non gli aveva mai sentito usare. Era pregno di derisione e di odio, e la fece rabbrividire.

«È qui che ti sbagli. L'ho comprata in modo onesto.»

«Non si possono comprare degli esseri umani.»

«E ti sbagli di nuovo» disse Mateo con calma.

Era strano stare lì a sostenere quella che a prima vista sembrava una conversazione civile. La strada intorno a loro si era improvvisamente svuotata. A quanto pareva, gli abitanti della zona erano stati abbastanza intelligenti da allontanarsi da quella che era chiaramente una situazione instabile.

«Lo faccio da molto tempo e continuerò a farlo in futuro. Non puoi fermarmi, né tu né nessun altro.»

Smiley rise. Non fu una risata divertita, ma dura, sprezzante e arrogante. «Sei un idiota.»

Mateo socchiuse gli occhi e strinse le labbra per l'irritazione.

Bree non era sicura che fosse la cosa migliore provocare quell'uomo, ma, come aveva detto nell'appartamento, si fidava di lui.

«A proposito, il tuo amico Rex mi ha detto di salutarti» continuò Smiley, che stava lì con le braccia incrociate sul petto, come se non avesse due armi automatiche puntate contro e con tutta probabilità un contingente di altri stronzi armati che in quel momento stavano correndo giù per nove rampe di scale per unirsi al divertimento.

Mateo si raddrizzò, abbandonando la posa di finto rilassamento che aveva assunto.

«Proprio così. So che ne hai sentito parlare. È stato lui a eliminare del Rio, e ora ha gli occhi puntati su di *te*. Hai fatto un casino, Castillo, e sei finito nel suo mirino. Ora l'unico esito possibile è la morte e la fine del tuo regno del terrore.»

Il ghigno compiaciuto tornò sul suo volto. «Sì. Conosco Rex. E il ragazzo che ha cresciuto come se fosse suo, molto probabilmente è mio figlio.»

Bree si lasciò quasi sfuggire un verso sorpreso. Aveva sentito parlare del bambino che la moglie di Rex aveva avuto mentre era prigioniera. Era figlio di Mateo?

«Come fai a dirlo?»

Smiley mostrava ancora una facciata rilassata, ma poteva sentire la tensione dei suoi muscoli sotto le mani. «Del Rio me la lasciava avere tutte le volte che lo desideravo. Era la mia preferita. Amavo la paura nei suoi occhi, anche quando spalancava volontariamente le gambe mentre facevo ciò che volevo. Con tutte le volte che me la sono fatta, è impossibile che quel moccioso non sia mio. Il tuo prezioso Rex sta crescendo *mio* figlio.» Rise. Fu un suono malvagio che la fece rabbrividire. «Come credi si sentirà quando lo verrà a sapere?»

«Ti sbagli se pensi di vivere abbastanza a lungo perché le tue menzogne giungano a lui attraverso la tua lurida organizzazione clandestina.»

Mateo ora sembrava incazzato. E persino... un po' spaventato? Era bello vederlo, ma un po' la preoccupava. Per una buona ragione.

Infatti, le sue parole successive dimostrarono che aveva chiuso con quella piccola conversazione.

«Uccidetelo» ordinò ai suoi uomini. «Ma lei è mia.»

I due scagnozzi fecero un passo avanti.

Bree agì senza pensarci, si spostò velocemente davanti a Smiley e allargò le braccia. «No!» Il suo unico pensiero, dato che Mateo non la voleva morta – almeno non ancora – era che avrebbe potuto proteggerlo con il proprio corpo.

Ma Smiley non era disposto a tollerarlo. Con un unico movimento la spinse di lato e corse verso gli uomini armati.

Ovviamente, sorprese i due idioti, perché non riuscirono nemmeno a premere il grilletto prima che lui fosse su di loro. Con un calcio fece volare via l'arma dalle mani di uno, mentre tirava un pugno in faccia all'altro.

La lotta era iniziata. Smiley non diede a nessuno dei due la possibilità di riprendere la propria mitragliatrice. Sembrava posseduto. Spostava la sua attenzione da un uomo all'altro, senza dare a nessuno dei due l'opportunità di avere la meglio.

Sarebbe stato bellissimo da vedere, se Mateo non si fosse precipitato ad afferrare lei.

Bree lottò nella sua presa, ma le costole le facevano ancora un male cane e non era fisicamente all'altezza di quell'uomo che era più alto e più forte.

«Sei stata una spina nel fianco!» sibilò. «Ti pentirai di avermi sfidato.»

«Vaffanculo!» inveì lei con rabbia, lottando con tutte le sue forze. Non lo avrebbe seguito volontariamente. Al diavolo le costole rotte o incrinate. Se non fosse riuscita a scappare, sarebbe stata bella che morta e la vita che aveva immaginato con Smiley sarebbe andata in fumo. Non avrebbe mai conosciuto i bambini di Addison e di Maggie. Non avrebbe più rivisto Julie e Fiona. Non avrebbe potuto conoscere meglio Remi, Kelli, Wren e Josie. Non avrebbe potuto vedere crescere Yana e i suoi fratelli.

Fanculo. Non era pronta a morire. Avrebbe lottato per sé stessa e per Smiley.

Quando prima era dietro di lui non si era limitata a rimanere nascosta, ma aveva cercato di estrarre la pistola dalla fondina sulla sua schiena, però lui aveva percepito ciò che stava facendo... e aveva fatto un passo avanti con discrezione, lanciandole chiaramente un messaggio. Mossa che probabilmente era stata intelligente; non aveva mai sparato prima, e il suo più grande timore era stato che qualcuno la sopraffacesse e usasse la pistola contro di lei o Smiley. Inoltre, non aveva voluto privarlo della sua unica arma.

Quindi, aveva fatto una cosa più sensata...

Dato che la maglia a maniche lunghe era piuttosto larga, era riuscita a nascondere il coltello che aveva costruito mentre era in quel camion di polli. Sembrava fosse successo da un'eternità, ma ora quell'arma improvvisata era perfetta nella sua mano. L'aveva usata una volta per uccidere, l'avrebbe rifatto se ne avesse avuta la possibilità.

Bree si divincolò nella presa di Castillo, cercando di fare in modo di trovarsi in una posizione che le avrebbe permesso di affondargli il coltello nella gola, come aveva fatto con l'uomo a Ensenada. Con un ringhio Mateo si spostò fino a stringerle il collo con un braccio. Non le stava togliendo l'aria, ma ora aveva decisamente un controllo migliore su di lei.

Si sentì travolgere da una rabbia ardente e feroce. *No!* Non sarebbe finita così la storia tra lei e Smiley. Lui stava ancora lottando con gli altri due uomini, e mentre lei guardava uno di loro si liberò e si lanciò goffamente per recuperare l'arma che gli era stata strappata di mano.

Era carponi per terra e aveva appena afferrato la mitragliatrice quando Bree fece la sua mossa.

Mettendoci tutta la forza che aveva, sollevò il coltello improvvisato e pugnalò Mateo nel braccio che le stringeva il collo. Quello non lo avrebbe ucciso, ma se fosse riuscita a fargli mollare la presa abbastanza a lungo da permetterle di liberarsi, sarebbe scappata. Smiley l'aveva già trovata una volta, lo avrebbe fatto di nuovo.

Mateo emise un urlo di dolore che le fece fischiare le orecchie e, sorprendentemente, lasciò cadere il braccio dal suo collo.

Però, quando Bree cercò di scappare le cedettero le ginocchia e cadde a terra come un sacco di patate. Proprio mentre il suo cervello ordinava alle gambe di alzarsi e di correre, risuonarono degli spari tra gli edifici circostanti.

Inorridita, alzò la testa di scatto per vedere se Smiley stesse bene, ma le arrivò un peso enorme addosso, che la spinse in avanti facendole sbattere a terra la faccia.

Grugnendo, cercò disperatamente di liberarsi da chiunque l'avesse afferrata, senza successo.

Nel frattempo, gli spari continuavano a risuonare; sembrava che intorno a lei stesse scoppiando la Terza Guerra Mondiale.

Le sfuggì un singhiozzo. Smiley non poteva essere morto. Non poteva! Altrimenti non se lo sarebbe mai perdonato. Era la cosa migliore che le fosse mai capitata e lei lo aveva fatto uccidere!

All'improvviso calò un silenzio inquietante. Bree aveva quasi paura di muoversi. Forse, se fosse rimasta immobile, gli stronzi che la inseguivano l'avrebbero creduta morta e sarebbero fuggiti.

Il peso su di lei fu rimosso di colpo e venne girata sulla schiena. Sbatté le palpebre, faticando a concentrarsi su ciò che stava vedendo. Poi delle braccia forti la sollevarono e la strinsero dolorosamente.

Per un secondo pensò di essere trattenuta dagli uomini di Mateo, ma un istante dopo capì che le braccia intorno a lei appartenevano a Smiley.

Si aggrappò a lui con più forza di quanto aveva pensato di averne.

«Sei ferita? Cazzo!»

Scosse la testa, poi le venne in mente una cosa: gli uomini che arrivavano dal condominio... dovevano andarsene da lì!

Alzò la testa per dirgli che dovevano scappare, ma lo guardò confusa. L'occhio era ancora piuttosto gonfio, ma nelle ultime ore aveva cominciato a vedere qualcosa; però non poteva esser vero ciò che stava vedendo in quel momento.

Accovacciato accanto a lei e a Smiley c'era Blink e vicino a lui c'era MacGyver.

«È sporca di sangue. Dove ti ha ferita, tesoro?» le chiese Blink con dolcezza.

La situazione sembrava surreale ed era davvero confusa. Cercò di guardarsi, ma Smiley non la mollava.

«Smiley, rilassati, amico, dobbiamo darle un'occhiata» ordinò Kevlar.

La sua presa si allentò lentamente e Bree si sporse indietro quel tanto che bastava non per guardarsi, ma per controllare le eventuali ferite di Smiley. «Ti hanno sparato?» gli chiese.

«No. E a te?»

Scosse la testa.

«Questo è ciò che penso?» chiese Preacher, sollevando il coltello di plastica che Bree aveva usato su Mateo. Quando si voltò lo vide a terra, sdraiato immobile con un buco al centro della fronte, e un'enorme pozza di sangue si stava formando intorno a lui.

«Ti ho sentita tirarlo fuori dalla fondina» disse Smiley, riportando la sua attenzione su di sé.

«Sei stata brava a distrarlo» aggiunse Safe.

Si guardò alle spalle e vide stesi a terra gli uomini contro cui Smiley aveva combattuto, anche loro con un foro di proiettile in testa. «Cos... come?» balbettò.

«Ventidue minuti e quaranta secondi» disse Kevlar. «Non trenta... errore mio. Non sono mai stato bravo a fare delle stime.»

Alla fine comprese. Kevlar e la sua squadra erano arrivati proprio al momento giusto. Non sapeva come, ma non le importava. Probabilmente avevano sentito lo scagnozzo di Mateo urlare contro di loro o qualcosa del genere.

«Mi dispiace interrompervi, ma dobbiamo darci una mossa» disse Flash. «La gente del posto sta cominciando ad agitarsi.»

Gli uomini che Mateo aveva mandato a cercarli uscirono dal condominio, ma dopo aver dato un'occhiata al loro capo morto a terra e al gruppo armato intorno a lui – ora con le pistole pronte – si dileguarono verso l'altra estremità del vicolo, probabilmente per tornare al loro camion.

Ma anche i civili erano curiosi. Ora che non volavano più proiettili stavano uscendo dai vari nascondigli per vedere cosa fosse successo. Preacher e Kevlar afferrarono Smiley, e con un movimento fluido lo tirarono in piedi, con lei ancora tra le sue braccia.

Bree emise un piccolo urlo sorpreso, ma lui la tranquillizzò. «Sei al sicuro.»

Ed era vero. Con lui era al sicuro, ed era tutto ciò che aveva bisogno di sapere. I suoi dolori tornarono con prepotenza, e poté solo chiudere gli occhi e rilassarsi contro Smiley quando lui aggiustò la presa e passò un braccio sotto le sue gambe, stringendola a sé. Camminarono circondati dalla sua squadra verso un SUV parcheggiato a caso sul marciapiede a un isolato di distanza. Era un miracolo che nessuno l'avesse rubato nel breve tempo in cui era rimasto lì.

Ci stavano stretti, ma non le importava. Mateo era morto. Era libera.

Fu pervasa da un senso di leggerezza, dalla sensazione di avere tutta la vita davanti. Era spaventoso ed emozionante allo stesso tempo.

«Possiamo tornare al motel oppure andare direttamente all'aeroporto» li informò Kevlar.

Bree alzò la testa e guardò Smiley negli occhi.

«Aeroporto» dissero all'unisono.

Lei sorrise, e lo sguardo d'amore che lui le rivolse fu così intenso che le sembrò che loro due fossero le uniche persone sul pianeta.

«Non abbiamo portato il tuo zaino» lo avvertì Preacher. «Siamo partiti troppo in fretta per pensarci.»

«Non mi serve niente di quello che c'è dentro. Ho tutto quello di cui ho bisogno proprio qui» disse Smiley, senza distogliere lo sguardo da lei.

«Oh, e voi ragazzi?» chiese Bree, distogliendo con riluttanza gli occhi da lui. «Avete i vostri?»

«No» rispose Preacher. «Comunque non ci interessa. Tanto credo che tutta la nostra roba sia infestata dalle cimici dei letti. Che se la tengano quelli che lavorano in quel motel di merda.»

«Restituiremo la macchina e le armi all'uomo da cui le abbiamo prese in prestito. Abbiamo i nostri documenti d'identità, compresi i vostri» disse Kevlar. «Io, da parte mia, sarò felice di tornare a casa.»

«Sono sicuro che Julie e Fiona saranno ansiose di vederti» affermò Safe.

«Così come il resto delle ragazze» aggiunse MacGyver.

Bree desiderava disperatamente fare una doccia. E mangiare un piatto enorme di maccheroni al formaggio. E bere cinque litri d'acqua. E magari prendere un antidolorifico. Ma avrebbe ottenuto tutto quello e altro ancora molto presto. Il suo più grande desiderio, oltre a vedere che Smiley era rimasto illeso, era tornare nell'appartamento di Riverton, dove si sentiva più a casa che in qualsiasi altro posto in cui avesse mai vissuto... semplicemente perché lo condivideva con l'uomo che amava.

Chiuse gli occhi e si rilassò di nuovo contro Smiley, mentre Blink li portava verso la libertà.

CAPITOLO VENTI

Dopo l'esperienza molto stressante che avevano vissuto, il volo di ritorno negli Stati Uniti era stato di una normalità assurda. All'aeroporto di Guayaquil avevano trovato ad aspettarli un aereo privato, e dopo essersi incontrati nel parcheggio con un misterioso contatto per restituire il veicolo e le armi che avevano preso in prestito, Smiley aveva portato Bree in un hangar e a bordo dell'aereo.

Lui e i suoi compagni di squadra erano rimasti in silenzio e in allerta. L'atmosfera era stata tesa, dato che le bande di miliziani stavano ancora seminando il caos in città.

Si era rilassato solo quando erano decollati, e dopo che MacGyver aveva messo una flebo a Bree, aveva trascorso il viaggio di ritorno a vegliare su di lei e a farle mangiare il più possibile proteine e altri alimenti.

Erano atterrati in un aeroporto regionale privato nel sud della California, e non avrebbe dovuto sorprenderlo di trovare il suo Ford Ranger nel parcheggio, così come la Crosstrek di Kevlar e l'Explorer di MacGyver... eppure lo era stato comunque. Non sapeva chi avesse organizzato la consegna dei loro veicoli – probabilmente Tex con l'aiuto della squadra di Wolf – ma ne era stato grato.

Tutto ciò era successo due giorni prima. Dopo averla fatta visitare da un medico, lui e Bree si erano rinchiusi nel suo appartamento. A essere sincero, Smiley aveva avuto bisogno di passare un po' di tempo da solo con lei. Avevano parlato molto di quello che aveva passato, di come l'aveva trovata e di ciò che era successo alla fine.

Aveva temuto che Bree sarebbe stata traumatizzata a causa di tutta quella violenza, ma lei aveva ammesso di essere un po' preoccupata per aver preso così *bene* lo sviluppo della situazione. Ciò aveva portato a parlare di come lui affrontava alcune delle cose che faceva durante le missioni, e le aveva organizzato una chiamata su Zoom con lo psicologo a cui a volte si rivolgeva dopo operazioni particolarmente difficili.

Aveva passato gli ultimi due giorni a coccolarla, assicurandosi che mangiasse sano e bevesse costantemente acqua. I loro telefoni erano stati inondati di messaggi vocali e di testo e di mail, ma entrambi avevano soltanto desiderato di godere della reciproca compagnia.

Ma era giunto il momento. Smiley aveva notato che Bree stava diventando irrequieta. Non voleva altro che tenerla per sé, continuare a restare nel suo appartamento, isolati dal resto del mondo, a viziarla, ad assicurarsi che guarisse completamente e senza complicazioni. Ma la sua Bree era una persona estroversa. Aveva bisogno di vedere Fiona e Julie, per accertarsi di persona che stessero bene. Di ringraziare i suoi compagni di squadra e il team di Wolf per aver contribuito a trovarla. E desiderava disperatamente incontrare Tex.

Smiley sapeva che l'ex SEAL era ancora nel sud della California e che stava dando a Bree il tempo di cui aveva bisogno per ritrovare il suo equilibrio mentale. Lo stavano facendo tutti. Magari mandavano messaggi e mail, ma rispettavano il loro bisogno di spazio senza piombargli in casa.

«Ho pensato che potremmo andare all'Aces questo pomeriggio» suggerì.

Il sorriso che gli rivolse quando si voltò di scatto per guardarlo fu tutta la rassicurazione di cui ebbe bisogno per capire che stava facendo la cosa giusta.

«Sì! Mi piacerebbe molto!» disse Bree felice.

«Sei sicura di sentirtela? Ieri hai avuto quel forte mal di testa.» Anche se aveva suggerito lui di uscire, all'improvviso temette che sarebbe stato troppo presto.

«Sì. Ma... a *te* va bene?» gli chiese, aggrottando la fronte.

Dato che erano seduti uno accanto all'altro sul divano, Smiley si voltò per vederla meglio e le mise una mano sulla guancia. «Voglio quello che vuoi tu» le disse.

«Non è giusto» protestò.

«Ti amo, Bree Haynes. Mentre ti cercavo mi sono ripromesso che se ti avessi trovata avrei passato il resto dei miei giorni a fare tutto il possibile per darti la vita che meritavi. E meriti di essere circondata dagli amici, di ridere, di vivere nel momento con gioia.»

Ma lei scosse ostinatamente la testa. «Non capisci? Non posso vivere *nessun* momento con gioia se sono preoccupata per te. Se odi quello che stiamo facendo. Se sei infelice.»

«Non sarò mai, *mai*, infelice con te al mio fianco. Sembra una frase fatta, ma non lo è. Vederti contenta, vedere il tuo sorriso, rende contento anche *me*. Mi fa venire voglia di fare tutto ciò che è in mio potere per continuare a farti sorridere. Se vorrai uscire a cena, andremo fuori a cena. Se vorrai andare al cinema, andremo al cinema. Se avrai bisogno di passare un po' di tempo tra ragazze, ti darò lo spazio per farlo.

Non abbiamo parlato molto del nostro futuro, ma voglio

sposarti, Bree. Voglio invecchiare con te al mio fianco. Voglio andare in vacanza con te, fare da babysitter ai figli dei nostri amici, e ridere perché sono iperattivi quando li riportiamo a casa. E voglio viziarti.»

Le si riempirono gli occhi di lacrime, ma sorrideva, quindi non si fece prendere dal panico.

«Voglio anch'io tutto questo, ma solo se potrò viziarti a mia volta.»

«Ci sto. E devi sapere che...» Fece una pausa.

«Sì?»

«Ci saranno tutti all'Aces.»

Lei ridacchiò. «Lo immaginavo.»

«Vuoi andarci comunque?»

«Sì. Assolutamente. Siamo rimasti chiusi in casa abbastanza, è ora di tornare a vivere. Lui non è più un problema, giusto?»

Smiley sapeva esattamente a chi si riferiva. «Ne sono certo. Sai che ho parlato con Tex quando siamo tornati e gli ho raccontato tutto quello che è successo. Mi ha mandato un messaggio stamattina, dopo aver esaminato la situazione in Ecuador. Il complesso di Castillo è stato smantellato. Tutte le donne trovate lì sono state salvate. Stanno ricevendo assistenza da associazioni private per i diritti delle donne in modo che possano rimettersi in piedi. Quelle che non sono dell'Ecuador stanno tornando nei loro paesi, dalle loro famiglie. L'organizzazione di Castillo è finita. Sei al sicuro. Promesso.»

«Sarà un po' strano non dovermi guardare sempre alle spalle.»

«Ti ci abituerai» le disse con fermezza.

Lei gli rivolse un piccolo sorriso. «Oggi ti ho detto che ti amo?»

«No» rispose, facendo un broncio esagerato.

Lei ridacchiò. «Invece sì, stamattina, dopo che mi hai preparato quella teglia di crocchette di patate con pancetta e formaggio. E quando mi hai aiutato a tagliarmi i capelli in modo che non fossero troppo irregolari.»

«*Mmm*, non me lo ricordo» la stuzzicò.

Bree sorrise raggiante. «Questo» disse. Fu solo una parola, ma carica di emozione. «Questo è ciò a cui pensavo quando ero rinchiusa in quelle gabbie. Di essere seduta qui con te, a stuzzicarci a vicenda, sentendomi al sicuro e amata.»

Il ricordo di ciò che aveva passato e persino il maledetto termine "gabbia" fecero riaffiorare un sacco di emozioni viscerali, ma Smiley le represse e si concentrò invece sui sentimenti d'amore che le sue parole evocavano. «Ti amo» sussurrò.

«Meno male, perché penso che ormai sei incastrato con me» gli disse con un altro sorriso.

Si sporse in avanti e la baciò. Avrebbe dovuto essere un bacio breve, solo per farle sapere quanto la adorava, ma si trasformò in qualcosa di più. Di più profondo. Più lungo. Quasi disperato.

Si scostò a malincuore e ignorò il lamento di Bree. «Quando le tue costole saranno completamente guarite, ti mostrerò esattamente quanto sei *incastrata* con me.»

Lei fece il broncio. «Uffa.»

Fu il turno di Smiley di ridacchiare. «Almeno tu non devi sopportare questa» disse, indicando la sua erezione.

Bree vi posò una mano sopra. «Posso occuparmene.»

Ma lui gliela prese e se la portò alle labbra. «Posso resistere» le disse. «Ti ho aspettata tutta la vita, posso farlo ancora un po'.»

Lei spalancò gli occhi. «Che cosa dolce hai detto. Chi sei, e cos'hai fatto al mio ragazzo?»

Lui sbuffò e rise.

Poi Bree si sporse e lo abbracciò. Smiley la prese e se la mise sulle ginocchia. Quella posizione era molto più comoda per entrambi, e poteva sentire il suo calore lungo tutto il corpo.

Rimasero seduti così per qualche minuto, godendosi la vicinanza e il conforto di essere l'uno nelle braccia dell'altra. Poi Bree alzò la testa. «Allora... quando andiamo all'Aces?»

Smiley ridacchiò di nuovo, rendendosi conto di aver probabilmente riso più negli ultimi due giorni che negli ultimi dieci anni. Lei aveva portato luce nella sua vita altrimenti buia. Era un cambiamento enorme, ma non lo odiava.

Guardò l'orologio e disse con nonchalance: «Saranno tutti lì tra circa quindici minuti.»

«Quindici minuti!» esclamò, cercando di balzare giù dalle sue ginocchia.

Ma lui non mollò la presa.

«Smiley! Lasciami andare. Devo prepararmi!»

«Sei già pronta.»

Bree alzò gli occhi al cielo. «Devo cambiarmi, capire cosa fare con questi capelli, truccarmi un po' per nascondere meglio i lividi. Non sono affatto *pronta*!»

Le mise un dito sulla guancia e le girò la testa fino a farle appoggiare la fronte contro la sua. «Sei perfetta esattamente così come sei. E le tue amiche ti diranno la stessa cosa.»

Lei si irrigidì. «Non voglio che mi guardino e siano dispiaciute per me. O che ricordino tutte le cose brutte che sono successe. Voglio che siano felici per me, per *noi*, che ora siamo insieme senza Mateo che incombe sulla nostra testa.»

Quando la metteva in quel modo, poteva capirla. Annuì e si raddrizzò, allentando le braccia intorno alla sua vita.

«Mi piace che pensi che sia perfetta così come sono.»

«Sei più che perfetta» replicò lui con convinzione. «Vai a fare le tue cose, io intanto informo Wolf e Kevlar che faremo tardi, così potranno avvisare tutti gli altri.»

«Non faremo tardi» protestò Bree.

Lui sorrise e si limitò ad annuire. Sarebbero arrivati sicuramente in ritardo, ma non gli importava. E non importava nemmeno ai loro amici. Erano molto ansiosi di vedere con i loro occhi che stava bene dopo la terribile esperienza che aveva vissuto. E a quanto pareva, Fiona e Julie non vedevano l'ora di parlarle. Smiley era riuscito a impedire loro di presentarsi alla sua porta, ma era arrivato il momento; tutte le donne avevano bisogno di ritrovarsi insieme.

Dopo aver guardato Bree affrettarsi lungo il corridoio, verso la loro camera, si abbandonò contro il divano e chiuse gli occhi. Solo qualche giorno prima, vivere un momento come quello sembrava quasi impossibile. E ora era a casa, con la donna che amava, che non era distrutta e nemmeno particolarmente scossa. Era un miracolo. Il *suo* miracolo. E avrebbe passato la vita a farsi in quattro per rendere il resto dei suoi giorni infinitamente più belli rispetto alla settimana precedente.

———

Bree era nervosa, ma non ne capiva il motivo. Forse perché voleva disperatamente non essere trattata in modo diverso rispetto a prima di venire rapita. O perché temeva che Julie e Fiona l'avrebbero incolpata per quello che era successo. Non lo sapeva. Sapeva solo che quella che qualche minuto prima aveva pensato fosse l'idea più bella del mondo, ora le sembrava un errore.

«Rilassati» le ordinò Smiley, prendendole la mano e conducendola verso la porta dell'Aces Bar and Grill. Bree gli fece la linguaccia dietro la schiena, ma si affrettò a sorridere quando lui si voltò all'improvviso a guardarla.

Le rivolse un sorrisetto. «Mi hai fatto la linguaccia?»

«No» mentì.

Quando lui ridacchiò, Bree si rilassò. Amava riuscire a farlo ridere, perché non lo faceva abbastanza spesso, quindi, quando succedeva le sembrava una grande vittoria.

In ogni caso, non aveva più tempo di stressarsi per quello che sarebbe successo perché Smiley stava aprendo la porta.

Quando entrarono, furono accolti dal silenzio, ma un attimo dopo l'intero locale esplose in un coro di saluti.

Fu travolgente, ma un senso di calore le riempì il cuore quando vide tutte le persone che erano andate all'Aces. Che erano lì per *lei*.

Remi fu la prima a farsi avanti e la abbracciò forte, poi Bree passò di persona in persona perché tutti volevano assicurarsi che sapesse quanto avessero sentito la sua mancanza e si fossero preoccupati. Sorprendentemente, l'atmosfera nel locale era festosa invece che solenne, il che fu un sollievo. L'ultima cosa che voleva era dover raccontare ciò che aveva passato o che la gente si sentisse dispiaciuta per lei. Era viva, ed era ben consapevole che molte donne che si erano trovate nella sua stessa situazione non erano state così fortunate.

Poi arrivò il momento che tanto aveva temuto e atteso con ansia: Julie e Fiona si avvicinarono, entrambe nervose quanto lei.

Per nascondere le proprie emozioni instabili, Bree disse: «Dalle vostre facce sembra che qualcuno vi abbia rubato l'ultimo dolcetto *Christmas Tree Cake* o qualcosa del genere.»

Per un attimo si mostrarono sorprese, poi si lanciarono contemporaneamente su di lei.

Bree indietreggiò su un piede per mantenere l'equilibrio.

Per fortuna Smiley le era rimasto vicino, e la sostenne con una mano sulla schiena.

Poi tutto ciò a cui riuscì a pensare fu che lei, Fiona e Julie erano state a un soffio dal non rivedersi mai più.

Tutte e tre scoppiarono a piangere. Per Bree quello sfogo emotivo fu una combinazione di sollievo, paura accumulata e orgoglio di poter definire quelle donne sue amiche.

Fiona fu la prima a tirarsi indietro, ma non sciolse l'abbraccio. «Non farlo mai più!» le urlò praticamente in faccia.

«Sì, non è stato affatto giusto» concordò Julie.

Con suo stupore, Bree si ritrovò a sorridere. «Avreste preferito che me ne stessi seduta a non fare niente mentre venivamo tutte spedite via?»

«Avresti potuto *morire*!» sbottò Fiona.

«E sei stata ferita per colpa nostra!» aggiunse Julie.

Bree tornò seria, le guardò e disse: «Se potessi tornare indietro e rifare tutto da capo, non cambierei una virgola. Voi due eravate lì a causa mia, per *niente* al mondo avrei permesso di farvi affrontare *di nuovo* la peggiore esperienza della vostra vita.»

«Non eravamo lì a causa tua» sostenne Julie. «Eravamo lì per colpa di uno stronzo che pensava di avere il diritto di toglierci la libertà.»

«Se ti fosse successo qualcosa, se fossi scomparsa o se avessi dovuto vivere quello che abbiamo passato noi...» La voce di Fiona si spezzò, ma si costrinse a continuare. «Penso che sarebbe stato peggio di quello che è successo allora.»

Bree era sconvolta. «No, Fiona.»

«*Sì*, invece» insistette. «La tua è stata una delle cose più altruistiche che abbia mai visto fare in vita mia e non riesco a decidere se voglio picchiarti o abbracciarti di nuovo.»

«Scelgo l'abbraccio.»

E poi le tre donne si ritrovarono di nuovo strette l'una all'altra.

«Se posso...» disse una voce profonda alle spalle di Fiona.

Lei si tirò indietro e Bree guardò Cookie negli occhi.

La stava fissando con le labbra strette. Poi continuò: «Vorrei abbracciarti anch'io... se per te va bene. Se non ti causa angoscia.»

Bree si gettò praticamente contro di lui e lo abbracciò, affondando il naso nel suo petto. La sua stretta le fece male alle costole, ma non si lamentò. Poi lui le mise una mano sulla nuca, portò le labbra al suo orecchio e le disse: «Grazie.»

Fu solo una parola, ma penetrò profondamente nella sua anima.

«Tocca a me» dichiarò un'altra voce profonda.

E prima che se ne rendesse conto, fu avvolta dall'abbraccio di Patrick Hurt. Anche lui la ringraziò, e le sue parole furono pregne di un'intensa emozione.

Bree iniziava a sentirsi un po' imbarazzata da tutta quell'attenzione. Credeva davvero di non aver fatto nulla che non avrebbero fatto anche le altre due donne se ne avessero avuta la possibilità. Lei era solo stata quella che avevano fatto uscire per prima dalla gabbia.

«Bene, quindi... penso che sappiamo tutti perché siamo qui!» Bree si voltò verso la voce di Jessyka e si ritrovò di nuovo tra le braccia di Smiley. Gli si rannicchiò contro, sentendosi contenta di essere lì con lui e tutti i suoi amici.

La proprietaria dell'Aces si trovava dietro al bancone e annunciò: «Stasera, per ovvi motivi, non ci sarà pollo nel menu.»

Bree rise insieme a tutti gli altri. Condivise uno sguardo con Julie e Fiona, che arricciarono il naso contemporaneamente, facendola ridere ancora di più.

«Per qualche ora troverete in giro dei vassoi di stuzzichini. Se volete qualcosa di diverso... pazienza.»

Tutti risero di nuovo.

«Anche lo champagne è offerto dalla casa, prendete tutti un bicchiere dai camerieri così brindiamo. A Bree, Julie e Fiona che sono tornate a casa. Ai nostri SEAL che sono il meglio del meglio. E... a Tex!»

Bree sbatté le palpebre sorpresa, e girò la testa per guardare nella direzione in cui tutti gli altri si erano voltati. Accanto alla parete più lontana c'era un uomo che non aveva mai incontrato, ma che avrebbe riconosciuto ovunque. Innanzitutto, indossava dei pantaloni corti e la protesi alla gamba era evidente. Ma emanava vibrazioni contrastanti; aveva un'aria protettiva e allo stesso tempo incazzata.

Bree andò verso di lui senza esitare. Percepì Smiley alle sue spalle, ma aveva occhi solo per l'uomo che si era prodigato per aiutarla. Che aveva aiutato così tante altre persone nella sua vita. Era *lui* che doveva ringraziare per essersi fatto in quattro per scoprire che si trovavano a Ensenada. E anche se il localizzatore di Smiley si era rotto, non aveva dubbi che non avesse chiuso occhio per cercare di rintracciarli a Guayaquil. Per non parlare del suo ruolo nell'organizzare il volo di ritorno e nel procurarle il passaporto che Kevlar aveva tirato fuori dalla tasca dopo l'atterraggio.

Aveva sentito delle storie incredibili su quell'uomo, ed era quasi surreale che stesse per conoscerlo. Se Remi, Wren, Josie, Maggie, Addison e Kelli ora erano felici e in salute... era grazie anche al suo contributo.

Mentre si avvicinava cadde la prima lacrima, e poi non riuscì a trattenere le altre quando praticamente si gettò tra le sue braccia. Tex la strinse a sé e lei crollò. Non aveva idea di quanto rimase a piangere contro il suo petto, ma sembrava che non lo mettesse a disagio tenere tra le braccia una donna isterica che non aveva mai incontrato.

Quando finalmente riprese il controllo di sé, Bree si scostò lentamente.

«Ciao» lo salutò con un po' di imbarazzo, asciugandosi le lacrime dalle guance. Il trucco doveva essersi rovinato, ma quello era l'ultimo dei suoi pensieri in quel momento. Aveva un sacco di domande, ma non riusciva a ricordarne nemmeno una.

Tex fece un sorrisetto. «Ciao.»

«Io... tu... accidenti!» si lamentò, odiando la sua incapacità di parlare.

«Sono Tex» si presentò. «Piacere di conoscerti.»

«Sono Bree.» Sembrava un po' surreale presentarsi quando entrambi erano più che consapevoli di chi fosse l'altro.

All'improvviso le tornarono in mente in un colpo solo tutte le cose che voleva dire, e incespicò nelle parole cercando di pronunciarle. «Grazie. E per favore ringrazia anche le donne con cui lavori. Se non fosse stato per voi... non so come avrebbe fatto Smiley a trovarci. Come facevi a sapere dove avrebbe attraccato la barca? In quale città e porto? Mi stavi monitorando fin da Ensenada? Mi dispiace che il localizzatore che mi aveva dato Smiley mi sia stato portato via, questa cosa deve averti reso tutto molto più difficile. Fiona e Julie mi hanno parlato tanto di te. Sapevo già qualcosa grazie a Remi e alle altre, ma abbiamo avuto parecchio tempo per chiacchierare su quel camion e mi hanno detto quanto sei stato straordinario quando sono state rapite la prima volta, e ciò che hai fatto per Fiona... che l'hai chiamata ogni quattro ore nonostante tutti i tuoi impegni. E non so come hai fatto a ottenere una copia del mio passaporto, ma apprezzo anche quello. E anche il volo per tornare a casa. Io...»

«Prego» la interruppe Tex, bloccando di fatto il suo fiume di parole.

Poi la strinse forte ancora una volta e mentre la lasciava andare, disse: «Devo tornare a casa da mia moglie e dalle mie figlie. E dal cane. E devo capire perché diavolo il localizzatore di Smiley non ha funzionato. Ho i suoi boxer in un sacchetto di plastica in valigia; sono sicuro che se dovessero perquisirmi lo troverebbero strano. Ma odio quando la tecnologia mi tradisce. Scoprirò cos'è successo, anche se dovrò toccare le cazzo di mutande sporche di Smiley.»

Bree non poté trattenersi e scoppiò a ridere. Forte. Si aspettava che quell'uomo fosse... serio e nerd. Ma era tutt'altro. Dava l'idea dello zio adorato da tutti. Qualcuno a cui poter confidare i propri segreti, sapendo che sarebbero stati al sicuro.

Le rivolse un piccolo sorriso che la scaldò. «Vai a vivere con Smiley?» le chiese all'improvviso.

Bree lanciò un'occhiata timida all'uomo in questione alle sue spalle, poi tornò a guardare Tex e annuì.

«Lo immaginavo. Ho organizzato la spedizione delle tue cose dal deposito di Las Vegas a Riverton. Forse dovresti cominciare a pensare a dove mettere tutto.»

Lo fissò sorpresa.

«Grazie, amico» disse Smiley, spostandosi per stringere la mano a Tex.

Poi l'ex SEAL fece un cenno con la testa a lei, uno con il mento a Smiley e si diresse verso Fiona. Se non ne fosse già stata a conoscenza, avrebbe capito subito che quella donna era una delle sue preferite. Avevano un passato ricco di momenti significativi e l'affetto che provavano l'uno per l'altra era qualcosa di meraviglioso.

«Tutto bene?» le chiese Smiley, abbracciandola da dietro e posandole il mento sulla spalla.

«Sei stato tu a organizzare il trasferimento?»

«No. Mi ha mandato un messaggio e mi ha chiesto cos'avevamo pensato di fare delle tue cose. Gli ho detto che ce ne saremmo occupati in seguito. Immagino abbia deciso di toglierci la preoccupazione. Te lo chiedo di nuovo, tutto bene?»

«Sì. Più che bene.» Guardò la gente intorno a lei, i suoi amici. Aveva quasi perso tutto. Quel pensiero la turbò più di ciò che le era successo. Sì, era stata un'esperienza orribile. Era stata rinchiusa, trattata come un oggetto, minacciata, picchiata e spaventata a morte. Eppure... era lì. Viva. Con più amici di quanti ne avesse mai avuti in vita sua.

Avrebbe potuto comportarsi da vittima, permettere che ciò che le era capitato la schiacciasse e la trasformasse in una persona diversa... in qualcuno che aveva paura anche della propria ombra, che rimaneva in casa per non dover interagire con degli sconosciuti che avrebbero potuto farle del male.

La verità era che la vita era piena di alti e bassi. E lei preferiva concentrarsi solo sugli alti. Si girò tra le braccia di Smiley e gli sorrise.

«Che c'è?» le chiese, aggrottando le sopracciglia. «Perché quel sorriso?»

«Sono felice.»

Non sembrò tranquillizzarsi, anzi, aveva un'aria ancora più preoccupata. «Sono passati solo due giorni. Tutto quello che è successo potrebbe sopraffarti quando meno te lo aspetti.»

Bree scrollò le spalle. «Hai ragione. Ma tu sarai lì per me, e potrò parlarne con Julie e Fiona o con Remi o Kelli. O potrei passare un po' di tempo con Yana, come promemoria di quanto lei sia grata per tutto ciò che ha e di come sta affrontando bene anche quello che le è successo. Sono stata fortunata, lo so. Ma è decisamente meglio essere fortunati che morti. Voglio *vivere*, Smiley. Guardare avanti, non indietro.»

«Ti amo» le sussurrò.

«E ti amo anch'io. Un giorno, quando saremo vecchi, ci ritroveremo in questo posto e ci saranno anche tutti i figli dei nostri amici a fare baldoria, a dire cose che non capiamo e a parlare di roba tecnologica troppo moderna per noi. E ripenseremo alla nostra vita senza rimpianti.»

Un lampo di desiderio passò sul volto di Smiley, che le fece palpitare il cuore.

«Voglio che succeda» le disse.

«Allora faremo tutto il possibile per far sì che si realizzi.»

«Sì.»

Un cameriere si avvicinò con un vassoio pieno di bicchieri da champagne colmi fino all'orlo. Bree ne prese due e ne porse uno a Smiley.

«A noi» disse con dolcezza.

«A noi» ripeté lui. Invece di berne un sorso, posò senza guardare il bicchiere su un tavolo vicino e la strinse a sé.

Poi la baciò a lungo, con passione, e con tutto l'amore che lei sapeva aveva nel cuore.

Bree lo sentì penetrare in tutto il corpo. Era la donna più fortunata del mondo, e giurò che da lì in avanti avrebbe vissuto la vita al massimo.

———

Molte ore più tardi, Smiley non riusciva a dormire. Aveva tenuto stretta a sé Bree finché non si era addormentata, ma il suo cervello non voleva spegnersi. Dopo tutto quello che era successo, non riusciva a smettere di pensare a qualcosa che aveva detto Castillo. Quell'uomo era morto, e molto probabilmente aveva sparato una stronzata, ma non avrebbe potuto riposare finché non si fosse tolto quel peso dal petto. Si voltò e baciò con delicatezza Bree sulla fronte, stupito che fosse lì con lui. Non solo per ciò che aveva affrontato, ma perché lui era uno stronzo scontroso. Lo sapeva, ma in qualche modo a Bree non sembrava importare. Era sconcertante, ma non aveva intenzione di lasciarla andare proprio ora. Aveva troppo bisogno di lei.

Facendo il più piano possibile, scivolò fuori da sotto le coperte, ma rimase in piedi accanto al letto per un attimo per assicurarsi che Bree non si svegliasse. Lei si mosse un po' dopo aver perso il calore del suo corpo, ma si mise subito tranquilla. Solo vedere i suoi capelli più corti e le ciglia contro la pelle piena di lividi, gli fece desiderare di poter tornare indietro nel tempo e uccidere di nuovo Castillo.

Smiley si costrinse a uscire dalla camera da letto e ad andare in soggiorno. Si sedette sul divano e fissò il telefono. Fece un respiro profondo e compose un numero che aveva chiesto a Tex prima di lasciare l'Aces. Era notte fonda, ma l'uomo che aveva chiamato rispose dopo un solo squillo.

«Rex.»

«Scusa l'ora tarda. Sono Smiley.» Il bisogno di parlare con lui era stato irrefrenabile, ma ora che lo aveva in linea non era sicuro di aver preso la decisione giusta.

«Cos'è successo? Bree sta bene?»

«Sì, sta molto bene. Mi sorprende sempre la sua resilienza.»

«Le nostre donne sono più forti di quanto pensiamo» concordò Rex. «Ogni giorno mi chiedo come Raven sia sopravvissuta a quello che ha subito, mantenendo intatta la sua personalità. Non ho ancora idea di come ci sia riuscita.»

«Devo dirti una cosa» disse Smiley di getto. «Se fossi stato al tuo posto avrei voluto saperlo, ma... non sono buone notizie.»

«Riguardano Castillo, vero?»

«Sì. So che sai che ha lavorato con del Rio. Ma ha detto qualcosa. Se ne è vantato, in realtà.»

«È morto, vero?»

«Sì.»

«Grazie di cuore» disse Rex. «Mi hai risparmiato di dover riscuotere un favore per occuparmene io stesso.»

Smiley annuì, anche se l'altro uomo non poteva vederlo. «Puoi anche far finta che non ti abbia chiamato, se preferisci.»

«Preferirei che dicessi quello che devi dire, ciò che ti tiene sveglio nel cuore della notte e lontano da Bree» disse Rex con un tono pratico.

«Ok. Allora, ero a Guayaquil e stavo temporeggiando, cercando di guadagnare tempo in modo che la mia squadra potesse arrivare e dare una mano. Ho provocato Castillo. Ho tirato fuori il tuo nome. L'ho stuzzicato dicendo che gli avresti dato la caccia e che la sua imminente morte sarebbe stata per mano tua» ammise Smiley. «Probabilmente non è stato il mio momento migliore, ma stavo facendo tutto il possibile per prendere tempo e permettere a Kevlar e alla mia squadra di arrivare.»

Stava temporeggiando anche *ora*, stava prolungando la conversazione più del necessario. Ma era il momento di arrivare al punto.

«Castillo ha affermato di essere il padre di tuo figlio. Ha detto di essere stato con tua moglie abbastanza volte da essere certo che David fosse suo.»

Con sua immensa sorpresa, Rex rise.

«Mio figlio è proprio questo: è *mio*. E di Raven. Non è, e non è mai stato, di quello stronzo.»

Smiley non sapeva cosa dire.

«Ascolta. Ho fatto pace con quello che è successo a Raven. Ho ancora voglia di uccidere ogni figlio di puttana che ha osato metterle le mani addosso? Certo. Ma non posso farlo.

Ho scelto invece di concentrarmi sulla vita che abbiamo ora. Sul figlio straordinario, brillante, compassionevole e gentile che stiamo crescendo. E David *è* mio. Al cento per cento. Magari non abbiamo nulla di genetico in comune, ma questo non lo rende meno mio figlio.»

«Hai ragione.»

«Ti rispetto, Smiley. Non dev'essere stato facile dirmelo, ma significa molto per me che tu ci abbia tenuto abbastanza da riferirmi ciò che quello stronzo ha affermato. Sai che non è stato intelligente provocarlo, vero?»

«Sì. Subito dopo aver fatto quella dichiarazione ha ordinato ai suoi uomini di spararmi. Avrei fatto meglio a parlare del tempo o qualcosa del genere.»

Rex ridacchiò. «Ho imparato che è sempre meglio piantare una pallottola in testa a qualcuno piuttosto che restare lì a fare una cazzo di conversazione. È più semplice.»

«Me lo ricorderò per la prossima volta.»

«Sarà meglio.»

«Quello che hai fatto, ciò che fai... è importante» disse a Rex, con tutta la sincerità che riuscì a imprimere nella voce.

«Lo penso anch'io. Ogni donna e bambino che salviamo è una vittoria. E non perderò mai il sonno per aver ucciso un uomo che pensava di possedere le donne e di poterne fare ciò che voleva.»

«Amen» concordò.

«Grazie ancora per la chiamata. Fanculo a lui. Fanculo a tutti. Vivrò la mia vita, sarò felice, riderò e mi godrò ogni giorno... e questo mi basta.»

Aveva ragione. Rex aveva passato un inferno, così come la sua famiglia. Se lui poteva essere felice, poteva esserlo anche Smiley. «Se ti capitasse di venire nel sud della California con la tua famiglia, a me e a Bree piacerebbe molto incontrarvi.»

«Farò in modo che accada. Torna a letto, Smiley. Dormi con la coscienza pulita. È un ordine.»

Lui sbuffò. «Non sei il mio comandante.»

Rex si limitò a ridacchiare. Poi la linea cadde.

Sentendosi meglio ora che si era tolto quel peso dal petto, Smiley si alzò, si voltò e si bloccò quando vide Bree appoggiata alla parete vicino al corridoio.

«Non volevo svegliarti» le disse.

«Non l'hai fatto. Be', non proprio. Mi è mancata la sensazione di averti accanto.» Si avvicinò al divano e lo fece sedere di nuovo, rannicchiandosi al suo fianco, con le ginocchia piegate e i piedi sul cuscino. «Mi sembra che l'abbia presa bene.»

Non fu sorpreso che avesse capito con chi stava parlando. C'era anche lei quel giorno e aveva sentito cos'aveva affermato Castillo.

«Sì.»

«Per la cronaca, credo che stesse mentendo» disse Bree.

Smiley non ne era così sicuro, ma non la contraddisse.

«Dev'essere stato davvero difficile. Dirglielo, intendo.»

«Non è stato facile.»

«Questa è una delle tante cose che amo di te, Jude Stark» affermò, alzando lo sguardo verso di lui. «Fai ciò che è giusto a prescindere da quanto sia difficile per te.»

Quel complimento lenì la sua anima come nessun altro era mai riuscito a fare. «Grazie.»

«Prego. Ora... è notte fonda, e anche se è troppo presto per saltarti addosso, possiamo tornare a letto lo stesso?»

In risposta, Smiley si alzò e si sporse per prenderla in braccio.

Lei ridacchiò ma non protestò. «Penso che mi piaccia che tu mi porti in giro così.»

«Bene, perché mi piace farlo.»

Una volta sistemati sotto le coperte, la contentezza che provò quando Bree gli posò la testa sulla spalla e gli mise una gamba sopra le cosce fu quasi spaventosa.

«Ti amo, Smiley. Ho sempre saputo che Jude Stark era un nome da supereroe, e tu me lo dimostri in continuazione. E non mi riferisco solo al fatto che tu sia scivolato giù da una grondaia dal nono piano con me sulla schiena o che ti sia comportato come se non fosse chissà cosa avere due armi puntate alla testa, o a tutte le cose incredibili che fai durante le tue missioni. Mi riferisco al fatto che chiami un amico perché una chiacchiera che lo riguarda ti dà fastidio, che mi porti in giro in braccio perché ti rende felice. Che mi prepari la cena. Che organizzi un ritrovo con tutti i miei amici in un bar perché mi diano il bentornata a casa e a qualsiasi altra delle centinaia di cose che fai ogni giorno per rendermi la vita più facile e felice. Sei il mio supereroe, Smiley. E ti amo tantissimo.»

«Sono solo un uomo che vuole fare tutto ciò che è in suo potere per rendere la vita della sua donna più facile» protestò.

«Be', ci riesci. E lo apprezzo. E apprezzo anche te.»

«Ti amo» disse Smiley, girandosi per baciarle la testa.

Lei gli baciò il petto. «Ti amo anch'io. Quando sarò guarita farai meglio a stare in guardia... ho intenzione di dimostrarti *esattamente* quanto ti amo e ti apprezzo.»

«Non vedo l'ora» replicò lui con un sorriso sciocco.

«Posso chiederti una cosa?»

«Puoi chiedermi tutto quello che vuoi, quando vuoi» le disse, e notò che stava fissando qualcosa dall'altra parte della stanza. Seguendo il suo sguardo, si rese conto che si trattava della libreria contro la parete.

«Voglio sistemare il tuo orsacchiotto» disse di getto.

Smiley non poté fare a meno di ridacchiare.

«Non volevo essere divertente» protestò.

«Da quanto tempo ci stai pensando? Siamo qui a letto, assonnati, a parlare di superpoteri, e tu sei preoccupata per Beary.»

«Adoro quel nome» ammise con un enorme sorriso.

Era ridicolo. Qualcosa che solo un bambino poteva inventare. Smiley provava sentimenti contrastanti per il suo peluche d'infanzia. C'erano dei bei ricordi associati a quel giocattolo, ma anche alcuni non troppo belli. Era l'unica cosa che si era portato dietro quando se n'era andato di casa per sempre.

«Penso solo che meriti un restyling» continuò Bree. «Avete attraversato entrambi dei momenti difficili, ma ora sono finiti, siete liberi da tutto quello.»

Poteva riferirsi a sé stessa... oppure a lui. Ma aveva ragione. Sarebbe stato catartico restaurare Beary, vederlo brillare di nuovo. «Ok» le disse.

«Sul serio?» chiese eccitata.

«Sì.».

«Evviva!»

La sua ragazza era una sciocchina... e non avrebbe cambiato nemmeno una cosa di lei. «Possiamo dormire ora?» le chiese, fingendosi scontroso.

Lei sospirò soddisfatta e si rannicchiò contro di lui. «Sì.»

Fu incredibile la velocità con cui si addormentò Bree. Avrebbe potuto accusarla che stava fingendo, se non avesse visto in prima persona che riusciva a essere sveglia un attimo prima e russare quello successivo. Non avrebbe voluto che fosse diversamente, altrimenti sarebbe rimasta sveglia a pensare alle cose orribili che le erano successe nel recente passato.

Sapere che riusciva ad abbassare la guardia e che si fidava di lui nel momento in cui era più vulnerabile, ovvero mentre dormiva, lo fece sorridere mentre guardava il soffitto.

Si addormentò con quel sorriso stampato in faccia e si svegliò nello stesso modo. Perché teneva tra le braccia l'unica persona che gli aveva fatto abbandonare il senso di colpa che si era portato dietro per tutta la vita verso i suoi genitori. Che lo amava per quello che era, con i suoi pregi e i suoi difetti.

Quello era il senso della vita... non quanti soldi riuscivi ad accumulare, quanto grande fosse la tua auto o la tua casa, o anche quanti amici avevi... anche se gli amici erano fondamentali. Si trattava di trovare qualcuno che riuscisse a sorvolare sui tuoi difetti e ad amarti comunque. Bree era quella persona per lui... e le avrebbe ricordato ogni singolo giorno quanto fosse importante per lui e quanto fosse amata.

EPILOGO

Dieci anni dopo

«Sei nervosa per la prossima settimana?» chiese Bree ad Addison, mentre si trovavano vicino al bordo dei trampolini elastici, facendo del loro meglio per tenere d'occhio tutti i bambini che saltavano da un tappeto all'altro.

«No» rispose lei con fermezza. «È una cosa che non si poteva più rimandare.»

«MacGyver è stato molto riluttante, vero?»

Addison ridacchiò. «È un eufemismo. Ma Artem è da anni che insiste di volerlo fare, è l'unica cosa che ha chiesto come regalo per il diploma. Sa che una volta iniziato il college sarà troppo impegnato per andarci.»

«Quanto ha esagerato Tex con i localizzatori?» chiese Bree con un gran sorriso.

Addison alzò gli occhi al cielo. «Santo cielo. Adoro quell'uomo, ma penso che quattro localizzatori per ciascuno di noi siano un po' troppi.»

«Non puoi biasimarlo. La situazione in Ucraina è tranquilla da anni, ma c'è sempre una piccola possibilità che succeda qualcosa mentre siete lì.»

«Lo capisco. Ma MacGyver ha tutto sotto controllo. Kevlar e Dude verranno con noi. Lo sapevi che mio marito ha assunto anche una guardia del corpo? Credo che l'uomo che sarà responsabile della comitiva sia un ex marine che parla fluentemente l'ucraino.»

Bree sorrise all'amica, poi si voltò quando sentì qualcuno urlare. Vide Violet seduta su uno dei trampolini che si teneva una gamba, ma aveva già cinque bambini intorno, e Preacher e Safe stavano andando verso di lei. Non sembrava si fosse fatta male, ma si stava chiaramente crogiolando nell'attenzione dei suoi migliori amici.

«Quella ragazzina è proprio viziata» disse Addison con una risatina.

«È abituata ad avere tutta l'attenzione dei ragazzi.»

«So che non state parlando male di mia figlia» scherzò Maggie, mentre lei e Josie si univano a loro a osservare il caos intorno al trampolino.

«La tua bambina è super viziata» le disse Bree.

«Già» rispose lei, senza mostrarsi minimamente infastidita.

«Dov'è Amelia?» chiese Addison a Josie.

«Con suo padre. Era stanca» rispose, indicando Blink, che era seduto a un tavolo con la loro figlia di due anni in braccio.

«Come sta andando? Avere tre gemelli nella terribile fase dei capricci e dei no non è esattamente la cosa più facile al mondo» disse Addison.

«Non riesco a immaginare di averne tre di quell'età» ammise Remi, avvicinandosi al gruppo. «Ricordo quando Vinny aveva due anni. Ho giurato che non avrei avuto un altro figlio perché ero davvero stressata per cercare di stargli dietro.»

«Evidentemente te la sei cavata bene» ribatté Bree ridendo. «Perché Mason è arrivato due anni dopo.»

«Ed è stato quando è arrivata quella fase con *lui* che ho detto basta definitamente» replicò Remi. «Mio padre è rimasto deluso. Credo che gli sarebbe piaciuto se avessi avuto otto figli, ma due sono più che sufficienti.»

«Blink è fantastico con la nostra marmaglia» affermò Josie.

«Non posso credere che tu abbia avuto due gemelli, poi altri *tre*» disse Addison scuotendo la testa. «Sei pazza.»

«Non è che l'avessi pianificato! E parla proprio la donna che ne ha cinque?» ribatté Josie.

«Sì, ma quattro dei miei sono più grandi» sostenne Addison.

«A proposito... come sta Ellory?»

«Alla grande. Ha appena finito il suo primo anno nei Peace Corps. Siamo sempre molto preoccupati per lei visto che si trova in Gabon. Pensavo che MacGyver avrebbe avuto un infarto quando ha scoperto che sarebbe andata in Africa a insegnare, ma a lei piace davvero tanto.»

«Verrà in Ucraina con voi, vero?» chiese Remi.

«Sì. Ci andremo tutti. Non vedo l'ora. I ragazzi meritano di vedere da dove provengono; Yana non ricorda molto, ma Artem e Borysko sì.»

«Sono davvero impressionata dal fatto che in autunno Artem inizierà la facoltà di giurisprudenza.»

«Ha sempre detto di voler aiutare le persone che non hanno i mezzi o la capacità di farlo da sole.»

«Non posso credere che abbia deciso di festeggiare il diploma qui» disse Maggie. «Avrebbe potuto stare con i suoi amici. Invece ha scelto un posto con i trampolini elastici, così tutti i suoi cuginetti avrebbero potuto divertirsi un mondo nel suo giorno speciale. È proprio un bravo ragazzo.»

«È vero» concordò Addison, con grande orgoglio.

«Oh! Ecco Kelli. È il mio turno di tenere Desiree in braccio!» esclamò Wren, avvicinandosi all'altra donna. Sua figlia aveva appena compiuto sei mesi, era la più piccola di tutti. Ed era ancora più speciale per via di tutto quello che Kelli e Flash avevano dovuto affrontare per averla: anni di trattamenti per la fertilità e tentativi di concepimento falliti. Proprio quando avevano rinunciato, decidendo di accontentarsi dei vecchi cani e dei gatti che avevano adottato dal rifugio locale, lei aveva scoperto di essere incinta.

Aveva dovuto trascorrere gli ultimi tre mesi di gravidanza a letto, per assicurarsi di non perdere il bambino, e quando era nata Desiree era stato un giorno di gioia per tutti.

«Non è giusto!» si lamentò Bree. «Oggi non ho ancora potuto tenerla in braccio.»

«Pazienza» cantilenò Wren con un sorriso, mentre prendeva la piccola Desiree.

«Guardateci» commentò Remi, scuotendo leggermente la testa. «Chi avrebbe mai pensato che saremmo arrivate dove siamo ora. Quanti bambini ci sono adesso?»

«Tu e Kevlar ne avete due» rispose Wren. «Io ne ho uno. Josie e Blink cinque, Maggie e Preacher tre, Addison e MacGyver cinque pure loro, Kelli e Flash hanno la piccola Des, e Bree è l'unica furba che non ne ha nessuno.»

«Diciassette figli. È assurdo» affermò Maggie ridendo.

«No, la cosa assurda è che la maggior parte di loro siano maschi. Cosa abbiamo fatto per meritarcelo?» chiese Wren.

Bree sorrise raggiante alle sue amiche. Le urla felici dei bambini che saltavano sui tappeti elastici risuonavano tutto intorno. Avevano affittato l'intero posto per averlo tutto per loro per la festa di diploma di Artem. Lui aveva invitato alcuni dei suoi amici più cari, e i bambini più grandi tenevano d'occhio quelli più piccoli, soprattutto Logan e Violet, che avevano rispettivamente quattro e cinque anni.

Brody e Cody, i gemelli di Josie, comandavano tutti a bacchetta, come facevano di solito quando si trovavano con i loro cugini. Arlo, il figlio di MacGyver e Addison, e Ben, quello di Maggie e Preacher, che a dieci anni erano i più grandi del gruppo, ignoravano la maggior parte degli altri bambini e stavano tra loro due, probabilmente a progettare qualcosa di strano e pericoloso.

Borysko stava passando il tempo con due dei suoi amici di scuola a uno dei tavoli, mangiando hamburger... cosa che non sorprese minimamente Bree. Quel ragazzo era un pozzo senza fondo. Poteva farsi fuori un pasto completo e venti minuti più tardi dichiarare di avere ancora fame.

Yana aveva quindici anni ed era la tipica adolescente. La maggior parte dei giorni tollerava a malapena il caos che facevano i suoi cugini, preferendo guardare video sul telefono e chiacchierare con le amiche, ma quel giorno sembrava felice di intrattenere Tony e Walker, due dei tre gemelli di due anni di Josie.

Guardandosi intorno Bree vide gli uomini, che erano diventati alcuni dei suoi migliori amici, fare il possibile per far divertire e tenere a freno i loro bambini troppo esuberanti. La data del pensionamento per la squadra SEAL si stava avvicinando rapidamente e nessuno di loro era pronto. Amavano la Marina. Amavano ciò che da tanti anni facevano per vivere. Era strano che stessero per andare in pensione e avessero ancora dei figli così piccoli.

Ma nessuno di loro avrebbe smesso del tutto di lavorare. Avevano dei progetti per il futuro. Non erano il tipo di uomini che se ne stavano a casa a bere birra e a guardare la televisione.

Kevlar stava saltando su un tappeto elastico con Vinny e Mason, i suoi figli di otto e sei anni. Safe stava ancora controllando Violet per assicurarsi che stesse bene, e Logan, suo figlio di quattro anni, gli era accanto e teneva per mano la bambina.

Blink era ancora seduto in disparte, con Amelia in braccio che ora stava dormendo, e teneva d'occhio tutto il gruppo. I suoi figli erano dei veri terremoti, ma il più delle volte bastava un'occhiata di avvertimento da parte del papà per farli comportare bene.

Preacher aveva lasciato Violet nelle mani esperte di Safe e ora si trovava in piedi accanto a Blink, con in braccio Milo, il bambino di un anno che avevano adottato. Aveva la sindrome di Down ed era viziato quasi quanto Desiree e Violet.

MacGyver si era fermato al tavolo dove c'erano Borysko e i suoi amici, aveva riso con loro di qualcosa, e ora stava tornando ai trampolini elastici per unirsi al divertimento.

Flash aveva raggiunto Yana per aiutarla con i gemelli, e li stava inseguendo mentre loro scappavano ridendo come matti.

E poi c'era Smiley. Negli ultimi dieci anni si era sciolto molto. Non lo avrebbero *mai* definito socievole, ma vederlo saltare su un tappeto elastico, facendo da giudice mentre Ben e Arlo cercavano di vedere chi andava più in alto, riempì di gioia Bree.

Come se potesse percepire che lo stava osservando, Smiley lanciò un'occhiata in direzione delle donne. Il loro sguardi si incontrarono, e lei poté quasi avvertire il suo tentativo di capire se andava tutto bene. Se avesse bisogno di qualcosa.

Era estremamente intuitivo quando si trattava di lei. Quando aveva i crampi ed era gonfia a causa del ciclo, le portava il termoforo. Quando aveva fame, le preparava uno spuntino senza doverle chiedere se ne volesse uno. E anche dopo tutti quegli anni, a letto era ancora appassionato come quando avevano iniziato a frequentarsi.

Avevano seguito le orme dei loro amici e celebrato una

piccola e intima cerimonia di nozze sulla spiaggia, seguita da una grande festa all'Aces. Diventare la moglie di Smiley era stato meraviglioso, ma non aveva cambiato i sentimenti che provava per lui. Lo amava così tanto da essere quasi spaventoso. Le sue missioni erano sempre stressanti per lei, ma si faceva coraggio e cercava di non fargli capire quanto odiasse ogni singola volta che usciva di casa.

Ma lui lo sapeva. Una volta si era anche scusato, e lei si era arrabbiata, intimandogli di non farlo mai più. Gli aveva detto che era un SEAL straordinario, e che sapeva che amava ciò che faceva. Quello che lei provava riguardo alle sue missioni era solo un problema *suo*.

Naturalmente, lui aveva subito espresso il suo disaccordo.

Il punto era che Bree era orgogliosa di suo marito. Era molto bravo nel suo lavoro, ma il pensiero di perderlo era quasi opprimente. Era servita una lunga chiacchierata con Caroline Steel per aiutarla a superare le sue paure e a farle capire che lui aveva sei degli uomini migliori che potesse mai avere che gli coprivano le spalle, e che ora che c'era lei, avrebbe fatto tutto il possibile per tornare a casa sano e salvo.

E così era stato. Ogni singola volta.

Non avevano figli, perché nessuno dei due ne aveva voluti. Erano impegnati con quelli dei loro amici. Ovviamente, amavano tutti stare a casa di zia Bree e zio Smiley perché potevano stare alzati fino a tardi, mangiare cibo spazzatura e giocare ai videogiochi proibiti dai loro genitori. Erano gli zii "divertenti", e lei ne era felice.

La sua vita era piena. Il rapimento da parte di un trafficante di donne sembrava una cosa successa a qualcun altro, come se fosse trascorsa un'eternità.

Smiley sembrò leggerle nel pensiero, perché disse qualcosa a Ben e Arlo e andò deciso verso di lei e le altre donne.

«Oh-oh, Smiley sta venendo da questa parte» la stuzzicò Remi. «Direi che è il momento di andarcene.»

«Non serve» protestò Bree, ma era evidente che alle sue amiche non dispiaceva andare dai rispettivi mariti. Anche dopo un decennio, erano tutte innamorate dei loro uomini come quando si erano sposate.

«Le ho fatte scappare tutte con la mia scontrosità?» chiese Smiley mentre le si avvicinava.

Bree rise. «Non sei più molto scontroso.»

«Se lo dici tu» borbottò, facendola ridere ancora di più.

«Ecco quello che mi piace vedere e sentire... la tua risata. Sapevi che quando ti ho conosciuta ho deciso che la mia missione di vita sarebbe stata farti sorridere più spesso?»

«Sorridevo anche allora» protestò.

«Ma non abbastanza. Ora, invece, sei la luce per la mia oscurità. Quando mi sento irritabile devo solo guardarti, vedere il tuo sorriso, e mi ricordo tutto ciò per cui devo essere grato.»

Bree non riusciva a smettere di sorridere. «Sei davvero sdolcinato. Cos'è successo a quel duro Navy SEAL che ho sposato?»

«È ancora qui. Ma negli anni ho imparato a fregarmene di quello che pensano gli altri di me. Se vogliono pensare che mi tieni in pugno, che lo facciano pure. In fondo, non hanno tutti i torti.»

«Stai zitto» brontolò.

Lui fece un sorrisetto, poi tornò serio. «Sei felice.»

Non era una domanda. «Come potrei non esserlo? Sono circondata dai miei migliori amici, che sono diventati la mia famiglia. I bambini sono sani ed equilibrati. La vita ci ha messo davvero alla prova, ma ce l'abbiamo fatta. Siamo qui. Insieme. A festeggiare il diploma di Artem e il fatto che frequenterà la facoltà di giurisprudenza. L'anno prossimo

Borysko seguirà le sue orme, anche se non per diventare avvocato, mi ha detto che vuole fare il medico. Un avvocato e un medico... chi l'avrebbe mai detto?»

Smiley le sfiorò la guancia con le dita. «Ti amo.»

Si sentì arrossire. «Ti amo anch'io.»

«Quanto pensi che dovremo ancora restare?»

«Perché?» chiese preoccupata. «Non stai bene? C'è qualcosa che non va?»

«Sto bene. Ho solo voglia di fare l'amore con mia moglie, e penso che farlo nel bagno della struttura dei trampolini elastici non sarebbe appropriato.»

Bree alzò gli occhi al cielo. «No, decisamente *no*.»

«Uno dei vantaggi di non avere figli è poter scopare mia moglie quando e dove voglio, senza dovermi preoccupare di un piccolo guastafeste.»

«Zio Smiley! Indovina un po'!» esclamò Arlo, mentre saltava verso il tappeto elastico più vicino a dove Bree si trovava con suo marito.

Il desiderio negli occhi di Smiley era bruciante, ma fece un respiro profondo e si voltò verso il bambino. «Che c'è, piccolo?»

«Papà ha detto che me e Ben possiamo passare la notte con te e zia Bree! Non è fantastico!?»

«Si dice io e Ben» lo corresse con un lungo sospiro.

Bree ridacchiò. «E addio al fatto di non avere dei piccoli guastafeste» borbottò tra sé e sé.

«Sì, fantastico» disse lui ad Arlo. Il ragazzino si allontanò saltando e urlando a squarciagola a Ben che lo zio Smiley aveva detto che andava bene.

«Ho cambiato idea riguardo al sesso in bagno» le disse.

Bree lo abbracciò forte. «Non succederà, ma mi fa piacere che tu voglia farlo.».

Smiley si tirò indietro e la fissò con un'espressione che non riuscì a interpretare. «Che c'è?» gli chiese.

«Mi hai dato una vita che non avrei potuto immaginare nemmeno nelle mie fantasie più sfrenate. Una vita perfetta. Sì, litighiamo, monopolizzi le coperte, a volte siamo stressati, ma posso svegliarmi e andare a dormire con te al mio fianco. Non riesco a pensare a niente di meglio.»

Bree si abbandonò contro di lui. «Stasera sarai *fortunato*, tesoro.».

Lui sorrise. «Evviva!»

E ciò la fece ridacchiare di nuovo. Sentire il suo letale marito dire "evviva" era davvero divertente.

Due ore più tardi, uscirono tutti dall'edificio. Avevano già sforato di un'ora rispetto all'orario previsto, ma si stavano divertendo così tanto che non erano riusciti ad andare via prima. Senza contare che far fare *qualcosa* in orario al loro gruppo era praticamente impossibile. C'erano troppi bambini, troppi saluti da scambiarsi. Era un caos ovunque andassero. E a Bree piaceva.

Quando riuscì a mettere a letto Arlo e Ben quella sera, era molto più tardi rispetto all'ora in cui andavano a dormire di solito, e lei era esausta. Anche se i due ragazzini si erano comportati bene, erano comunque esuberanti e pieni di energia.

Bree entrò nella camera sua e di Smiley e trovò suo marito che la stava già aspettando a letto. Fece velocemente le sue cose in bagno e lo raggiunse sotto le coperte. Anche se era stanca, provò un'ondata di desiderio. Non ne avrebbe mai avuto abbastanza di lui, e adorava dimostrargli quanto lo amava e desiderava ancora.

Gli tolse le coperte di dosso e sorrise quando vide che era nudo. Senza perdere tempo, gli avvolse la mano intorno all'erezione e si chinò. Il suo lungo gemito di piacere le arrivò dritto tra le gambe. Aveva bisogno di lui. Subito.

Quando fu completamente duro, e con i fianchi andava delicatamente incontro ai suoi movimenti, Bree si spostò, si tirò su la camicia da notte e si mise a cavalcioni su di lui. Poi si sistemò il suo cazzo tra le pieghe e si abbassò di colpo.

Gemettero entrambi.

«Shhh» lo ammonì. «L'ultima cosa che ci serve è che uno dei due ragazzi venga qui a vedere cosa sta succedendo.»

«Volevo assaporarti» disse Smiley con il broncio.

Vedere quell'espressione abbattuta sul viso di suo marito, che solitamente era stoico, la fece ridacchiare.

«Che c'è? È vero.»

«Dopo» gli disse. «Ho bisogno di te ora.»

Non importava quante volte avesse fatto l'amore in quella posizione o cercato di avere il controllo, lui prendeva il sopravvento dopo poche spinte. Quella sera non fece eccezione. Portò le mani sui suoi fianchi e iniziò a tirarla giù con forza, poi sempre più intensamente. Il rumore della loro pelle che sbatteva era forte. *Troppo* forte.

Proprio mentre stava per protestare, Smiley la fece rotolare, sdraiandola sulla schiena, poi continuò a muoversi in lei, fissandola negli occhi.

«Ti amo» le disse.

«Ti amo anch'io.»

Dopodiché si amarono in silenzio. Persi nel desiderio e nell'amore che vedevano nei loro occhi, e nel piacere che traevano a vicenda dai loro corpi. Non ci volle molto perché Smiley emettesse il solito adorabile grugnito che faceva appena prima di venire, bloccandosi nel profondo di lei.

Bree non era delusa di non essere ancora venuta. Sapeva che il suo momento stava per arrivare.

Smiley si tirò fuori e iniziò ad accarezzarle il clitoride. Dopo dieci anni, sapeva esattamente come darle piacere.

Successivamente, sistemò le coperte su di loro e si sdraiò quasi completamente sopra di lei, con la testa sul suo seno, mentre cercavano di ritrovare l'equilibrio.

Bree adorava il momento delle coccole che seguiva l'orgasmo. Accarezzare i capelli di Smiley mentre era posato sul suo seno la faceva sentire amata. E desiderata.

Nonostante ciò che lui aveva detto prima, il loro matrimonio non era perfetto. Non erano d'accordo su alcune cose, si arrabbiavano l'uno con l'altra, ma alla fine di ogni giornata riuscivano a risolvere le cose parlandone e ad andare a dormire insieme. Non poteva chiedere di più.

«Ho visto tutto questo, sai» disse Smiley di punto in bianco.

«Cosa? Cos'hai visto?»

«Questo. *Noi*. L'ho visto chiaramente, come se fosse stato un film che si riproduceva dietro ai miei occhi, quando ho aperto la portiera di quella macchina e ti ho trovata legata sul sedile posteriore. È per questo che non sono riuscito a smettere di cercarti.»

Gli occhi di Bree si riempirono di lacrime.

«So che la maggior parte delle persone non crede nell'amore a prima vista. Ma a me è successo.»

Ne avevano già parlato, ma sentire suo marito raccontare di come si era innamorato perdutamente di lei la prima volta che l'aveva vista, non mancava mai di farle venire la pelle d'oca. «Per me non è stato così veloce, ma non riuscivo a togliermi il tuo nome dalla testa. Jude Stark. Mi faceva pensare alla sicurezza. È per questo che sono venuta qui... da te.»

Smiley sollevò la testa e appoggiò il mento sulle mani. «Non mi è mai piaciuto il mio nome. Mi ricordava un "padre" violento, che picchiava mia madre, e che avevo il suo DNA. Ma tu mi rendi orgoglioso di chi sono ora.»

«Sei *sempre* stato una persona di cui avresti dovuto essere orgoglioso.»

Suo marito si limitò a scrollare le spalle. «Forse, o forse no. Ma con te al mio fianco sento di poter fare qualsiasi cosa. E devo ringraziarti per questo.»

Che uomo. La sua corazza esterna poteva anche essere dura come l'acciaio, ma nel profondo era un tenerone. E lei lo amava da morire.

Le fece un sorrisetto, e proprio mentre iniziava a scendere lentamente lungo il suo corpo, il rumore di qualcuno che vomitava nel bagno del corridoio li fece bloccare entrambi.

«Cazzo» imprecò Smiley, abbassando la testa sulla sua pancia.

Non era divertente. Affatto... ma Bree si ritrovò comunque a sorridere. «Il guastafeste colpisce ancora. Vado io.»

«No, tu resta qui. Vado a vedere cos'è successo.»

«Penso che probabilmente la ciotola di popcorn, gli s'mores e l'enorme banana split che hanno mangiato stasera non siano stati digeriti bene.»

Smiley fece una smorfia. «Già, probabilmente nessuna di queste cose è stata una buona idea, ma fanculo. Siamo gli zii fichi. Impareranno a fare le cose con un po' di moderazione in futuro.»

Bree inarcò un sopracciglio.

Smiley ridacchiò. «Oppure no.» La baciò sulla fronte. «Dormi, tesoro. Se è qualcosa di grave, te lo farò sapere.»

«Ti amo» gli disse.

«Ti amo anch'io.»

Osservò suo marito alzarsi dal letto, prendere i pantaloni del pigiama dal pavimento, infilarsi una maglietta e avviarsi con passo sicuro verso la porta. Si girò su un fianco mentre ascoltava il tono basso di Smiley che parlava con il bambino che aveva appena svuotato lo stomaco nel water.

Si addormentò pensando di essere la donna più fortunata del mondo. Aveva delle migliori amiche con i bambini migliori del pianeta. Se aveva delle domande sulla Marina o sulla vita in generale poteva rivolgersi a Caroline e a tutta la sua banda. Inoltre, suo marito era generoso, gentile e il miglior amante che avesse mai avuto. E aveva degli amici che erano come una famiglia, sempre pronti a proteggerli.

Non avrebbe mai pensato che sarebbe finita lì tanti anni prima, quando era nel retro di quella macchina, terrorizzata, sul punto di essere portata chissà dove per diventare un giocattolo sessuale per innumerevoli uomini. O quando era in quella gabbia nel retro del camion o sulla barca, sul punto di subire la stessa sorte.

La vita era strana. Poteva essere orribile, terrificante, poi cambiare in un attimo e diventare gloriosa. Gli ostacoli a volte erano difficili da affrontare, ma alla fine le persone di cui ti circondavi erano la chiave per superare ogni singolo giorno.

E Bree aveva le persone migliori al mondo intorno a sé. Non avrebbe cambiato nulla di ciò che aveva vissuto... perché l'aveva portata da Smiley.

———

Mi rendo conto che alla fine di ogni serie ringrazio sempre i fedeli lettori, ma vi sono sinceramente grata per aver seguito tutta la serie per arrivare fino all'ultimo libro. Questa storia è stata piuttosto divertente, visto che ho potuto far tornare molti dei miei vecchi personaggi. E so che è stato un po' meschino da parte mia tornare indietro fino a *"Proteggere Fiona"* e riportare in vita un cattivo di quella storia. Ma, come

sempre, le mie eroine sono dure come l'acciaio e l'amore vince
sul male.

Se non avete ancora iniziato la mia nuova serie "Rescue
Angels", mi farebbe piacere che le venisse data una possibilità.
Racconta le avventure di un team d'élite di piloti di elicottero
dell'esercito, i Night Stalker, e il primo libro è "Il coraggio di
Laryn" (il protagonista è il gemello di Blink, che avete
incontrato in questa serie).

Siate forti, siate felici, siate gentili e continuate a leggere!
-Susan

Also by Susan Stoker

Armi & Amori: Alleanza
Proteggere Remi
Proteggere Wren
Proteggere Josie
Proteggere Maggie
Proteggere Addison
Proteggere Kelli
Proteggere Bree

Game of Chance
Il protettore
Il reale
L'eroe
Il tagliaboschi

Il Rifugio
Meritare Alaska
Meritare Henley
Meritare Reese
Meritare Cora
Meritare Lara
Meritare Maisy
Meritare Ryleigh

Ricerca e soccorso Eagle Point
In cerca di Lilly
In cerca di Elsie
In cerca di Bristol
In cerca di Caryn
In cerca di Finley

In cerca di Heather

In cerca di Khloe

Silverstone

Fidarsi di Skylar

Fidarsi di Taylor

Fidarsi di Molly

Fidarsi di Cassidy

Forze Speciali alle Hawaii

Trovare Elodie

Trovare Lexie

Trovare Kenna

Trovare Monica

Trovare Carly

Trovare Ashlyn

Trovare Jodelle

Delta Duo

La forza di Gillian

La forza di Kinley

La forza di Aspen

La forza di Jayme

La forza di Riley

La forza di Devyn

La forza di Ember

La forza di Sierra

Armi & Amori: verso il futuro

Soccorrere Caite

Soccorrere Brenae

Soccorrere Sidney

Soccorrere Piper

Soccorrere Zoey
Soccorrere Avery
Soccorrere Kalee
Soccorrere Jane

Mercenari di Montagna

Difendere Allye
Difendere Chloe
Difendere Morgan
Difendere Harlow
Difendere Everly
Difendere Zara
Difendere Raven

Delta Force Heroes

Salvare Rayne
Salvare Emily
Salvare Harley
Il Matrimonio di Emily
Salvare Kassie
Salvare Bryn
Salvare Casey
Salvare Sadie
Salvare Wendy
Salvare Mary
Salvare Macie
Salvare Annie

Armi e Amori

Proteggere Caroline
Proteggere Alabama
Proteggere Fiona
Il Matrimonio di Caroline

Proteggere Summer
Proteggere Cheyenne
Proteggere Jessyka
Proteggere Julie
Proteggere Melody
Proteggere il Futuro
Proteggere Kiera
Proteggere i figli di Alabama
Proteggere Dakota
Proteggere Tex

Ace Security

Il riscatto di Grace
Il riscatto di Alexis
Il riscatto di Bailey
Il riscatto di Felicity
Il riscatto di Sarah

Una raccolta di storie brevi

Un momento nel tempo

BIOGRAFIA

L'autrice

Susan Stoker è annoverata da *New York Times*, *USA Today* e *Wall Street Journal* quale scrittrice di successo, le cui collane di libri includono Badge of Honor: Texas Heroes, SEAL of Protection e Delta Force Heroes. Sposata con un sottufficiale dell'esercito in pensione, Stoker ha vissuto in ogni dove negli Stati Uniti - dal Missouri alla California e al Colorado - e attualmente vive sotto i grandi cieli del Texas. Quale vera sostenitrice del "vissero felici e contenti", Stoker ama scrivere romanzi in cui una relazione romantica si trasforma in amore.

Per ulteriori informazioni sull'autrice e il suo lavoro, visita il sito web www.stokeraces.com

www.ingramcontent.com/pod-product-compliance
Lightning Source LLC
Chambersburg PA
CBHW011114100726
47898CB00011B/3080